Nicola Vollkommer

Wie Möwen im Wind

NICOLA VOLLKOMMER

WIE MÖWEN IM WIND

SCM
Hänssler

SCM

Stiftung Christliche Medien

Der SCM Verlag ist eine Gesellschaft der Stiftung Christliche Medien, einer gemeinnützigen Stiftung, die sich für die Förderung und Verbreitung christlicher Bücher, Zeitschriften, Filme und Musik einsetzt.

MIX
Papier aus verantwortungsvollen Quellen
FSC® C083411

2. Auflage 2015

SCM-Verlag GmbH & Co. KG · Max-Eyth-Straße 41 · 71088 Holzgerlingen
Internet: www.scmedien.de · E-Mail: info@scm-verlag.de

Umschlaggestaltung: OHA Werbeagentur GmbH, Grabs, Schweiz;
www.oha-werbeagentur.ch
Titelbild: Hintergrund: photocase.com/rowan; Möwen: shutterstock.com; Illustration:
OHA Werbeagentur GmbH, Grabs, Schweiz; www.oha-werbeagentur.ch
Satz: Satz & Medien Wieser, Stolberg
Druck und Bindung: CPI books GmbH, Leck
Gedruckt in Deutschland
ISBN 978-3-7751-5583-0
Bestell-Nr. 395.583

Prolog

Die Küste bei Cornwall in England 1820

Ein gewaltiges Krachen zerriss die Luft und erschütterte das Schiff. Der Kapitän wurde gegen die Wand der Kabine geschleudert. Sein Kopf stieß gegen etwas Hartes, und ein stechender Schmerz durchschoss seinen Körper. Die Laterne, die von der Decke hing, schaukelte von einer Seite zur anderen. Die Kerze erlosch, und die kleine Kajüte, die unter dem Krachen und Reißen unzähliger Holzbretter hin und her schwankte, wurde in Dunkelheit getaucht.

»Gott im Himmel, hilf!« Er kroch auf allen vieren Richtung Tür und zog sich mühsam am Türrahmen hoch. Der Boden unter seinen Füßen schien hin und her zu rollen. Sein Kopf hämmerte, er rang nach Luft.

Von außen schlug etwas mit mächtiger Wucht gegen das Fenster der Kabine. Die dicken Scheiben barsten in Splittern nach innen, und eine Flut von eiskaltem Wasser platzte herein. Der Kapitän hatte sich inzwischen über die Türschwelle geschleppt. Er versuchte, die Tür gegen die Gewalt der Wasserfluten zu stemmen. Umsonst. Er drehte sich um. Halb schwimmend, halb strampelnd bewegte er sich durch das Wasser, das aus allen Richtungen ins Schiff strömte, bis zur Leiter, die aufs Deck hinaufführte. Er klammerte sich an die Reling, während die tosenden Fluten seine Hüften umspülten. Kein Passagier war weit und breit zu sehen. Immerhin. Sie hatten seinen Befehlen Folge geleistet und waren aufs Deck geeilt.

Oben herrschte blanke Panik. Seile wurden in Eile heruntergelassen, Passagiere und Seemänner klammerten sich an alles, was Halt zu bieten schien. Das Kreischen von Frauen und Kindern hob sich kurz vom Heulen der Windböen ab und wurde vom tobenden Gewitter wieder verschluckt. Ein gerissenes Tau flatterte im Wind. Das zerfetzte Segel schlug in alle Richtungen.

»In die Rettungsboote!«, schrie der Kapitän, als ob nicht jeder schon mit aller Macht versuchen würde, sich aus dem sinkenden Schiff zu retten. Er warf einen Blick nach hinten und sah im schwachen Schein der schaukelnden Laternen, wie das Achterdeck des Schiffes mit einem gewaltigen Stöhnen langsam wegbrach. Das Vorderdeck beugte sich nach vorne. Ein Kind verlor seinen Halt und stürzte schreiend in die eiskalten, dunklen Wassermassen.

Ein grauer Wasserberg, höher als der Mast, raste auf das Wrack zu. Für die Rettungsboote war es zu spät. »Wer schwimmen kann, springe! An Brettern, Fässern und Seilen festhalten!« Er brüllte, sodass es wehtat, mehr aus einem ohnmächtigen Instinktgefühl heraus als aus der Hoffnung, dass ihn irgendjemand hören würde. Der Wind verschlang sofort jeden Laut, der aus seinem Mund kam.

Die Wellen krachten auf das Vorderdeck, das schräg wie ein Hausdach geneigt war. Für einen Moment schien die Zeit stillzustehen. Ein milchiger Halbmond blickte zwischen den schwarzen Wolken hervor, und der Wind schwieg für einen flüchtigen Augenblick.

Der Kapitän blickte hoch. Durch die Gischt und den treibenden Regen sah er die schwarzen, zackigen Umrisse einer Felswand, die in die Höhe ragte wie ein lauernder Titan, bereit zu springen und sein Opfer unter sich zu zerdrücken. Unten am Ufer rannten schwarze Gestalten mit Lichtern in den Händen hin und her.

Ein Hoffnungsschimmer flackerte in ihm auf. Jemand hatte Alarm geschlagen und Hilfe geholt.

Wie ein blutrünstiger Jäger, der seiner Beute einen schadenfrohen Todeshieb versetzt, entfesselte der Sturm alle Kräfte, die er noch aufbringen konnte, und schlug ein letztes Mal zu. Ohrenbetäubend, langsam, mit der Würde eines Feldherrn, der bis zuletzt tapfer gegen eine Übermacht gekämpft hat und schließlich kapituliert, sank die *Flying Gull* in ihr wässriges Grab. Der Kapitän wurde mitgezogen.

Ein dröhnendes Rauschen füllte seine Ohren und tobte in seinem Kopf. Gegenstände, die mit in die Tiefe gerissen wurden, schlugen gegen seinen Körper. Er steuerte fieberhaft mit seinen Armen gegen den Sog und versuchte, seinen Körper nach oben zu bewegen. Seine Lungen brannten und waren dem Bersten nahe.

Plötzlich stießen seine Hände an etwas Hartes, Spitzes. Es war ein Fels. Er fasste tastend danach, klammerte sich daran und zog sich nach oben. Mit einem letzten Kraftakt stieß er seinen Kopf durch die tosende Oberfläche der Wellen und japste nach Luft. Er blickte um sich. Das Wasser war an dieser Stelle noch tief, aber die Lichter am Ufer waren näher, er hörte Stimmen. Gott sei Dank. Es würde Überlebende geben.

»Maggie, Maggie – warte!«, schrie er. »Ich komme! Sag Jake, dass Vater bald heimkommt!« Ein Stück Holz trieb an ihm vorbei. Er warf sich darauf und fing an, mit seinen Armen und Füßen in die Richtung zu rudern, wo er Stimmen vernahm.

»Da lebt noch einer!«

Zwei Gestalten ruderten in einem kleinen Boot durch die Wellen auf ihn zu. Im Licht der Laternen, die einer der Männer hochhielt, schimmerte die Klinge eines Messers, das der andere in seiner Hand hielt.

»Kann es sein ...? Nein, Nein!«, schrie der Kapitän. Er drehte sich im Wasser auf den Rücken, umklammerte das Stück Holz mit einem Arm und paddelte mit dem anderen Arm um sein Leben – rückwärts, aufs offene Meer zu.

Fünf Monate später

Charlottes Eintritt ins Leben war alles andere als leicht.

»Mrs Earling, Sie strengen sich überhaupt nicht an! Wie können Sie dieses Gebrüll hören und nichts dagegen tun?«

»Weil es zu meiner Aufgabe gehört, dieses Gebrüll zu hören!« Mrs Earling richtete sich auf und stützte die Arme in die Hüften. »Hören Sie um Gottes willen damit auf, die ganze Zeit hin und her zu laufen, Mrs Gibbs! Durch das Geklapper Ihrer Schlüssel kommt das Kind auch nicht schneller zur Welt.« Die Worte wurden eher ausgespuckt als gesprochen.

»So wie Sie herumjammern, könnte man meinen, *Sie* liegen in den Wehen und nicht Lady Agnes! Haben Sie noch nie eine Geburt gesehen?«

Mrs Gibbs verschränkte die Arme und tippte mit einem Fuß auf den Boden. »Auf so eine herrische Stimme höre ich nicht!«

Mrs Earling wischte sich mit dem Handrücken über die Stirn, murmelte etwas über Bedienstete, die das einfache Denken nicht beherrschten, und beugte sich über ihre Patientin. Mit einem feuchten Tuch tupfte sie das schweißgebadete Gesicht um die weit aufgerissenen Augen ab, die ängstlich zur Decke des Himmelbetts starrten. Plötzlich rang die stöhnende Frau nach Luft, griff nach dem Arm der Hebamme und krallte sich daran fest. Ihr Atem kam in kurzen Stößen.

»Bald haben Sie es geschafft, Mylady«, sagte Mrs Earling, »halten Sie nur durch. Gleichmäßig atmen!« Sie blickte hoch. »Stehen Sie nicht da wie ein dummes Schaf, Mrs Gibbs! Holen Sie Wasser, wischen Sie den Boden, öffnen Sie das Fenster, bringen Sie frische Laken! Tun Sie irgendwas, damit ich nicht wahnsinnig werde! Wenn dieses Bett sich in einen Sarg verwandelt, dann sind Sie schuld!«

Mrs Gibbs öffnete ihren Mund und klappte ihn wieder zu. Schließlich fand sie ihre Sprache wieder. »Wissen Sie eigentlich, mit wem Sie reden, Mrs Earling? Ist Ihnen bewusst, dass ich als Haushälterin dieses Anwesens Ohren und Augen für Lady Agnes bin und dass nichts in diesem Haus meiner Aufmerksamkeit entgeht?«

»In dem Fall wird es Ihrer Aufmerksamkeit auch nicht entgangen sein, dass Ihre Lady sich gerade in großer Not befindet. Es ist mir egal, wie viele Haushälterinnen und enge Vertraute von Lady Agnes in der Gegend herumschwirren. Bis diese Not gelindert ist, führe ich in diesem Raum Regie, nicht Sie!«

Mrs Gibbs biss sich auf die Lippen und wandte sich zum Fenster.

Die stickige Luft hing wie ein schwerer, unsichtbarer Nebel über dem Bett. Sie roch nach abgestandenem Kräutertee, vermischt mit dem Duft der Lavendelblüten, die in den Tüchern gelegen hatten. Lady Agnes liebte Lavendel. Mrs Gibbs zog den Vorhang zur Seite. Ein Luftzug bewegte sich, kaum spürbar, in den Schatten des riesigen Schlafgemachs. Hier hatte Lady Agnes Greenwold seit Wochen still gelegen und kaum das Tageslicht erblickt. Nun wandte sie ihren Kopf zum Licht und atmete tief ein.

Zwei Möwen schossen laut schreiend über das Haus Richtung Meer.

Eine Wespe flog durch den offenen Fensterspalt und torkelte wie betrunken gegen den Porzellankrug, der neben den Handtüchern auf dem Tisch stand. Es war einer der schwülsten Tage des Altweibersommers, der auf wochenlangen Sommerregen gefolgt war.

Das Pfeifen eines Gärtners drang durch das offene Fenster. Von der fernen Wiese klang das fröhliche Treiben der Apfelernte. Männer vom Dorf schüttelten die Bäume mit langen Stangen, Kinder schrien und sprangen um die Wette, um ihre Körbe mit Obst zu füllen.

Das Summen der Wespe, die Rufe der Männer, das Lachen der Kinder, der Duft des Sommerflieders, der durch das offene Fenster wehte, das Rauschen des Meeres in der Ferne: Jedes Geräusch, jeder Geruch war wie ein Bote aus einer anderen Welt, in der das Leben noch in geordneten, vertrauten Bahnen lief. Sie schienen die geplagte Frau für kurze Zeit zu besänftigen. Die Qualen, die ihre Züge verzerrt hatten, ließen nach, sie keuchte, und ihr Atem wurde ruhig.

Aber die Entspannung währte nicht lang.

Plötzlich warf sie sich auf die Seite, krümmte sich und schrie vor Schmerz auf. »Dieses Kind reißt mich in Stücke!«, kreischte sie. »Mrs Earling, helfen Sie mir, ich kann nicht mehr!«

»Ruhig, ruhig, Mylady, bald ist es so weit!«

Draußen hörte der Gärtner auf zu pfeifen. Er legte die Schere, mit der er die verblühten Rosen abgeschnitten hatte, auf den Boden, bekreuzigte sich, schüttelte den Kopf und fing wieder an zu schneiden, als hinge sein Leben davon ab.

»Mrs Gibbs, halten Sie ihre Beine fest! Es kommt gleich noch eine Welle!«

»Ich tue schon mein Bestes, Mrs Earling«, blaffte die Haushälterin.

Die Hebamme wischte sich die Schweißperlen von der Stirn, dieses Mal mit einem Tuch. Die Gebärende gab einen letzten, markerschütternden Schrei von sich. Danach wurde sie still, während Mrs Earling mit flinken Bewegungen ein zappelndes und nach Luft schnappendes Bündel emporhob. Sie klopfte dem Neugeborenen auf den Rücken, tupfte es mit warmem Wasser ab und wickelte es in eine Decke.

»Mylady, wollen Sie Ihre Tochter nicht willkommen heißen?«, fragte sie.

Ein Seufzen entwich den Lippen der erschöpften Frau. Sie drehte den Kopf zum Fenster und starrte reglos in den Himmel. »Nein.« Sie wandte sich Mrs Gibbs zu. »Holen Sie meinen Mann und wecken Sie mich, wenn er kommt.«

»Sofort, Mylady.«

»Sie bringen das Kind eilends zur Amme«, warf Mrs Gibbs der Hebamme in einem forscheren Ton zu. »Frances holt frische Wäsche. Ich kümmere mich um Lady Agnes. Wir brauchen Ihre Dienste nicht mehr.« Ohne einen Blick auf das neugeborene Kind zu werfen, verschwand die Haushälterin durch die Tür. Das Klappern ihrer Schlüssel war immer noch zu hören, lange nachdem sie gegangen war.

Ein einziger, schauerlicher Schrei einer Silbermöwe begrüßte die Ankunft der kleinen Lady Greenwold.

»Keiner freut sich. Ich schließe daraus, es ist wieder ein Mädchen«, sagte Frances, das Hausmädchen, das ins Zimmer geschlichen war und neugierig auf das kleine Bündel in Mrs Earlings Arm blickte. Sie wischte sich verstohlen eine Träne aus dem Auge.

»Die Jungvögel sind geflogen, und ihre Nester sind leer. Das Weibchen sucht nach seinen Jungen«, seufzte Mrs Earling, während sie den weinenden Säugling in der Armbeuge schaukelte und mit der freien Hand das Fenster schloss.

»Es sieht nach Regen aus, Mrs Earling«, sagte Frances.

»In mehr als einer Hinsicht, Franny«, war die müde Antwort. »Richte das Zimmer und schaue nach Lady Agnes, bis Mrs Gibbs wiederkommt, dann kannst du gehen. Lady Agnes hat die Geburt gut überstanden.«

Den Säugling immer noch im Arm, warf Mrs Earling einen letzten Blick auf ihre Patientin, zupfte die Bettdecke zurecht, griff nach ihrem Mantel und Hut, verließ den Raum und eilte die große Treppe zum Haupteingang von Birch Hollow hinunter.

Der Weg zum Dorf hatte sich in eine Schlammrinne verwandelt, so stark trommelte der Regen auf die Wiesen, Wälder und Straßen. Unter dem Umhang drückte sie das Kind fest an ihren Körper und hoffte, das verzweifelte Schreien dadurch zur Ruhe zu bringen. In der anderen Hand trug sie eine Laterne.

Ein Blitz erhellte für einen flüchtigen Moment den Kirchturm und die Dachgiebel des Dorfes, auf das die Hebamme zueilte. Das ferne Brausen aufgebrachter Meereswellen vermischte sich mit dem Prasseln der Regenfluten, als ob Meer und Himmel sich verschworen hätten, ihren angestauten Zorn in einem einzigen Ausbruch auf diesen abgelegenen Strich Landschaft auszuschütten.

Mensch und Vieh waren längst in Deckung gegangen, als die einsame Gestalt durch den Schatten des Kirchturms huschte, auf die Silhouette eines Häuschens zu, das sie im Licht der Laterne gerade noch ausmachen konnte. Sie klopfte hastig an die Tür und stürzte sich, ohne auf eine Antwort zu warten, in den Eingang.

Dort warf sie ihren Umhang mit einer kurzen Schulterbewegung nach hinten, ungeachtet der Regentropfen, die in alle Richtungen flogen und Pfützen auf dem Steinboden des schmalen Flurs hinterließen.

»Maggie, bist du wach?«, rief sie durch den Flur. »Ich habe ein Geschenk für dich!«

Das einzige Lebenszeichen von ihrem Mann, das Lady Agnes Greenwold an dem Abend vernahm, an dem ihre zweite Tochter zur Welt kam, war das Klappern von Pferdehufen auf der Zufahrt. Es wurde immer leiser, bis es vom Sausen des Windes und vom Rauschen der Birken verschlungen wurde.

1

Zehn Jahre später

»Was machst *du* hier?«

Beinahe wäre er mit ihr zusammengeprallt. Das Letzte, was Jake Fenton in diesem Teil des Gestrüpps erwartet hätte, war ein kleines Mädchen, das sich halb hinter einem Baum versteckte.

»Ich sollte dich lieber fragen, was *du* hier machst! Kannst du nicht aufpassen?« Das Mädchen griff in die Tasche seiner Schürze, die wie ein Vorhang um seinen dürren Körper hing, suchte vergeblich nach einem Taschentuch und wischte seine Nase stattdessen mit dem Handrücken ab.

»Du hast geweint«, bemerkte Jake mit einem Anflug von Sorge. Er trat einen Schritt näher und musterte neugierig ihr Gesicht.

»Na und? Hast du noch nie jemanden weinen gesehen?« Das Mädchen drehte sich um, verbarg das Gesicht hinter den verschränkten Armen und redete weiter, mehr zum Baum als zu dem Jungen.

»Ja, komm nur, mach dich über mich lustig. Erzähl allen im großen Haus und im Dorf, was für eine Heulsuse ich bin!« Sie fing an, hemmungslos zu schluchzen. Als wäre sie erleichtert, dass sie nicht länger versuchen musste, eine tapfere Miene zu bewahren.

Jake schüttelte den Kopf, streckte eine Hand aus, um ihr tröstend die bebenden Schultern zu tätscheln, zog sie aber wieder zurück. »Ist schon gut. Warum in aller Welt sollte ich irgendjemandem erzählen, dass du eine Heulsuse bist?«, fragte er stattdessen. »Wer bist du überhaupt?«

Sie hörte schlagartig auf zu weinen, blieb einen Augenblick still und wirbelte plötzlich herum. »Was? Du weißt nicht, wer ich bin?«, fragte sie.

»Nein«, erwiderte Jake mit einem Achselzucken, »woher denn auch?«

Sie machte einen Schritt auf ihn zu, schniefte und hob ihr Kinn. »Ich bin Lady Georgiana Mathilda Franziska Greenwold.«

Er stieß einen leisen Pfiff aus und bot ihr feierlich seine Hand. »Erfreut, Sie kennenzulernen, Mylady. Ich heiße Jake. Ich bin der neue Stallmeister.«

Zu seiner Bestürzung stampfte Lady Georgiana mit dem Fuß auf den Boden und heulte wieder los.

»Um Himmels willen … habe ich etwas falsch gemacht?«, fragte er.

»Ach, lass mich in Ruhe und kümmere dich um deine eigenen Angelegenheiten!« Sie drehte sich um, lehnte sich an den Baumstamm und bedeckte ihr Gesicht mit den Händen.

»Ob ich es will oder nicht, jetzt bist du meine Angelegenheit!« Jake setzte sich demonstrativ auf den alten Baumstamm, der quer über dem grasbewachsenen Boden im Birkenwald lag. »Ich bleibe hier sitzen, bis du mir sagst, warum du weinst. Ich kann so stur sein wie du.«

Es war ein paar Augenblicke still. Als Jake beobachtete, wie Lady Georgiana mit einem verstohlenen Blick nach hinten prüfte, ob er immer noch da war, erhellte sich plötzlich seine Miene. »Sag mal, Lady Georgiana, magst du Möwen?«

»Ach, lass die Lady weg«, erwiderte sie mit hängendem Kopf.

Als Antwort ergriff Jake ihre Hand und zog sie mit sich aus dem Dickicht. Er hielt vor einer alten Mauer an, die mit verwilderter Klematis bewachsen war. Sie erinnerte an Tage, in denen dieser Teil des Anwesens ein gepflegter Garten gewesen war.

Ein einzelner Strang wilden Weins hob sich rotleuchtend vom feuchten Dunkelgrün des Mooses ab und schlängelte sich lässig über das Klettergewächs, bevor er in einer Ritze zwischen den grauen Steinen verschwand. Verblühte Stockrosen wuchsen kreuz und quer entlang der Mauer, verfangen in den stachligen Brombeerranken am Fuß einer sanften, grasigen Anhöhe. Oben am Hang ragte ein alter Turm in die Höhe.

»Zum Turm darf ich aber nicht hin!«

Jake drehte sich um und sah seine Begleiterin zum ersten Mal im Licht der Nachmittagssonne. Ein Blick reichte, um ein rundes Gesicht, Sommersprossen auf einer kleinen Stupsnase, zwei eng geflochtene hellbraune Zöpfe und eine mit Grasflecken verschmierte Schürze aufzunehmen, die viel zu groß war. Eine elegante Lady gab sie nicht gerade ab.

»Du bist aber klein!«, sagte er und als er sah, wie ihre Oberlippe wieder zu zittern begann, erklärte er schnell: »Ich meine, ich dachte, dein Name klingt älter.«

»Ich bin zehn Jahre alt!«

Für ein zehn Jahre altes Mädchen war sie in der Tat klein und drahtig, aber Jake hielt es für klüger, diesen Eindruck für sich zu behalten. »Schau, Lady Georgiana, das Nest ist nicht weit von hier, links. Zum Turm gehen wir nicht.«

Schon zog er sie den grasbewachsenen Hügel hoch. Rechts von ihnen sank die Wiese ab und bildete eine Mulde, auf deren anderer Seite die alte Turmruine stand, die sie von der Mauer aus gesehen hatten. Der Weg nach links stieg immer steiler an, bis sie ein kleines Plateau erreichten, das von schwarzen Felsen durchzogen war.

»Dort oben sind die Reste von Möweneiern. Die Jungen sind geschlüpft und üben ihre ersten Segelflüge über dem Meer.«

»Bist du wirklich nur ein einfacher, dummer Stallbursche?«, fragte Lady Georgiana außer Atem, während sie mit seinen langen Schritten mitzuhalten versuchte.

»Muss man dumm sein, um ein Stallbursche zu sein?«

»Na ja, die, die ich kenne, sind klein, breit und dunkelhaarig, und sie reden nicht. Sie sind nicht groß, dünn, gesprächig und blond wie du.«

Jake versuchte, nicht zu lachen. »Na, dann darfst du jetzt einen Stallburschen kennenlernen, der schlaksig, blond, redselig und ganze achtzehn Jahre alt ist. Und übrigens bin ich Stallmeister und nicht Stallbursche!«

»Achtzehn Jahre? So alt schon?«

»Sehe ich nicht so alt aus? Oh, schau mal, hier ist das Nest. Hinter diesem Felsbrocken.«

Wenig später streichelte Lady Georgiana mit zitternder Hand die winzigen flaumigen Federn, die in der Brise wehten.

Jake beugte sich über ihre Schulter und nahm den Rest einer Schale zärtlich in die Hand. »Die Eier sind hellbraun mit dunklen Punkten, gegen Ende Mai legen die Möwen zwei bis vier davon. Die Babys schlüpfen nach vierzig Tagen.«

»Und wo sind sie jetzt?«

»Sie gleiten über das Land, so weit das Auge sehen kann. Komm, ich zeig's dir.« Jake führte sie zum Rand des Plateaus, sprang auf einen der flachen Felsen und schaute zu, wie sie sich abmühte, ihm zu folgen. Hilfe wollte sie offensichtlich nicht.

Die Landschaft lag ausgebreitet vor ihnen. Auf der anderen Seite der alten Gartenmauer ging das bewaldete Gestrüpp fast unmerklich in die gepflegte Schönheit des Parks über. Birken standen dicht beieinander und bildeten den Kern des Waldes, an dessen Rändern riesige alte Esskastanien mit wundervoll gewundenen Stämmen standen. In weiter Ferne erstreckten sich Obstwiesen und Stoppelfelder bis zum Horizont. Voll behangene Rebstöcke schmiegten sich an die zum Meer gewandten Südhänge.

Jake fing an zu erzählen, während ein milder Spätsommerwind über ihre Gesichter strich. Er beschrieb die Lebensrhythmen der Möwen. Danach redete er von den Ulmen, Birken und Eichen, die den Park umgaben, von den sanften Hügeln, zwischen denen das Dorf Hipperclove lag, und den zackigen Felsen, die das Dorf und seine Umgebung vom Meer trennten und der Sage nach von Riesen und Geistern bewohnt waren. Lady Georgiana hörte gebannt zu.

»Im Herbst zieht die Landschaft ihr schönstes Kleid an«, sagte er ehrfurchtsvoll. »Der Herbst ist außerdem eine feine Zeit fürs Weinen, weil er der beste Tröster ist.« Er sprach mehr zu sich selbst als zu Lady Georgiana. »Bewahre also all deine Tränen wenn möglich für den Herbst. Die Schatten sind länger und dunkler, die Sonne ist aber goldener. Wenn ich sehe, wie der Septemberglanz der aufgehenden Sonne die Landschaft mit warmem Licht überflutet und den Morgentau auf den Spinnenfäden erleuchtet, sodass sie wie winzige Lichterketten auf den Hecken aussehen, dann muss ich wieder fröhlich werden.«

»Weinst du auch manchmal?«, fragte Lady Georgiana.

»Gelegentlich«, antwortete Jake. »Zum Beispiel, als ich letzte Woche liebe Menschen weit weg in Schottland verlassen musste, um nach Birch Hollow zu kommen.«

»Wir sind also beide neu in Birch Hollow.«

»So scheint es. Und wer neu ist, ist einsam. Und wer einsam ist, kann, wenn er es will, Freunde überall in der Natur entdecken: Bäume, Felsen, Möwen. Dann nimmt er Worte und malt Bilder mit ihnen, und danach ist er nicht mehr so einsam.«

»Deshalb kannst du so schön erzählen«, bemerkte Lady Georgiana. »Übrigens, nennst du mich bitte Charlotte?«

Jake drehte sich rasch zu ihr um und starrte sie an. »Ich hätte mir doch denken können …« Er hielt mitten im Satz inne.

Lady Georgiana redete unbeirrt weiter. »Meine Mutter – die, die mich erzogen hat – nennt mich Charlotte, und sie hat mich lieb. Meine Eltern nennen mich Lady Georgiana, aber ich heule und schimpfe, wenn jemand Lady Georgiana zu mir sagt. Ich bin artig, wenn man mich Charlotte nennt.«

»Daraus soll man schlau werden?«

»Du musst nicht schlau werden, nur machen, was ich sage!«

»Du bist aber eine Dame, die weiß, was sie will«, sagte er schmunzelnd.

»Oh! Der Gongschlag! Ich muss weg! Ich bekomme Ärger, wenn Vater erfährt, dass ich mit einem gewöhnlichen Stallburschen geredet habe!«

Der Zauber der Herbstidylle war gebrochen.

»Ich bin der Stallmeister, nicht der …«

Doch ohne einen Blick zurück rannte Lady Georgiana schon den Hang hinunter. Bis die Kirchenglocke aus dem nahe gelegenen Dorf fünfmal geschlagen hatte, war sie über die Mauer geklettert und in den Birkenwald verschwunden. Jake schüttelte den Kopf.

Noch lange, nachdem Lady Georgiana außer Sichtweite war, blieb sein Blick auf das Gestrüpp, die Mauer und die Birken gerichtet. Irgendetwas rührte sich in seiner Seele. Er hatte das Gefühl, dass ein unsichtbarer Faden sein Schicksal mit dem des Mädchens verband. Als wären sie zwei Herbstblätter vom selben Zweig, die der Wind auseinandergetrieben und auf weit voneinander entfernte Felder geweht hätte.

Er setzte sich ins Gras und musterte die dunklen Wolken, die über den Horizont geschlichen waren. Sie waren noch nicht nah genug, um die sonnengebadete Landschaft in ein düsteres Grau zu verwandeln. Ein kaum erkennbarer Hauch von Orange schimmerte durch das Laub. Als hätte ein Künstler mit seiner Pinselspitze winzige pastellene Spuren auf die grüne Kulisse der bewaldeten Hänge getupft und sie dann zärtlich gestreichelt. Noch wartete die Landschaft mit angehaltenem Atem auf einen geheimen, für menschliche Ohren nicht hörbaren Startschuss. Dann würde sich das gewaltige Naturschauspiel entfalten, eine Farbenschau in satten Mischungen von Gold, Rot und Orange, strahlend, leuchtend, himmlisch. Ein letzter Ausbruch von Leben, bevor der Winterfrost monatelang wie eine steife Decke über dem ganzen Panorama läge.

Rauch aus den Schornsteinen des Herrenhauses schlängelte sich träge in die Luft und mischte sich mit dem Rauch, der aus dem Garten stieg. Der Gärtner witterte einen Sturm und war damit beschäftigt, die Blätterhaufen zu entsorgen, bevor der Wind sie aufwirbeln würde. Bald trübte ein grauer Dunst das Grün der Landschaft, und die Luft wurde kühl.

Ein ferner Donnerschlag riss Jake aus seiner Grübelei. Er stand auf, schüttelte Grasreste von seiner Jacke und eilte den Hang hinunter. Anstatt zum Stall zu gehen, in dem er neben dem Pferdewirt Frederick ein Zimmer über der Scheune bewohnte, bog er auf der anderen Seite des Birkenwaldes nach rechts und lief mit raschem Schritt über die Brücke Richtung Dorf.

Dickon zögerte, bevor er klopfte. Aus der Bibliothek drangen Stimmen durch die geschlossene Tür. Der Dienstbote sah sich vorsichtig um, dann legte er sein Ohr an die Tür.

»Ich werde mein Recht geltend machen, das ist dir wohl klar, Cousin!« Eine fremde Stimme. Der Besuch musste überraschend gekommen sein. Die übliche Bestellung von Apfelwein für Gäste hatte es nicht gegeben, nachdem die Bediensteten die Räder der Kutsche auf dem Kies in der Zufahrt gehört hatten.

»Beides falsch, Malcolm. Weder ist es dein Recht, noch ist es mir klar. Im gleichen Maß, wie dein Whiskykonsum gewachsen ist, hat deine Intelligenz abgebaut.« Das war Lord Greenwold. Geschäftlich, eiskalt, souverän.

»Aber zum Glück nicht so stark, dass ich die Gesetze des Landes nicht mehr kennen würde, Winston! Verwandtschaft ist Verwandtschaft. Um Blutsbande kommt kein Lord von Birch Hollow herum, und sei er noch so erhaben. Dein Versuch, den Verlust des Testaments nach dem Brand zu verheimlichen, war vergeblich. Selbst der kleinste Stalljunge weiß, dass der Sondererlass mit dem Verschwinden des Dokuments hinfällig ist. Deine Töchter können nicht erben. Damit bin ich dein Nachfolger. Einen männlichen Erben aus dem Nichts zaubern kann nicht einmal ein Lord Greenwold.« Die Stimme klang spöttisch und schadenfroh. Der Besucher wusste offensichtlich, dass er den Lord an seinem empfindlichsten Nerv traf.

Dickon wartete gespannt auf die Reaktion. Ein vollblütiger adliger Wutausbruch würde ihm Stoff liefern, um die Dienerschaft in der Küche einen Abend lang in seinen Bann zu ziehen. Türknallen, Gebrüll, das Hämmern mit den Fäusten auf dem Tisch, hin und wieder eine gebrochene Glasscheibe, das alles hatte Lord Greenwold im Programm. Doch dieses Mal hatte er sich im Griff. Er hatte wohl gelernt, lieber auf langfristige Rache zu setzen.

»Natürlich kenne ich die Gesetze des Landes, Cousin«, gab er kontrolliert und gefasst zurück. »Aber dieser Teil des Landes unterliegt anderen Gesetzen, und die bestimme ich. Möchtest du eine Zigarre?«

»Nein, ich möchte mein Recht. Ich will Klartext, feste Garantien. Lang genug hast du um den heißen Brei herumgeredet.«

»Plötzlich so eilig?«

»Ich hatte es schon immer eilig. Ich will dir nur die Mühe sparen, nach einem anderen Erben zu suchen. Ich will meine Zukunft planen. Eine Stadtvilla in Newquay kaufen. Eine Frau suchen und eine Familie gründen, mich mit der Gegend vertraut machen. Ein Gentleman braucht seine Sicherheiten, Winston. Du bist nicht mehr der Jüngste, und ich brauche Zeit, um mich mit deiner freundschaftlichen Begleitung in meine Aufgaben als zukünftiger Herr von Birch Hollow hineinzufinden.«

Die Stimmen wurden leiser, offensichtlich wandten sich die beiden jetzt mehr zum Kamin hin. Dickon drückte sein Ohr fester an die Tür. Lord Winston stand bestimmt am Fenster. Er rauchte seine Zigarren gerne stehend.

»Meinst du wirklich, ich überlasse mein Anwesen, mein Vermögen, alles, was meine Vorväter sich in drei Generationen mühsam erarbeitet haben, einem trinksüchtigen Grünschnabel, der alles in Grund und Boden wirtschaftet?«

»Mein Rechtsanwalt wird es anders sehen. Er wird wissen wollen, glaub es mir, woher ein Schurke aus der Provinz, der sich adelig nennt, sich das Recht nimmt, die Gesetze dieses Landes willkürlich, nach Belieben und zu den eigenen Gunsten zu ändern, nur weil er keine Söhne hat! Du wirst von mir hören, Cousin!«

Die Stimmen waren wieder laut und aufgeregt. Dickon sprang von der Tür zurück. Bis ein korpulenter Herr, nicht älter als dreißig, mit geballten Fäusten und zusammengebissenen Zähnen aus der Bibliothek stürmte und die Tür hinter sich zuschlug, war der Dienstbote längst damit beschäftigt, eine Messinglampe am anderen Ende der Eingangshalle zu polieren. Er drehte sich scheinbar überrascht um. »Ach! Sie sind es, Sir Forsythe-Drake! Gehen Sie schon? Ihr Mantel, Sir! Ich helfe Ihnen!«

Dickon blickte in zwei kleine, rastlose Augen. Sie wirkten verloren in den aufgedunsenen Falten eines runden Gesichts, das selbst für den beleibten Umfang des Gentlemans zu groß erschien. Sir Forsythe-Drake roch nach Whisky.

»Was glotzt du, Junge? Sind alle Bediensteten hier so ungehobelt wie du?«

»Ich … ich dachte nur, ich könnte einen Kamm und etwas Pomade für Ihre Haare holen, Sir. Sie wirken etwas zerzaust, ich mache Sie gerne frisch für die Reise.«

»Meinst du, ich bin für eine Schönheitsbehandlung hergekommen, Junge?« Als der Besucher aufbrauste, schienen seine Augen in den Gesichtsfalten gänzlich unterzugehen, bis sie nicht mehr zu sehen waren. »Her mit dem Mantel. Zuerst der linke Ärmel. Merk es dir ganz genau. Denn du wirst in Zukunft noch sehr oft Gelegenheit haben, mir in meinen Mantel zu helfen. Gewöhn dich besser gleich daran. Und jetzt der Hut. Nein, keine Begleitung nach draußen. Nicht heute.«

Dickon hörte die Schritte des zornigen Besuchers auf dem Kies, das Wiehern seines Pferdes und die Stimme von Frederick, der dem Kutscher den Weg nach Newquay erklärte. Erst nachdem das Geklapper der Hufe und das Knirschen der Räder auf der Zufahrt nicht mehr zu hören waren, näherte er sich wieder der Bibliothek.

Ein Dunst von Zigarrenrauch hing in der Luft. Dickon setzte mehrmals an, bevor sein Fingergelenk die Tür endlich berührte. Er nahm seinen ganzen Mut zusammen und klopfte leise.

»Herein!«, kam es schroff von innen.

Lord Greenwold stand mit verschränkten Armen am Kamin. Von einer halb gerauchten Zigarre, die in einem Aschenbecher auf dem Kaffeetisch lag, stieg eine dünne Rauchspirale in die Luft. »Was gibt es?«

Offensichtlich war ihm nicht nach Plaudern zumute.

»Frances fragt, ob sie das Kind wieder nach Hause schicken soll, Mylord.«

»Welches Ki… Ach, *das* Kind. Das Kind *ist* zu Hause, Dickon!«, fauchte Lord Greenwold. »Sonst noch Probleme?« Er lief zum Fenster. Sein bohrender Blick glitt über den gepflegten Rasen, der von Nebelschwaden umhüllt war.

»Die kleine Lady scheint es anders zu sehen, Mylord.«

Lord Greenwold drehte sich um. Ein paar Sonnenstrahlen durchdrangen plötzlich die dunklen Wolken, die über den Park zogen, und stahlen sich durch die Fenster. Die Silhouette des hochgewachsenen Herrn von Birch Hollow ließ die Selbstsicherheit eines Mannes erkennen, der sich in den besten Jahren befand und es zu großen Errungenschaften gebracht hatte. In seiner Stimme klang eine Autorität durch, die keine Widerrede duldete.

»Die kleine Lady hat das zu meinen, was ihr Vater meint! Schau nach dem Kamin, Dickon, es wird heute Nacht stürmisch. Überlass mir gefälligst meine Familienangelegenheiten.«

»Verzeihen Sie, Sir. Ich wollte Sie nur informieren, Mylord.« Dickon war schlau genug, um seinen Herrn nicht weiter zu provozieren.

Lord Greenwold schloss das Fenster, ging zum Kamin und deutete ungeduldig auf das leere Weinglas, das auf dem kleinen Tisch neben seinem Sessel stand.

»Entschuldigung, Mylord!«, sagte Dickon hastig und füllte das Glas aus einem danebenstehenden Krug nach. Er zog Lord Greenwolds Sessel in die Nähe des Kamins und klopfte die Kissen zurecht.

»Wenn du fertig bist, darfst du gehen, Dickon. Einen Tee wünsche ich heute nicht.«

Dickon zögerte.

»Was gibt's denn noch, Junge?«

»Die eigentliche Frage, die ich stellen will ...« Dickon holte tief Luft. Warum gab es keine ungefährliche Art, unbequeme Informationen loszuwerden? »Sie wünschen sich vermutlich eine neue Gouvernante, Sir? Miss Smithson hat gekündigt. Lady Georgiana hat sie in die Hand gebissen und ihr ins Gesicht gesagt, dass sie die hässlichste Frau der Welt sei, weil sie Warzen am Kinn hat, aus denen schwarze Haare wachsen. Lady Rosalinde hat gedroht, ihrer Schwester die Zöpfe abzuschneiden. Sie wollte sie außerdem erdrosseln, ihre Puppe enthaupten und sie samt ihrer Puppe in den Keller sperren. Als Antwort hat Lady Georgiana Lady Rosalindes neuen seidenen Schirm in den Fluss geworfen. Die Seide ist ruiniert. Wir mussten nach dem Arzt senden, weil Lady Rosalinde so außer sich war. Sie wälzte sich schreiend auf dem Boden und drohte, bewusstlos zu werden. Sie musste Beruhigungsmittel einnehmen. Wir machen es im Dorf bekannt, dass die Stelle wieder frei ist.« Mit einem einzigen atemlosen Wortschwall war er seine Nachricht losgeworden.

Lord Greenwolds Gesichtszüge verhärteten sich. Er öffnete den Mund, um etwas zu sagen. Doch dann presste er die Lippen zusammen und machte zwei Schritte in die Mitte des Raumes, wo er die noch schwelende Zigarre in den Aschenbecher drückte. Dickon trat instinktiv einen Schritt zurück. Seine Hand tastete hinter seinem Rücken nach der Türklinke.

»Wo ist das Kind?« Der Lord murmelte noch etwas, was Dickon nicht verstand, und starrte auf den Boden.

Dickon zögerte. »Die Kleine hat sich in ihr Zimmer eingeschlossen und weigert sich, herauszukommen. Sie schreit, dass sie wieder nach

Hause möchte. Mrs Gibbs kümmert sich um Lady Rosalinde. Frances ist ratlos und außer sich.«

»Genug, Dickon!« Lord Greenwold machte auf dem Absatz kehrt und marschierte zur Tür hinaus, ohne den Diener eines weiteren Blickes zu würdigen. Seine Tritte auf den Marmorstufen der großen Treppe dröhnten durch den Flur, scharf und zackig, wie ein Widerhall des eiskalten Zorns, der in seinen stahlgrauen Augen stand.

Dickon schüttelte den Kopf. Er hoffte für Lady Georgiana, dass der Ärger des Lords sich legte, bis er oben ankam. Er warf einen verstohlenen Blick um sich, führte die immer noch leicht glimmende Zigarre mit einer flinken Bewegung zum Mund und zog genüsslich daran, bevor er sie endgültig löschte. Danach legte er frische Kohlen auf den Feuerrost im Kamin und kratzte die Asche, die darunter lag, mit der Schaufel heraus. Die Bibliothek war Lord Greenwolds Refugium. Abends mochte er es warm.

An diesem Abend verzichtete der Lord jedoch auf seinen üblichen Platz vor dem knisternden Feuer in seiner Bibliothek. Die Dämmerung brach herein, und die Temperatur ging schlagartig zurück, als er das Haus verließ. Oben am Himmel ballten sich Gewitterwolken zu gewaltigen, dunklen Türmen in die Höhe. Donner grollte in der Ferne. Der Gutsherr blickte besorgt auf das bedrohliche Schauspiel, das sich über ihm entfaltete, und beschleunigte seine Schritte. Erste Regentropfen platschten auf den gepflasterten Weg, der von der Tür des Herrenhauses nach links über den Rasen zu den Pferdeställen führte.

»Kein langer Ritt, aber ein schneller, Frederick. Übernachtung in St. Ives. Ja, auch bei Gewitter. Hören Sie auf, mich anzustarren, und richten Sie den Sattel. Volle Montur heute!«

Lord Greenwold trieb sein Pferd mit dem Eifer eines Mannes an, der um Leib und Leben kämpft. Das Pferd kannte den Weg gut, auch bei trübem Licht und prasselndem Regen. Plötzlich schleuderte der Sturm einen gezackten Blitz an den pechschwarzen Himmel, der die Umrisse der Stadt St. Ives mit ihrem Kirchturm und den Dächern erhellte. Ein Donnerschlag knallte durch die Luft. Das Pferd bäumte sich auf und stellte sich wiehernd auf die Hinterbeine.

»Ganz ruhig, Tedwin!« Lord Greenwold klopfte dem Tier auf die Flanke. »Was, willst du nicht weiter? Komm, los, mein feiner Hengst! Auch diesen Sturm werden wir überstehen, glaub mir!«

Kurze Zeit später hielten Pferd und Reiter vor dem *Barrel and the Bottle*, einem Gasthaus in der Mitte von St. Ives.

»Mr Linreed erwartet Sie, Mylord«, verkündete der Dienstbote, der aus der Tür gerannt kam, sobald er die Hufe auf dem Kopfsteinpflaster hörte.

Schon sprang Lord Greenwold die zwei Stufen zur Haustür hoch. »Ich übernachte. Reiben Sie das Pferd ordentlich trocken, Sam!«, rief er über die Schulter zurück.

Lord Greenwolds Stammplatz befand sich in der hinteren Ecke der Trinkstube im Schatten eines dicken Samtvorhangs, der das Fenster zum Hinterhof des Gasthauses zur Hälfte verdeckte. Seinem Ruf als Mann des Volkes, der es nicht für unter seiner Würde hielt, sich in der Schankstube unter das Arbeitsvolk zu mischen, wurde er gerne gerecht. An diesem Abend mochte er es jedoch lieber unauffällig.

Der muffige Geruch, eine Mischung aus kaltem Stein und uralter polierter Eiche, war im hinteren Teil des Raums am intensivsten. Bald nach der Ankunft des Lords wurde die Luft von Zigarrenrauch überlagert. Regen prasselte gegen das Fenster. Der feuchte Mief von Schweiß und durchnässten Mänteln hing in der Luft. Die Kerze auf dem Eichentisch tauchte die Gesichter der beiden Männer, die einander gegenübersaßen, in orangefarbenes Licht, und die Biergläser auf dem Tisch warfen flackernde Schatten.

Die Feldarbeiter am anderen Ende der Wirtsstube waren in Hochstimmung. Unter lautstarkem Gelächter leiteten sie das Ende eines langen Tages auf den Obstwiesen mit großzügigen Schlucken aus Krügen mit frischem Apfelmost ein. Den beiden Gentlemen schenkten sie keine Beachtung. Die Stammkunden hatten sich längst an den Anblick des hochgewachsenen Gutsherrn in Gehrock und Hut gewöhnt, der immer am gleichen Platz am hinteren Tisch saß, mitten im Qualm von Zigarrenrauch und verstrickt in ernste Verhandlungen mit Geschäftspartnern.

Der Wirt war stolz auf seine vornehme Kundschaft. Mit eiserner

Konsequenz beachtete er das oberste Gebot im Umgang mit dem Adel: Diskretion. Das Gerücht, dass Lord Greenwold ein eigenes Zimmer oben in *The Barrel and the Bottle* gemietet hatte, bestritt er nicht. Böse Zungen behaupteten, der Adlige verköstige nicht nur Geschäftspartner unten in der Stube, sondern gern auch Damen im oberen Gemach.

»Der Plan läuft, Lord Greenwold?« Der junge Mann, der auf den Lord gewartet hatte, fuhr sich mit der Hand nervös durch die blonden Haare, beugte sich nach vorn und stützte seine Ellbogen auf den Tisch.

»Sonst hätte ich Sie nicht hierher bestellt, Mr Linreed!«

»Und warum auf einmal so eilig, Mylord?«

Der Gutsherr lehnte sich in seinem Stuhl zurück und zog an seiner Zigarre. »Ich habe in den sauren Apfel gebissen und das Mädchen nach Birch Hollow geholt.« Er blies den Rauch langsam aus.

»Sieh mal einer an. Und Sie sind von seiner Anmut geblendet.«

Lord Winston erstickte beinahe an seiner Zigarre. Er hustete, lachte hämisch, hob sein Bierglas zum Mund und nahm einen großen Schluck. Er wischte sich den Mund mit einem Tuch ab und stellte das Glas auf den Tisch. »Nein, mein Lieber. Von seiner Hässlichkeit!«

»Was, Sie wollen mir eine hässliche Braut unterjubeln? Und wenn sie bis dahin schön wird und ein anderer sie begehrt? Sie ist noch jung.«

»Schön wird sie nie. Aus matten Augen werden keine reizvollen. Stupsnase bleibt Stupsnase. Sommersprossen verschwinden nicht mit den Jahren. Und die Haare – dünn und fad. Pah! Dass das kleine Weib von mir stammen soll …? Ich erkenne aufkeimende weibliche Reize, wenn ich sie sehe. Hier wittere ich keine.«

»Und ich soll sie in zehn Jahren zur Frau nehmen.«

»Noch früher, wenn es sein muss. Sagen wir, in acht Jahren. Welche Weiber Sie sich am Ende ins Bett holen, das bleibt Ihre Sache.«

Mr Linreed trommelte in Gedanken versunken mit den Fingern gegen den Bierkrug. »Sie denken wirklich, das lässt sie mit sich machen, Mylord?«

Der Wirt brachte einen zweiten Krug Bier und Lord Greenwold gab Mr Linreed ein Zeichen zu schweigen, bis er sich wieder entfernt hatte. Dann erst gab er eine Antwort.

»Sie wird keine andere Wahl haben, Mr Linreed. Manieren hat sie keine, wird sie auch nicht haben. Eine Frau aus dem Dorf hat sie großgezogen. Ihr ordinäres Verhalten passt zum unansehnlichen Äußeren. Schlau ist sie nicht. Ich sorge dafür, dass es so bleibt. Sie ist also bestes Material für eine ungeschliffene, aber eingebildete Landpomeranze. Für einen Bauer zu fein, für einen Grafen zu grob. Wie geschaffen für eine Spielfigur auf meinem Schachbrett.« Er lachte schadenfroh, bis ein Hustenanfall ihn überkam, er sich verschluckte und nach Luft ringen musste.

Mr Linreeds Blick fiel auf eine Narbe an der rechten Seite seines Halses. Die Haut war an dieser Stelle glatt, schimmerte rötlich und lila und spiegelte den Kerzenschein wider. Das von grauen Strähnen durchzogene Haar des Lords war nach hinten gekämmt, immer noch feucht vom Regen. Seine Gesichtszüge wirkten müde im gedämpften Licht, aber seine Augen blitzten scharf und energisch, während er weiterredete.

»Auf einmal, gerade in der Zeit, in der das hungrige Herz eines jungen Weibes nach Liebe lechzt, tritt ein großer, blonder Gentleman in ihr Leben, verdreht ihr den Kopf und wirbt um ihre Hand. Die Aussicht auf feine Abendroben, modische Hüte und den Neid ihrer ganzen Bekannten lässt sie natürlich nicht kalt. Bis dahin ist aus dem spärlichen und samtweichen Haarwuchs an Ihrem Kinn, Mr Linreed, ein stattlicher Bart geworden, und Ihre bleichen, dünnen Arme haben sich in vorzeigbare Muskeln verwandelt. Warten Sie nur ab, wie sie förmlich dahinschmilzt, wenn Sie Ihren Mund auf ihre Lippen drücken und ihr ewige Liebe schwören!«

Es war kurz still.

»Ich will es schriftlich, Mylord.«

Lord Greenwold bückte sich und kramte in seiner Tasche nach einer Ledermappe.

Das hämische Glitzern in seinen Augen entging dem jungen Mann nicht. »Warten Sie, Mylord. Was ist mit den Behörden? Und Ihrem nächsten männlichen Verwandten?«

»Ha! In acht Jahren sind Sie mein nächster männlicher Verwandter, mein Freund. Blutsverwandtschaft hat hier nichts zu sagen. Ein Schwiegersohn ist in diesem Fall so gut wie ein Sohn. Die Obrigkeiten sind froh, wenn das Anwesen im bisherigen Sinn weitergeführt wird. In anderen Küstenstädten treiben Schmuggler ihr Unwesen und lösen Kleinkriege und Anarchie aus. Dass bei uns Ruhe und Ordnung herrschen, ist den Ratsherren in Truro, St. Austell und St. Ives nicht entgangen. Solange das der Fall ist, drücken sie bereitwillig beide Augen zu und überlassen uns unsere Erbangelegenheiten selbst. Sie sind mit Wichtigerem beschäftigt. Wir befinden uns hier nicht in London, Mr Linreed. Diese Küste ist ein rauer Landstrich und folgt ihren eigenen Gesetzen.« Er warf dem jungen Mann einen vielsagenden Blick zu.

»Und der Fluch, Mylord?«

»Ach, der hat nichts als Vorteile gebracht. Diesen Quatsch soll die Bevölkerung ruhig weiter glauben. Es gibt keinen besseren Nährboden für satte Umsätze als ein Aberglaube, der keine Fragen stellt. Aus dem ›verfluchten Land‹ ist ein ergiebiges Paradies geworden. Ganz Hipperclove lebt von unserer Obsternte, Mr Linreed.«

»Und wenn Ihnen ein männlicher Erbe geboren wird, Sir? Lady Greenwold ist noch jung.«

Lord Winston winkte den Wirt zum Tisch. »Tintenfass und Schreibfeder, Herr Wirt.«

»Sofort, Mylord.«

»Hören Sie mir gut zu, Junge.« Der Lord beugte sich nach vorne über den Tisch. Seine Stimme verriet eine Spur von Ungeduld. »Es gab einmal ein Testament, das bei Nichtvorhandensein eines männlichen Nachkommen Töchtern das Erbrecht von Birch Hollow zusprach. Dieses Testament verschwand, als der Flügel des Hauses abbrannte, in dem meine Mutter lebte. Es gibt keine Kopie davon. Es war selbstverständlich meine feste Absicht, einen männlichen Erben zu zeugen. Stattdessen gebar mir meine Frau eine Tochter, zwei tote Söhne und noch eine Tochter. Einen weiteren Sohn wird es nicht geben. Das Einzige, was meine Frau und ich gemeinsam haben, ist eine abgrundtiefe Abscheu vor dem Gedanken, auch nur für eine Nacht das Bett zu teilen. Diese Ehe existiert nur auf dem Papier.«

»Wenn Sie Ihre Erbfolge in diesem gesetzlosen Teil des Landes selber bestimmen können, dann ernennen Sie doch einen illegitimen Sohn zum Erben, Mylord.«

Lord Greenwold schlug mit beiden Handflächen auf den Tisch. »Machen Sie keine Witze, Mr Linreed. Meine Bastarde bleiben so weit wie möglich aus dem Spiel. Sie existieren nur, wenn ich will, dass sie existieren. Solch einen Skandal kann selbst ich mir nicht leisten. Außerdem verlangt das Anwesen nach einem Nachkommen, der die Geschäfte kennt und das Vermögen verwaltet. In acht Jahren sind Sie sechsundzwanzig und Lady Georgiana achtzehn – ein Traumpaar. Bis dahin haben Sie Ihr Handwerk gelernt und meine Tochter ist froh über jeden Gentleman, der auch nur einen Blick in ihre Richtung wirft.«

»Und Lady Rosalinde? Sie ist immerhin die ältere.«

Lord Winston machte eine abfällige Handbewegung. »Lady Rosalinde ist ein verhätschelter Dickkopf. Sie hat nichts als Seifenblasen und Watte in ihrem hübschen Köpfchen. Mit ihrem goldenen Lockenkopf, den großen blauen Augen und ein paar Kurven wird sie irgendeinen Grafen an Land ziehen, der ihr hinterherläuft und dumm genug ist, sich von ihren Reizen betören zu lassen. So einer ist zu riskant als Nachfolger. Ich brauche jemanden, der vom selben Holz geschnitzt ist wie ich. Sonst noch Einwände?« Lord Greenwold lehnte sich zurück und wartete, bis der Wirt Tintenfass und Schreibfeder auf den Tisch gelegt hatte. Es war ein paar Augenblicke lang still.

»Ich soll also die Last Ihres Erbes auf mich nehmen, dazu eine hässliche Tochter, die kein anderer will …«

»Und dafür bekommen Sie ein Vermögen, das Ihre Freunde gelb vor Neid werden lässt, Ihren Verwandten schlaflose Nächte bereitet und Ihre Feinde das Zittern lehrt. Wer mich beerbt und Birch Hollow erhält, erbt die Geheimnisse, die mich und meine Vorväter reich gemacht haben. Die Welt liegt Ihnen zu Füßen.« Er hielt kurz inne. »Und wenn nicht Ihnen, dann meinem Cousin Malcolm Forsythe-Drake. Kaum eine Woche vergeht, in der er nicht versucht, seinen Anspruch geltend zu machen. Erst heute stand er wieder bei mir in der Bibliothek.«

»Deshalb so eilig. Verstehe.«

»Wenn Sie ›Nein‹ sagen, schicke ich die Kleine zu ihrer Bäuerin zurück. Der viele Ärger, den sie mir macht, wenn sie im Herrenhaus bleibt, muss wenigstens für etwas gut sein.« Lord Greenwold hob sein Bier zum Mund. Bevor er einen Schluck nahm, blickte er Mr Linreed über den Rand des Glases direkt in die Augen. »Übrigens, eine unerwünschte Braut kann, wenn nötig, entsorgt werden, nachdem sie ihren Zweck erfüllt hat.« Das kalte Glitzern stand in seinen Augen. Sein Gesicht war rot angelaufen, die Narbe am Hals pulsierte. Er leerte sein Glas und wischte sich den Mund noch einmal mit dem Tuch ab. »Und wenn Sie sehr viel Glück haben, verlieben Sie sich in das Mädchen!«

Beide Männer lachten laut.

Das Dokument wurde unterzeichnet. In zweifacher Ausfertigung. Es machte Mr Linreed zum rechtmäßigen Erben von Birch Hollow – Gut, Vermögen und Tochter mit eingeschlossen. Ein fester Händedruck besiegelte das Abkommen, und der junge Mann staunte über den glücklichen Zufall, der ihn als Kind aus bescheidenen Verhältnissen zum zukünftigen Inhaber von Birch Hollow und zum vermögendsten Mann in ganz Cornwall machen sollte.

2

In der Küche von Birch Hollow herrschte Feierabendstimmung nach langen Arbeitstagen. Die Apfelernte war in vollem Gange. Auf verschwitzte Stunden auf den Obstwiesen folgten Abende in der feuchtfruchtigen Kühle zwischen den dicken Steinmauern der Wirtschaftsräume. Große Berge von Äpfeln lagen in Körben neben der Tür, die zum Gemüsegarten führte.

Die Aussicht auf Apfelkonserven und Apfelwein, auf dampfenden *Apple Pie* und heißen Apfelauflauf in den kalten Wintermonaten beflügelte die fleißigen Hände. Helfer vom Dorf waren in Birch Hollow eingetroffen, um schadhafte Obststücke auszulesen und faule Stellen auszuschneiden. Nichts wurde verschwendet. Mostäpfel wurden für die Weinfässer, angeschlagene Obststücke als Futter für die Pferde ausgesondert. Die Bediensteten des Herrenhauses arbeiteten bis in den Abend hinein.

»Gott sei Dank, gerade noch rechtzeitig vor dem Gewitter! Sogar Mrs Gibbs wird's schwer haben, ihre Krallen auszufahren, wenn sie sieht, wie viel wir geschafft haben!« Harriet, der Köchin, war die Erleichterung ins Gesicht geschrieben. Sie schleppte einen vollen Korb in die Mitte der Küche.

Dickon und Franny zogen zwei Holzschemel heran und stürzten sich auf das frisch geerntete Obst, während Harriet Einmachflaschen zum Reinigen bereitstellte.

»Mrs Gibbs soll sich von der Küche fernhalten«, sagte Franny. »Je weniger sie sich hier unten sehen lässt, desto besser können wir arbeiten, findet ihr nicht auch? Sie soll sich um Lady Agnes kümmern. Es bringt mich zur Weißglut, wie sie im ganzen Haus herumgeistert, als ob ihr alles gehören würde.«

»Mrs Gibbs wird sogar im Himmel beim lieben Gott herumgeistern, als ob ihr alles gehören würde«, warf Dickon ein und bekreuzigte sich spöttisch. »Wenn sie überhaupt dorthin kommt, was ich nicht hoffen will. Ob schwarze, bis zum Kinn zugeknöpfte Kleider vom lieben Herrgott zugelassen werden?«

»Pass bloß auf, dass *du* dorthin kommst, du Lästermaul«, rügte Harriet und schüttelte ihr Messer in seine Richtung. »Nach so einem schwülen Spätsommer wird der *Cidre* besonders süß sein.« Ihr beiläufiger Ton verriet, dass ihr in Wirklichkeit etwas anderes auf dem Herzen lag und sie nur auf einen Wink der anderen wartete.

Dickon schnitt schließlich das Thema an, das alle beschäftigte. »Sag mal, Franny, stimmt es, dass er ihr eine ordentliche Tracht Prügel verpasst und sie grün und blau geschlagen hat?«

»Wer wen?«, fragte Franny. Sie warf einen unschuldigen Blick in die Runde und zog eine Augenbraue hoch. Ihre Hände, die mit flinken Bewegungen Äpfel sortierten, wurden keinen Moment langsamer.

»Lord Greenwold die kleine Lady, du Dummerchen!« Dickon legte sein Messer auf den Boden. »Raus damit, Franny. Spann uns nicht auf die Folter. Ich will es wissen.«

»Warum redest du plötzlich so leise?«, sagte Franny lächelnd und schob eine verwaiste Strähne ihrer lockigen dunklen Haare unter ihre Haube. »Mach lieber die Tür für Frederick und Jake auf. Ich höre Stiefel im Gang.«

Es war nicht nötig. Die Tür wurde von der anderen Seite geöffnet. Frederick zog seine Jacke aus und klopfte die Regentropfen ab, bevor er sie an einem Haken neben der Tür aufhängte. »Jake ist zu seiner Mutter gegangen. Ich leiste euch Gesellschaft und helfe mit den Äpfeln.«

»Du meinst, in Wirklichkeit willst du Neuigkeiten erfahren«, warf Dickon ein.

»Hältst du mich für so vorwitzig?«, gab Frederick zurück. »Nein, ich wollte euch mit meiner üblichen Selbstlosigkeit unter die Arme greifen. Aber wenn es Neuigkeiten gibt, raus damit!« Er zog seine Gartenhandschuhe aus und wärmte seine Hände am Herd, unter dem noch Reste von Kohle glühten.

Dickon zog einen Schemel für ihn heran und reichte ihm ein Messer. »Die Kleine sah beim Dinner gefasst aus, nicht so, als ob sie Prügel eingesteckt hätte. Sie hatte nur geschwollene Augen«, erzählte er.

»Ach ja? Seit wann fällt es dir auf, wenn eine Dame weint?« Wieder zog Franny die Augenbraue hoch. Die Haarsträhne war erneut aus der Haube gerutscht. Dieses Mal schob sie sie nicht zurück, sondern drehte sie um einen Finger.

»Bei bestimmten Damen würde es mir sehr wohl auffallen.« Dickon blinzelte Franny zu, während er sich an Frederick wandte. »Zurück zu den Neuigkeiten«, sagte er. »Heute bekam Lord Greenwold von einem aufgebrachten Gentleman Besuch. Es ging um irgendeinen Erbstreit, den Lord Greenwold gewinnen wird, weil er immer gewinnt. Danach durfte ich ihm die Nachricht überbringen, dass Miss Smithson gekündigt hatte. Und so, wie Mylord da aus der Bibliothek gestürmt ist, muss ein ordentliches Gewitter über Lady Georgiana hereingebrochen sein. Ihr wollt sicher wissen, wie sich das Gespräch angehört hat.«

»Wir haben wohl keine andere Wahl«, kommentierte Harriet trocken.

Dickon erhob sich und ahmte jede Geste, den Tonfall und sogar die Körperhaltung von Lord Winston so glaubwürdig nach, dass die Bediensteten sich vor Lachen krümmten. Plötzlich kniff er die Augen zusammen, fuhr mit den Händen durch seine Haare, bis sie zerzaust waren, blickte hektisch hin und her und sagte: »Darf ich mich vorstellen? Ich bin der Sir Forsythe-Drake. Euer zukünftiger Lord von Birch Hollow. Ich habe einen schwabbeligen Mund, fette Backen und blonde, verschwitzte Haare, aber ich verspreche euch, hier wird Zucht und Ordnung eingeführt! Schaut meine eiserne Faust an! Ihr seid alle zu faul geworden!« Er blickte die anderen mit großen Augen an, und seine Stimme nahm einen gespenstigen Klang an.

»Kein Gelächter mehr in der Küche! An Regentagen werden wir alle zusammen mit den Mönchen heulen!«

Harriet ließ ihr Messer fallen und riss die Augen auf. »Dickon, wie kannst du nur! Wenn Mrs Gibbs das hört und dich verrät, bist du deine Arbeit los. Du weißt, dass die Mönche Pech bringen! Fließt gar keine Gottesfurcht mehr in deinen Adern, du elender Clown?«

Zur Antwort griff Dickon nach zwei Äpfeln und jonglierte mit ihnen, bevor er sich wieder hinsetzte und weiter sortierte. »Es kümmert mich keinen Deut, was der Drache Gibbs meint. Wenn du Lord Greenwolds neue Kutsche und seine Vollblutpferde ›Pech‹ nennst, dann möchte ich auch das Pech haben, das die Mönche bringen!«

»Du forderst das Schicksal mit deiner Dreistigkeit heraus, Junge!«, drohte die Köchin.

»Der Lord wollte seine Sporen«, warf Frederick hastig ein, bevor Harriet wieder schelten konnte. »Wenn er so reitet, wie er losgesprungen ist, dann habe ich nachher Arbeit, das Pferd wiederherzustellen.«

»Die Tochter hat mehr zu fürchten als die Pferde, glaubt's mir!«, sagte Dickon. Es war kurz still.

»Er will sie hierbehalten.« Franny war plötzlich ernst. Alle Augen richteten sich auf sie.

»Auf einmal? Das Mädchen interessiert ihn doch nicht die Bohne!«, erwiderte Frederick.

»Ich ahne nichts Gutes. Er ist nur wohlwollend, wenn es ihm etwas bringt«, fuhr Franny fort.

»Und nach der Nachricht von Miss Smithsons Abgang ist er ganz plötzlich milde geworden. Sie darf Maggie besuchen, aber nur wenn sie …« Sie brach mitten im Satz ab.

»Was für einen Unfug erzählst du da, Frances?« Es war die Stimme von Mrs Gibbs, deren hagere Gestalt in der offenen Tür stand. Sie hatte sich unbemerkt herangeschlichen.

Franny zuckte zusammen, schlug sich die Hand auf den Mund und drehte sich um. »Mrs Gibbs, wir unterhalten uns nur …«

»Ich schlage vor, dass wir diesen Tag nun abschließen«, unterbrach die Haushälterin. »Es wird euch interessieren, dass Lord Greenwold auf einer Geschäftsreise ist. Er lässt ausrichten, dass Lady Georgiana trotz ihres unangebrachten Verhaltens hierbleiben wird. Es gibt keinen Grund zur Aufregung.« Ihr Ton wurde bissig. »Verstanden, Dickon? Es gibt kein Drama. Es tut mir leid, dich zu enttäuschen. Und Frances, wenn ich noch einmal mitbekomme, dass du Gerüchte verbreitest, dann hat das Konsequenzen«, fügte sie mit einem boshaften Grinsen hinzu. »Auch verstanden? Ihr wisst ja, ein Wort von mir zu Lady Agnes genügt, und ihr könnt alle gehen.«

Sie drehte sich um und verschwand. Der Klang ihrer Schlüssel hallte durch den Gang, bis eine Tür in der Ferne zuknallte und alles ruhig war.

Sämtliche Hände ruhten, jeder blickte nach unten auf den Tisch.

Schließlich löschte Harriet eine der Kerzen und nahm die andere in die Hand. »Wenn ihr Licht für den Gang nach oben braucht, müsst ihr jetzt kommen.«

»Unheimlich«, flüsterte Dickon Franny zu. »Genauso eine stürmische Nacht war es damals, als die Kleine geboren wurde. Da haben die Mönche auch geheult!«

»Von Mönchen solltest du lieber die Hände lassen.«

»Aber von dir nicht, falls ich dir gerne einen Gutenachtkuss geben würde?«

Franny errötete. »Dickon, ich bin nicht die Sorte für so etwas. Bin bald eine alte Jungfer. Aber wenn du aufhörst, ein eitler Spötter zu sein, und ein ordentlicher Kerl wirst, der eine Familie ernähren kann, dann wird irgendeine hübsche Frau ein Auge auf dich werfen.«

Sie warf ihm einen koketten Blick zu und eilte leichten Schrittes hinter Harriet und Frederick her. Das Licht der schwindenden Kerze flackerte schwach an den steinernen Wänden.

Dickon zog die Tür der Küche hinter sich zu und folgte den anderen. »Und ob ich eine Familie ernähren kann. Ich werde es dir beweisen«, murmelte er vor sich hin, »warte du nur ab!«

Maggie sprang von ihrem Sitz auf, als sie in der schmalen Gasse vor ihrer Haustür feste Schritte auf dem Kopfsteinpflaster hörte.

»Was, lauerst du schon die ganze Zeit hinter der Tür?«, fragte Jake lachend, als er seine zierliche Mutter in den Arm nahm und ihren Kopf an seine Brust drückte.

»Ich warte den ganzen Tag auf den Klang deiner Schritte. Ich erkenne sie schon aus der Ferne. Dein erster Besuch war so kurz. Hinein mit dir, Junge, ein Unwetter ist im Anmarsch.«

Jake bückte sich durch die niedrige Haustür und betrat hinter Maggie die kleine Wohnstube. Mutter und Sohn setzten sich an den Küchentisch.

Maggie blickte ihren Sohn mit leuchtenden Augen an. »Und, wie waren die ersten Tage in Birch Hollow, Jake? Erzähl mir alles!« Ihr Blick war forschend auf sein Gesicht gerichtet, und sie lächelte, als er sich nach vorne beugte und ihre Hände in die seinen nahm.

»Sie waren gut, Mutter«, versicherte er ihr. »Aus Lord Winston werde ich nicht schlau, aber er muss großes Vertrauen in mich haben. Ich habe meine eigene Werkstatt in der Scheune neben den Pferdeställen und darf der Mann für alles sein. Ich werde ihm zeigen, wie gut ich Wagen, Gartenwerkzeuge und Ackergeräte instand halten kann und wie flink ich Kupfer, Messing und Eisen hämmern und biegen kann. Bald wird er sich fragen, wie er jemals ohne mich ausgekommen ist!«

»Dann hat es sich gelohnt, dich so viele Jahre zu entbehren, damit du ein ordentliches Handwerk lernst, mein Sohn.«

»Und wie es sich gelohnt hat, Mutter! Du wirst es nicht bereuen. In Onkel Theodors Schmiede habe ich gelernt, Metall zu bearbeiten. In Edinburgh habe ich gelernt, was Pferde brauchen. Lord Greenwolds Hengste und Stuten sind bei mir in den besten Händen, und ich werde seine Kutschen pflegen, dass sie in ihrer Pracht glänzen!«

Maggie schwieg und zeichnete mit einem schmalen Finger die Holzlinien auf dem Tisch nach. Sie wirkte älter als ihre vierzig Jahre. Ein paar lockige graue Strähnen, in denen noch Spuren von Blond zu sehen waren, schauten unter ihrer weißen Haube hervor.

»Freust du dich nicht, Mutter?«

»Lord Greenwold weiß, wann er einen guten Mann vor sich hat. Ist recht so. Sind alle Fenster oben zu? Die Wolken kippen alles runter, was sie haben.«

Maggie stand abrupt auf. Sie holte einen Korb Wolle, der neben dem Kamin stand, und stellte ihn auf den Tisch. Bis Jake nach den Fenstern geschaut hatte und die Treppe wieder heruntergekommen war, war ihre ganze Konzentration auf einen Wollstrumpf gerichtet, den sie mit den flinken Bewegungen ihrer Stricknadel bearbeitete. Jake setzte sich.

»Ich hoffe nur, dass er mein anderes Kind so wohlwollend behandelt wie dich«, sagte Maggie. »Charlotte wurde über Nacht weggeholt. Nicht lange, bevor du nach Birch Hollow kamst.«

Die Stricknadeln bewegten sich plötzlich schneller. Maggie wischte hastig eine Träne weg.

Jake zögerte. »Mutter, du hast immer wieder Kinder an deinem Tisch ernährt und sie an ihre Eltern zurückgegeben. Warum bist du dieses Mal so traurig?«

Maggie seufzte. »Sie ist nicht irgendein Kind, Jake. Sie wurde mir in die Arme gelegt, als ich mein eigenes verloren hatte. Ich denke nicht daran, dass sie gar nicht unter meinem Herzen gewachsen ist.« Sie legte ihre Stricknadeln auf den Tisch und blickte ihren Sohn scharf an. »Hast du sie gesehen, Jake?«

»Wir sind uns heute begegnet.«

»Hast du sie wiedererkannt?«

»Nicht sofort. Nicht mit den engen Zöpfen. Erst als sie mich bat, sie Charlotte zu nennen, ging mir ein Licht auf.«

Maggie hob eine Stricknadel auf und drehte sie in ihrer Hand. »Zöpfe. So was Unpassendes.« Sie blickte wieder zu Jake hoch. »Wusste sie, wer du bist?«

»Sie war so sehr mit dem eigenen Kummer beschäftigt, dass sie nichts Genaueres fragte, Mutter. Ich hatte sie beim Dorffest einmal auf dem Schoß, da kann sie höchstens fünf Jahre alt gewesen sein. Danach zog ich ja nach Schottland.«

»Und? Erzähl mir von ihr, schone mich nicht.« Ihre Stimme zitterte.

Jake erhob sich und ging vor dem Kamin hin und her, während er von Charlottes Tränen und von ihrem gemeinsamen Ausflug zu den Möwennestern erzählte.

Maggie stützte ihre Ellbogen auf den Tisch und drückte sich die Finger an die Schläfen. Plötzlich griff sie nach seiner Hand. »Jake, halte Augen und Ohren offen! Sorg dafür, dass sie nicht zu Schaden kommt!«

Er drückte ihre Hand fest, und ihre Gesichtszüge entspannten sich. Sie stand auf, füllte einen Kessel mit Wasser aus einem Krug und setzte ihn auf ein Gitter, das über dem Feuer im Kamin hing. Bis sie anfing, Tassen und Teller aus dem Schrank neben dem Kamin zu holen, pfiff der Wind schon durch den Schornstein, und der Regen donnerte auf das Dach.

Jake schürte das Feuer im Kamin. »Gut, dass ich diese Nacht bei dir bin, Mutter.«

Maggie zündete eine Kerze an und stellte sie auf den Tisch. »Jake, immer wenn es draußen stürmt, kommen die Träume. Mal versuche ich, ertrinkende Kinder aus den Trümmern eines sinkenden Schiffes zu holen, mal klammere ich mich an ein Stück Holz und ringe nach Luft, mal höre ich die Stimme deines Vaters irgendwo unter den Trümmern, und gerade wenn ich meine, ihn gefunden zu haben, ist er wieder fort. Oder ich sehe ihn eine Sekunde lang im Licht eines Blitzschlags oben auf der Felswand mit einem kleinen Bündel im Arm. Er dreht sich um und verschwindet.«

Jake trat zum Fenster, während sie redete, und drückte sein Gesicht gegen die Scheibe. Hinter dem Licht der Kerze, das sich in der Fensterscheibe spiegelte, trieben heftige Windstöße den Regen von draußen gegen das Glas.

»Seit Lord Greenwold Charlotte ins Herrenhaus geholt hat, treiben immer wieder neue Bilder durch meine Seele, Jake. Eine junge Frau auf der Flucht. Ein Gewitter. Sie wirft verängstigte Blicke hinter sich, sie stolpert über Steine und Geröll, schreit um Hilfe. Sie hat Blutflecken auf ihrem Rock, ihre Füße sind nackt, ihre Haut ist wund und aufgerissen.«

»Soll ich heute Nacht an deinem Bett sitzen, Mutter? Es betrübt mich, dich so gequält zu sehen.«

Maggie kniff die Augen zu. Ihre Hände hingen schlaff an ihrer Seite herab, ihre Wangen waren feucht. Sie redete wie in Trance. »Was hat das alles zu bedeuten, Jake?«, flüsterte sie.

»Dass du müde bist und dir nicht zu viele Gedanken machen sollst, Mutter«, antwortete Jake. Er küsste sie auf die Stirn und goss Tee in ihre Tasse.

Nichts deutete am nächsten Morgen auf das Gewitter und die Ereignisse des vorigen Tages hin, als Jake über die Brücke schlenderte, die zum Pfad nach Birch Hollow führte. Der klare, wolkenlose Himmel war wie gespült, geschrubbt und frisch gestrichen. Das Grün der Wiesen und das Blau des Flusses leuchteten heller, das Schwarz der Felswände, die das Anwesen von der Küste trennten, schimmerte dunkler als sonst.

Jake blieb auf der Höhe der gewölbten Brücke stehen und ließ seinen Blick über die Landschaft schweifen, die seit einer Woche wieder seine Heimat war. In der Morgensonne war das Farbenspiel des Herbstes voll im Gang.

Der Duft von reifem Obst, die Rufe der jungen Möwen auf den Felsvorsprüngen – alles schien die Heiterkeit des bevorstehenden Erntefestes widerzuspiegeln. Schattierungen in Bronze, Gelb, Rot und Grün hoben sich an den Böschungen und Wäldern vom Braun der Felder ab. Der Adlerfarn auf den Hängen, die zu den Felswänden hinaufführten, begann sich gelb zu färben. Jake schaute zu seiner Rechten, wo das Wasser der Mosely in einen Weiher floss. Die Oberfläche des kleinen Sees war mit einem goldbraunen Puder bedeckt. Es war der Blütenstaub des Heidekrauts, den der Wind von den Hängen herübergeweht hatte.

Ein Lächeln breitete sich auf seinem Gesicht aus. Alles, was seinem Blick begegnete, weckte Erinnerungen in ihm. Hier hatte er seine früheste Kindheit verbracht. Im Weiher hatte er nach Hechten geangelt. Am flachen Ufer war er durch das Schilfdickicht bis zu den Felsen gerannt, an denen er hochgeklettert war, um nach verlassenen Möwennestern zu suchen. Einmal war er bis zum höchsten Gipfel der Bergkette gestiegen. Er hatte auf die steile, glatte Felswand auf der anderen Seite hinuntergeblickt und voller Ehrfurcht dem Krachen gewaltiger Wassermassen gegen die Klippen gelauscht.

Allgegenwärtig waren auch die Erinnerungen an seinen Vater. Ein schmerzhafter Stich schoss durch sein Herz. Er erinnerte sich, wie aufgeregt er jedes Mal gewesen war, wenn die Nachricht Hipperclove erreicht hatte, dass die *Flying Gull* mit ihrer stolzen Fracht von Tabak, Seide und Baumwolle aus den Kolonien im Hafen von St. Ives eingelaufen war. Wie stolz hatte er als kleiner Junge zu dem groß gewachsenen, von der Sonne gebräunten Schiffskapitän aufgeblickt, den er Vater nennen durfte. Mit einem Kloß im Hals dachte er an den erschütternden Tag zurück, an dem er erfahren hatte, dass sein Vater nie wieder zurückkommen würde. Seine glückliche Welt war mit einem Schlag zusammengebrochen. Die Leiche war noch warm gewesen, als sie auf den Felsen geborgen wurde.

»Nein, in diese Richtung lasse ich meine Gedanken nicht treiben«, sagte er sich entschlossen. Trübsal blasen passte nicht zu diesem sonnigen Morgen und schon gar nicht zu einem Neuanfang, der so viel Hoffnung in sich trug.

Stattdessen wandte Jake seine Gedanken seiner Mutter zu. Sobald er genug gespart hatte, würde er für sie ein schönes Haus bauen und mit ihr zusammenziehen. Damit wäre sie nicht mehr auf ihre Einkünfte als Amme und Pflegemutter angewiesen, und er würde ihr die Jahre zurückerstatten, in denen sie auf ihn verzichtet hatte. Jakes Hoffnung auf Wohlstand und Erfolg war nicht unbegründet. Lord Greenwold bezahlte großzügig. Dem Gutsherrn war viel daran gelegen, seine Vollblutpferde in guten Händen zu wissen, und Jake hatte ihm mit seinem blonden Lockenschopf, seinem aufrechten Gang, dem klaren Blick und der ehrlichen Art offenbar auf Anhieb gefallen.

Ein fröhliches Pfeifen hinter ihm unterbrach seine Träumereien. »Guten Morgen, Jake!«

Jake drehte sich um und legte grüßend den Finger an den Hut. »Du bist es, Franny! Zu früher Stunde schon unterwegs! Gib mir einen deiner Körbe, und wir gehen ein Stück gemeinsam.«

Außer Atem setzte Franny zwei Körbe voller Pflaumen auf den Boden. »An genau dieser Stelle, mitten auf der Brücke, halte ich auch immer an«, erklärte sie. »Luft holen und den Blick über die Bäume und Wiesen gleiten lassen, das passt gut zusammen. Wie ich sehe, hast du die gleiche Idee, obwohl du kaum eine Woche hier bist.«

»Du vergisst, dass ich hier aufgewachsen bin, Franny! An einem Tag wie heute verstehe ich, warum Birch Hollow als Schmuckstück unter den Herrenhäusern in Cornwall gilt. Es ist so friedlich hier.«

Beide blickten unwillkürlich zum Fachwerkhaus, das durch die Bäume hindurch sichtbar war. Seine Backsteine leuchteten zwischen dicken grauen Balken in der Morgensonne rötlich hervor und gaben dem Anwesen den Anschein einladender Wärme. Eine Kletterrose, die auf beiden Seiten des Eingangs wuchs, leuchtete scharlachrot in der Herbstsonne.

Mitten in einer Senke hinter ihnen lag das Dorf Hipperclove, dessen Kirchturm seinen Schatten auf den Fluss warf, der sich durch den Weiher und zwischen den Bäumen zum Meer hin bewegte. Das Geschnatter von Enten und Schwänen übertönte das Geplauder der Dorffrauen, die ihre Schürzen schrubbten.

»An einem Tag wie diesem würde man nie auf den Gedanken kommen, dass ein Fluch auf dem Land liegt«, sagte Franny.

»So? Wirft das rachsüchtige Kloster mit seinen ehemaligen Bewohnern seinen Schatten nicht mehr auf uns?«, scherzte Jake.

Franny hob einen Korb auf, Jake trug den anderen, und sie gingen langsam auf die Bäume zu, die den Fluss vom Park trennten.

»Kommt drauf an, wen du fragst«, antwortete Franny. »Lord Winston will vom Kloster nichts wissen. Er erzählt, dass der erste Lord Greenwold das Grundstück mit Herrenhaus und Kloster in einem Kartenspiel gewann, als der ursprüngliche Besitzer, Lord Tremethyk, es als Scherz in einer betrunkenen Männerrunde zum Gewinn ausgesetzt hatte, Adelstitel und Wappen eingeschlossen.«

»Die alten Leute im Dorf haben eine ganz andere Geschichte erzählt«, sagte Jake.

»Ihre Geschichte ist die wahre«, nickte Franny. »Sie haben Oliver Cromwell und seinen republikanischen Truppen, die die Mönche vertrieben und das Kloster zerstörten, bis heute nicht verziehen. Lord Tremethyk eignete sich das verwüstete Land vom Kloster an. Als aber der letzte noch übrig gebliebene Mönch bei seiner Flucht laut schrie: ›Eines Tages wird der Fluss seinen Tribut fordern!‹, und sich in die Moseley stürzte, geriet Lord Tremethyk in Panik. Er verkaufte das ganze Anwesen zu einem Schleuderpreis an Lord Greenwolds Urgroßvater.«

»Kein Wunder, dass Lord Winston vom Kloster nichts wissen will«, bemerkte Jake.

Sie hatten den Park erreicht. Jake blickte nach links. Der Turm, einziger Überrest des alten Klosters, war gerade noch über den Bäumen sichtbar, unter denen er Charlotte am Tag davor getroffen hatte.

»Dennoch hält er am Turm fest«, sagte Franny nachdenklich. »Jede Greenwold-Generation redet davon, ihn abzureißen, aber keiner tut es. Lord Greenwolds Mutter wollte ihn unbedingt loswerden, und es muss einen Dauerstreit zwischen den Eheleuten gegeben haben, bis sie im Brand ums Leben kam. Das war vor meiner Zeit.«

»Daran kann ich mich erinnern. Ich war ganz klein.«

»Mit einer Greenwold-Dame würde ich nicht tauschen wollen«, sagte Franny energisch, während sie Jake den Korb aus der Hand nahm. »Birch Hollow tut ihnen nicht gut.« Sie winkte Jake zu und verschwand in Richtung des Kücheneingangs.

»Das scheint meine Mutter auch zu befürchten«, kam es Jake in den Sinn. In Gedanken versunken ging er zum großen Haus, um zu prüfen, ob die Dachrinne, die er am Vortag befestigt hatte, den Sturm überstanden hatte. Er blieb vor der eichenen Doppeltür des Herrenhauses stehen und blickte hoch. Über dem Eingang war das Familienwappen der Greenwolds in Stein gemeißelt: Ein Schiffsanker, umgeben von einer Kette; die Worte ›Fürchte Gott‹, vor Verwitterung kaum lesbar, waren in einem Bogen am oberen Rand zu erkennen.

»Die Schrift muss nachgebessert werden. Irgendwo in der Werkstatt wird es sicher einen Meißel und ein anderes passendes Werkzeug geben«, sagte Jake zu sich selbst.

3

»Georgiana, was hast du hier zu suchen?«

»Ich heiße nicht Georgiana, ich heiße Charlotte.«

»In diesem Haus heißt du Georgiana! Und was hast du hier zu suchen, Georgiana?«

In Charlottes Augen flackerte Trotz auf. »Ich, Charlotte, warte auf den Unterricht, Mrs Gibbs. Franny sagte, heute ist Französischtag im Blauen Salon. Das ist hier der Blaue Salon und ich will Französisch lernen.«

»Und hat dir Franny nicht zufällig gesagt, dass dieser Unterricht nichts für dich ist?«

Als Antwort schob Charlotte ihr Kinn vor, schwieg grimmig und setzte sich trotzig an das Schülerpult am Fenster.

Mrs Gibbs seufzte tief. »Schon bald wirst du selber darauf kommen, dass Französisch nichts für ein Mädchen ist, das in einer Hütte im Dorf aufgewachsen ist, Georgiana. Schau dich nur an und vergleiche dich mit deiner Schwester. Wer würde denken, dass ihr verwandt seid? Denk ja nicht, dass deine Rückkehr nach Birch Hollow dir das Recht auf Allüren gibt.«

»Ich weiß nicht, was Allüren sind. Ich will Französisch lernen.«

»Mir war bei deiner Geburt schon klar, dass du in diesem Haus ein Fremdkörper bist«, fuhr Mrs Gibbs unerbittlich fort. Sie holte ein Tintenfass und Bücher aus dem Schrank. »Du hättest hören sollen, wie deine Mutter vor Schmerz geschrien hat! Dein Vater wollte dich nicht einmal sehen. Ich musste ihn trösten, als er erfuhr, dass du ein Mädchen warst. Und was für eins! Dünn, schmächtig, winselnd. Warum hat er dich zurückgeholt? Das ist für uns alle hier ein Rätsel.« Ihre Stimme war kontrolliert, berechnend, eiskalt. Jedes Wort war genau überlegt und geladen mit unverhohlenem Hass. Jeder Satz traf ins Schwarze. »Und als ich dich wiedersah, erkannte ich dich sofort. Aus so einem Säugling musste natürlich so ein Balg werden. Grob, frei von Manieren und ohne die geringste Spur von der Anmut eines Kindes, das in gutem Haus großgezogen wurde. Und jetzt muss ich zusehen, wie Lady Rosalinde vor Kummer über deine Anwesenheit schier krank wird.«

Charlottes Gesicht wurde rot. Sie versuchte, die Tränen zurückzudrängen, die in ihren Augen aufstiegen. Mrs Gibbs genoss die Wirkung ihrer Worte.

»Aber sie hat den Streit angefangen, nicht ich!«, platzte es aus Charlotte heraus. »Und übrigens hat sie mir gesagt, dass Sie hier nichts zu melden haben, weil Sie nur die Haushälterin sind. Und dass Männer vor lauter Angst Schüttelfrost bekommen, wenn sie Sie nur anschauen. Deshalb haben Sie nie geheiratet.«

»Ha, du weißt gar nichts über mich, du kleine Göre! Ich bin weit mehr als nur die Haushälterin. Wenn du denkst, du kannst mich mit deinen halb garen Beschimpfungen beleidigen, dann irrst du dich!«, antwortete Mrs Gibbs. »Du bist hier diejenige, die nichts zu melden hat! Wo waren wir? Ach ja, falls du wissen willst, wie eine Lady aussieht, dann schau deine Schwester genau an und lern von ihr, statt sie zu ärgern. Sie hat blonde Locken und große blaue Augen und besitzt diese gewisse selbstbewusste Ausstrahlung. Man spürt, dass sie weiß, wessen Tochter sie ist. Und du? Schon dein Aussehen verrät, dass du in bäuerlichen Kreisen groß geworden bist, ganz zu schweigen von deinem ungestümen Verhalten. Und so eine will Französisch lernen! Dass ich nicht lache!«

Charlotte beobachtete Mrs Gibbs, wie sie zum Fenster ging, ihren Schlüsselbund in die Hand nahm und anfing, die Schlüssel nacheinander durch ihre Finger gleiten zu lassen. »Lady Agnes' Boudoir, Rosalindes Schlafgemach, die Bedienstetenräume, Küche, Weinkeller«, flüsterte sie.

Sie schien sich Charlottes Anwesenheit nicht mehr bewusst zu sein. »Lord Greenwolds Bibliothek.« Bei diesem Schlüssel hielt sie inne. Er lag abgesondert von den anderen in ihrer hohlen Hand, und sie strich sanft mit den Fingern darüber. Mit einem fernen Blick starrte sie nach draußen. »Armer Winston«, fuhr sie fort, »was hast du alles erleiden müssen. So gerne hätte ich dich …« Plötzlich schien sie sich wieder zu erinnern, wo sie war. Sie drehte sich um. »Na los! Mach, dass du hier rauskommst, Kind, und beeil dich!«

Doch Charlotte war schon weg.

»Charlotte, um Himmels willen, was in aller Welt …?« Maggie schüttelte gerade ein Staubtuch vor der offenen Haustür aus, als Charlotte um die Ecke stürmte, sich gegen sie warf, ihre Arme um sie schlang und ihren Kopf in ihrer Schürze verbarg.

»Ich muss da weg«, schluchzte sie, »so schnell wie möglich. Ich halte es keine Minute länger aus. Ich sterbe, wenn ich da wieder hin muss.«

Maggie schob sie sanft zurück, nahm ihren Kopf in beide Hände und blickte in rot umrandete Augen und ein von Tränen verschmiertes Gesicht. »Aber Charlotte, das geht nicht. Lord Greenwold hat ausdrücklich verboten, dass du zu mir kommst. Sonst gewöhnst du dich nicht an dein neues Zuhause. Du bist erst ein paar Tage dort. Es wird mit der Zeit bestimmt besser. Du darfst nicht einfach weglaufen. Das bringt nur noch mehr Ärger.«

Charlotte klammerte sich fester an Maggies Schürze. »Birch Hollow wird nie mein Zuhause werden«, schniefte sie, »hier ist mein Zuhause.«

»Ach, Charlotte, komm erst einmal ins Haus.« Maggie warf einen besorgten Blick auf die Straße, zog Charlotte sanft durch den Eingang und schloss die Tür hinter sich. »Mein Gott, Kind, du zitterst am ganzen Leib, und dabei sind noch nicht einmal die ersten Herbstwinde gekommen!« Sie legte eine Wolldecke um Charlottes Schultern, führte sie zu einem niedrigen Fußschemel und setzte sich in den Schaukelstuhl daneben. Während sie Charlottes Kopf streichelte, schloss sie die Augen und murmelte ein Gebet.

Das Schluchzen ließ allmählich nach. Charlotte putzte sich die Nase mit dem Taschentuch, das Maggie ihr gereicht hatte, und fing an zu erzählen. Wie sie Miss Smithson gebissen hatte, von Rosalindes Drohungen, ihre Puppe zu verstümmeln, von dem Schirm, den sie in den Fluss geworfen hatte, vom Französischunterricht, an dem sie nicht teilnehmen durfte.

Aus dem stotternden Wirrwarr, der aus dem aufgewühlten Herzen herauspurzelte, konnte sich Maggie, die all die Jahre Charlottes einzige Orientierung im Leben gewesen war, bald ein Bild der Situation machen. Sie erfuhr von dem geschäftstüchtigen Vater, der kaum anwesend war, von der Mutter, die ihrem Kind nur Eiseskälte und Verständnislosigkeit entgegenbrachte, von Mrs Gibbs, der Charlottes Anblick ein Dorn im Auge war, von Rosalinde, die keine Rivalin dulden wollte. »Und trotzdem ist es deine Familie. Ich durfte dich nur für ein paar Jahre ausleihen«, seufzte Maggie schließlich.

»Nein, es ist nicht meine Familie, *du* bist meine Familie.« Sie ließ ihren Tränen wieder freien Lauf.

»Und ich hatte trotz allem so sehr gehofft ...«, setzte Maggie an, bevor Charlotte sie unterbrach.

»Maggie, du hast gesagt, Gott hinterlässt überall Spuren, man muss nur nach ihnen suchen. Aber das stimmt nicht. Gott hat keine Spuren in Birch Hollow hinterlassen, Maggie. Ich finde ihn dort nicht! Die Bibelgeschichten sind wahr, wenn ich bei dir bin, aber nicht dort!«

Maggie bückte sich und holte eine halb gestrickte Socke aus dem Wollkorb, der zu ihren Füßen lag. Ihre Stricknadeln bewegten sich, während sie sprach. »Meinst du, Charlotte, dass Königin Ester Gottes Spuren im Palast des grausamen heidnischen Königs fand, als sie gegen ihren Willen dorthin gesandt und von ihrem geliebten Mordechai weggerissen worden war?«

Charlotte dachte nach. »Natürlich! Sie hat ein ganzes Volk gerettet. Gott selber hat sie dorthin geschickt.«

»Aber am Anfang wusste sie das nicht, Charlotte. Erst als Mordechai ihr sagte: ›Vielleicht hat dich Gott gesandt, für solch eine Zeit wie diese‹, hat sie geahnt, dass Gott seine Finger im Spiel hatte. Was könnte das für dich bedeuten?«

»Dass Gott auch bei mir seine Finger im Spiel hat? Nein, Maggie. Nicht in Birch Hollow.«

Es klopfte an der Haustür.

Maggie schrak zusammen und ließ ihre Stricknadeln in den Korb fallen. Sie legte ihre Arme um Charlotte und flüsterte ihr ins Ohr. »Wem sagst du das, mein Kind? Weißt du nicht, dass ich Nacht um

Nacht wach liege und mit dem lieben Gott ringe, warum er mir meinen kostbarsten Schatz wegnehmen musste? Und dennoch und gerade jetzt fordert er unser Vertrauen.« Sie holte tief Luft und ging zur Haustür. Es war Franny.

Mit einem erleichterten Aufschrei griff Franny Charlotte, die sich hinter Maggie versteckte, an beiden Schultern. »Kind, wie konntest du mir das nur antun? Was hätte ich Lord Greenwold gesagt, wenn du unter meiner Aufsicht verloren gegangen wärst? Wir müssen sofort zurück nach Hause! Wenn dein Vater erfährt, dass du mir ausgebrochen bist, bin ich meine Arbeitsstelle los!«

Es gab ein paar hastig gewechselte Worte zwischen Franny und Maggie, dann nahm das Dienstmädchen Charlotte mit. Maggie blieb an der Haustür stehen und sah Franny und Charlotte nach, bis sie außer Sichtweite waren. Mit schweren Schritten kehrte sie in die Wohnstube zurück und sank in ihren Schaukelstuhl.

Lady Agnes streichelte den seidenen Stoff des roten Abendkleids, das auf ihrem Bett lag. Eine frische Herbstbrise bauschte die weiße Gardine vor dem offenen Fenster. Lavendelduft füllte den Raum. Sie hielt inne, und ein flüchtiger Schatten huschte über ihr Gesicht. »Elf Jahre. Ist die Geburt schon so lange her?«

»Exakt elf Jahre, Mylady.«

»Und seit einem Jahr plagt sie uns hier im Haus mit ihrem lästigen Geschnatter. Frances beklagt sich immer noch, dass das Kind ungerecht behandelt wird. Dabei sollte es für jeden Blick dankbar sein, der in seine Richtung geworfen wird. Dieses Dienstmädchen mischt sich viel zu viel ein.«

Mrs Gibbs holte zwei gebrauchte Handtücher aus dem angrenzenden Badezimmer und legte sie in einen Wäschekorb neben dem Bett. »Mylady, ich befürchte, eine Ihrer schwermütigen Launen kommt über Sie. Schauen Sie lieber, was ich für Sie mitgebracht habe. Ich sollte Ihnen doch etwas besorgen, das Sie aufmuntert. Ich denke, ich habe Ihr Geld gut investiert. Sie werden nicht enttäuscht sein!« Die Haushälterin griff in eine Schachtel, die auf dem Boden lag, und nahm behutsam ein Etui heraus. Sie legte es auf das Bett und öffnete es mit glänzenden Augen. Auf einem tiefroten Kissen aus Samt glitzerten ein mit Edelsteinen besetzter Halsreif und dazu passende Ohrringe.

»Sehr schön, Mrs Gibbs. Das haben Sie gut ausgesucht. Woher bekommt man die Energie, an Einkäufe, Geld, Kleidung und Essen zu denken, wenn die dunklen Regungen der eigenen Seele jede Kraft verzehren, die man besitzt? Sie führen mein äußeres Leben, ich führe mein Inneres. Wo wäre ich bloß ohne eine Gehilfin, der ich nicht nur mein volles Vertrauen schenken kann, sondern die auch noch umfassend für mich sorgt?«

»Es ist mir eine Ehre, Ihnen zu Diensten zu stehen, Mylady.«

»Ist schon gut. Schmeichelei brauche ich nicht. Was haben Sie sonst noch, Gibbs?«

»Wollen Sie die Hüte sehen, Mylady?«

Auf die Hüte folgten bunte Abendschuhe, noch mehr Schmuck, neue Abendroben. Ein elegantes Stück nach dem anderen trug Mrs Gibbs in den Ankleideraum nebenan.

Lady Agnes folgte jeder Bewegung mit den Augen. »Das Kleid lassen Sie hier, Gibbs.«

Sie hob das rote Kleid aus Seide vom Bett auf, trat zum Spiegel und hielt es an ihren Körper. Eine zierliche Gestalt schaute aus dem Spiegel zurück. Selbst in ihrem weiten Schlafrock wirkte Lady Agnes zerbrechlich. Sie legte das Kleid auf die Kommode unter dem Spiegel und schob ein paar verirrte Locken in den silbernen Kamm zurück, der ihre dunkelblonden Haare lose zusammenhielt. Riesige blaugrüne Augen beherrschten ein Gesicht, dessen spitzes Kinn und schmale Nase den Eindruck einer Porzellanpuppe erweckten. In all ihrer Zerbrechlichkeit besaß sie gleichzeitig einen Hauch von Härte.

»Wollen Sie jetzt Ihren Tee, Mylady?«, fragte Mrs Gibbs, nachdem sie die Einkäufe auf verschiedene Kleiderschränke, Regale und Schubladen verteilt hatte. »Sie sind rastlos, Mylady. Kann ich Ihnen sonst noch etwas bringen?«

Ohne eine Antwort zu geben, wanderte Lady Agnes mit verschränkten Armen zum Fenster. Sie blickte abwesend auf die gezackten Linien der Felsvorsprünge vor dem roten Himmel. Die untergehende Sonne warf feurige Lichtzungen, die die Wolken am ganzen Himmelsgewölbe entzündeten und in ein Kunstwerk aus Gelb und Rot verwandelten.

Ihr Blick fiel auf den Turm, der wie ein Mahnmal am entferntesten Rand des Anwesens stand, genau an der Stelle, wo die sanfte grüne Mulde des Parks und seiner Wälder abrupt endete und die Felsen begannen. Der Efeu, der den Turm bedeckte, schimmerte grün im Abendlicht. Wo früher ein Fenster gewesen war, starrte nun ein gähnendes Loch wie ein totes Auge ohne Lider und Wimpern vom roten Himmel auf Birch Hollow herunter.

Sie betrachtete die schwarzen Felsen, die, zuerst klein, dann – je höher der Anstieg, desto größer – wie eine Kaskade aus Stein bis zum gezackten Bergkamm reichten, der den Blick zum Meer versperrte. Wie dunkle Riesen wachten die größeren Felsen über den Rand der zivilisierten Welt und markierten den Anfang des gigantischen, ungezähmten Küstengerölls. Als hätte ein Ungeheuer der Urzeit die Felsen in einem Wutausbruch an den steilen Hang geschleudert, wo sie dann Wurzeln schlugen und nun für alle Ewigkeit festhingen.

»Ihr Tee, Mylady?«, fragte Mrs Gibbs noch einmal.

Lady Agnes schauderte, riss ihren Blick von der Klosterruine und drehte sich um. »Bringen Sie mir das Übliche, Gibbs.«

»In Ordnung, Mylady.«

»Eine Tochter, zwei tote Söhne und vor exakt elf Jahren noch einmal eine Tochter.«

Mrs Gibbs hielt an der Tür inne.

Ihre Herrin starrte wieder aus dem Fenster.

»Wie bitte, Mylady?«

Lady Agnes murmelte weiter, mehr zu sich selbst als zu Mrs Gibbs. »Einen Gott, der grausame Streiche mit meinem Schicksal spielt, kann ich nur verachten. Was hat er bloß gegen mich?« Ein Schatten flog über ihr Gesicht, und seine Konturen verhärteten sich zu einer verbitterten Miene. Ihre Gesichtszüge wirkten wie aus Stein gemeißelt, ihre Wangen waren hohl und blass.

Mrs Gibbs zögerte.

Sie holte tief Luft und musterte mit einem Flackern in den Augen das tiefe Dekolleté von Lady Agnes' Nachthemd, das unter ihrem offenen Schlafrock sichtbar war. »Ihr Gatte hat sich von Ihnen abgewandt, Mylady«, sagte sie leise. »Für eine anmutige Dame in den besten Jahren gibt es aber andere Möglichkeiten, wieder Lebensfreude zu finden. Das Haus in Mayfair Lane ist bald bezugsfertig.«

Lady Agnes blickte sie überrascht an.

»Entschuldigen Sie meine Direktheit, Mylady, ich dachte nur, ein Tapetenwechsel … Sie wissen, was ich meine«, fügte Mrs Gibbs hastig hinzu. »Ich bringe gleich den Tee.« Sie wandte sich um und verließ den Raum.

Das Wiehern der Pferde erklang durch das offene Fenster. Die Abende wurden kürzer und Frederick nutzte die letzten Tage im Freien. Im Spalier liefen die edlen Hengste dem Pferdewirt hinterher. Die Vollblüter, deren Stammbaum bis zu den Gründerhengsten aus dem frühen achtzehnten Jahrhundert zurückverfolgt werden konnte, waren der ganze Stolz des Herrn von Birch Hollow.

Lady Agnes hasste die Tiere. »Vor elf Jahren«, grübelte sie laut vor sich hin, »habe ich meine letzten Hoffnungen begraben.«

Lord Greenwold war so überzeugt gewesen, dass dieses Kind ein Sohn sein würde. In einem Anflug von Aberglauben hatte er eine Wahrsagerin auf dem Markt in St. Ives aufgesucht, die ihm geschworen hatte, das Kind würde ein Junge. Danach hatte er seine Frau in ihr Zimmer verbannt, monatelang, in völliger Dunkelheit, wie es die Könige machten, wenn sie einen Thronfolger brauchten: Viel Dunkelheit, dann wird es ein Junge.

Das Ergebnis war ein unerwünschtes Mädchen und noch mehr Dunkelheit. Seit der Geburt von Lady Georgiana hatte er kaum mehr ein Wort mit seiner Frau gesprochen.

Sie nahm eine geöffnete Halskette in die Hand, ließ die Perlen durch ihre Finger gleiten und auf den Fenstersims fallen. Ihr Zorn hatte sich im Laufe der Jahre nicht gelegt. Er fraß sich immer weiter nach innen und wartete nur auf einen kleinen Riss in der makellosen Fassade, um den Staudamm zu sprengen. Schon jetzt reichte der Schatten einer fernen Erinnerung, um in ihrer geplagten Fantasie finstere Landschaften aus der Vergangenheit wachzurufen.

Wild, lebendig, bedrohlich waren die Bilder, die sie heimsuchten. Sie vereinnahmten ihre Seele, machten sie missmutig und unberechenbar. Ihre inneren Wunden waren auch nach Jahren noch so blutig und rau wie am ersten Tag.

Sie hasste ihren Ehemann mit jeder Faser ihres Wesens. Die spindeldürre Tochter mit ihren Sommersprossen, großen Augen und flachen Zöpfen war zum Symbol für die erdrückende Grausamkeit ihrer zerbrochenen Träume geworden. Beide Gestalten – ihr Ehemann und ihre Tochter – verschmolzen in ihrer Fantasie mit den roten Feuerzungen der untergehenden Sonne. Und wie immer, wenn der innere Zorn sie überkam, füllte sich der verborgene Sumpf in ihrer Seele weiter mit giftigem Hass.

Sie stand auf, ging zum Schminktisch, legte sich die Perlen an die weiche, blasse Haut ihres Halses und musterte ihr Profil von verschiedenen Seiten im Spiegel. Danach fuhr sie mit der Hand über die samtene Oberfläche des roten Kleides, das immer noch auf dem Bett lag. »Auch nach so vielem Leid bin ich nicht ohne Reize«, flüsterte sie. »Ich werde mit meinem Mann abrechnen.«

Es klopfte an der Tür. Es war Mrs Gibbs mit dem Abendtee. »Sie sehen wieder heiter aus, Mylady. Das ist erfreulich.«

»Weil ich einen Beschluss gefasst habe. Wir fahren nach London. Das Landleben ist eintönig. Ich brauche Abwechslung, Gibbs. Packen Sie meine Sachen für übermorgen. Die Einrichtung für das Haus in Mayfair Lane muss fertig werden und ich werde die Arbeit beaufsichtigen. Lord Greenwold wird froh sein über meine Abwesenheit.«

»In Ordnung, Mylady.« Mrs Gibbs stellte das Tablett mit dem Tee auf die Kommode. »Sie rufen mich, wenn Ihnen etwas fehlt, Mylady? Übrigens …«

»Ja, Gibbs?«

»Es geht um Frances. Sie trotzt meinen Anweisungen. Lady Georgiana ist unter Frances' Aufsicht schon wieder ausgebrochen und musste zurückgeholt werden.«

»Warum holt man die kleine Hexe überhaupt zurück? Soll sie meinetwegen ihre Kuhmilch bei der Bäuerin trinken. Aber ihr Vater will sie partout hier haben … Nun, das heißt nicht, dass wir freundlich zu ihr sein müssen, nicht wahr, Gibbs? Sie dürfen sie ruhig weiter spüren lassen, dass sie hier nicht willkommen ist. Und kündigen Sie Frances, wenn Sie schon dabei sind. Obwohl wir ja beide wissen, wie die Geschichte immer läuft.«

»Ja, danke, Mylady. Ich ziehe mich jetzt zurück.« Mrs Gibbs machte sich auf den Weg zu ihrem Zimmer. Aber nicht ohne einen Umweg am Schlafgemach von Lord Greenwold vorbei, an dessen Tür sie ein Päckchen legte. Bei ihren Einkaufstouren in Lady Agnes' Auftrag blieb immer genug Geld für Lord Greenwolds Lieblingszigarren übrig.

Die Tropfen im Gras funkelten wie winzige Edelsteine, als Franny früh am Morgen die Dienstbotentür leise hinter sich schloss, durch den Gemüsegarten schlich und schnellen Schrittes durch den Park zum Wald eilte. Sie überquerte die Brücke über den Fluss und lief dann am Ufer entlang, wo die Moseley Richtung Meer strömte. Hier floss das Wasser noch friedlich. Doch je mehr sich der Fluss der Küste näherte, desto schneller toste der Strom durch das immer enger werdende Flussbett, bis er schließlich über Geröll und Steine sprudelte, sich in einen Wasserfall verwandelte und durch zerklüftete Felsen hindurch ins Meer donnerte.

Lauter als das ferne Rauschen der Wassermassen war an diesem Teil des Flusses das hektische Schnattern der Enten. Die Morgensonne glitzerte auf den Wasserwirbeln, die auf den Felsen tanzten und schäumten. Außer Atem hielt Franny an und blickte um sich. Ein leiser, tiefer Pfeifton kam hinter einem Felsen hervor. »Da bist du ja, Dickon! Warum so geheimnisvoll und warum treffen wir uns hier draußen?«

»Weil ich sonst nie die Chance habe, mit dir alleine zu sprechen.« Er winkte ihr zu, sich neben ihn auf den Felsen zu setzen.

»Hast du Ärger mit Mrs Gibbs, Dickon, oder was ist das Problem? Ich muss mich beeilen. Lady Agnes will nach London, und ich soll ihre Sachen für die Reise richten.«

»Ich habe keinen Ärger mit Mrs Gibbs, aber du sehr wohl, Franny.«

»Was meinst du?«

»Sie will dir kündigen, und ich habe eine Lösung.«

Franny starrte Dickon an und schüttelte den Kopf. Während sie nach Worten rang, folgte ihr Blick einer Ente, die über die Steine in den Fluss watschelte und versuchte, zum anderen Ufer zu gelangen. »Seit Charlottes letztem Ausbruch tobt Gibbs«, erklärte Dickon. »Hast du sie gestern nicht gehört?«

»Natürlich nicht. Wenn Gibbs wegen mir tobt, dann macht sie es hinter meinem Rücken«, antwortete Franny. »Und ich lausche nicht an Türen wie gewisse andere Bedienstete in Birch Hollow«, fügte sie in einem scharfem Ton hinzu.

»In diesem Fall war es nicht nötig, Franny. Sogar der Gärtner hat gehört, dass diese aufmüpfige Frances schon viel zu lange über die Stränge geschlagen habe, dass das Fass übergelaufen sei, genug sei genug und so weiter.«

Franny kämpfte mit den Tränen. Dickon rückte näher und hielt ihr ein Taschentuch hin. Tränen hatte er erwartet. Dass sie ihn ungeduldig von sich stoßen würde, nicht.

»Und du hast mich hierher gelockt, um mir zu verkünden, dass ich in Birch Hollow nicht mehr erwünscht bin? Du hättest wenigstens so tun können, als ob es dir etwas ausmacht! Und übrigens, Mrs Gibbs kündigt mir immer wieder, seitdem ich hier bin. Lord Greenwold macht es immer rückgängig. Ich weine nicht wegen mir, ich weine wegen Charlotte.«

Dickon stand mit einem Ruck auf, blickte auf Franny hinunter und holte tief Luft. »Franny, umso schlimmer. Hör mir zu. Ziehen wir von hier weg. Verlassen wir Birch Hollow. Gemeinsam. Nie wieder müssen wir Mrs Gibbs' wüste Töne im Ohr haben. Ich habe so lange gewartet. Ich kann mir meine Zukunft ohne dich nicht vorstellen. Du wirst nicht jünger, Franny. Gönn dir was. Wir können doch einen kleinen Hof kaufen, gemeinsam eine Familie gründen, unser Glück suchen.« Er redete leidenschaftlich, sein Gesicht war feurig rot geworden.

Franny sprang auf und machte einen Schritt zurück. Ihr Mund stand empört offen, und sie stemmte ihre Hände in die Hüften. Als ihr Zorn endlich Worte fand, kamen diese in einem kaum zu stoppenden Schwall, bei dem ihre Stimme immer schriller wurde. »Das kann doch nicht dein Ernst sein, Dickon! Du meinst, ich würde die kleine Lady tatsächlich im Stich lassen, um meine Haut zu retten? Du bist vielleicht dreist! Dass ich nicht jünger werde, weiß ich selber!«

»So hab ich es nicht gemeint, Franny«, versuchte Dickon sie zu beschwichtigen. »Hast du dir nie überlegt, dass du nie heiraten wirst, wenn du hier bleibst? Du solltest dankbar sein, dass einer dich haben will!«

Franny biss sich auf die Lippen und verpasste ihm eine derart scharfe Ohrfeige, dass er vor Schreck nach hinten stolperte und beide Hände über seine Ohren schlug. »*Das* ist meine Dankbarkeit. Für den großzügigen Mann, der mich alte Jungfer vor der Schande der Ehelosigkeit retten will. Hast du erwartet, dass ich zu deinen Füßen niedersinke und sie dir küsse? Weißt du was? Es gibt Mädchen im Dorf, die auf genau so eine große Rettung warten! Mrs Gibbs' Peinigungen sind mir lieber als so ein unverschämtes Heiratsangebot!«

Dickon verzog das Gesicht und rieb die Stelle, an der Frannys Hand gelandet war. »Franny, beruhige dich«, stöhnte er.

»Und außerdem, seit wann hat ein Faulenzer wie du die Mittel, einen Hof zu kaufen? Du kannst dir nicht mal neue Schuhe leisten, so schnell verschwindet der kleine Verdienst, den du einsteckst.«

Dickon griff nach Frannys Arm. Sie zuckte vor seiner Berührung zurück, schob beide Hände hinter den Rücken und blitzte ihn mit feurigen Augen an.

»Du willst mir tatsächlich eine Abfuhr erteilen, Franny?«

»Tatsächlich. Unglaublich, nicht wahr? Ich wette, Lisbeth vom Gemüsemarkt hast du auch deine ewige Liebe geschworen. Meinst du, ich habe nicht gesehen, wie du mit ihr geturtelt hast, als sie gestern die Kartoffeln gebracht hat? Für dich ist das Leben ein einziger Spaß. Die Flüche der Mönche sind für dich ein Witz, du machst dich über Harriet lustig, du ziehst an Charlottes Zöpfen, du prahlst jedes Mal, wenn du die Schnallen von Lord Greenwolds Schuhen polierst, dass du auch eines Tages solche Schuhe anziehen wirst. Und jetzt soll ich mich geehrt fühlen über das Angebot, eine ungewisse Zukunft mit einem unsteten, dämlichen Zirkusclown und eitlen Pfau wie dir zu teilen? Nein, danke!«

Dickon hatte sich wieder hingesetzt. »Und das ist dein letztes Wort?«

»Mein allerletztes Wort. Werde erwachsen, bevor du wieder eine Frau beleidigst!«

Die Demütigung saß. Dickon rieb schweigend über seine gerötete Wange, während Franny mit festen Schritten durch das Schilf am Ufer der Mosely zurück nach Birch Hollow eilte.

Die einsame Ente, die sie beobachtet hatte, watschelte inzwischen am anderen Ufer entlang, über einen Haufen Weidengeäst und Reisig, hüpfte weiter stromaufwärts wieder ins Wasser und schwamm gegen den Strom zum Weiher auf der anderen Seite der Brücke.

Mrs Gibbs hatte Kissen um den Kopf ihrer Herrin herumgelegt, um das Poltern der Kutsche abzudämmen. Franny starrte abwesend aus dem Fenster in die einbrechende Dunkelheit hinein.

Nachdem Mrs Gibbs sich vergewissert hatte, dass Lady Agnes eingenickt war, brach sie das eisige Schweigen, das bis dahin in der Kutsche geherrscht hatte. »Welche Laus ist dir über die Leber gekrochen, Frances?«, zischte sie. »Du hast nicht einmal einen guten Tag über die Lippen gebracht. Ist es etwa Liebeskummer? Oder hattest du keine Lust auf eine Reise nach London? Morgen darfst du mit Frederick gleich wieder zurück. Ihr kommt dann wieder, wenn die Heimfahrt feststeht. Und wasch die Vorhänge in Lady Agnes' Schlafzimmer, während wir weg sind.«

»Ich habe weder Liebeskummer, noch bin ich abgeneigt, nach London zu reisen, noch gehen meine Gemütsschwankungen Sie überhaupt etwas an.«

Beide Frauen blickten stur nach vorne.

»Dein Ton ist frech und unverfroren, Frances«, kommentierte Mrs Gibbs herablassend.

»Ihr Ton war ebenfalls frech und unverfroren, als Sie mir vorgestern gekündigt haben. Ist das jetzt Ihre Lieblingsbeschäftigung geworden? Da ich folglich arbeitslos bin, unterstehe ich Ihnen nicht mehr, und es kann Ihnen völlig gleich sein, in welchem Ton ich mit Ihnen rede.«

»Arbeitslos, was für ein Quatsch! Lord Greenwolds Milde wird wieder deine Rettung sein, das wissen wir doch beide. Sonst würdest du überhaupt nicht in dieser Kutsche sitzen. Hör auf, Georgiana zu verhätscheln und meine Anweisungen zu missachten, dann wird von einer Kündigung keine Rede mehr sein.«

»Dann wird es vermutlich erst dann keine Kündigungen mehr geben, wenn mich Lady Charlotte nicht mehr braucht.« Die Worte »Lady Charlotte« betonte sie.

Der immer heller werdende Schein von Gaslampen durch die Fensterscheiben deutete darauf hin, dass sie den Vorort der Großstadt erreicht hatten. Ein leichter Nieselregen fiel. Franny wischte mit der Handfläche über die beschlagene Fensterscheibe, um einen Blick auf die Häuser zu werfen, die, je weiter sie fuhren, umso größer und prunkvoller emporragten.

»Ein Gentleman war hier und wollte Lord und Lady Greenwold sprechen«, begrüßte sie der Hausdiener, der aus der hochgebauten, schmalen Stadtvilla in Mayfair Lane eilte, sobald die Pferde angehalten hatten und Frederick vom Sitz gesprungen war. »Er sagte, er würde morgen wiederkommen.«

»In Ordnung, Magnussen«, sagte Mrs Gibbs, die aus der Kutsche gestiegen war. »Lady Agnes reist allerdings ohne den Lord. Sie braucht ihre Ruhe nach der langen Reise. Sie entscheidet morgen, ob sie den Besuch empfängt.«

Die Entscheidung erübrigte sich. Als Lady Agnes und Mrs Gibbs am nächsten Morgen in Mantel und Hut die Wohnräume im ersten Stock der Villa verließen und die Treppe herunterkamen, wartete bereits ein korpulenter Herr in einem dunklen Frack in der Eingangshalle. Er untersuchte gerade die Mahagonikommode, die neben den breiten Türflügeln des Haupteingangs stand. Als er die beiden Frauen hörte, drehte er sich schlagartig um, nahm den Zylinder vom Kopf und verbeugte sich tief. Ein leichter Geruch von Zigarren und Whisky umgab ihn. »Ich freue mich, Sie zu sehen, Lady Greenwold. Ich wollte Sie schon gestern aufsuchen und hoffe, dass mein Erscheinen Ihnen nicht lästig ist.«

»Mein Mann hat mich nicht begleitet, Sir. Und mit mir werden Sie wohl kaum vorliebnehmen wollen. Wir haben zu tun. Kommen Sie wieder, wenn Lord Greenwold in London ist.«

Der Besucher machte einen Schritt auf Lady Agnes zu und musterte sie mit einem anerkennenden Blick. »Mit Ihnen zu sprechen, wäre mir genauso ein Vergnügen wie mit Ihrem ehrenwerten Gatten, Mylady«, bemerkte er mit leiser Stimme. »Vielleicht sind Sie zu einer Begegnung mit mir eher geneigt, wenn ich Ihnen verrate, dass ich ein enger und langjähriger Weggefährte Ihres Gatten bin. Und dass ich mich der angenehmen Aussicht erfreue, in Zukunft häufiger mit Ihrer Familie zu tun zu haben. Aus diesem Grund möchte ich mich Ihnen bekannt machen.«

»Ich darf fragen, mit wem ich es zu tun habe?«

Er war noch einen Schritt auf Lady Agnes zugegangen, stand nun direkt vor ihr und schaute ihr zuversichtlich in die Augen. Seine klare Rede stand in starkem Kontrast zu seinen rot angelaufenen Augen und zerzausten blonden Haaren. Sein offenes Jackett gab den Blick frei auf eine Weste, die seine füllige Taille nur mithilfe einer Reihe angespannter Knöpfe zusammenhielt. »Sie gestatten, Sir Malcolm Forsythe-Drake. Ich bleibe nur kurz, Mylady. Als ich erfuhr, dass Ihr ehrenwerter Gatte ein Stadthaus erworben hat, verspürte ich den Drang, Ihnen meine Aufwartung zu machen und Sie in der Großstadt willkommen zu heißen.« Mit einer galanten Bewegung nahm er ihre Hand und küsste sie.

Lady Agnes presste ihre Lippen zusammen und blickte auf den Boden. »Gibbs, Sie gehen heute alleine in die Stadt.«

»Jawohl, Mylady.«

Nachdem Mrs Gibbs ihr aus dem Mantel geholfen und ihr Hut und Handschuhe abgenommen hatte, bedeutete Lady Agnes dem Besucher, ihr die Treppe hinauf zu folgen.

Mrs Gibbs blieb eine Weile abwesend an der Haustür stehen und blickte ihnen nach, auch nachdem sie verschwunden waren. Plötzlich lächelte sie, nahm ihre Tasche in die Hand und marschierte zuversichtlich zur Haustür hinaus.

4

»Guten Nachmittag, kleine Lady! Womit habe ich die Ehre?« Jake blickte vom Sattelbock hoch, auf dem er einen von Lord Greenwolds hochwertigen Pferdesätteln reinigte.

»Woher weißt du, dass ich es bin? Ich kam leise wie eine Katze!«

»Ich spüre es.«

»Und was willst du heute machen, wenn du mit der Arbeit fertig bist?«

»Was soll ich wollen?«

»Du sollst Bücher holen und mit mir in der Frühlingssonne lesen wollen!«

»Dann nichts wie hin!«, grinste Jake. »Mit so einer feinen, erwachsenen jungen Dame zu lesen, ist ein Vergnügen!«

»Sehe ich wirklich erwachsen aus?«, fragte Charlotte mit großen Augen.

Als Antwort richtete sich Jake auf, legte sein Tuch hin und zählte stirnrunzelnd seine Finger. »... zehn, elf, zwölf, dreizehn. Meiner Rechnung nach siehst du nicht nur erwachsen aus, sondern du bist erwachsen. Ganze dreizehn Jahre alt! Aber bevor wir lesen, muss ich meine Arbeit fertig machen.«

Charlotte setzte sich lachend auf einen Holzschemel, während Jake sein Tuch in einer Schale Wasser anfeuchtete, Sattelseife hineinrieb und anfing, die Sitzfläche und die kleinen Satteltaschen des Sattels zu bearbeiten.

»Du wolltest mich als Nächstes fragen, was wir lesen werden«, sagte sie.

»Natürlich wollte ich das!«, neckte Jake. »Erzähl mal.«

»Ich lese gerade in den *Kinder- und Hausmärchen* die Geschichte von dem kleinen Mädchen, das für ihre Stiefschwestern arbeiten musste und nicht zum Ball gehen durfte. Aschenputtel heißt sie.«

»Und woher hast du das Buch?«, fragte Jake neugierig, ohne von seiner Arbeit aufzublicken.

»Rosalinde hat es weggeworfen, weil sie die Rapunzelgeschichte nicht mag. Sie ist auf alle blonden Prinzessinnen eifersüchtig und will nicht, dass irgendjemand hübscher ist als sie. Ich hab es aus dem Mülleimer in der Küche geholt. Von deutschen Dichtern ist es, alle lesen es gerade.«

»Ich prüfe nachher, ob es was Ordentliches ist.«

»Ach, Jake. Rosalinde liest die ganze Zeit unordentliche Dinge. Du hast selber gesagt, dass ich kein Kind mehr bin!«

Jake schmunzelte. Seinen Komplimenten zum Trotz war Charlotte immer noch klein und schmal für ihr Alter. Mit ihren straff geflochtenen Zöpfen, ihren ungelenken Bewegungen und einer Schürze, die immer eine Nummer zu groß und dazu noch dreckig war, wirkte sie jünger als ihre dreizehn Jahre. »Für mich bleibst du die kleine Charlotte, und ich sorge dafür, dass du anständig erzogen wirst. Was hast du diese Woche in der Bibel gelesen?«

»Etwas Ähnliches wie Aschenputtel.«

»Aschenputtel? In der Bibel?«

»Eine ganze Reihe ähnlicher Geschichten. Isaak, Jakob, Josef, David – sie alle wurden von ihren Geschwistern nicht gemocht.«

Jake drehte den Sattel auf dem Bock um und rieb am Sattelblatt und unter der kleinen Satteltasche.

Charlotte hatte ein zweites Tuch von der Holzbank genommen und reinigte das Leder auf der anderen Seite. »Muss ein Sattel denn so viele Schichten haben?«, seufzte sie.

»Ja, Gott sei Dank!«, ermahnte sie Jake. »Sattelhorn, Taschen, Steigbügel, Gurt – davon leben Burschen wie ich. Wenn ein Pferd und seine Ausrüstung nicht so kompliziert wären, wäre ich ohne Arbeit. Nur noch eine Schicht Öl, dann die Metallteile, danach sind wir fertig.«

»Ich darf aber nicht nach Fisch stinken.«

»Fischöl ist ein Wundermittel, Charlotte. Es dringt tief in die Faser ein und macht sie weich und geschmeidig. Es schützt auch die Haut des Pferdes davor, unter dem Sattel wund und brüchig zu werden. So bleibt alles länger erhalten – Sattel, Pferd und meine Hände auch. Aber ich schrubbe sie gründlich, bevor wir lesen«, setzte er grinsend hinzu. »Deine Mutter wird nicht bemerken, dass du mit einem öligen Stallburschen zusammen warst.«

Charlotte machte es nichts aus zu warten. Sie liebte den kühlen Schatten der Werkstatt und den Duft von Leder, Heu, Holz, feuchtem Gras und Sattelseife. Und nebenan im Stall gab es den Geruch von Pferdeschweiß, das Klappern des Zaumzeugs, wenn die Pferde von der Wiese hereingeführt wurden, das Malmen der starken Kiefer, die neugierigen Blicke aus den großen Augen, das Schnauben aus den Nüstern, das im Winter wie Dampf aussah.

Während Jake die Metallteile des Sattels polierte, legte sie sich auf einen Heuballen, ihre Arme hinter dem Kopf verschränkt und die Beine übereinander gekreuzt. Sie blickte auf einen kleinen Schlitz an der Holzdecke, durch den ein hartnäckiger Sonnenstrahl seinen Weg in die düstere Scheune fand und einen Lichtkreis auf den staubigen Boden warf.

Als Jake endlich Tücher, Wasserschale, Seife und Ölflasche auf einem Regal über dem Sattelbock verstaut hatte, war Charlotte fast eingeschlafen. Sie sprang freudig auf, als Jake sich über sie bückte und ihr Gesicht mit einem Grashalm kitzelte.

Bäume beschatteten den Weg am Fluss entlang und schimmerten hellgrün in der Frühlingssonne. Bald erreichten sie den Birkenwald. Jake lief mit großen, festen Schritten, Charlotte hüpfte und erzählte, mal neben ihm her, mal um ihn herum.

»Hast du noch nie den Frühling gesehen? Du springst herum wie eine verspielte Fee!«, neckte er sie.

»Genau das ist es«, antwortete sie. »Jedes Jahr ist es so, als hätte ich den Frühling noch nie gesehen. Der braune, eisig zugeknöpfte Winterboden sieht unendlich tot aus, ich kann mir nie vorstellen, dass da auch nur die winzigste Pflanze jemals wieder herauswachsen kann!«

Sonnenstrahlen glitten über den Waldboden, und durch das zarte Grün der Silberbirken war ein wolkenloser Himmel sichtbar. Der feuchte Boden war ringsumher mit Primeln übersät, und der Lärm des rauschenden Flusses füllte ihre Ohren. Krokusse und Märzenbecher spielten Ringelreihen um die Birken herum.

Charlotte suchte nach Worten, um die sich entfaltende Schönheit zu beschreiben. »Es ist, als würde die ganze Welt aus einem Tiefschlaf aufwachen«, seufzte sie. »Sogar die trübe Wintersonne zieht sich ein neues Kleid an und wird golden und strahlend. So wie eine Sonne sein sollte. Hast du nicht gefühlt, wie die Strahlen dein Gesicht gestreichelt haben? Mit einem weichen, warmen Kuss?«

»So ähnlich war es, denke ich. Du wirst richtig poetisch, Charlotte.«

»Heute *muss* man poetisch sein. Das habe ich von dir gelernt. Bilder malen mit Worten. Blühendes Leben lauert überall unter der Oberfläche, versteckt in Samenkörnern und Blumenzwiebeln. Auf einmal schickt die Sonne einen heimlichen Gruß, und die ganze Schöpfung wird entfesselt. Ist es nicht so?« Sie lachte. »Es dauert nicht mehr lang, dann schleudert eine unsichtbare Hand über Nacht Löwenzahn und Gänseblümchen wie kleine Sterne über den Rasen. Erst kommen die Pastellfarben – gelb, grün, rosa und blau –, und dann werden sie immer kräftiger, bis die Sommerhitze ihren Gipfel erreicht und die Natur ihre ganze Pracht ausgebreitet hat.« Sie begleitete ihre Worte mit einer entsprechenden Handbewegung. »Und dann ist schon wieder der Herbst da, voll, satt und warm. Seine Farben sind … sie sind in die Jahre gekommen, aber dafür umso schöner.« Sie genoss das Staunen in Jakes Gesicht, als er ihren Worten aufmerksam lauschte. »Keine Sorge, Jake. Irgendwann gehen sogar mir die Worte aus.« Schon war sie wieder unterwegs und untersuchte die jungen Weißdornblätter, die aus dem feuchten Grün des sprießenden Grases hervorguckten.

Jake zupfte an einem Stück abgestorbener Rinde, zerbröselte es in seiner Hand und dachte an den Tag zurück, an dem er Charlotte weinend gefunden hatte. Damals hatte er sich auf dem Baumstamm, auf dem er jetzt saß, niedergelassen, in der Hoffnung, dass sie mit ihm reden würde.

Sein Versprechen an Maggie, dass er nach Charlotte schauen würde, hatte er ernst genommen. Es war einfacher gewesen, als er befürchtet hatte. Lord und Lady Greenwold schien nicht viel an ihrer jüngeren Tochter zu liegen. Der Unterricht in Musik, Französisch und Literatur mit der Gouvernante war nur für Rosalinde vorgesehen. Auch die Ausflüge in den Park mit dem Zeichenblock und den Aquarellfarben blieben ihr vorbehalten. Zu Einkaufsfahrten nach St. Ives wurde Charlotte nicht eingeladen, sie erhielt die abgetragenen Kleider ihrer großen Schwester.

So blieb es Jake überlassen, ihr beizubringen, wie aus einem Spaziergang eine Entdeckungsreise werden konnte, wie ein gutes Buch sich als Tür in eine andere Welt erwies, wie die edelste Musik und Poesie in den Stimmen von Wind, Wellen und Vögeln verborgen waren und die Natur herrliche Kunstwerke malte, die kein Künstler mit noch so feinen Aquarellfarben nachahmen konnte.

Die Bediensteten von Birch Hollow stellten keine Fragen. Lady Georgiana, wie sie von allen außer Franny und Jake im Herrenhaus genannt wurde, pendelte zwischen der Küche, in der sie sich morgens bei Franny und Harriet aufhielt, und dem herrschaftlichen Salon, in dem sie bei den vornehmen Mahlzeiten ihrer Familie erwartet wurde, hin und her. Lord Greenwold war häufig auf Geschäftsreise und Lady Agnes hielt sich, wenn sie nicht in London war, in ihren eigenen Räumen auf. Oft empfing sie Besuch aus anderen Herrenhäusern in der Gegend.

Wann immer sie konnte, rannte Charlotte zur Werkstatt oder zum Pferdestall und suchte Jake. Wenn er bei der Arbeit war, hielt sie sich mit einem Buch in seiner Nähe auf und schaute zu, wie er auf einem Hufeisen hämmerte, das in der Kohle des Ofens rot glühte, oder wie er eine Tür reparierte oder ein Pferd nach dem Ausritt trocken rieb.

Am glücklichsten war sie, wenn Jake in die Hände klatschte und seine Schürze an den Nagel hängte. Bei diesem Signal sprang sie auf die Füße und fragte: »Was willst du heute machen, Jake?«

Darauf folgte seine Antwort: »Was soll ich wollen?« Anschließend kletterte er, wie auch an diesem Tag, die Leiter hoch zu seinem Zimmer und kehrte mit einer Ledertasche voll abgegriffener Bücher unter dem Arm zurück.

Charlottes Stimme unterbrach seine Grübeleien. »Jake, hörst du noch zu? Du hast gesagt, dass wir eines Tages zum Turm gehen. Können wir das nicht heute tun? Bitte!«

»Nein, Charlotte! Wenn du größer bist. Du weißt, dass dein Vater es nicht gerne sieht.«

»Aber ›nicht gerne sehen‹ ist nicht gleich ›verbieten‹. Er denkt, ich habe Angst vor den Geistern. Aber ich habe keine Angst.«

»Trotzdem solltest du nichts tun, was dein Vater nicht möchte. Außerdem brüten die Möwen bald, wir wollen sie nicht stören. Erzählst du mir von deinem Buch?«

Charlotte holte das Märchenbuch aus ihrer Tasche. Bald war sie in eine andere Welt vertieft. Mal las sie vor, mal erzählte sie mit Ergriffenheit von der Einsamkeit eines Mädchens, das seine Mutter verloren hatte, in die Obhut einer kaltherzigen Stiefmutter gegeben worden war und in die Küche verbannt wurde. »Ihre Stiefschwestern plagten sie ununterbrochen. Spielten ihr stolz auf den Musikinstrumenten vor, die Aschenputtel nicht einmal anfassen durfte, zeigten ihr die hübschen Sachen, die sie in St. Ives gekauft hatten.«

»Moment, Charlotte. Das mit St. Ives steht da nicht drin.«

»Aber hier drin steht das, hier in meinem Herzen, Jake!« Sie klopfte auf ihre Brust, ließ das Buch ins Gras sinken und verbarg ihr Gesicht in den Händen.

Jake legte seine Hand auf ihren Arm. »Komm, Charlotte, entdecken wir ein bisschen mehr vom Frühling! Wenn das Buch dich traurig macht, solltest du es nicht lesen!«

»Nein, verstehst du das nicht? Es ist meine Geschichte, nur meine ist schlimmer. Aschenputtel wusste wenigstens, dass ihre echte Mutter sie geliebt hatte und dass die Stiefmutter nicht ihre echte Mutter war. Meine leibliche Mutter hasst mich!«

Während sie erzählte, pflückte Jake Schneeglöckchen und kleine Narzissen, die in der Nähe des Baumstammes wuchsen, auf dem sie saßen. Er band sie mit einem Grashalm zusammen zu einem Strauß. »Sieh es anders, Charlotte«, tröstete er sie. »Wenn schon deine ausgeliehene Mutter dich über alles liebt, dann musst du eine ganz besondere Person sein. Sie hat dir sogar das Lesen und Schreiben beigebracht, du kannst es besser als Rosalinde!«

»Aber Maggie sagt, ich soll Lady Agnes lieben, und ich kann sie nicht lieben, Jake! Ich bin sogar froh, dass sie immer öfter nach London fährt.

Manchmal schaue ich sie beim Abendessen an und wünsche mir, sie wäre nicht meine Mutter. Irgendwann halte ich es nicht mehr aus. Dann tobe ich herum und werde, wie Mrs Gibbs es sagt, ›auf unerträgliche Weise ungenießbar‹.«

Jake seufzte. Charlotte bekam zwar keine Zuwendung von ihrem Vater, eine gehörige Portion von seinem Temperament besaß sie aber trotzdem.

»Mein Vater sagt, wenn ich brav sei, würde ich eines Tages reich sein«, fuhr Charlotte fort. »Ein vornehmer Mann werde mich trotz meiner Hässlichkeit und Wildheit heiraten. Er meint, ich sei schlau, auch ohne Unterricht. Das bewundere er. Maggie sagt, dass es nicht wichtig sei, hübsch zu sein, aber das sagt sie nur, um mich zu trösten. Wenn ich zwischen Schlau- und Hübschsein wählen könnte, würde ich mich fürs Hübschsein entscheiden. Ist das böse?«

»Wahre Schönheit kommt von innen, Charlotte, das weißt du.«

»Aber das stimmt nicht, Jake. Meine Seele kann innen drin noch so hübsch sein, das ändert nichts an den abstehenden Ohren und der Stupsnase! Und in diesen ewigen Schürzen sehe ich scheußlich aus!«

»Kann es sein, dass du dich zu sehr mit deinem Äußeren beschäftigst, meine Kleine?«

Charlotte war in voller Fahrt und ließ sich nicht vom Thema abbringen. »Meine Mutter sagte gestern zu Franny, ich würde nach meiner Großmutter väterlicherseits kommen, die auch als Kind stupsnasig und sommersprossig gewesen sei und ein ganz böses Ende genommen habe, aber sie wollte mir nicht sagen, welches. Vorgestern meinte Dickon, man könnte an meinen abstehenden Ohren die Wäsche zum Trocknen aufhängen, und der liebe Herrgott hätte aus Versehen einen Haufen Stroh in meinen Kopf gesteckt anstatt Haare.«

»Dickon darf man nie ernst nehmen. Und übrigens: Warum muss stupsnasig und sommersprossig gleichbedeutend mit hässlich sein?«, beharrte Jake.

»Weil hübsch das ist, was Rosalinde ist: Ihre Haare sind blond und lockig, sie hat blaue Augen und anliegende Ohren. ›Kokett‹ nennt Mrs Gibbs sie. Kokett ist, wenn sie ihre Haare lose über den Schultern trägt und sie auf einmal nach hinten schüttelt und verführerisch blickt. So wie ich das gerade mit meinem Zopf mache. Kein Mann wird diesem Blick widerstehen, meint Mrs Gibbs.«

Jake drehte sich empört zu Charlotte hin. »Was weiß Mrs Gibbs darüber, was Männer mögen? Und seit wann hörst du auf sie?«

»Sie weiß eine ganze Menge! Sie weiß immer, wer mit wem was hat und nicht haben soll und wer am besten zu wem passen würde und was Männer und Frauen miteinander machen, wenn sie alleine sind und sich ausziehen.«

Jakes Kinnlade fiel herunter, und er rang nach Worten. »Hör mal zu, Charlotte. Hör nicht darauf, wenn Mrs Gibbs so etwas erzählt. Es gehört sich überhaupt nicht, dass sie so mit dir redet. Und versuche ja nicht so zu sein wie Rosalinde!«

»Aber genau das möchte ich, Jake. Ich will feine Kleider aus Samt und Seide anziehen, schöne Hüte aufsetzen, eine Hochsteckfrisur mit Perlen drin haben und von allen bewundert werden! Meine Mutter ist dunkelblond mit grünblauen Augen, und Mrs Gibbs sagt, sie hat früher jedem Mann den Kopf verdreht und tut es immer noch. Und sie sagt, dass ich dieses Problem nicht haben werde.«

»Sei froh darüber, Charlotte«, erwiderte Jake. Er legte ihr sanft die Hände auf beide Schultern. »Hör zu, meine Kleine. Bald bist du eine Dame. Die Zeit vergeht schnell, und die Welt da draußen ist bitterböse. Versprichst du mir, dass du Themen, die mit jungen Männern zu tun haben, immer mit mir besprichst? Versprichst du mir das?«

Charlotte löste sich von ihm und schaute verwundert in sein Gesicht. »Klar, Jake, hoch und heilig und bei den Gräbern der Mönche.«

»Charlotte! Wer hat dir so einen gotteslästerlichen Quatsch in den Mund gelegt?«

»Was ist da falsch dran? Mein Vater sagt das. Dickon auch!«

»Charlotte, so etwas darfst du nie wieder sagen, verstanden? Wenn du etwas versprichst, dann machst du es, weil du in deinem Herzen einen Beschluss gefasst hast, dem du treu sein willst. Dazu brauchst du keine heiligen Mönche.« Als er sah, dass ihr Tränen in die Augen stiegen, legte er seinen Arm um ihre Schultern und drückte sie an sich. »Ach komm, ich wollte dich nicht schon wieder tadeln!«

Charlotte legte ihren Kopf an seine Schulter und blieb ein paar Augenblicke lang still. Plötzlich richtete sie sich wieder auf und warf einen verstohlenen Blick auf ihn. »Du bist auch blond und hast große blaue Augen. Franny meint, es gäbe kein Mädchen im Dorf, das nicht in deine Richtung schielen würde.«

Jake warf seinen Kopf nach hinten und lachte laut. »Franny sollte sich schämen!«

»Nein, nicht schimpfen, bitte nicht. Es war meine Schuld – ich habe sie gefragt! Welche heiratest du? Ich sage es niemandem, versprochen. Du bist für mich wie ein Bruder, und Brüder und Schwestern haben keine Geheimnisse. Ich habe gesehen, wie du mit Lisbeth geplaudert hast. Magst du sie?«

Jake räusperte sich und blickte verlegen in die andere Richtung. »Du bist aufdringlich, Mylady. Lisbeth ist nett, und ich rede gerne mit ihr. Eins von den hübschen Mädchen aus dem Dorf wird wohl meine Braut werden, aber jetzt noch nicht. Und du als meine ganz besondere Schwester wirst die Erste sein, die davon erfährt. Ich versprech's!«

»Siehst du, Jake? Lisbeth hat auch blonde Locken und blaue Augen. Alle hübschen Leute, die ich kenne, haben blonde Haare und blaue Augen.«

Er zog scherzhaft an ihren beiden Zöpfen und drückte einen Finger auf ihre Nase. »Ich habe eine Idee, Charlotte.« Seine Augen leuchteten. »Du kommst morgen Nachmittag in den Pferdestall, sobald Franny dich nicht mehr braucht. Ich zeig dir was.«

»Erzähl es mir gleich, sonst kann ich vor Aufregung nicht schlafen, Jake!«

»Du solltest Geduld lernen. Wenn ich es dir gleich verrate, ist es keine Überraschung mehr.«

Die Glocke der Dorfkirche schlug fünf.

Jake erhob sich, streckte Charlotte die Hand entgegen und zog sie hoch. »Du musst gehen! Hier, ein Frühlingsstrauß für dich! Bis morgen!«

»Die Zeit vergeht nicht schneller, wenn du dauernd nach der Uhrzeit fragst und keine Minute still sitzt. Man braucht dich nur anzublicken, und man wird unruhig!«, schimpfte Franny.

»Warum geht die Uhr so elend langsam, wenn man auf etwas Schönes wartet?«, stöhnte Charlotte.

»Jake sollte in Zukunft lieber auf Überraschungen verzichten, vor allem an so einem wichtigen Tag. Hilf mir, die Obstkisten hineinzutragen, die Tischdecken zu bügeln und die Servietten zu falten, dann ist der Tag im Nu vorbei«, schlug Franny vor.

»Ich hätte wissen können, dass du etwas Dummes wie Arbeit vorschlagen würdest.«

»Tja, am schnellsten verfliegen die Minuten, wenn man sich fleißig beschäftigt«, antwortete Franny.

Es herrschte große Aufregung in Birch Hollow. Rosalinde war siebzehn Jahre alt geworden und sollte zum ersten Mal in der Gesellschaft vorgestellt werden. Zusätzliche Bedienstete waren aus Hipperclove eingetroffen, um den Hausangestellten bei den Vorbereitungen für ein üppiges Bankett zu helfen. Ein französischer Koch, eigens zu diesem Anlass aus London angereist, hatte in der Küche die Regie übernommen.

»Wenn meine Kochkünste für die Lady nicht gut genug sind, dann soll sie mir doch gleich kündigen«, tobte Harriet. »Die ausländischen Besserwisser mit ihren *Potages, Hors d'œuvres, Coq au vins* und *Entrées* können mir gestohlen bleiben! Meine Zwiebelsuppe hat für ein ordentliches Fest bisher auch gereicht, oder nicht?«

Doch Lady Agnes liebte alles, was französisch war. Die Verbindung der Greenwolds zur Londoner Gesellschaft hinterließ immer mehr modische Spuren in Birch Hollow, angefangen von den Stoffen, mit denen die prunkvollen Möbel im Speisesaal überzogen wurden, bis hin zu den Gerichten, die Harriet seit Neuestem für Lady Agnes kochen musste.

Das Menü für das große Fest bestand nun aus Favoriten aus der Pariser Küche: *Entrecôte double*, grilliert und aufgeschnitten, mit *Sauce béarnaise* und Kräuterbutter, dazu zarteste Stücke vom Rind, tranchiert und flambiert, gedämpfte Zanderfilets mit einer Weißweinsoße und als Krönung des Festmahls die feinsten Desserts: gefrorenes Erdbeermousse, frischer Fruchtsalat, Sorbets mit Wein und marinierte Beeren mit Vanilleglace.

Endlich war es Nachmittag geworden, und Charlotte raste zum Pferdestall, froh, dem hektischen Treiben in der Küche zu entkommen. Sie fand Jake über Tedwins Hinterbein gebeugt, mit dem Rücken zum Kopf des Pferdes. In einer Hand hielt er einen Huf auf sein Knie gestützt, mit der anderen Hand kratzte er Erde und kleine Steine heraus.

»Jetzt schon?«, rief er ihr entgegen.

»Jetzt schon?«, regte sich Charlotte auf. »Den ganzen Tag schon zähle ich die Minuten.«

Jake bückte sich wieder und arbeitete weiter. »Noch eine letzte Minute darfst du zählen. Ich war mit Tedwin in St. Ives, um einiges für die Schmiede zu kaufen und meinen Onkel zu besuchen. Die Hufe sind völlig verdreckt.«

»Ich wünschte, ich dürfte auf Tedwin reiten.«

»Vielleicht, wenn du größer bist und deinen Vater lieb fragst.« Jake richtete sich auf, drehte sich zu Charlotte um und tätschelte Tedwins Rücken. »Damit mein Plagegeist mich endlich in Ruhe lässt, liebes Pferd, gehe ich jetzt auf Schatzsuche.« Er klopfte den Dreck vom Hufauskratzer, fuhr sich mit einer Bürste über seinen staubigen Oberschenkel und wusch seine Hände in einem Wassereimer, der vor Tedwins Stall stand. Endlich bedeutete er Charlotte, ihm zu folgen. »Diese Überraschung muss schnell gehen. Es treffen heute Abend Kutschen mit Vierergespannen ein. Ich muss das Kutschenhaus noch fegen und bereit machen.«

»Bei allen schönen Sachen hat man es immer eilig«, seufzte Charlotte.

»Aber die schnellen Überraschungen sind die schönsten, Charlotte! Warte hier unten.« Jake kletterte die Leiter zu seinem Zimmer hoch. Als er wenige Augenblicke später herunterkam, hielt er unter einem Arm etwas, das wie ein Holzrahmen aussah, in eine Wolldecke gehüllt. Mit der anderen Hand hielt er sich am Geländer fest. »Komm zum Licht rüber«, sagte er geheimnisvoll.

Die Sonne strahlte durch die staubigen Fensterscheiben, während Jake einen Zipfel der Wolldecke nach dem anderen zur Seite zog und ein Gemälde auspackte, das er ins Licht hielt. »Wen erkennst du da?«, fragte er.

Charlottes Atem stockte. »Das bin doch ich!«, rief sie. Sie blickte, wie in einem Spiegel, in ein Gesicht, das ihrem fast gleich war. »Ich habe aber keine Perlenkette um den Hals und trage keinen Spitzenkragen. Nein, natürlich bin ich das nicht, ich bin nie gemalt worden.«

Vergnügt beobachtete Jake ihre Reaktion. »Denk an unser Gespräch zurück. Deine Mutter hat dir gesagt, dass du deiner Großmutter väterlicherseits wie aus dem Gesicht geschnitten bist. Auf diesem Bild siehst du deine Großmutter, als sie etwa so alt war wie du jetzt. Siehst du die niedliche Stupsnase? Und die Sommersprossen?«

Charlotte folgte fasziniert den Bewegungen von Jakes Finger. »Aber ihre Haare sind schöner als meine, Jake. Und sie hat keine abstehenden Ohren.« Enttäuschung schwang in ihrer Stimme mit.

»Ihre Haare sind nur anders frisiert«, wandte Jake ein. »Sie decken die Ohren ab und sind locker nach hinten zusammengebunden.«

»*Dir* fällt so was auf? Aber das erlaubt mir Mrs Gibbs nicht. Sie flicht meine Haare in engen Zöpfen und zerrt alles streng nach hinten. Gerade hinter meinen Ohren macht sie die dicksten Flechtknoten. Sie sagt, so ziemt es sich für ein Mädchen in meinem Alter.« Charlotte konnte ihre Augen nicht von dem Bild abwenden.

»Aber das Beste kommt noch, Charlotte!« Auf der Wolldecke lag ein zweites Bild, das er nun neben das erste legte.

»*Kann* es besser werden? Wer ist das, Jake?«, flüsterte sie.

»Rate mal«, flüsterte er zurück.

»Auch meine Großmutter?«

»Auch deine Großmutter. Auf diesem Bild ist sie achtzehn und steht kurz davor, deinen Großvater zu heiraten. Ich glaube, das Kleid ist sogar ihr Hochzeitskleid.«

Charlotte konnte ihre Augen nicht schnell genug bewegen, um die feinen Gesichtszüge aufzunehmen, die sie aus dem Gemälde anschauten. Sanfte braune Locken, mit Perlen übersät, umrahmten zwei große nussbraune Augen. Ein zierlicher Mund verriet den leisesten Hauch eines schüchternen Lachens. Die Stupsnase war noch erkennbar, auch ein paar Sommersprossen, aber in dieses Gesicht passten sie.

»Was denkst du?«, fragte Jake leise.

»So wunderschön kann eine Frau sein«, hauchte Charlotte voller Ehrfurcht, »auch ohne blonde Haare und blaue Augen.« Sie blickte noch einmal auf das Gesicht. Es schien ihr, als ob das Lächeln der Großmutter einen Gruß aus vergangenen, glücklicheren Zeiten in den trüben Alltag der Enkelin hineinschicken wollte. »Sie strahlt etwas Liebliches aus, etwas Verletzliches. Ich glaube, wir hätten uns gemocht.«

»Ein anderes Mal erzähle ich dir mehr über sie. Jetzt packen wir sie wieder weg. Und jedes Mal, wenn dir jemand sagt, du seist hässlich, denkst du an die Bilder.«

»Können wir sie aufhängen? In meinem Zimmer, wo ich sie jeden Tag anschauen kann?«

»Nein, das können wir nicht. Früher hingen sie im Eingangsflur des großen Hauses. Dein Großvater mochte die Bilder aber nicht und ließ sie nach ihrem Tod abhängen.«

»Wo hast du sie gefunden?«

»Ich sollte eine Kammer im Dachboden leerräumen. Die zwei Ölgemälde habe ich natürlich nicht weggeworfen. Sie bleiben oben in meinem Zimmer, und du darfst sie ab und zu anschauen, wenn du versprichst, nicht eitel zu werden. In Ordnung?«

Charlotte nickte energisch. Sie schlang ihre Arme um seinen Hals, küsste ihn auf die Wange, flüsterte »Danke« und rannte aus dem Stall.

5

»Franny, darf ich auf der Empore sitzen und zuschauen, wie die Damen und Herren tanzen?«

»Du darfst dieses Konfekt in den Eingangsflur tragen für den Sektempfang. Leg es in Kreisen in diese Schale, mit den Pfefferminzblättern dazwischen, wie eine Schnecke. Mrs Gibbs richtet dort die Blumen. Frag sie, ob du zuschauen darfst.«

Charlotte nahm das Konfekt und die Schale und rannte die Treppe hinauf. »Mrs Gibbs, ich bin fast vierzehn, und Rosalinde durfte schon mit zehn.«

»Durfte was?«

»Bei Abendbällen zuschauen. Darf ich? Bitte, bitte, Mrs Gibbs? Ich verhalte mich still wie eine Maus. Niemand sieht mich, versprochen!«

»Du kennst die Antwort, Georgiana. Ein entschiedenes Nein.«

»Aber warum durfte Rosalinde immer zuschauen?«

»Weil du uns nur in Verlegenheit bringst.«

»Dort oben sieht mich doch niemand.«

Mrs Gibbs wandte sich von dem Blumengesteck ab, das sie gerade gerichtet hatte, drehte sich zu Charlotte um und zischte: »Sag mal, Kind, verstehst du das Wort Nein nicht? Und jetzt sieh zu, dass du verschwindest. Die Empore bleibt geschlossen, damit du nicht auf eine deiner widerborstigen Ideen kommst.«

Schweren Herzens arrangierte Charlotte das Konfekt in der Schale und stellte das fertige Werk auf den Tisch, auf dem die Sektgläser in sauberen Reihen standen. Anschließend ging sie die große Treppe hoch, die zu den Schlaf- und Ankleideräumen von Lady Agnes und Rosalinde führte. Rosalindes Tür stand offen.

»Die Haarspange sitzt zu tief, Franny. Hast du noch nie von einer Hochsteckfrisur gehört?« Rosalindes Stimme war gereizt. Jetzt war nicht der richtige Zeitpunkt, sie um einen Gefallen zu bitten.

»Wer ist an der Tür, Franny? Schau sofort nach.«

Es war zu spät für eine Flucht. »Ich bin es, Rosalinde.«

»Du hast mich ›Lady Rosalinde‹ zu nennen, Georgiana.«

»Lady Rosalinde. Gestern habe ich deine Französischaufgaben für die ganze Woche erledigt. Leihst du mir deinen Schlüsselbund?«

»Wo willst du hin?«

»Geht dich nichts an. Du hast versprochen, dass du mir auch einen Gefallen tun wirst. Für eine Woche Französisch möchte ich nun für einen Tag deine Schlüssel.«

Heute war Rosalinde offenbar nicht nach Großzügigkeit zumute. »So, meinst du, mich geht es nichts an? Benutz doch den Haupteingang, der ist heute Abend offen.«

»Du weißt, dass das Haus voller Gäste ist und dass ich nur durch die Küche hinauskomme.«

»Tja, das hättest du dir vorher überlegen sollen. Erst gestern hast du mich beleidigt.«

»Nur weil du mich einen schleimigen Blutegel genannt hast, der besser zurück in den Fluss kriechen soll! Dann hast du mich gezwickt und gesagt, du kannst es immer noch nicht glauben, dass ich deine Schwester bin. Ich wäre der widerlichste Abschaum, den du je gesehen hättest, und mit den knochigen O-Beinen würde ich ein schlimmes Ende nehmen.«

»Das waren nichts weiter als Feststellungen, du dummes Ding«, antwortete Rosalinde. »Du bekommst den Schlüsselbund nicht, und auf deine Hilfe bei den blöden Französischaufgaben kann ich in Zukunft verzichten. Bald heirate ich einen reichen Mann. Was brauche ich da französische Verben und Grammatik? Ich lasse dir meine Bücher als Trostpreis da.« Ihre Stimme war eiskalt.

»Der Dummkopf, der dich heiratet, wird bald genug darauf kommen, dass du nur Schaum und Luft im Schädel hast!«, rief Charlotte erbost.

Der Schuh, der in ihre Richtung geschleudert wurde, traf den Türrahmen, nachdem sie sich mit einem flinken Sprung außer Reichweite gebracht hatte.

Sie schleppte sich mit traurigen Schritten eine weitere Treppe hinauf in das kleine Dachzimmer, das ihr Zuhause war, und warf sich auf ihr Bett.

Falls Rosalinde Aufregung vor ihrem großen Auftritt verspürte, ließ sie es durch nichts erkennen, als sie neben ihrer Mutter vor den eichenen Türflügeln von Birch Hollow stand, um die eintreffenden Gäste zu empfangen. Sie war eine Augenweide in Himmelblau und strahlte die kühle Souveränität einer Frau aus, die wusste, wie man die Blicke auf sich zieht.

Eine Fülle von eleganten Falten aus zarter, weicher Seide, mit einer silbernen Brosche unter ihrer Brust lose zusammengefasst, schmückte ihre schlanke Form. Auf der Brosche spiegelte ein einzelner Diamant den Schein der Leuchten wider, die aus dem Flur strahlten. Der weite Ausschnitt ihres Kleides, in der kühlen Luft im Eingang von einem silbernen Schultertuch verhüllt, war mit weißer Spitze verziert.

Zum Tanzen würde sie das Tuch entfernen, um ihre Schultern, deren Haut klar und makellos wie Elfenbein war, zur Schau zu stellen. Ihre am Hinterkopf hochgesteckten blonden Locken fielen in einer einzigen Kaskade auf ihren Rücken hinunter. Lord Greenwold, der seinen Damen den Vortritt ließ und die Gäste erst in der Eingangshalle begrüßte, musterte seine Tochter mit Genugtuung von der Seite. Um sie musste er sich keine Sorgen machen. Bald würde ihre Schönheit in vornehmen Häusern für regen Gesprächsstoff sorgen, und die Gentlemen würden Schlange stehen, um ihr den Hof zu machen.

Sein Blick schweifte über die Zufahrt, die mit Fackeln umsäumt war. Pferde wieherten, Dienstboten hasteten hin und her, eine Kutsche nach der anderen hielt vor der großen Doppeltür an, entlud ihre bunte Fracht von plaudernden, lachenden, in Tüll, Seide, Samt und Federn gehüllten Damen. Gentlemen in dunklem Frack und Zylinder riefen den Pferdewirten Anweisungen zu, bevor sie ihrer jeweiligen Dame galant den Arm boten.

Lord Greenwold stand im Zenit seines Erfolgs. Zu seinen Festen kam alles, was Rang und Namen hatte. Birch Hollow war längst nicht mehr das abgelegene Anwesen in der Nähe von Hipperclove, über das ein altertümlicher Mönch einen Fluch ausgerufen hatte, sondern die erste Adresse der Grafschaft Cornwall. Der gesellschaftliche Aufstieg der Familie Greenwold hatte sich bis in die feinsten Kreise Londons herumgesprochen. Unter Lord Greenwolds illustren Gästen befanden sich Namen wie Baron Whitfield, regelmäßiger Besucher am Hof des Königs, Mr Hugh Larson, erster Vorsitzender der East India Company, Mr Synclad Naylor und die Flathornfamilie, Neureiche aus der bürgerlichen Mittelklasse, die ihr Vermögen in den Zinnbergwerken von Cornwall gemacht hatten. Mr Richard Trevithick, Eisenbahnpionier, Erfinder und Ingenieur, war zum ersten Mal bei den Greenwolds zu Tisch.

Getränkehändler aus Frankreich interessierten sich für Lord Greenwolds Methoden, Wein herzustellen. Pferdezüchter aus Italien bestaunten seine Vollblüter und nahmen die lange Reise auf sich, um satte Preise für seine Fohlen anzubieten. Alles, was Lord Greenwold anfasste, verwandelte sich in Gold.

Er blickte hinüber zu den Pferdeställen, wo Jake, schwer beladen mit einem Pferdegeschirr, sich um die Tiere der Gäste kümmerte und zwischen den stampfenden Hufen und dampfenden Nüstern der Pferde hin und her eilte. An dieser Seite war ein Anbau für weitere Zuchthengste und Stuten geplant. Ein neuer Pferdejunge musste zusätzlich angestellt werden.

Der Lord hatte einen Landauer als Geschenk für Rosalinde anfertigen lassen und bei dieser Gelegenheit auch das Kutschenhaus erweitert. Mit dem Viersitzer würde sich seine Tochter an den bevorstehenden Sommertagen der Welt standesgemäß präsentieren können. Das Verdeck der Kutsche ließ sich je nach Bedarf öffnen oder schließen, was ideal für Sommerausflüge war.

Lord Greenwolds Augen ruhten auf seiner Gattin, die neben Lady Rosalinde stand. An diesem Abend erinnerte sie ihn mit ihren leuchtenden Augen an das bezaubernde Mädchen, das er sich vor vielen Jahren ohne Zögern zur Frau genommen hatte. Mit leichter Wehmut musterte er die fließenden Kurven ihres roten Abendkleides. Doch als sich jetzt ihre Blicke flüchtig trafen, begegnete ihm nur Kälte.

Seine schweifenden Gedanken wurden unterbrochen, als ein Gast ihn leicht an den Ellbogen tippte.

»Mr Linreed, Sie sind es!«, rief Lord Greenwold und streckte ihm die Hand hin. »Wir haben uns wirklich lange nicht mehr gesehen, mein Freund.«

»Und wer ist meine Zukünftige, Lord Greenwold? Nicht die anmutige Dame, die an der Tür steht, schätze ich?«

Beide lachten.

»Die Kleine wird noch nicht auf die Gesellschaft losgelassen, das hat noch Zeit.«

»Hat sie sich immer noch nicht in eine Schönheit verwandelt?«

»O nein, ganz und gar nicht. In drei Jahren wird sie Ihnen zu Füßen liegen, Mr Linreed. Bis dahin ist mein Pferdegestüt das berühmteste in ganz Europa und eine Einladung nach Birch Hollow die höchste Auszeichnung, die ein adliger Herr in England erhalten kann. Ein Hoch auf die Zukunft!«

Die zwei Männer hoben ihre Sektgläser.

»Und Ihre liebenswerte Frau ist mit den Entwicklungen zufrieden?«, fragte Mr Linreed mit einem Blick in Lady Agnes' Richtung.

»Unsere Partnerschaft hat für sie nur Vorteile, das weiß sie genau«, antwortete Lord Greenwold verächtlich. »Als Gegenleistung für das Vermögen, das sie mit in die Ehe gebracht hat, hat sie uneingeschränkten Zugang zu meinem Einfluss, und davon macht sie regen Gebrauch, glauben Sie mir. So sorgen wir gemeinsam dafür, dass die harmonische Fassade nicht bröckelt, und steigern stetig das Ansehen von Birch Hollow, das Sie erben werden. Demnächst erweitere ich die Dienerschaft um zwei neue Dienstmädchen. Lady Agnes bekommt vielleicht eine Kammerzofe, damit Mrs Gibbs sich noch stärker um die Verwaltung des wachsenden Haushalts kümmern kann. Auch an einen Butler mit guten Referenzen muss ich denken, ich halte in London schon Ausschau. Der Flügel des Hauses, der damals abgebrannt ist, wird wieder aufgebaut, damit wir das neue Hauspersonal unterbringen können. Wie Sie sehen, habe ich große Pläne, Mr Linreed. Bald werden wir den Herrschaften von Chatsworth House, Highclere Castle und Langley in nichts mehr nachstehen. Birch Hollow ist weit mehr als ein veredelter Bauernhof in der Provinz, mein Freund! Unser Anwesen erringt sich seinen Stammplatz unter den ganz Großen!«

»Die Mönche meinen es offensichtlich gut mit Ihnen«, witzelte Mr Linreed.

»Und folglich auch mit Ihnen, Mr Linreed. Ein Hoch auf die Mönche!«

Sie hoben noch einmal ihre Sektgläser.

Charlotte vergrub ihr Gesicht ins Kopfkissen und kämpfte verzweifelt gegen die aufsteigende Panik an, die sie zu überwältigen drohte. Das kleine Zimmer fühlte sich wie ein Gefängnis an und verstärkte das bedrückende Gefühl in ihrem Innern, dass sie aus jeder menschlichen Gemeinschaft, die sie kannte, ausgesperrt war.

In diesem Moment rannte Franny bestimmt wie ein aufgeschrecktes Huhn hin und her, in den Händen Platten voller Köstlichkeiten, und schimpfte über die groben Manieren der Diener, die vom Dorf gekommen waren. Harriet beklagte den fehlenden Seelenadel der französischen Köche. Jake war damit beschäftigt, die edlen Rösser der vornehmen Gäste trocken zu reiben und ihnen frisches Heu zu bringen. Charlotte konnte förmlich vor sich sehen, wie er die Räder der Kutschen schrubbte und Schalen mit Obst und eine Sektflasche als Erfrischung für die Heimfahrt hineinlegte. Maggie dagegen saß wahrscheinlich an ihrem Herd und strickte Socken für arme Kinder, bis die Kerze heruntergebrannt war. Das Wachs tropfte sicher schon auf den Holztisch, weil sie zu sparsam war, um eine neue anzuzünden. Wer von ihnen würde auch nur einen Gedanken an Charlotte verschwenden?

Als sie sich vom Bett erhob, war es stockdunkel geworden. Sie hörte das Rattern von Rädern in der Zufahrt und die aufgeregten Stimmen von Gästen, die verspätet eintrafen. Sie zog ihre Pantoffeln über die Füße und tastete sich mit den Händen an einer Kommode und einem Schrank entlang bis zum Fenster, das sich auf halber Höhe in der Dachschräge befand. Im Winter blieb es geschlossen, weil es keine Glasscheibe hatte. Seine einzige Abdeckung war eine Holzklappe, die im Sommer auf einen Stock gestützt wurde, um Helligkeit und Luft ins Zimmer zu lassen.

Ein schwaches Licht fiel durch die Ritzen am Rand der Öffnung, genug, um die Umrisse eines Stuhls sichtbar zu machen, der unter dem Fenster stand. Charlotte kletterte auf den Stuhl, schob die Holzklappe hoch und fixierte sie. Sie stützte sich mit den Armen auf die Kante zum Dach, hievte den Rest ihres schmalen Körpers hoch und zog ihre Beine nach. Im Nu saß sie am Rand des offenen Fensters. Sie streckte die Beine nach vorne auf die Dachziegel, während der aufgeklappte Holzladen wie ein kleines Dach über ihren Kopf ragte. Kein Platz im ganzen Anwesen bot eine bessere Aussicht auf die umliegende Landschaft.

Rechts ragte die Turmruine in die Höhe. Gegen das Licht des aufsteigenden Vollmonds konnte Charlotte schattige Umrisse von Fledermäusen ausmachen, die wie winzige schwarze Pfeile durch das klaffende Loch im Turm in alle Richtungen schossen. Wie oft hatte sie hier gesessen und gehofft, dass sie die Geister der Mönche sehen würde. Vielleicht flüchteten sie, sobald sie sich beobachtet fühlten. Einmal, als sie nachts auf das Dach geklettert war, hatte sie Lichter am Turm gesehen. Vielleicht hatte sie es nur geträumt.

Direkt vor ihr warf das Mondlicht einen weißen Schleier über die Birken, Ulmen und Eichen, die den Fluss auf beiden Seiten wie finstere Wächter säumten. Die Brücke konnte Charlotte nicht sehen. Sie hörte das Plätschern des Wassers aus der Ferne und die Gutenachtrufe der Enten, und direkt unter ihr erklangen die gedämpften Geräusche des Festsaales, den die Gäste nach und nach füllten – Musik, Gelächter, das Klappern von Tellern. Der Geruch von Zigarren und Öllampen stieg durch die offenen Terrassentüren nach oben.

Auf ihrem einsamen Sitz, weit entfernt von den Abendgeräuschen, denen sie lauschte, fühlte sich Charlotte wie auf einem anderen Planeten. Fragen über Fragen stiegen in einer jungen Seele auf, die angefangen hatte, ihr Leben mit erwachsenen Augen zu betrachten. Umstände, die sie bisher einfach so hingenommen hatte, wurden zu nagenden Rätseln. Warum hatten ihre Eltern sie weggegeben? War es wirklich so, wie ihr gesagt worden war, dass Lady Agnes zu krank gewesen war, um einen Säugling zu versorgen? Bisher hatte Charlotte ihre Mutter als kerngesund erlebt. Warum hatte man sie zurückgeholt, wenn sie dann nur mit ansehen musste, wie ihrer hübschen Schwester jeder Wunsch von den Augen abgelesen wurde, während sie zu den Bediensteten abgeschoben wurde? Was bedeuteten die forschenden Blicke und besorgten Fragen von Maggie jedes Mal, wenn sie ihre Pflegemutter besuchte? In Charlottes Ratlosigkeit mischte sich Zorn über all die Ungewissheiten, die sie plagten.

Und was war in der Zukunft zu erwarten? Jake würde Lisbeth oder ein anderes hübsches Mädchen vom Dorf heiraten. Maggie würde rund um die Uhr kleine Jäckchen und Strümpfe für ihre blonden, blauäugigen Enkelkinder stricken. Sie würde Charlotte nur bemitleiden oder gar vergessen. Rosalinde würde einen ihrer vielen Verehrer heiraten und ebenso blonde Kinder auf die Welt bringen. Franny würde einen netten Mann vom Dorf finden. Lord Greenwold würde immer reicher werden, Lady Agnes würde immer mehr Kleider, Schmuck und schöne Dinge ansammeln, um sie mit Mrs Gibbs zusammen zu bestaunen.

»Und ich?«, seufzte Charlotte leise. »Ich bin von Anfang an eine Außenseiterin gewesen und werde es bleiben. Und wenn ich tatsächlich, wie Rosalinde gesagt hat, als schleimiger Blutegel zurück ins Wasser krieche, dann wird es keinem auffallen. Schließlich hat sich der Mönch damals auch in die Fluten gestürzt, als er keine Hoffnung mehr hatte.«

Mrs Gibbs würde von ihrem Tod erfahren und keine Miene verziehen, nicht einmal blinzeln. »Das hässliche Kind hatte sowieso keine Zukunft«, hörte Charlotte sie in ihrer Fantasie sagen, »mit diesen abstehenden Ohren und den schrecklichen Sommersprossen. Dieses Ende ist keine Überraschung.« Und sie würde den Kopf schütteln und mit der Zunge schnalzen.

Es wurde kühl, und dunkle Wolken trieben über den Mond hinweg. Unten wurden einige Fenster zugezogen, der Lärm der Festgesellschaft klang auf einmal fern und matt. Charlotte nahm stattdessen das ferne Rauschen der Wellen hinter den Felsen wahr. Sie schauderte, kletterte in ihr Zimmer zurück und zog den Holzladen herunter.

Ein trübes Licht von der Öllampe im Treppenhaus schien in ihr Zimmer hinein. Sie zog ihre Schuhe an, warf ein Tuch um ihre Schultern und huschte auf Zehenspitzen die Treppe hinunter. Mit etwas Glück würde sie sich unbemerkt aus dem Haus stehlen können. Sie wollte zum Fluss oder sogar zum Turm – Hauptsache irgendwohin, wo der Lärm der Festlichkeiten ihre Ohren nicht mehr erreichte.

Als sie an dem Gang vorbeikam, der zu Rosalindes Räumen führte, hielt sie plötzlich an und blickte um sich. Die Tür zu Rosalindes Ankleideraum stand offen. Sie nahm sich eine der Leuchten von der Wand und trat leise durch die Tür. Wo sie nur hinschaute, lagen Kleider, Spitzentücher, Schuhe, Federschmuck, Schleifen, Unterröcke – auf den Stühlen, auf dem Boden, über den Sessellehnen. Charlotte schob das Durcheinander von Lockenwicklern, Cremes, Salben und Kämmen auf der Spiegelkommode zur Seite, um Platz für die Lampe zu finden, und setzte sich auf den Schemel, der vor der Kommode stand.

»Diese fürchterlichen Zöpfe kommen weg, und Mrs Gibbs kann zur Hölle fahren«, sagte sie zu sich. Sie legte die Hände kurz zusammen, blickte nach oben und fügte hinzu: »Auch wenn ich so etwas nicht sagen darf. Tut mir leid, lieber Gott.« Langsam und genüsslich zog sie die Klammern aus ihren Zöpfen und befreite eine Haarsträhne nach der anderen. »Und jetzt ein paar Locken, wie bei Großmutter. Nur ein Versuch«, murmelte sie. Sie griff in einen der Töpfe. Aus dem gekräuselten Haar, das die Zöpfe hinterlassen hatten, sonderte sie ein paar Strähnen aus, tränkte diese in Öl und wickelte sie um ihre Finger, um Locken daraus zu machen, die ihre Schläfen umrahmen sollten. »Wenn schon, dann richtig«, flüsterte sie weiter.

Die Puderdose. Sie tupfte das bleiche Pulver in ihr Gesicht, verteilte großzügig Rouge auf ihren Wangen und den Lippen. Nachdem sie die Verwandlung im Spiegel begutachtet hatte, stand sie auf und zupfte an den Bändern ihrer Schürze. Bald lagen Schürze, Rock und Bluse in einem Haufen auf dem Boden.

Sie zog das schimmernde gelbe Kleid über ihren Kopf, das Rosalinde zugunsten einer Kreation in Blau abgelehnt hatte. Ein Spitzenkragen, eine Perlenkette und zierliche silberne Schuhe mit hohen Absätzen vervollständigten Charlottes Aufmachung.

Schritte im Gang und das Klappern eines Schlüsselbundes rissen Charlotte aus ihrem Rausch. Ihr Herz fing an zu rasen. Sie blies die Kerze im Glas aus, schlich zur Tür hinaus und eilte so schnell sie konnte zur großen Treppe, um den Schritten zu entkommen. Ob durch den

Geruch der ausgeblasenen Kerze misstrauisch geworden oder ob durch die Bewegungen im Gang beunruhigt – Mrs Gibbs lief immer schneller.

In ihrer Hast zog Charlotte die geliehenen Schuhe aus und nahm sie in die Hand. Sie rannte die Treppe hinunter. Die Eingangshalle war leer. Die Gäste waren zum Dinner versammelt, und durch die halb offene Tür zum Festsaal sah Charlotte Bedienstete, die zwischen den Tischen und dem Gang zur Küche hin und her eilten, beladen mit Tellern, Schalen und Tabletts.

Charlotte witterte ihre Chance. Sie hob den viel zu langen Rock vom Boden weg und schoss über die Marmorfliesen zur offenen Tür, die in den Park führte. Abrupt hielt sie an. Zwei Herren standen mit dem Rücken zu ihr vor dem Haus und unterhielten sich angeregt, umgeben von qualmendem Zigarrenrauch. Hinter sich hörte sie Mrs Gibbs außer Atem die Treppe herunterhetzen. Charlotte steckte in der Falle.

Später hätte sie nicht mehr erklären können, was in diesem Moment in ihrem Kopf vor sich gegangen war. Ob es angestaute Wut, ein Schrei nach Zuwendung oder ein Anflug von Hass gegen ihre Familie gewesen war oder einfach das Gefühl, dass sie nichts mehr zu verlieren hatte – sie wusste nicht, was sie derart um den Verstand gebracht hatte. Vielleicht hatten die Bilder ihrer Großmutter schlummernde Sehnsüchte in ihrem hungrigen Herzen geweckt. Auf jeden Fall gab sie sich einen Ruck, marschierte schnurstracks zur Tür des Festsaals und trat erhobenen Hauptes hinein. Das Klappern des Geschirrs und das Summen der Stimmen verstummte auf Anhieb. Jedes Auge war auf sie gerichtet.

»Du lieber Himmel! Was zum …« Lord Greenwold hatte den Saal mit seinem Freund Mr Linreed hinter Charlotte betreten und war völlig außer sich.

Im hellen Schein der Kronleuchter bot Charlottes Anblick ein seltsames Spektakel, das mit dem Erscheinungsbild ihrer Großmutter auf dem Gemälde wenig gemeinsam hatte. Ihre langen, krausen Haare flogen in alle Richtungen, die Schminke in ihrem Gesicht war in der Hektik der Flucht verschmiert, das viel zu lange Kleid zerrissen. Die Schuhe hielt sie immer noch in einer zitternden Hand. »Guten Abend, lieber

Vater, guten Abend, verehrte Gäste. Ich möchte Sie alle in unserem edlen Haus begrüßen und meine Freude zum Ausdruck bringen, dass ich mich heute in dieser Gesellschaft in aller Förmlichkeit vorstellen darf.« Sie sprach laut und klar und mit einer Zuversicht, die sie selber verblüffte. Weiter kam sie jedoch nicht.

Rosalinde schrie auf, als sie ihr Kleid erkannte, und sank stöhnend und zitternd zu Boden. Andere Damen erhoben sich von ihrem Platz und kreischten auf. Mrs Gibbs kam mit Riechsalz in der Hand angerannt, die Herren lachten höhnisch. Mit dem höflichen Tischgeplauder war es vorbei. Jetzt herrschte ein aufgeregtes Durcheinander von lauten Stimmen. Das erste Frühlingsfest in Birch Hollow versprach, in den folgenden Monaten für lebhaften Gesprächsstoff an den Festtafeln der vornehmen Häuser zu sorgen.

»Du elende kleine Ratte, bist du völlig irrsinnig geworden?«, zischte Lord Greenwold zwischen den Zähnen hervor, während er Charlotte halb schleppend, halb tragend aus dem Saal entfernte. Zum ersten Mal fiel Charlotte auf, wie groß die Narbe an seinem Hals war, die nun rot leuchtete und energisch pulsierte. Je mehr sie versuchte, sich frei zu strampeln, umso fester wurde sein Griff. Er zog sie in die Nähe einer Fackel am Eingang, umklammerte ihre Schultern so fest, dass es ihr wehtat, und starrte ihr ins Gesicht. »Willst du uns zum Gegenstand des Gespötts im ganzen Land machen?«

»Nein, ich will weg von hier. Ich will zurück zu Maggie!«

»Und meinst du, sie würde dich nehmen, du kleine Hexe? Wer will schon ein Mädchen, das sich wie ein Straßenluder aufführt, sich zum Clown macht und seine ganze Familie in Verlegenheit bringt? Wo bleibt deine Dankbarkeit, wo der Respekt vor deiner Abstammung? Ist da keine Wertschätzung für die Großzügigkeit deiner Eltern, die dich hier in Wohlstand und Komfort beherbergen, obwohl du es weiß Gott nicht verdient hast?« Seine Stimme wurde lauter und hysterischer, und mit jedem Satz schüttelte er Charlotte so fest, dass sie vor Schmerz aufschrie.

Mrs Gibbs eilte atemlos zu ihnen.

»Mrs Gibbs, wie ist es möglich, dass eine meiner Töchter hier herumstreunt, angezogen wie eine billige Zirkuskünstlerin?«, fuhr er sie an. »Schaffen Sie das Kind sofort von hier fort. Morgen werden wir ein paar Worte miteinander wechseln!«

»Es war ein schreckliches Missgeschick, Mylord! Die Kleine sollte in ihrem Zimmer bleiben. Ich lief sofort nach oben, als ich Geräusche hörte, aber es war zu spät. Sie hinterließ eine Spur der Verwüstung in Lady Rosalindes Zimmer und rannte davon. Man kann sie keinen Augenblick lang unbeaufsichtigt lassen. Es wird nie wieder passieren, Mylord, ich verspreche es Ihnen!«

»Sorgen Sie dafür, dass das Kind für heute Abend weggesperrt wird, und morgen reden wir über weitere Maßnahmen.«

»Nein, nicht wegsperren! Bitte nicht wegsperren, Mrs Gibbs!«

Es half kein Bitten und Betteln. Mrs Gibbs packte Charlotte grob an den Schultern und schob sie ohne ein weiteres Wort die Treppe hinauf.

»So, so, und das ist vermutlich meine zukünftige Braut«, bemerkte Mr Linreed trocken. Er hatte die Szene von der Tür aus mit Vergnügen beobachtet. »Sie hat Pfiff und Biss. Ich glaube, ich brauche noch eine Zigarre, Mylord.«

»Keine Sorge, Mr Linreed«, antwortete Lord Greenwold, während er seinen Begleiter wieder nach draußen führte. »Ihre Erziehung ist in guten Händen. Heute die härteste Peitsche, danach das süßeste Zuckerbrot. Das Mädchen braucht offensichtlich etwas väterliche Zuwendung. Bald wird es mir aus der Hand fressen. Hier, Ihre Zigarre.«

Franny klopfte leise. Es kam keine Antwort. Sie warf einen flüchtigen Blick über die Schulter und klopfte erneut, dieses Mal lauter.

»Wer ist da?«, kam eine gedämpfte Stimme aus dem Zimmer.

»Ich bin es. Franny.«

»Mrs Gibbs hat abgeschlossen. Du darfst nicht rein.«

Franny drehte den Schlüssel im Schloss und öffnete die Tür. Sie steckte ihren Kopf ins Zimmer und trat auf Zehenspitzen ein. Sie setzte sich auf die Bettkante und legte ihre Hand auf die Bettdecke, unter der sich eine kleine Form versteckte, die von Schluchzern geschüttelt wurde. »Charlotte, beruhige dich!«

Das Schluchzen wurde heftiger.

»Bitte nicht anfassen, es tut so weh«, stotterte Charlotte zwischen Tränen in ihr Kopfkissen hinein.

Franny legte ihren Kopf und einen Arm sanft auf den Rücken des Mädchens und schaukelte es sacht vor und zurück. »Jetzt erzähl mal«, flüsterte sie, als das Schluchzen einem gelegentlichen Erzittern gewichen war. »Hier, ein Taschentuch. Alle Tränen, die noch drin sind, weinst du heraus, dann suchen wir nach einer Lösung. So wie immer.«

»Aber es sind dieses Mal zu viele Tränen, Franny, endlos viele. Eine Lösung gibt es nicht. Ich will sterben.«

Die Weinkrämpfe begannen von Neuem.

»Dann weinen wir in Staffeln. Für heute reicht es, morgen darfst du wieder weinen.«

Charlotte drehte den Kopf und schlug mit ihren Füßen die Bettdecke zurück.

Franny blickte zum ersten Mal in ihr geschwollenes Gesicht. Sie schrak zurück, als ihr Blick auf die purpurfarben angelaufenen Striemen fiel, die Charlottes tränenverschmierte Wangen auf beiden Seiten bedeckten. »O mein Gott«, hauchte sie fassungslos und zog den Kopf des jungen Mädchens sanft an ihre Schulter, wo sie mit der Hand durch das verschwitzte Haar fuhr. »Wer hat dir das angetan, Kleine?«, murmelte sie.

»Eine Seite Mrs Gibbs und die andere Seite Rosalinde. Hinten auf meinen Schultern mein Vater mit der Reitpeitsche«, antwortete Charlotte. Sie fing wieder an zu weinen. »Aber das ist nicht das Schlimmste, Franny«, sagte sie und klammerte sich an Franny fest. »Ich darf Maggie nie wieder sehen. Mein Vater meint, ihr schlechter Einfluss macht mich böse, und sie wird sowieso nichts mehr mit mir zu tun haben wollen. Das ertrage ich nicht, Franny. Niemand will mich. Und die einzige Person auf der Welt, die mich mag, darf ich nie mehr sehen.«

Franny löste sich behutsam aus Charlottes Griff und stand auf. »Ich bin gleich wieder da, bleib sitzen, wo du bist, und bewege dich nicht von der Stelle.«

Sie rannte aus dem Raum und zog die Tür hinter sich zu. Wenige Minuten später kehrte sie mit einem Tablett zurück, auf dem neben zwei Keksen eine Schale warmes Wasser, ein Topf Wundsalbe und ein Becher heißer Tee standen. »Das Wichtigste zuerst, Charlotte. Es beißt, wenn ich die wunden Stellen berühre, aber danach fühlst du dich besser. Die Striemen auf deinem Gesicht sind nicht tief, sie heilen schnell.«

Sie tupfte Charlottes Gesicht mit einem feuchten, warmen Tuch ab, wischte die Tränen weg und kämmte die losen, verschwitzten Haare mit ihren Fingern nach hinten. Danach zog sie Charlotte das Nachthemd sanft über den Kopf. Der Lord hatte sich mit der Reitpeitsche nicht zurückgehalten. Franny schüttelte entsetzt den Kopf und erstickte einen Schrei. Blut war nicht geflossen, aber die Haut an Charlottes Schultern war geschwollen und rot. »Du musst eine Weile auf dem Bauch schlafen«, sagte sie mitleidsvoll. »Jetzt hol tief Luft, ich trage die Kräutersalbe auf, das lindert den Schmerz. Nach ein paar Tagen geht es dir besser, warte ab.« Schließlich hielt sie den Becher an Charlottes Mund und drängte sie, zu trinken und danach an den Keksen zu knabbern.

Zuerst zögerlich, dann immer flüssiger, erzählte Charlotte von ihrem Abstecher ins Zimmer ihrer Schwester und von dem plötzlichen Drang, einmal im Leben fein auszusehen wie Rosalinde; sie berichtete auch von den Schritten im Gang und von der Flucht nach unten. »Ich wollte mich im Park verstecken und später bei Tedwin im Stall schlafen. Aber da standen mein Vater und ein komischer Mann. Und dann war mir auf einmal alles egal. Rosalinde tobt immer noch wie ein wildes Tier, weil ich ihr Kleid zerrissen habe. Mrs Gibbs denkt, ich hätte das alles absichtlich gemacht. Sie sagt, ich sei schon immer auf Rosalinde eifersüchtig gewesen. Ich glaube, es hat Mrs Gibbs richtig Spaß gemacht, mich schreien zu hören, als sie zugeschlagen haben.«

»Das glaube ich sofort.« Franny nickte.

»Sie will Maggie und Jake erzählen, wie missraten ich bin. Und dann werden sie bestimmt nichts mehr mit mir zu tun haben wollen, und ich bin ganz alleine auf der Welt!« Charlottes Stimme wurde immer hysterischer.

»Schhhh, nur ruhig, Kind. Erstens, echte Freunde hören nicht auf, Freunde zu sein, nur weil man etwas Dummes gemacht hat. Zweitens, manchmal tust du verrückte Dinge, weil du dir vorher keine Gedanken darüber gemacht hast, so wie gestern Abend. Haben wir nicht vereinbart, dass du immer zu mir kommst, *bevor* du etwas Dummes machst, und wir denken gemeinsam darüber nach? Denken funktioniert besser zu zweit.«

»Aber du bist nie da, wenn ich kurz davor bin, etwas Dummes zu tun.«

»Dann geh in Zukunft auf Nummer sicher und tu gar nichts, bis ich da bin. Und jetzt spielen wir unser Spiel. Wir beruhigen uns bei heißem Tee und Keksen und denken eine Weile zu zweit darüber nach, wie es weitergehen soll.«

Charlotte schnäuzte sich, während Franny die Augen fest zukniff, die Stirn runzelte und den Kopf fest mit beiden Händen umfasste. »Komm schon, Charlotte! Kopf runter und festhalten! So geht Denken am besten!«

Fast hätte Franny Charlotte trotz ihrer Schmerzen ein Lächeln entlockt. Das Mädchen schloss seine Augen und nahm den Kopf in beide Hände. Franny hatte recht. Irgendwie hatten sie auf diese Weise immer eine Lösung gefunden.

6

»Zum ersten Mal meldet er sich zu einem Abendbesuch, Mrs Gibbs. Woher weiß er immer, dass ich in der Stadt bin? Kaum bin ich angekommen, steht er prompt am nächsten Tag vor der Tür.« Lady Agnes warf Mrs Gibbs einen fragenden Blick zu.

»Es spricht sich herum, wenn Sie nach London reisen, Mylady. Sie sind nicht unbekannt. Sir Forsythe-Drake und Sie haben gemeinsame Freunde.« Mrs Gibbs' Stimme war gewohnt sachlich und ruhig.

»Aber dem Gentleman liegt viel daran, nicht bekannt werden zu lassen, dass er hin und wieder einen Nachmittagstee mit mir einnimmt. Mein Gatte würde es nicht dulden, das weiß er.«

Mrs Gibbs zündete die Wandleuchten des kleinen Salons an und zog den dicken Vorhang zu. Ein Duft von französischem Parfüm und Lavendel füllte den Raum, und die Samtbezüge der Kissen schimmerten im Licht der Kerzen. »Er erfreut sich Ihrer Gesellschaft, Mylady. Wundern Sie sich? Wie oft habe ich Ihnen gesagt, dass Sie nur einen Raum betreten müssen, und schon ruhen die Blicke der versammelten Herren anerkennend auf Ihnen. Und manche Blicke, wie die von Sir Forsythe-Drake, bleiben die ganze Zeit auf Sie gerichtet.« Sie stellte eine Blumenvase auf den kleinen Couchtisch und holte zwei Weingläser aus dem Gläserschrank. »Und was halten Sie von ihm, Mylady?«

Lady Agnes dachte einen Augenblick nach. »Eine ehrliche Antwort? Er ist aufdringlich, schmeichlerisch und riecht unangenehm nach Alkohol und Zigarren. Seine Lippen sind fett und feucht, seine Wangen und Augen laufen immerzu rot an, die Knöpfe an seiner Weste platzen fast ab, so dickleibig ist er.« Sie schüttelte den Kopf. »Er hat ständig den gleichen glatten Gesichtsausdruck. Sein Grinsen kommt mir selbstgefällig vor. Nachmittags kann ich ihn gerade noch so ertragen. Ein Abend in seiner Gesellschaft kommt mir eine Nummer zu … zu intim vor. Der Gedanke daran ist unerfreulich.«

»Wenn das so ist, Mylady, dann räume ich die Weingläser sofort ab«, erwiderte Mrs Gibbs eilfertig. »Der Nebel draußen ist dick wie Erbsensuppe, es ist eiskalt und es nieselt, Mylady. Vielleicht schickt er sowieso nur seinen Diener und sagt den Besuch ab.«

»Das glaube ich nicht.« Lady Agnes winkte ab. Sie setzte sich aufrecht aufs Sofa und verfolgte Mrs Gibbs mit den Augen, während diese eine leere Teetasse, eine Untertasse und einen Teller auf ein Tablett stapelte. »Und es wäre andererseits auch wieder schade. Ich mag den Mann nicht sonderlich, aber er scheint mir eine echte Verehrung entgegenzubringen. Nach dem Ärger in der Ballnacht bekäme mir ein Abend mit Wein und etwas Vertraulichkeit vielleicht sogar gut. Das Leben in Birch Hollow verdrießt mich. Sobald Rosalinde unter der Haube ist, ziehe ich nach London. Zum Glück hat Georgianas Auftritt keinen negativen Einfluss auf den Strom von Rosalindes Verehrern gehabt.«

»Nichts verwandelt ein monotones Dasein schneller in ein heißes Abenteuer als gedämpftes Kerzenlicht in einer stürmischen Nacht, Mylady. Und unvorteilhafte männliche Körpereigenschaften verlieren ihre abstoßende Wirkung, wenn es dunkel wird und der Wein seine Wirkung entfaltet.«

»Sie klingen, als wüssten Sie, welche Gedanken mir in diesen Tagen durch den Kopf gehen«, sagte Lady Agnes mit einem forschenden Blick.

Mrs Gibbs senkte rasch die Lider. »Sie haben vielleicht mehr mit Sir Forsythe-Drake gemeinsam, als Sie denken, Mylady«, antwortete sie. »Selbst beim Sektempfang in Park Lane, als Sie kein Wort miteinander gewechselt haben, folgte er jeder Ihrer Bewegungen mit seinen Blicken. Das hatte etwas Sehnsüchtiges, beinahe Gieriges an sich.« Sie redete mit dem gleichen ausdruckslosen Ton, mit dem sie das Wetter kommentiert hatte.

Lady Agnes hob eine Augenbraue, fuhr mit der Hand über den weichen Samt der Lehne und schob nachdenklich die Kissen zurecht.

Mrs Gibbs zögerte, und Lady Agnes sah sie erwartungsvoll an. »Wenn ich es sagen darf, es gibt eine Leidenschaft, die tiefer verbindet als der sinnliche Rausch der körperlichen Vereinigung, Mylady.«

»Und die wäre?«

Mrs Gibbs stellte das Tablett auf dem Tisch ab und zeichnete die zierliche Kurve der Porzellantasse mit einem Finger nach. Ein grimmiges Licht flackerte in ihren Augen auf. »Zwei Körper vereint in gemeinsamer Rache«, sagte sie. Ihre Stimme war fast ein Flüstern geworden, aber immer noch emotionslos.

»Mrs Gibbs, Sie erstaunen mich.«

»Ich lege Ihr rotes Kleid heraus, Mylady«, antwortete Mrs Gibbs, »und stelle drei Flaschen vom besten Wein für den kleinen Tisch bereit.«

»Sie können Ihrem Kutscher sagen, dass er heute Abend nicht mehr gebraucht wird, weil Magnussen Sie später nach Hause bringt, Sir«, begrüßte Mrs Gibbs Sir Forsythe-Drake später am Abend an der Haustür.

»Ich bin Ihnen zutiefst verpflichtet, Mrs Gibbs«, antwortete der Besucher mit einer Verbeugung und einem wissenden Blick. Sein Atem roch nach Whisky, und er hatte sich stark parfümiert. Er wirkte nervös. »Ich eigne mir die Lady und damit das Vermögen an und breche so dem erhabenen Lord das Genick, Mrs Gibbs. Sie dürfen dann die Scherben aufsammeln und ihn trösten.« Er drückte der Haushälterin einen Geldschein in die Hand, und Mrs Gibbs führte ihn zur Treppe.

Lady Agnes erhob sich von der Couch und trat ihrem Gast mit ausgestreckten Händen entgegen, als er in der Tür erschien.

»Mylady, Sie sehen bezaubernd aus!«, rief er mit leuchtenden Augen.

»Nach Ihrem Whisky wünschen Sie sicher ein Glas französischen Wein, Sir Forsythe-Drake«, schlug Lady Agnes vor. Sie führte ihren Besucher zum Sofa und lud ihn ein, neben ihr Platz zu nehmen.

»Immer noch böse auf mich, Franny?«

»Vielleicht.«

»Gehst du wenigstens mit mir zum Haus zurück?«

»Warum sollte ich?«

»Weil ich mich aufrichtig entschuldige?«

Franny hielt an und wartete, bis Dickon sie eingeholt hatte. Die Bediensteten von Birch Hollow waren auf dem Rückweg von ihrem sonntäglichen Kirchgang.

»Können wir wieder Freunde werden, Franny?« Dickon versuchte, ihren Gesichtsausdruck unter dem großen Strohhut, den sie sonntags zur Kirche trug, zu deuten. Sein Blick blieb an den roten Schleifen hängen, die auf beiden Seiten des Huts herunterhingen. Er versuchte, nicht darauf zu achten, wie hinreißend sie in ihrer Sonntagskleidung aussah. Schon in ihrem ältesten Arbeitskittel fand er sie unwiderstehlich.

»Du könntest mir einen Gefallen tun.«

»Immer gern! Und der wäre?«, fragte er.

»Charlotte darf das Haus nicht verlassen. Sie wird wahnsinnig, wenn sie Maggie nicht sieht. Ich habe ihr versprochen, einen Weg zu finden, sie ins Dorf zu bringen. Lord Greenwold ist auf Reisen, Mrs Gibbs und Lady Agnes sind in London. Hoffentlich gefällt es ihnen dort, und sie bleiben länger. Nimm die Kleine mit, wenn du die Mehlsäcke am Mittwoch mit dem Wagen holst. Sorg dafür, dass du für deine Einkäufe so viel Zeit wie möglich brauchst.«

»Und die Gegenleistung?«

»Wir sind wieder Freunde, aber kein Wort mehr von Heirat. Und wenn du noch einmal sagst, ich sei zu alt, um einen Mann an Land zu ziehen, haue ich dir wieder eins an die Ohren. Und noch eine Sache ...« Die hochgezogene Augenbraue zeigte sich wieder. War der Blick spöttisch, neckisch oder nur fragend? »Wenn ich mitbekomme, dass du dir auch nur einen einzigen Scherz mit dem Kind erlaubst oder es hänselst wegen Haaren, Nase, Ohren oder eines anderen Körperteils, dann rede ich nie wieder ein Wort mit dir. Und wenn ich schon dabei bin, kein Wort mehr über die Mönche. Und lass die arme Harriet in Ruhe.«

»In Ordnung, Franny.« Dickon seufzte und folgte mit wehmütigem Blick den roten Bändchen, die hin und her wippten, während Franny mit festem Schritt und schwingendem Gang vor ihm über die schmale Brücke ging.

Plötzlich hielt sie an und drehte sich um. »Und noch eine allerletzte Sache, Dickon.«

»Die wäre?«

»Wenn ich solche Dienste für Charlotte regelmäßig in Anspruch nehmen darf, bin ich in alle Ewigkeit dankbar.« Ein kurzes Lächeln blitzte in ihren Augen auf. Sie drehte sich wieder um, und ihr Schritt wurde schneller, bis sie im Wald verschwunden war.

»In einer Stunde bin ich wieder da, Mylady«, sagte Dickon. Er wartete, bis Charlotte an der Tür des kleinen Hauses am Straßenrand geklopft hatte und diese von innen aufgemacht wurde. Der Wagen schirmte sie vor neugierigen Blicken von der Straße ab. Ein Freudenschrei und eine innige Umarmung an der Tür versicherten Dickon, dass sein Schützling gut aufgehoben war. »Bis in einer Stunde, Ma'am«, rief er Maggie zu, bevor er an seinen Hut tippte, auf den Wagensitz sprang und sein Pferd mit den Zügeln antrieb.

Charlotte löste sich aus Maggies Umarmung, sprang davon und untersuchte jeden Winkel des kleinen Hauses, um sicherzustellen, dass alles beim Alten war und dass sich auch in ihrem kleinen Zimmer unter dem Dach nichts geändert hatte.

Danach setzte sie sich auf ihren Schemel, während Maggie sich mit ihrem Strickzeug in den Schaukelstuhl lehnte. »Der Frühling ist zwar gekommen, aber es ist in diesen Steinmauern nach wie vor kühl«, seufzte Maggie.

»Aber du wolltest sicher nicht über das Wetter reden, Maggie! Du hast gehört, was am Ballabend passiert ist.«

»Ja, sicher. Im ganzen Dorf gibt es seit Tagen kein anderes Gesprächsthema.«

»Mein Vater meint, du würdest mich nie wieder sehen wollen, aber Franny hat gesagt, ich solle es ihm nicht glauben.« Charlotte vergrub ihr Gesicht in Maggies Schürze, legte ihre Arme um Maggies Beine und versuchte, nicht zu weinen. Maggies Kleider waren aus grober Baumwolle, vom vielen Waschen abgenutzt und blass. Sie rochen nach Seife.

»Die Geschichte, die ich jetzt erzählen werde, musst du sorgfältig in deinem Herzen aufbewahren«, sagte Maggie, »und sie dir jedes Mal in Erinnerung rufen, wenn du traurig bist. Wie man leckere Sachen in eine Tasche packt, um sie herauszuholen, wenn man später Hunger hat.«

»Kenne ich sie?«

»Ein bisschen. Es ist die Geschichte, die mich immer, wenn ich traurig bin, daran erinnert, dass uns in dieser Welt kleine Momente des Lichts geschenkt werden, die sich auch in der Dunkelheit lange halten.«

»Du bist traurig? Du bist immer so friedlich, Maggie.«

»Friedlich zu sein ist nicht etwas, was man *ist,* sondern etwas, was man *lernt.*« Maggies Finger bewegten sich flink an den Stricknadeln. »Es war einmal eine stürmische Nacht. Kein Mensch traute sich in die dunklen, windigen Straßen hinaus«, erzählte sie. »Eine junge Frau saß in einem Schaukelstuhl in ihrer Wohnstube. Mit den Händen im Schoß und ihrem Kopf nach hinten auf die Lehne gestützt, wippte sie vor und zurück und stöhnte. Der alte Stuhl quietschte mit jeder Bewegung ihres Fußes. Ihre Augen starrten auf die schwarzen Balken der niedrigen Decke. Das plötzliche laute Klopfen an der Haustür nahm sie nicht wahr. Eine einzige Kerze flackerte auf, als eine Windböe durch die geöffnete Tür wehte, und warf Lichtgestalten an die Wand. Ein Haufen müder Asche schwelte im Kamin.« Maggie hielt inne. Ein paar Sekunden lang war nur das Klicken der Stricknadeln zu hören. Und das Quietschen des Stuhls, den Maggie mit einer sanften Bewegung ihres Fußes vor und zurück schaukelte.

Charlotte blickte hoch in ihr Gesicht. Sie liebte Maggies Geschichten. »Du erzählst unsere Geschichte, Maggie. Aber anders als bisher. Heute kann ich richtig *fühlen*, wie es war.«

»Dann erzähle ich besser weiter. ›Bleib sitzen, Maggie, und schau her‹, sagte die Frau, die die Wohnstube betreten und sich nun neben die junge Frau hingekniet hatte. ›Gott weiß, das arme verwaiste Ding braucht eine warme Brust und ein schlagendes Herz.‹ Zwei Arme streckten sich zunächst zögerlich, dann gierig nach dem Bündel aus, das ihnen gereicht wurde. ›Oh mein Gott!‹, schluchzte die junge Frau, als ihre Besucherin das Tuch zärtlich zur Seite schob und die winzigen Gesichtszüge im schwachen Licht der Kerze sichtbar wurden. Der Säugling war vor Erschöpfung eingeschlafen. Die plötzliche Stille, die Wärme am Kamin und die gedämpften Stimmen der beiden Frauen holten ihn wieder ins Bewusstsein. Die winzigen Lippen zitterten, die Augen zogen sich zusammen, der kleine Körper spannte sich an.«

Maggie hielt inne, und ihre Stimme wurde leise. Sie hatte aufgehört zu stricken, lehnte sich beim Erzählen nach vorne und streichelte Charlottes Haare. »Kaum auf diesem Planeten erschienen, wollte das kleine Wesen sich auf die einzige Art, die es kannte, gegen seinen unwirtlichen

Empfang wehren: durch ein kräftiges Gebrüll. Für die junge Frau war es der Klang, nach dem sie sich in ihren Fantasien am meisten gesehnt hatte. ›Nur zu, gib ihr, was sie braucht, Maggie‹, forderte die Besucherin sie auf und half der fassungslosen Frau, das Kind an ihre Brust zu legen. Ein lautes Saugen, Seufzen, Ziehen, der winzige Körper entspannte sich. Die junge Frau beugte sich über das kleine Gesicht und konnte ihr Glück nicht fassen. Heiße Tränen benetzten das Tuch, die flaumigen dunklen Haare, die entblößte Brust, während hungrige Arme den kleinen Körper umschlangen und seine Wärme aufsaugten.« Maggies Stimme war tränenerstickt.

Sie schluckte, bevor sie den Faden der Erzählung wieder aufnahm. »Die Elemente tobten draußen, das Gewitter spielte Kapriolen mit den Bäumen und Dachziegeln, die Finsternis legte sich wie eine schwere Masse auf die Häuser des kleinen Dorfes. Und das Herz einer jungen Mutter, die ihr eigenes neugeborenes Kind am Tag davor in ein Tuch gewickelt und in die Erde gelegt hatte, fing wieder an zu schlagen. Freude leuchtete in den Augen auf, die müde waren von der endlosen Suche nach einem Sonnenstrahl in einer nicht enden wollenden Finsternis. Als die Besucherin sich zum Gehen wandte, schliefen beide fest, immer noch im Schaukelstuhl. Der Hauch eines Lächelns lag auf den Lippen der jungen Frau, ein Friede ruhte auf dem Gesicht, das seit Monaten nur Tränen gekannt hatte. Von der Kerze war nur noch ein Stummel übrig. Das Licht flackerte noch einmal auf und erlosch. Die rote Glut im Kamin beleuchtete die Konturen einer alten Truhe, auf der eine Wolldecke lag. ›Das reicht sicher für eine windige Nacht‹, sagte die Besucherin, während sie die Decke auf die schlafende Frau und das Baby legte und die Enden in die Ritzen des Stuhls stopfte. Sie küsste beide, flüsterte die Worte: ›Der Segen Gottes sei auf euch‹, legte ihren feuchten Umhang um ihre Schultern, zog die Tür hinter sich zu und verschwand in die dunkle Nacht.«

Charlotte blickte in Maggies feuchte Augen hoch.

Maggie hatte ihre Stricknadeln auf ihren Schoß gelegt und wickelte eine lose Strähne von Charlottes Haaren abwesend um ihren Finger. »Es war ein Wunder, mein Kind. Ich hatte eine kleine Charlotte verloren, und der liebe Gott gab sie mir am nächsten Tag zurück.«

Die Kirchenglocke schlug. Charlotte verbarg ihren Kopf wieder in Maggies Schürze. »Bald kommt Dickon zurück, Maggie. Warum geht die Zeit so schnell vorbei, wenn ich hier bin? Wie geht die Geschichte weiter?«

»Das Mädchen wuchs auf und brachte Sonnenschein in das Leben der trauernden Mutter. Jeder Tag war ein Geschenk, vor allem weil die Mutter wusste, dass ihr das Mädchen jederzeit wieder weggenommen werden könnte.« Maggie tätschelte Charlottes Zöpfe und nahm ihre Stricknadeln wieder in die Hand. »Und leider kam der Tag auch. Aber ich ahnte, dass meine Charlotte stark genug sein würde, um alles zu tragen, was auf sie zukommen würde.«

»Endet die Geschichte glücklich, Maggie?«

»Das wird das Mädchen selber entscheiden müssen.« Maggie spielte wieder mit Charlottes losen Haaren, dieses Mal wickelte sie die Strähne um die Stricknadel herum und ließ sie immer wieder fallen.

»Mein Vater sagt, ich werde eines Tages feine Abendroben und Diamanten haben, und ein vornehmer Mann wird mich heiraten.«

Maggie warf ihr einen scharfen Blick zu und runzelte die Stirn.

»Ist was, Maggie?«

»Nichts. Nur ein flüchtiger Gedanke.« Sie rutschte von ihrem Stuhl auf den Boden und legte ihre Arme um Charlotte.

Plötzlich wurde ihre Stimme dringlich. »Charlotte, meine Liebe, halte dich ganz fest an Jake und an Franny. Versprich es mir. Vergiss nicht, Gott jeden Tag um Hilfe zu bitten, wenn Schatten und eisige Winde kommen.«

»Aber Maggie, du redest, als ob du dann nicht mehr hier wärst! Ich komme gleich zu dir, wenn ich Hilfe brauche!«

Maggie blickte über Charlottes Schulter, als könnte sie dort für einen flüchtigen Moment etwas sehen, was für andere Augen unsichtbar war. »Wir wissen nie, wann der Meister uns ruft. Deshalb lebe so, dass er jederzeit rufen könnte. Bleib wahrhaftig und wachsam. Bald bist du kein Kind mehr, Charlotte. Eines Tages musst du selber, ganz alleine, entscheiden, welche Wege du gehst. Und der richtige Weg wird nicht immer der einfachste Weg sein.«

Es trat eine nachdenkliche Stille ein. Plötzlich war das Rumpeln von

Holzrädern auf dem Kopfsteinpflaster draußen zu hören. Es verstummte, und kurz darauf klopfte es an der Tür.

»Ich muss gehen, das wird Dickon sein.«

Maggie küsste Charlotte auf die Wangen. Sie zuckte kurz zusammen, als sie die noch immer sichtbaren Spuren der Ohrfeigen erblickte, die Mrs Gibbs ihr verpasst hatte, und half ihr in den Wagen.

»Hinten bei den Mehlsäcken, Kleine«, rief Dickon. »Mach es dir gemütlich und halte dich versteckt. Befehl von Franny!«

»Ich bringe sie bald wieder, Ma'am!«, warf er Maggie über die Schulter zu, als er wegfuhr.

Maggie ließ sich in ihren Schaukelstuhl fallen und wurde von einer Welle der Verzweiflung überflutet. Das Gepolter des Fuhrwerks wurde immer leiser. Wie sehr hasste sie dieses Geräusch! Die unfertigen Socken lagen im Korb zu ihren Füßen, und ihre Hände ruhten träge auf den Lehnen des Stuhls. Die Erinnerungen, die sie für Charlotte zu einer spannenden Erzählung verwoben hatte, brannten weiter in ihrer Seele und wollten noch einmal durchlebt werden.

Nach jenem Morgen war alles, was geschah, in »davor« und »danach« eingeteilt. Vor Charlotte und nach Charlotte. Sie griff nach einem abgenutzten, kleinen Buch, das auf der Kommode neben dem Herd lag. Jedes Detail hatte sie darin festgehalten, jedes Detail las sie sich jetzt vor, während sie vor und zurück schaukelte.

Das Begräbnis ihrer neugeborenen Tochter, ein Tag vor Charlottes Ankunft. Die Eindrücke waren in ihr Bewusstsein eingemeißelt. Der Geruch von frisch umgedrehter Erde, der Morgentau auf dem Gras, die monotone Stimme, die die Gebete sprach, die federleichte, winzige Form, eingehüllt in eine Decke, die als Grabtuch diente. Der weiche, träge Händedruck des Priesters. Peters Händedruck dagegen war immer fest, griffig, stark gewesen.

Zwei Narben klafften nun im grünen Rasen des Friedhofs: das kleine, frisch ausgehöhlte Loch und daneben das lange Grab, über dem erste Ansätze von Gras wuchsen. Dort lag der Mann, für dessen Liebe sie die Aussicht auf eine sorglose Zukunft als Tochter aus gutem Haus in den Wind geschlagen und das ungewisse Leben an der Seite eines

Schiffskapitäns auf sich genommen hatte. Sie hatte es nie bereut. Auch dann nicht, als sie nach seinem Tod immer wieder mitleidsvolle Blicke trafen, die sagen wollten: »Das hast du jetzt davon.«

Wieder spürte sie die strahlende Sonne auf ihrem Gesicht, hörte den fröhlichen Klang des Erntefestes auf den Wiesen, der mit den Trauergästen auf dem Friedhof einen grausamen Spott trieb. Der Klang lud mit aller Kraft zum Leben und Feiern ein, während sie, Maggie, in einen dunklen Abgrund starrte. Sie war am Grabesrand stehen geblieben und hatte zugeschaut, wie die Erde in das Loch bröckelte und das Weiß des Tuches nach und nach verschwand, während das Grab zugeschaufelt wurde.

»Auf einmal, gestern Nacht, mitten in die stürmische Dunkelheit hinein, hat der Himmel mich geküsst«, las Maggie mit einer leisen Stimme vor. »Zum ersten Mal seit Peters Tod habe ich lang und fest geschlafen. Ein kühler Luftzug wehte heute Morgen durch die Stube und holte mich aus meinen Träumen. Ich griff instinktiv nach der Decke, die fast auf den Boden gerutscht war. Ich spürte einer dumpfen Erinnerung nach, öffnete die Augen, schob meine ungekämmten Haare hinter die Ohren, rückte meine Haube zurecht und blickte nach unten. Dort regte sich meine neugeborene Tochter, drehte ihren Kopf hin und her und fing an zu wimmern. Mit einem Ruck war ich wach. Es war doch kein Traum. Ich hob das Kind zärtlich auf meine Schulter, schaukelte es sanft hin und her und drückte den flaumigen Kopf an mein Gesicht. Dieses Gefühl werde ich nie vergessen. Der Sturm hat sich ausgetobt. Schon früh sandte die Morgensonne einen zögerlichen Gruß durch mein kleines Fenster und beleuchtete die Kohlenschaufel, die neben dem Feuerrost lag. Der Regen hat einen frischen, kühlen Geschmack in der Luft hinterlassen und ein Gefühl, das mir mitten in der zermürbenden Trauer verloren gegangen ist: Hoffnung.« Maggie seufzte, klappte das Buch der Erinnerungen zu und legte es in die Schublade der Kommode zurück.

Sie legte ihren Kopf nach hinten und döste ein. In ihrem halb wachen Bewusstsein konnte sie den Klang, den ihre Ohren bis heute jeden Tag herbeisehnten, so deutlich hören, als wäre er real: Peters schweren Schritt auf den Steinfliesen im Flur. Der Geruch von Meersalz, Öl und dem Flachs der Bootsseile würde auf einmal den Raum füllen, sie würde aufspringen, sich in seine Arme werfen, sein Gesicht betasten, seine Augen küssen, sich über seinen Schiffsbart lustig machen. Er würde ihre zierliche Gestalt mit seinen Armen umfangen und einen Freudentanz durch die kleine Stube machen. Seine Stimme hatte sie noch im Ohr, als hätte sie sie gestern das letzte Mal gehört. Er würde um sich blicken und fragen: »Und wo ist mein blonder Zwerg geblieben?«

»Welcher Zwerg, Peter? Hast du vergessen, dass er inzwischen ein kräftiger junger Mann geworden ist?«, sagte sie nun laut vor sich hin.

Ein Klopfen an der Tür holte Maggie ruckartig in die Gegenwart zurück. »Das wird Lydia sein, und ich habe ganz vergessen, das Wasser für den Tee zu kochen«, dachte sie. Sie wischte sich eine Träne aus dem Augenwinkel, erhob sich aus ihrem Schaukelstuhl, legte das Tagebuch in die Schublade zurück und strich ihren zerknitterten Rock zurecht.

»Du hast zu viel nachgedacht und brauchst frische Luft, das sehe ich dir an«, mahnte Lydia Earling, als Maggie ihr die Tür öffnete. »Jetzt holst du eine Haube, denn draußen ist es noch frisch, und nachher trinken wir unseren Tee. Gehen wir Richtung Meer oder Richtung Wiese?«

Ihr Ton war so bestimmend, dass Maggie sich nicht traute, ihr zu widersprechen. »So weit weg vom Meer wie möglich«, murmelte sie, als sie die Bänder ihrer Haube unter dem Kinn zusammenband und mit ihrer Freundin das Haus verließ. Maggie blickte ängstlich zu den zackigen Felsspitzen hinauf, die auch von ihrer Haustür aus sichtbar waren, bevor Lydia sie am Ellbogen griff und in die andere Richtung zog.

»Ich habe in meinem Tagebuch gelesen, Lydia. Plötzlich war es, als ob Peter vor mir stünde.« Maggie zögerte kurz und wandte sich dann ihrer Begleiterin zu. »Warum musste er sterben, Lydia? Er kannte diese Küste so gut. Keiner konnte glauben, dass ausgerechnet die *Flying Gull* untergegangen war. Wie konnte er das Schiff bei einem Gewitter nur so nah an die Felsen lassen? So fahrlässig war er nie! Er hatte alle Wachleute mit Lampen und Ferngläsern an Deck, wenn er hier das Land ansteuerte. Vielleicht ist die Küste an dieser Stelle wirklich verflucht.«

Sie ließen die letzten Häuser von Hipperclove und die Schatten der gewaltigen Felsen hinter sich. Wiesenschaumkraut wuchs in weißen Tupfen auf den Feldern. Beim Anblick der Schlüsselblumen und Veilchen, die den Wegrand auf beiden Seiten schmückten, wurde Maggie innerlich wieder ruhig.

»Ach, Maggie, auch ohne irgendeinen Hokuspokus von Flüchen hat das Meer ein Eigenleben und gehorcht weder den Regeln der Jahreszeiten noch den Erkenntnissen des besten Kapitäns. Die Felsen sind auch bei gutem Wetter tödlich, das hast du immer gewusst. Ein kleiner Spalt in den Holzbalken genügt, um auch die mächtigste Königin der Meere in die Tiefe zu reißen. Handelsschiffe wie die *Flying Gull* schleppen eine sperrige Ladung – Baumwolle, Kakao, Tabak und Seide – durch das Wasser und sind entsprechend schwer zu lenken. Aufs Meer zu fahren, bleibt bei aller Erfahrung und allem Können immer ein Wagnis. Mit der Gefahr habt ihr damals gelebt. Und seit Peters Tod musst du weiterleben, Maggie. Mitleid hilft dir nicht weiter, ich weiß, aber ich habe Mitleid, glaube mir.«

Sie blieben stehen und beobachteten eine Gruppe junger Lämmer, die sich unter den blühenden Kirschbäumen tummelte.

»Ich belästige dich stets mit den gleichen Gedanken und Fragen, Lydia, immer wieder.«

»Du kannst mich belästigen, so viel du willst, wenn es dir hilft, Maggie.«

»Ich weiß, dass Unglücke passieren. Warum sollten nur andere davon betroffen sein und ich nicht? Damit kann ich mich abfinden. Aber Lydia, kurz vor seinem Tod versuchte er, Offizier Bingham etwas zu sagen, als sie ihn bei Ebbe auf dem Geröll bei Sedgeworth Cove gefunden hatten. Was wollte er sagen? Und die Stiche an seinem Rücken, ich hab sie gesehen. Es waren keine klaffenden Wunden, wie Felsspitzen sie verursacht hätten, dazu waren sie zu sauber. Jemand muss versucht haben, ihn zu töten. Wenn sie ihn nur früher gefunden hätten!«

»Mag sein, dass Piraten oder Schmuggler am Werk waren und das Schiff gekapert hatten. Es sieht so aus, als habe er seinen Angreifern entkommen und sich an den Strand retten können, aber leider nicht weiter. Wie dem auch sei, eine undurchdringliche Felswand trennt uns von den Geschehnissen in jener Nacht, und wir müssen uns immer wieder dazu durchringen, nach vorn zu blicken. Kein ›Wenn doch nur‹ bringt uns heute weiter, Maggie. Fragen wir lieber: Was ist jetzt?

Charlotte braucht dich, gerade jetzt, wo sie es im Herrenhaus so schwer hat. Irgendwann wird Jake ein Mädchen aus dem Dorf zur Frau nehmen, und dann wirst du schon bald Enkelkinder haben, an denen du dich erfreuen kannst.«

»Wenn Charlotte nicht da wäre, würde ich denken, dass mein Anteil an Glück in diesem Leben schon vorbei wäre, Lydia«, antwortete Maggie. »Seitdem sie nicht mehr bei mir wohnen darf und nicht mehr für Ablenkung sorgt, denke ich immer öfter an Peter. Manchmal habe ich das Gefühl, ohne ihn ein Leben in der Dämmerung zu führen. Mein Leib existiert hier unten, meine Seele schreit danach, ihm hinterherzueilen.«

Lydia legte ihren Arm um Maggies Schulter, während sie weiterliefen.

Ein Wegweiser nach Sedgeworth Cove zeigte nach rechts. Hier kreuzte der schmale Weg, auf dem die beiden Frauen gegangen waren, die breite Straße, die von der Südküste Cornwalls nach St. Ives führte. Die Fischersiedlung, bei der die felsigen Klippen sanften Hängen wichen und flache Wellen an einen sandigen Strand schwappten, war an sonnigen Tagen ein beliebtes Ausflugsziel für vornehme Familien. Maggie und Mrs Earling schauten eine Weile zu, wie offene Kutschen voller lachender Kinder und plaudernder Damen an ihnen vorbeifuhren.

»Dort gingen wir samstags oft hin, um mit Jake Muscheln zu suchen«, erzählte Maggie. »Und dort sammelten sich alle Bergungskräfte, nachdem sie Peter entdeckt hatten. Sie fanden sonst nur noch verstreute Balken, Unrat, Trümmerteile, so sagte Offizier Bingham damals. Und zwei aufgedunsene Leichen, die Gliedmaßen gespreizt, die Gesichter nach unten gewandt. Möwen saßen auf ihnen und pickten am Fleisch. Sie fressen alles, was sie finden.«

Lydia Earling schluckte den Kloß in ihrer Kehle hinunter. »Maggie, deine Fantasie treibt ein übles Spiel mit dir. Komm, gehen wir nach Hause und trinken unseren Tee.« Sie erschauderte und führte Maggie auf dem Weg, den sie gekommen waren, zurück ins Dorf.

7

»Frances weigert sich, einen Koffer für das Kind zu packen, Mylord.«

Lord Greenwold strich sich nachdenklich übers Kinn, bevor er den Kopf hob. »Und was schlagen Sie vor, Mrs Gibbs?«

»Dass Sie nicht nur Georgiana, sondern auch Frances in die Irrenanstalt einweisen lassen, Mylord! Ich habe Ihnen oft gesagt, dass diese Frau mit ihrer spitzen Zunge für jeden eine Plage ist, der mit ihr zu tun hat.«

Lord Greenwold verschränkte die Finger, starrte aus dem Fenster der Bibliothek und verzog keine Miene. Nach einigen Augenblicken wandte er sich an Mrs Gibbs. »Wir machen es anders«, erklärte er mit Entschlossenheit in seiner Stimme. »Solange Menschen nützlich sind, halte ich es nicht für sinnvoll, mich ihrer zu entledigen. Und eine Irrenanstalt – das wäre zu grausam, meinen Sie nicht? Ich fürchte, Sie werden Frances' Aufsässigkeit noch eine Weile ertragen müssen. Wenn ich Georgiana wegbringe, gerät Frances außer Kontrolle. Diesen Ärger werden wir zunächst einmal vermeiden.«

Mrs Gibbs verdrehte resigniert die Augen und seufzte.

Lord Greenwold setzte sich in seinen Sessel und nahm das halb leere Whiskyglas in die Hand, das auf dem Tisch stand. »Skandale auszusitzen ist eine durchschnittliche Kunst, die die meisten Menschen meines Ranges gelernt haben. Es gibt aber eine höhere Kunst, und die beherrsche nur ich.« Er nahm einen Schluck aus dem Glas und wischte sich den Mund mit einem Taschentuch ab. »Diese Kunst heißt: Skandale in den Dienst des eigenen Erfolgs zu stellen. Es gibt in dieser Welt nur zwei Gruppen: Gewinner und Verlierer. Ich gehöre zur ersten Gruppe und habe vor, dort zu bleiben.«

Er stand auf, setzte sein Glas auf den Tisch, trat näher zu Mrs Gibbs und flüsterte ihr ins Ohr: »Und auch Sie werden Ihre Belohnung für sämtliche Unannehmlichkeiten haben, meine Liebe, keine Sorge.« Er strich ihr kurz über die Wange und verließ mit schnellen Schritten den Raum.

Mrs Gibbs sog seufzend die Luft ein und blieb eine Weile wie angewurzelt stehen. Schließlich nahm sie mit zitternder Hand das Glas, aus dem Lord Greenwold eben getrunken hatte, hob es an den Mund und drückte einen zärtlichen Kuss auf den Rand, an dem noch Spuren von Lord Greenwolds Lippen sichtbar waren.

In den folgenden Tagen verbreitete sich im Dorf das Gerücht, Lord und Lady Greenwolds jüngere Tochter habe eine seltene Krankheit, die zu Ausbrüchen von Geistesverwirrung führe. Anstatt jedoch das Kind zum traurigen Dasein in der Abgeschiedenheit einer Irrenanstalt zu verurteilen, hätten die Greenwolds mit der für sie typischen Großzügigkeit beschlossen, es bei sich zu behalten und aus elterlicher Pflichterfüllung die damit verbundene Belastung in Kauf zu nehmen. So könne sich das Kind der Obhut treuer Bediensteter erfreuen, die es nie aus den Augen ließen. Diese Entscheidung stieß weit und breit auf Anerkennung.

Seit dem Skandal am Ballabend hatte Charlotte Jake nicht mehr gesehen.

Eines Tages suchte er sie im Garten auf, wo sie die harte Erde eines Gemüsebeetes mit einer Hacke bearbeitete, um sie aufzuweichen und mit frischer Erde zu vermischen. Ihre Zöpfe steckten unter einem Kopftuch, ihr Gesicht war von der Anstrengung rot und verschwitzt, ihre Schürze dreckig. Sie blickte kurz zu Jake, wandte sich aber sofort wieder mit frischer Energie ihrer Arbeit zu. Es dauerte einige Augenblicke, bis sie innehielt und die verlegene Stille durchbrach. Sie richtete sich auf und rümpfte die Nase. »Schau nicht so abfällig, Jake. Du hast immer gesagt, dass Hände, die hart arbeiten, die schönsten sind. Mir gefällt es, im Garten zu arbeiten. Warum bist du so lange weggeblieben?«

»Weil es schwierig war, dich zu finden. Und ich schaue nicht abfällig, sondern anerkennend.« Jake griff nach der Schaufel, die neben Charlotte auf dem Boden lag, und fing an, größere Erdschollen zu zertrümmern. »Welche Pflanzen kommen denn hier rein?«, wollte er wissen.

»Möhren.« Ihre Stimme klang plötzlich weicher. »Aber noch nicht. Die Erde muss zuerst aufgelockert werden. Das mache ich gerade. Danach kommen Pferdeäpfel drauf.«

»Tedwin wird sich freuen, dass seine Pferdeäpfel dir so nützlich sind.«

Eine Weile lang hackten sie schweigend nebeneinander her, beide in Gedanken vertieft. Jake schleuderte kleine Steine zur Seite und riss das Unkraut aus.

Nach einigen Minuten legte Charlotte ihre Hacke auf den Boden, hockte sich hin und zerpflückte ein Löwenzahnblatt, das Jake ausgegraben hatte, langsam in winzige Stücke. »Was denkst du gerade, Jake?«

»Was soll ich denken?«, fragte er zurück.

»Du sollst dich fragen, wie du mich am besten über mein Verhalten belehren und mich vor allen Übeln der Eitelkeit warnen kannst und wie du mir sagen sollst, dass ich mich vor den Tücken dieser Welt in Acht nehmen soll, und du sollst mich fragen, was ich aus der Sache gelernt habe.«

Jake richtete sich auf, schüttelte den Kopf und lehnte sich auf seine Schaufel. »Ja, so ähnlich, aber mit mehr Mitgefühl und Liebe. Ach, Charlotte, ich hätte dir die Bilder von deiner Großmutter nie zeigen sollen. Ich habe Gedanken in deinen Kopf gesetzt, die nicht hilfreich gewesen sind. Verzeih mir bitte.«

Charlotte wischte den Schweiß von ihrer Stirn und hinterließ dabei eine Spur Blumenerde. Sie stützte ihre Hacke an die Mauer, die den Gemüsegarten vom Rest des Parks trennte. »Ich verzeih dir ganz bestimmt nicht. Ich danke dir dafür, weil die Bilder von meiner Großmutter unbeschreiblich schön sind, und ich habe sie in meinem Gedächtnis so sorgfältig aufbewahrt, dass ich sie zu jeder Zeit anschauen kann, auch ohne sie vor mir zu haben.« Sie schob ihre Unterlippe vor, und eine Spur von Trotz schwang in ihrer Stimme mit.

Jake seufzte und wechselte das Thema. »Franny hat mir erzählt, was Mrs Gibbs und Rosalinde und dein Vater mit dir gemacht haben … Sind deine Schwellungen abgeklungen?«

»Franny hat mich gesund gepflegt. Dafür, dass ich einen dunklen

Schandfleck auf den makellosen Ruf von Birch Hollow hinterlassen habe, wie Mrs Gibbs mich täglich und mit spürbarem Genuss belehrt, geht es mir bestens.«

Jake deutete auf die Kante eines nahe gelegenen Rosenbeetes. Sie legten ihre Werkzeuge auf die Erde und setzten sich. Charlotte blinzelte in die Morgensonne, die ihr direkt ins Gesicht schien. Jake schaute sie besorgt von der Seite an, während sie seinem Blick auswich.

»Unten in der Küche bei Harriet geht es lustig zu, Jake. Es sollte eine Strafe sein, dass ich fast keinen Kontakt mehr zu meiner Familie habe und auch meine Mahlzeiten bei den Bediensteten einnehme, ist es aber nicht. Seitdem meine Eltern mich für geisteskrank halten, ist das Leben einfacher geworden, und solange Maggie und Franny mich lieb haben, bin ich glücklich. Und ich habe einen neuen Freund. Dickon und ich unterhalten uns lang und ernst über alle möglichen Themen, wenn er mich mit dem Wagen nach Hipperclove mitnimmt und wenn ich ihm bei der Arbeit helfe. Er zieht nicht mehr an meinen Zöpfen. Wie du siehst, brauche ich kein Mitleid und auch keine Belehrungen!« Sie warf einen schüchternen Seitenblick auf Jake. »Und wenn ich weiß, dass du nicht böse auf mich bist, dann bin ich wieder ganz glücklich, nicht nur fast glücklich.«

»Charlotte, ich war nie böse auf dich. Ich habe mir Tag und Nacht Sorgen um dich gemacht.«

Charlotte hob den Kopf und küsste ihn auf die Wange. »Franny sagt, man braucht nur wenige liebe Freunde, um glücklich zu sein. Ich bin froh, wenn du einer davon bist. Nur …« Sie zögerte und stocherte mit einem Zweig in der Erde.

»Nur was?«

»Mein Vater. Ich würde alles dafür geben, dass er mich liebt. Ich träume davon, ihn sagen zu hören, dass er stolz auf mich ist. Aber jetzt bin ich weiter davon entfernt als je zuvor.«

Der Zweig, mit dem Charlotte Furchen durch die Erde zog, zerbrach. Sie warf ihn auf den Boden und stützte ihre Ellbogen auf die Knie. »Kannst du mir sagen, was ich falsch gemacht habe, dass meine Eltern mich so hassen, Jake?«

Nachdem Jake ein paar Augenblicke nach einer Antwort gesucht hatte, wandte er sich Charlotte zu und legte seine Hand auf ihren Arm. »Du hast nichts falsch gemacht, Charlotte. Manchmal spielen unsichtbare Kräfte in unserem Leben mit, von denen wir keine Ahnung haben. Du musst tapfer sein und vertrauen.«

»Und wie und wem soll ich vertrauen, wenn ich nicht weiß, welche unsichtbaren Kräfte sich gegen mich verschworen haben und warum? Mein Leben ist bedeutungslos. Ich bin ein Niemand, weniger als ein Niemand. Welche Kräfte sollten sich für mich interessieren?«

»Das haben die Helden in deinen Büchern auch gedacht. Denk nur an Aschenputtel oder an David aus der Bibel. Sie wurden gehasst, abgelehnt, im Stich gelassen. Aber letztlich hat sich ihr Geschick gewendet, und sie haben viel Gutes erlebt. Vielleicht geht es dir auch so, und vielleicht gewinnst du – wenn du geduldig bist – eines Tages auch das Herz deines Vaters.«

»Dazu bräuchte ich eine gute Fee wie Aschenputtel.«

»Oder den Gott der Bibel wie David.«

»Der hat bisher nichts für mich getan. Die Fee wäre mir lieber.«

»Charlotte, ich glaube, Gott hat schon viel für dich getan, du siehst es jetzt nur noch nicht. Aber es geht auch gar nicht darum, wer für dich was tut, sondern wer wirklich wahr ist. Aschenputtel ist ein Märchen, Davids Geschichte dagegen steht in einem Geschichtsbuch. Also, ich würde auf das Geschichtsbuch setzen.«

»Wie langweilig«, seufzte Charlotte. Sie starrte nachdenklich vor sich.

»Morgen stehe ich bei Sonnenaufgang auf und will etwas Spannendes unternehmen«, sagte Jake. Er zwang sich, das beklommene Schweigen mit einem heiteren Ton zu durchbrechen. »Was soll ich wollen, Charlotte?«

Ihre Augen leuchteten auf. »Du sollst auf Möwensuche gehen wollen! Und auf dem Rückweg am Turm vorbei!«

»Die erste Hälfte ist richtig, die zweite falsch!«, sagte Jake. »Allgemein würde es der kleinen Lady Greenwold besser geziemen, sich weniger für diesen Turm zu interessieren. Es ist Brutzeit und die Möwen bauen ihre Nester«, erklärte er weiter. »Wenn ich eine Begleiterin mitnehme, muss diese wissen, wie man leise auf Zehenspitzen läuft und sich so still verhält, dass selbst der aufmerksamste Vogel nicht merkt, dass sie da ist.«

»Genau so eine Begleiterin hast du, Jake, versprochen!« Sie grinste. »Und mein Begleiter muss wissen, dass er mich nicht belehren oder tadeln darf«, fügte sie hinzu.

»Auch versprochen!«, lachte Jake.

Charlotte drehte vor lauter Freude eine Pirouette, nahm ihre Hacke wieder in die Hand und schlug sie mit energischen Stößen in die harte Erde.

Ein Lächeln umspielte Jakes Lippen, als er langsam aufstand und zurück zu seiner Werkstatt schlenderte. Kurz bevor er außer Hörweite war, drehte er sich noch einmal um und rief: »Charlotte!«

Sie richtete sich erwartungsvoll auf.

»Nur um das klarzustellen: Du bist kein Niemand!« Er winkte ihr zu und verschwand, während sie ihm verdutzt nachblickte.

»So früh schon unterwegs?«

Charlotte schrak zusammen, als sie sich in die Küche stahl und von dieser Stimme begrüßt wurde. »Dickon, ach du bist es. Keine Sorge, Franny hat es erlaubt.«

»Wenn Franny es erlaubt, muss es nicht nur richtig, sondern förderlich und angenehm sein und dazu beitragen, die Welt zu verbessern. Ich richte dir Brote, wenn du möchtest. Gib deine Tasche her.«

»Auch für Jake eins, bitte.«

Dickon schmierte Fett auf die frischen Scheiben, die er aus dem Vorratsraum geholt hatte, legte eine dicke Portion Käse, Schinken und eingemachte Zwiebeln dazwischen, packte die Brote in ein frisches Tuch und verstaute sie in Charlottes Tasche. Er hoffte insgeheim, dass sie Franny erzählen würde, wie fachmännisch und flink er ein Picknick vorbereiten konnte.

»Zwei Äpfel?« Er wartete nicht auf eine Antwort, sondern verschwand in den Obstkeller und erschien wieder mit zwei der besten Obststücke der letzten Ernte.

»Danke, Dickon!«, rief Charlotte und eilte aus der Küchentür in den Garten.

Dickon wartete, bis sie außer Sichtweite war, schlich in den Garten und pflückte Blausterne, Vergissmeinnicht und Duftveilchen aus dem Blumenbeet, das an der Steinmauer entlang angelegt war.

Als Franny später in der Küche erschien, um den Morgentee für Lady Agnes zu richten, fand sie ihren Arbeitsplatz am Tisch mit Blumensträußchen in Blau und Lila geschmückt. Mittendrin lag ein Päckchen. »Für mich?«, fragte Franny mit hochgezogenen Augenbrauen, als Dickon die Küche betrat.

»Pack es aus«, drängte er mit einem breiten Grinsen im Gesicht.

Aus mehreren Schichten von weichem Papier, die Franny sorgsam entfernte, kam ein kleines Etui aus feinem Holz zum Vorschein. »Mahagoni!«, rief sie verwundert. »Und eine winzige Palme in Elfenbein eingearbeitet! Dickon, woher in aller Welt ...«

»Öffne es, Franny!«

Franny nahm mit weit aufgerissenen Augen den zierlichen Deckel ab und zog eine cremefarbene Perlenkette aus einer seidenen Hülle. »Dickon, so etwas darfst du mir nicht schenken. Es ist viel zu edel! Und es hat dich ein Vermögen gekostet!«

»Für dich ist nichts zu edel«, wandte Dickon ein. »Neulich hast du erzählt, wie hübsch Lady Rosalinde aussah, als sie zum Gartenfest ihre neuen Perlen trug. Diese Kette ist ähnlich, gefällt sie dir, Franny?«

»Ach, Dickon, es macht mir Sorgen, wenn du dir so eine Mühe machst, mir zu gefallen. Das Seidenpapier und das Mahagonietui wären Geschenk genug für mich gewesen! Du musst mir sagen, woher du das Geld für so eine feine Kette hast, sonst nehme ich sie nicht an.«

»Zieh nicht so eine Grimasse, Franny. Ich fahre Kisten voller exklusiver Waren für Lord Greenwold nach Newquay und St. Ives und manchmal ist er so zufrieden mit mir, dass er mir erlaubt, mir etwas davon auszusuchen. So bin ich an die Kette gekommen. Lord Greenwold ist in letzter Zeit ungemein freigiebig.«

»Seine Geschäfte scheinen gut zu laufen. Aber dass er dir erlaubt, etwas so Kostbares zu nehmen, das ist allerhand!« Sie drapierte ein Spitzendeckchen auf ein Tablett und stellte feines Porzellan darauf. Danach goss sie das dampfende Wasser aus dem Kessel in die Teekanne und fing an, feine Scheiben vom Brot abzuschneiden.

»Komm, ich helfe dir«, sagte Dickon eifrig.

Franny übergab ihm das Brotmesser, verschränkte ihre Arme und schaute ihm zu. »Dickon, bitte versuch nicht, mir zu gefallen. Ich habe Angst, dass du dies tust, weil du später eine Belohnung von mir erwartest. Mach Charlotte glücklich, bring Maggie Gemüse und …«, sie legte den Kopf ein wenig schief und lächelte, »… tu es nicht meinetwegen, sondern weil du ein guter Mensch sein willst!«

»Manchen Frauen kann man gar nichts recht machen«, murmelte Dickon, während er Lady Agnes' Frühstücksbrote mit dünnen Gurkenscheiben belegte. Franny hatte das Geschenk nicht abgelehnt. Immerhin. Mit einem Kribbeln im Herzen sah er, wie sie ein Veilchen von seinem Blumenstrauß trennte und es neben Lady Agnes' Teller legte.

Es war ein windstiller Tag unter bedecktem Himmel. Tauben gurrten ihr schläfriges Aufwachlied auf den Dachgiebeln von Birch Hollow, die roten Backsteine schimmerten in einem warmen Bronzeton in der Morgensonne. Charlotte hüpfte durch den Park auf den Birkenwald zu. Die Weidenbüsche im Dickicht waren mit dicken goldenen Kätzchen besetzt, die wie unzählige farbige Lämpchen im Unterholz leuchteten. Bienen summten um sie herum, fleißig auf der Suche nach Blütenstaub. Der süße Duft von Flieder füllte die Luft.

Im Wald wartete Jake. Als sie zu ihm rannte, griff er nach ihrer Hand und zog sie durch den verwilderten Garten, über die Mauer und den Hang hinauf. Der zögerliche Frühlingsanfang war vorbei. Sanfte Pastellfarben, durch die ersten warmen Sonnenstrahlen des neuen Jahres aus der Reserve gelockt, hatten sich in eine bunte Symphonie aus leuchtendem Blau, Grün, Rot und Lila verwandelt. Blaukissen überzogen die alten Steine der Mauer wie ein prächtiger Teppich. Brombeerranken griffen in alle Richtungen um sich. Die Wiese war mit Anemonen und Primeln übersät, die ihre Blüten zur Sonne hielten.

»Ich bin schneller als du!« Charlotte ließ Jakes Hand los und raste den Hang hoch. Außer Atem holte er sie ein, schnappte wieder ihre Hand und zog sie in sicherem Abstand am Turm vorbei. »Und jetzt sei ruhig, hier bleiben wir sitzen und warten, ob es etwas zum Schauen gibt«, wies er sie an. Er zog seinen Rucksack von seinem Rücken und holte ein langes Rohr heraus.

»Ein Fernrohr!«, staunte Charlotte.

»Früher hat man Schiffe auf dem Meer damit gesichtet. Jetzt hat es eine neue Verwendung gefunden. Schau, da sind sie.« Jake lag auf dem Bauch im Gras und deutete Charlotte an, sich neben ihn zu legen. Er zeigte ihr, wie sie ihre Ellbogen auf den Boden stützen und mit beiden Händen das Glas vor ein Auge halten konnte, während sie das andere Auge fest zukniff. »Sie bauen ihr Nest. Manchmal bauen sie ein neues. Die zwei Faulpelze dort haben eins vom letzten Jahr übernommen und dichten es mit Moos und Gras ab. Bis Mitte Mai wird das Weibchen zwei bis drei Eier gelegt haben.«

»Und wann kommen die Kleinen?«

»Einen Monat später. Die Eltern setzen alles daran, das Nest zu schützen. Es ist gar nicht so einfach. Möwen sind zwar Gemeinschaftswesen, aber unberechenbar. Manchmal klauen sie unbewachte Eier aus anderen Nestern oder wenn ihr eigenes durch ein Gewitter weggeschwemmt wird, bedienen sie sich in einem benachbarten Möwennest.«

»Jetzt sehe ich ihren Körper, Jake. Oben grau und unten weiß und die Flügelspitzen schwarz, die Beine rosa.«

»Und wenn du das Rohr still hältst, siehst du einen roten Punkt an ihrem Schnabel.«

»Wofür ist er?«

»Die Küken picken ihn an, wenn sie Hunger haben, und die Mutter holt halbverdaute Reste aus ihrem Magen. Rund um die Uhr gibt es was zu fressen.«

»Die haben aber liebe Eltern!«, sagte Charlotte.

Etwas später packte sie die Frühstücksbrote aus. Sie aßen stillschweigend, während die Morgensonne die Landschaft in einen rosa Schein hüllte, der sich nach und nach in Gold verwandelte.

Jakes Augen waren nach links auf den Turm gerichtet, der sich wie ein Mahnmal in den Himmel reckte. Ganz gleich, mit welch schöpferischem Genie und in welcher Jahreszeit die Landschaft ihre Farben, Klänge und Formen zu einem Kunstwerk bildete, der Turm blieb unberührt davon. Er fügte sich nicht in das Farbenspiel der Natur. Er stand wie in einer anderen Welt, die ihren eigenen Regeln folgte, brütend und schweigsam da: ein Hüter von finsteren Geheimnissen, der den Beobachter unter allen Umständen davon abhalten wollte, sich über irgendetwas zu früh zu freuen.

Charlotte hielt ihr Gesicht zur Sonne. Der laute Ruf der Möwen, der fast wie Gelächter klang, füllte plötzlich die Luft.

»Das war das Zeichen, dass unsere Tagesarbeit beginnt. Komm, wir müssen los.«

»Aber jetzt dürfen wir kurz beim Turm anhalten, nicht wahr?«, fragte Charlotte.

»Kurz.«

»Warum magst du den Turm nicht, Jake?«

»Deine Neugierde mag ich noch weniger. Ich warte hier. Du darfst einmal um den Turm herumlaufen und kommst gleich wieder.«

Charlotte rannte den Hang hinunter. Als er sie laut schreien hörte, eilte Jake ihr hinterher. »Jake, schnell! Schau her!« Charlotte zeigte auf frische Fußspuren, die sich deutlich im schlammvermischten Gras neben den mit Efeu bewachsenen Steinen abzeichneten. »Ich dachte, niemand traut sich hierher, weil die Ruine von Gespenstern bewohnt ist«, sagte sie mit gesenkter Stimme. »Aber hier war jemand. Vielleicht waren es die Geister der Mönche!«

Jake antwortete nicht. Stattdessen ging er nachdenklich um den Turm herum und ließ den Blick zum Fenster hochwandern. Eine Möwe flog plötzlich wie ein Pfeil von dem Felsvorsprung, auf dem sie ihr Nest baute, und setzte sich auf den Rand des gähnenden Lochs. Ihr lachender Ruf klang höhnisch, schadenfreudig. Dunkle Wolken häuften sich am Himmel über den Felsvorsprüngen und verbargen die Sonne.

Jake sog scharf die Luft ein und knöpfte seine Jacke zu. »Es könnten die Hausierer gewesen sein, die gestern durch Hipperclove gekommen sind«, schlug er vor. »Sie haben bestimmt hier übernachtet, im Windschatten des Turms. Sie wissen, dass sie hier nicht gestört werden.«

»Schade. Nicht die toten Mönche?«

»Nein, Charlotte! Irgendwo unter unseren Füßen liegen sie begraben, und das ist auch ihr gutes Recht. Aber dass sie nachts aufstehen und um den Turm herum Reigen tanzen, das glaube ich nicht! Komm, wir gehen zurück. Treffen wir uns morgen Nachmittag zur Lesestunde?«

8

Schwarze Wolken zogen vom Meer auf und drohten, die zarte Pracht der Apfel- und Kirschblüten mit einem Schlag zunichtezumachen. In Hipperclove waren die Straßen am frühen Abend wie leer gefegt, die Tiere in ihren Ställen untergebracht, Türen und Fenster fest verschlossen und alle Vorhänge zugezogen.

Nicht nur die peitschenden Meeresböen machten der Bevölkerung Angst. Alte Sagen behaupteten, dass Geister in stürmischen Nächten durch das Krachen der Donnerschläge entfesselt würden, um ihr altes Revier heimzusuchen. Fast jeder wusste von seltsamen Gestalten zu erzählen, die aus geheimen Verstecken krochen und gesichtet worden waren, wie sie schreiend durch die Obstwiesen rannten. Augenzeugen gab es keine. Mal wusste man es von einer alten Tante, mal von einem Greis aus der Nachbarschaft, mal von einer Cousine, die es von ihrer Großmutter erfahren hatte.

Maggie machte sich auf eine unruhige Nacht gefasst. »Schotten dicht machen und Segel einziehen, würde Peter jetzt sagen«, murmelte sie.

Eine Windböe pfiff durch den Schornstein und wühlte die Glut im Kamin auf. Maggie schob frische Kohlen auf das Feuer, legte eine Wolldecke um ihre Schultern und setzte sich in den Schaukelstuhl. Die Kerze würde genug Licht geben, um einen Strumpf zu Ende zu stricken und anschließend die schmale, steile Treppe zu beleuchten, die zu ihrer Schlafkammer führte.

Ihre Stricknadeln klickten im Halbschatten des beginnenden Abends miteinander um die Wette, als ob sie das Garn in aller Eile schlucken wollten, bevor das Gewitter losbrach. Manche ungeweinte Träne und mancher unterdrückte Seufzer waren in die weichen Jacken und Wollsocken hineingestrickt worden, die arme Kinder im Winter warmhalten sollten.

Als die Kerze fast niedergebrannt war, stopfte sie ihre Stricksachen zurück in den Korb, nahm das Licht in die Hand, legte das Gitter vor die Kohle, die noch im Kamin glühte, und schleppte sich mit müden Füßen die Treppe hinauf ins Schlafzimmer. Ihr war schwindelig, die Haut in ihrem Gesicht war warm, ihr Kopf dröhnte.

In den Genuss eines erholsamen Schlafes war Maggie seit Tagen nicht gekommen. Auch in dieser Nacht glitt ihr Bewusstsein in eine Dämmerung zwischen Schlafen und Wachen. Es war, als ob die Regengüsse, die gegen die Fensterscheibe hämmerten, sich mit aller Macht in ihre Seele drängen und dort ihr Unwesen treiben wollten. Mitten in der Nacht setzte sie sich in ihrem Bett auf. Sie war schweißgebadet und zitterte am ganzen Leib. Felsige Klippen, bedrohlich und schwarz, standen an ihrem Bett, beugten sich über sie, näher, immer näher an ihr Gesicht. Bald würden sie auf sie stürzen und sie lebendig unter sich begraben. Meereswogen tanzten schadenfreudige Reigen, groteske Fratzen sprangen aus dem Wasser und grinsten sie an. Sie verschwanden wieder und nahmen Charlotte als Beute mit. Irgendwo ragte der Turm der Mönche in die Höhe und eine Fledermaus flog direkt auf sie zu. Sie wollte um Hilfe schreien, aber die Stimme blieb in ihrem Hals stecken.

Dann hörte sie einen Schrei, der nichts zu tun hatte mit den finsteren Gestalten und Geräuschen, die in ihren Träumen Amok liefen. Sie versuchte fieberhaft, ihn in der inneren Welt einzuordnen, in der die Grenzen zwischen Fantasie und Wirklichkeit sich aufgelöst hatten. Auf einmal lockerte sich die Erstarrung in ihrem Hals. Sie schrie aus voller Kehle: »Peter, ich komme, warte, halte durch, ich hole dich!«

Sie rief sich selbst zur Besinnung. Sie hatte sich das alles eingebildet, sie musste sich ein Fieber eingefangen haben. Peter war seit fast vierzehn Jahren tot. Tränen liefen über ihr Gesicht. Der immer wiederkehrende Albtraum hatte sie heimgesucht: wie Peter verzweifelt um sein Leben kämpfte und nach ihr schrie. Und danach kamen wie immer das Wachwerden und die erschütternde Erkenntnis, dass er weg war, unwiederbringlich weg.

Ein lautes Klopfen an der Haustür holte sie mit einem Ruck vollends in die Wirklichkeit zurück. Sie stolperte aus dem Bett, zog einen Überwurf über ihr Nachthemd und tastete im Dunkeln nach dem Treppengeländer.

Bis sie die Tür erreichte, war aus dem Klopfen ein verzweifeltes Hämmern geworden, das die ganze Diele erschütterte. »Machen Sie auf, machen Sie auf!«

Es war die heisere Stimme eines Mannes, halb schluchzend, halb flehend. Mit zitternder Hand zündete Maggie eine Kerze an, drehte den Schlüssel herum und zog die schwere Holztür nach innen. Ein Windstoß schleuderte einen Regenschwall direkt in den Hausflur und löschte die Kerze. Maggie hielt sich am Türrahmen fest, während sie einen groß gebauten Mann durch den Eingang zog und die Tür hinter ihm schloss.

»Ein Schiff auf Grund gelaufen, Ma'am«, brachte er keuchend hervor. »*Santa Dominica*, nach Spanien. Menschen leben noch, sie brauchen Hilfe, Piraten. Bald zu spät, bitte …« Sein Englisch hatte einen starken Akzent. Während er sprach, führte Maggie ihn, vorsichtig durch die Dunkelheit tastend, in die Wohnstube. »Keine Zeit, kein Feuer, lassen Sie mich hier und holen Sie Hilfe.« Die Dringlichkeit seiner Stimme, der verzweifelte Griff seiner Finger an ihrem Oberarm, sein keuchender Atem, der Geruch von Schweiß, vermischt mit Salzwasser, die triefende Nässe seiner Kleider, der ausländische Klang seiner Worte: All das ließ keinen Zweifel daran, dass es an der Küste eine Katastrophe großen Ausmaßes gegeben hatte.

»Vermutlich ein Handelsschiff aus den Kolonien«, dachte Maggie. Sie zündete die Kerze wieder an und zog ihrem Gast eine Decke über den Schoß, während er erschöpft in den Schaukelstuhl sank. »Ich komme gleich wieder, so schnell ich kann. Versuchen Sie, sich warm zu halten, Sir. Ich lasse Ihnen die Kerze hier.« Im matten Kerzenschein fiel ihr auf, wie dunkel das Regenwasser war, das vom Kragen des Seemannes auf die helle Wolldecke heruntertropfte. Sie fasste an seine Stirn und zuckte zusammen. Die dunkle Masse war nicht etwa sein Haar, das ihm ins Gesicht fiel, sondern Blut, das klebrig und schwarz aus einer klaffenden Wunde geflossen war. Sie drückte ihrem Besucher ein Tuch in die Hand und flüsterte ihm zu: »Halten Sie es an Ihren Kopf, um den Fluss zu stoppen, falls es wieder anfängt zu bluten!« Danach griff sie nach ihrem Regenschirm, zündete eine Laterne an und rannte in die stürmische Nacht hinein, ohne zu wissen, wohin.

»Das Pfarrhaus!« Sie ging mit schnellen Schritten an der Kirche vorbei. Das Pfarrhaus lag auf der anderen Seite. Zu ihrer Erleichterung war Licht im Fenster zu sehen. »Gott sei Dank, Sie sind wach, Herr Pfarrer!«, rief sie, als die füllige Form des Geistlichen an der Tür erschien. »Ein Schiffbrüchiger … bei mir im Haus. Ein Schiff ist auf Grund gelaufen. Menschen in Not. *Santa Dominica* nach Spanien. Klingt nach Piraten. Bitte … tun Sie etwas!« Zwischen ihren Satzfetzen schnappte sie nach Luft.

Der Pfarrer starrte sie an und schien mit sich zu ringen. »Das ist schrecklich, Mrs Fenton, ganz schrecklich. Wo ist der arme Mann?«

Sie holte tief Luft. »Bei mir zu Hause. Ich kümmere mich um ihn. Bitte reiten Sie schnell nach Birch Hollow, holen Sie meinen Sohn, Jake, starke Männer, Pferde. Sie sollen nach Sedgeworth Cove eilen und die Rettungskräfte alarmieren. Der Mann muss es bis zum Strand geschafft haben und von dort ins Dorf gelaufen sein. Beeilen Sie sich!«

Der Pfarrer blieb ratlos in der Tür stehen und presste seine Hände ineinander. Maggie erinnerte sich unwillkürlich an den schlaffen Händedruck bei Peters Begräbnis. »Was als Erstes, was soll ich nur machen?«, murmelte er vor sich hin.

Maggie platzte fast vor verzweifelter Ungeduld. Sie griff nach seinem Arm. »Es ist doch klar, was Sie machen müssen, Herr Pfarrer. Wir dürfen keine Minute verlieren! Es geht um Leben und Tod. Sonst gehe ich zu Fuß nach Birch Hollow und …«

»Nein, überlassen Sie es mir«, unterbrach er sie mit einer plötzlichen Schärfe. Dann wurde sein Ton auf einmal gütig. »Sie sind erschöpft, Mrs Fenton, kommen Sie, setzen Sie sich und wärmen Sie sich!«

Maggie hatte sich am Türrahmen abgestützt. Ihr Kopf hämmerte, das Gesicht des Pfarrers und die dunkle Form eines großen Schrankes im Flur verschwammen vor ihren Augen, sie konnte kaum aufrecht stehen. Der beißende Geruch von Wein und Knoblauch stieg ihr in die Nase, als der Pfarrer sie durch den Flur zu einem Sessel brachte. Halb führte, halb trug er sie. Im Kamin brannte ein Feuer.

»Simon!«, rief er ins Haus.

Ein müder Diener erschien gähnend und rieb sich die Augen. »Simon ist nicht da!«

»Dann zieh du dich sofort an und wecke Jerry nebenan. Reitet so schnell wie möglich nach Birch Hollow und unterrichtet Lord Greenwold, dass ein Schiff auf die Felsen gelaufen ist. Er soll alle verfügbaren Männer nach Sedgeworth Cove schicken. Sobald die Wellen sich gelegt haben, sollen sie mit den Fischerbooten aufs Meer fahren und nach Überlebenden suchen. Und weck Dorothy. Wir brauchen frische Kleider für Mrs Fenton und einen warmen Tee, sie ist durchgefroren und nass und hat Fieber!« Er beugte sich über Maggie. »Es ist alles gut, Mrs Fenton. Ruhen Sie sich aus.«

Das Haus war inzwischen in Aufruhr.

»Aber der Schiffbrüchige, der Mann bei mir im Haus, er ist schwer verletzt, Herr Pfarrer!«

»Ich kümmere mich selber um ihn, Mrs Fenton. Ich nehme an, die Haustür ist nicht verriegelt?«

Maggie schüttelte den Kopf, sank in den Sessel und wusste von nichts mehr.

Das Erste, was sie spürte, als sie wieder aufwachte, war die sanfte Berührung eines kühlen Tuches an ihrer Stirn. Sie versuchte, ihre Augen auf die Gesichtszüge zu richten, die sich über sie beugten, konnte aber nur verschwommene Konturen ausmachen. »Peter?«, flüsterte sie zögernd.

»Ich bin es, Mutter. Jake.« Seine Stimme klang stockend und tränenerstickt. »Endlich bist du wieder wach!« Er schob einen Arm unter ihre Schultern, zog sie an seine Brust und drückte ihren Kopf gegen seine Wange. »Deine Stirn ist noch heiß, Mutter. Ich habe mir solche Sorgen um dich gemacht. Hier, ein Schluck Wasser.« Er stützte ihren Kopf mit einer Hand, hielt mit der anderen Hand ein Glas kühles Wasser an ihre Lippen und drängte sie zu trinken. »Charlotte kocht eine Brühe. Bald haben wir dich wieder auf den Beinen!«

Maggie fiel zurück auf ihr Kopfkissen und starrte an die Decke. »Wo bin ich, Jake?«

»In deinem Bett, Mutter!«

»Was ist passiert? Seit wann bist du da?«

»Seit über einer Woche, Mutter. Lord Greenwold hat mir freigegeben und hat auch Charlotte geschickt, um dich gesund zu pflegen. Der Pfarrer hat mich an dem Abend geholt, an dem du erkrankt bist und Hilfe bei ihm gesucht hast.«

Maggie schluckte, runzelte die Stirn und stocherte innerlich nach den Fetzen einer Geschichte, die im dunklen Chaos ihrer Krankheit noch nicht zu Ende gegangen war. Plötzlich tastete sie nach Jakes Arm. »Jake, der Mann, der Seemann. Wo ist er? Lebt er? Haben sie andere Überlebende gefunden?«

Jake beugte sich über sie und streichelte ihre Wange. Er legte das feuchte Tuch wieder auf ihre Stirn. »Mutter, wir sind alle in Sicherheit. Es hat keinen Seemann gegeben, das hast du dir eingebildet. Der Pfarrer und seine Männer durchsuchten sofort dein Haus, nachdem du zusammengebrochen warst. Es war niemand hier, alles war normal. Es gab kein Schiffsunglück, keine Toten, keine Überlebenden. Es war der Fieberwahn.«

Maggies Gesicht war rot angelaufen, Schweißperlen hatten sich auf ihrer Stirn gebildet. Sie versuchte, sich aufzurichten. »Nein, Jake, versuch nicht, mich zu beruhigen. Es war kein Fieberwahn. Der Mann hämmerte an der Tür, ich ging hinunter und ließ ihn herein. Es war ein Südländer, ein großer Mann, er roch nach Salzwasser und Schweiß, er war triefend nass und erschöpft und blutete an der Stirn. Er setzte sich in meinen Schaukelstuhl und redete von der *Santa Dominica*.«

Die Genauigkeit ihres Berichts machte Jake für einen Moment Angst. »Nein, Mutter, es hat keinen Seemann gegeben, glaub mir. Die Männer durchkämmten das Dorf und fragten überall nach. Lord Greenwold sandte einige Leute mit Ferngläsern auf die Klippen, um nach einem Wrack Ausschau zu halten. Sie sahen nichts, nicht einmal ein loses Brett, das auf dem Wasser trieb. Es war die Krankheit, Mutter. Man riecht und fühlt sogar Dinge, die es nicht gibt. Das sind typische Kennzeichen für ein Fieberdelirium.«

Maggie schaute ihn verwirrt an und starrte wieder zur Decke. »Jake, es war kein Traum«, beteuerte sie.

»Ruhig, Mutter, du hustest und regst dich zu sehr auf. Wir reden später noch mal und du erzählst mir alles ausführlich. Schlaf jetzt weiter. Lord Greenwolds Leibarzt war bereits da, er will wiederkommen, sobald du bei Bewusstsein bist.«

Maggies Augen wurden groß, und sie griff nach Jakes Arm. »Nein, nichts von Lord Greenwold«, flüsterte sie.

»Warum nicht, Mutter?«, erwiderte Jake verblüfft. »Seit deiner Erkrankung vergeht kein Tag, ohne dass Frederick Kräuter, Salben, Umschläge, Blumen für die Wohnstube, Obst und Gemüse mit einem Gruß von Lord Greenwold bringt. Sollen wir ihm für seine Großzügigkeit nicht lieber danken?«

Maggie sank zurück in ihr Kopfkissen und schloss die Augen. Ihre Miene blieb angespannt. »Es tut mir leid, mein Sohn«, seufzte sie. »Er ist dein Vorgesetzter. Ich sollte dankbar und nicht misstrauisch sein. Aber keinen Arzt mehr, bitte. Ich will nur dich und Charlotte.«

Die Anwesenheit der zwei Menschen, an denen sie am meisten hing, schien das beste Medikament für die betrübte Frau zu sein. Jake und Charlotte durften so lange bei ihr bleiben, wie sie wollten. Obwohl Maggie nicht glauben konnte, dass Lord Greenwold aus echter Herzensgüte handelte, war sie doch zumindest für diese Großzügigkeit zutiefst dankbar.

Eines Tages war sie gesund genug, um sich anzuziehen und ihren gewohnten Platz am Kamin einzunehmen. Charlotte schmiegte sich, wie es ihre Gewohnheit war, an ihre Knie und umklammerte mit ihren Armen Maggies Beine fester als sonst.

»Schlecht ist, dass du so krank warst, Maggie. Jake und ich hatten schreckliche Angst um dich. Schön ist aber, dass wir jetzt wie eine richtige Familie sind. Ich habe eine Mutter und einen Bruder. Sogar mein Vater ist um uns bemüht. Wir hatten zwei Wochen bei dir ohne einen einzigen Abschied und haben dich fast gesund gepflegt. Ich wünschte, ich könnte für immer hierbleiben. Aber Mrs Earling ist ja auch da.«

»Gott weiß, ich könnte dich gebrauchen, mein Kind.« Maggies Stimme war heiser und schwach. »Wenn ein bloßer Traum solch eine erschreckende Gewalt haben kann, wie schlimm kann dann die Wirklichkeit noch werden?«

Charlotte blickte besorgt in ihr Gesicht. Maggie wirkte müde und abwesend, sie schien an den Gegenständen in ihrer unmittelbaren Umgebung vorbeizuschauen und rastlos nach fernen Objekten zu suchen, die nur für ihre Augen sichtbar waren. Die Krankheit hatte sie um Jahre altern lassen.

»Es war wohl alles doch nur ein Traum«, seufzte sie und lehnte sich erschöpft in ihren Stuhl zurück.

Als viele Wochen später der Sommer vorbei war und die ersten Herbstwinde über Hipperclove fegten, war Maggie gesund genug, um mit Mrs Earling durch die abgeernteten Stoppelfelder zu wandern und unter dem alten Kastanienbaum auf der Schafweide Früchte als Schmuck für ihren Küchentisch zu sammeln. Bis der erste Frost den Boden mit seinem eisigen Griff umklammerte, konnte sie ohne Hilfe ihre Kohlen ins Haus tragen und ihre Wohnstube für den Winter richten.

Die *Santa Dominica* wurde nicht mehr erwähnt, und nach und nach gelangte Maggie zu der Überzeugung, dass das Ganze doch nur ein lebhafter Albtraum gewesen war.

»Der Arzt ist sich zweifelsfrei sicher, Mrs Gibbs. Meine Unpässlichkeit hat Gründe, die bald sichtbar werden. Nachdem Sir Forsythe-Drake mich nun schon ein Jahr lang regelmäßig besucht, musste wohl irgendwann ein solches Missgeschick passieren. Ich muss Lord Greenwold einen Grund geben zu glauben, er habe das Kind gezeugt, und zwar sobald wie möglich. Welches Kleid ziehe ich morgen zur Eröffnung der Jagdsaison an?«

»Ihr rotes Kleid hat seinen Zweck erfüllt, Mylady«, erwiderte Mrs Gibbs tonlos, »und es saß etwas eng, als Sie es letzte Woche beim Theaterbesuch in London trugen. Ich habe das grüne gebügelt und ausgelegt.

Sie müssen alle Register ziehen, um morgen Abend unwiderstehlich zu sein.«

Es war die erste Abendgala aus einer Reihe von Sommerfesten, die in Birch Hollow stattfinden sollten. Hochrangige Gäste hatten sich um das adelige Paar versammelt und freuten sich bei Eintritt der Badesaison auf sonnige Nachmittage an der Strandpromenade in Sedgeworth Cove.

Als Lady Agnes die große Treppe hinuntertrat, um die versammelte Gesellschaft zu begrüßen, ging ein Raunen durch die Reihen. Ihre dunkelblonden Haare waren nach hinten gekämmt und im Nacken zu einem Knoten zusammengesteckt. Eine goldene Tiara, mit Diamanten besetzt, funkelte auf ihrem Kopf. Das schimmernde grüne Abendkleid umschmeichelte die sanften Kurven einer straffen, schlanken Linie. Sein weiter, fließender Rock flatterte in der leichten Brise, die durch den Haupteingang wehte. Ein einziger tiefgrüner Smaragd schmückte die makellose Haut ihres tiefen Dekolletés.

Lord Greenwold genoss sichtlich die bewundernden Blicke, die auf seine Frau gerichtet waren. Ihre Augen trafen sich. Lady Agnes strahlte ihn an, hakte sich bei ihm ein und gab Rosalinde ein Zeichen, dass sie sich zu ihnen stellen sollte. Es war eine Idylle: das Traumpaar, das das Vermächtnis seiner Vorväter zu neuem Glanz geführt hatte, zusammen mit der Tochter, deren betörende blonde Locken und türkisblaue Augen bis nach London für Gesprächsstoff sorgten.

Es war der Abend, an dem ein namhafter Graf, Louis Bizet aus der Normandie, der durch die Herstellung von Calvados – einem edlen Getränk, das aus Cidre gebrannt wurde – ein Vermögen gemacht hatte, zum ersten Mal ein Auge auf die schöne Tochter von Lord und Lady Greenwold warf.

Ausgelassenes Gelächter füllte das Haus, Weingläser klirrten und wurden immer wieder neu gefüllt, die Klänge eines Harfenensembles hallten durch den festlich geschmückten Park. Das Fest war der verführerische Rausch einer lauen Sommernacht, eine Einladung an die luxusverwöhnte Gesellschaft, ihr ausschweifendes Dasein in vollen Zügen auszukosten.

Lady Agnes wich den ganzen Abend nicht von der Seite ihres Mannes. Sie hielt stets den Blick auf sein Gesicht gerichtet. Sie ließ ihn die

Wärme ihrer Haut unter der weichen, seidenen Hülle spüren, den Duft ihres Parfüms riechen, die Musik ihres Gelächters hören. Sie presste ihren anschmiegsamen Körper gegen seinen. Es war eine sorgsam geübte Choreografie.

Als sie spürte, wie er unter dem Einfluss von starkem Wein in einen Taumel geriet, zog sie seinen Arm sanft um ihre Taille. Erregende Erinnerungen an längst vergessen geglaubte gemeinsame Nächte eroberten im Sturm seine Sinne.

Wie verzaubert gab er schließlich der Verführung nach. Der Kopf schwamm ihm, seine Finger fingen an, fieberhaft nach ihr zu tasten. Er ließ seine Hände an ihrem Körper entlanggleiten. Sein Atem ging schwer, als er ihr ins Ohr flüsterte: »Gehen wir hoch, mein Liebling, du bringst mich noch um den Verstand.«

Lady Agnes warf einen triumphierenden Blick zu Mrs Gibbs, die unten an der Treppe stand, und folgte ihrem Mann in sein Schlafzimmer. Sie blieb bei ihm. Aber nur für eine Nacht. Dies war jedoch lang genug, um die Behauptung zu widerlegen, die Ehe würde nur noch auf dem Papier existieren. Und es war lang genug, um für eine skandalfreie Zukunft zu sorgen.

»Manche Tage fangen spät an, Mylady«, sagte Mrs Gibbs, als Lady Agnes am nächsten Tag erst spät in ihrem Zimmer erschien, um sich für den Tag richten zu lassen.

»Tja, erstaunlich, zu welch tapferen Heldentaten man nach einigen Gläsern Wein fähig ist, Gibbs«, antwortete Lady Agnes. »Wir können aufatmen. Lord Greenwold bekommt ein Kind. Und ich musste mich nicht einmal übergeben.«

Wie ein Lauffeuer verbreitete sich die Nachricht, dass Lady Agnes in anderen Umständen war. Ganz Hipperclove geriet in freudigen Aufruhr und hoffte auf einen männlichen Erben. Es war eins dieser Themen, zu denen jeder etwas zu sagen hatte. Tagelang wurde über nichts anderes geredet. Die üblichen Klatschtanten meinten aus verlässlicher Quelle zu wissen, dass Lord und Lady Greenwold seit Jahren keine

Nacht zusammen verbracht hätten. Andere tauschten wissende Blicke und munkelten, es habe eine Versöhnung gegeben. Einige Leute, die behaupteten, dem Ehepaar nahezustehen, meinten, es habe nie ein Problem gegeben. Lady Agnes sei nur deswegen in einen anderen Teil des Hauses gezogen, weil die Meeresluft auf der Südseite für ihre Gesundheit besser sei. Die Eheleute seien wie eh und je ineinander verliebt, das könne man bei jedem öffentlichen Anlass unschwer erkennen.

Lord Greenwold war außer sich vor Freude, als er erfuhr, dass ihm die eine Nacht, die er in den Armen seiner Frau verbracht hatte, einen Nachkommen in Aussicht stellte. Er sonnte sich im Bewusstsein, der unbesiegbare Herr seines eigenen Schicksals zu sein. Der geplante Wiederaufbau des abgebrannten Flügels schritt voran, zwei neue Dienstmädchen wurden eingelernt. Der Kreis seiner Günstlinge und Verehrer vergrößerte sich täglich. Er war in jene Kreise der Gesellschaft aufgestiegen, die sich Loyalität und Gunst mit handfestem Bargeld kaufen konnten, und an Bargeld mangelte es ihm nicht. Wer ihm zu weiterem Reichtum verhalf, wurde großzügig belohnt. Wer ihm im Wege stand, bekam seinen Zorn zu spüren. Er träumte von dem Tag, an dem keiner, der es in Cornwall zu etwas bringen wollte, am Lord von Birch Hollow vorbeikommen würde.

Der Geburt konnte er dieses Mal mit Gelassenheit entgegensehen. Falls es ein Junge sein würde, wäre es ein Leichtes, das Testament zu vernichten, das Mr Linreed zum Erben von Birch Hollow erklärte. Er könnte Linreed eine großzügige Entschädigung in Aussicht stellen, um sein Schweigen zu sichern. Falls es ein Mädchen sein würde, bliebe alles beim Alten. Er würde seine Pläne mit seiner jüngeren Tochter vorerst weiterverfolgen, um für alle Fälle sicherzustellen, dass Birch Hollow eines Tages in die richtigen Hände fiel.

Auf jeden Fall würden Sir Forsythe-Drakes Versuche, seine Rechte an Lord Greenwolds Vermögen geltend zu machen, kläglich scheitern, falls sein Gegner nicht jetzt schon eingesehen hatte, wie chancenlos er war. Es war um Sir Forsythe-Drake still geworden und Lord Greenwold rühmte sich insgeheim, seinen hartnäckigen Rivalen endgültig entmachtet zu haben.

9

Es war ein heißer Sommer. Die jungen Möwen waren ausgeflogen, und ihre Nester lagen ausgedörrt und verwaist auf den hohen Felsen. Träge Wolken trieben durch die flimmernde Hitze eines stahlblauen Himmels. Es war, als hätte ein unersättliches Ungeheuer jeden Tropfen Feuchtigkeit aus den raschelnden Grashalmen, die am Hang um den Turm wehten, gesaugt. Nichts als braungraue Hülsen erinnerte an das saftige Grün, das vor nur wenigen Wochen den Sommeranfang verkündet hatte.

Während die Bewohner von Birch Hollow sich auf die bevorstehende Ankunft eines neuen Familienmitglieds vorbereiteten, wurde Maggie erneut vom Fieber gepackt.

»Warum habe ich immer Durst, Lydia?«, klagte sie eines Tages, als Mrs Earling die Wohnstube betrat. »Ich trinke und trinke, und es ist nie genug!«

»Ich glaube, deine durstige Seele trinkt mit, meine Liebe. Und außerdem schwitzt du die ganze Zeit, da verlierst du das Wasser wieder«, beruhigte sie Mrs Earling. »Du darfst auf keinen Fall aufstehen, Maggie! Hier ist dein Kräutertee, mit nur wenig Zucker.«

Maggie lächelte schwach, und Mrs Earling fiel auf, wie blass und fahl ihre Gesichtszüge waren. Ihre Augen huschten hin und her, sie ballte ihre Hände immer wieder zu Fäusten, versuchte trotz Mrs Earlings Protesten aufzustehen und sank wieder in ihren Stuhl zurück.

Ein paar Tage später erschien Mrs Earling an der Küchentür von Birch Hollow. Sie war bleich und hatte dunkle Ringe unter den Augen. »Franny, Charlotte soll schnell kommen. Maggie hatte eine schlechte Nacht.«

»O mein Gott, die arme Charlotte, das wird sie schwer treffen! Warten Sie hier.« Franny hängte das Tuch, mit dem sie das Frühstücksgeschirr abgetrocknet hatte, an den Haken über dem Spülbecken und rannte zur Tür hinaus. »Charlotte, lass die Bohnenstöcke und komm, wir müssen zu Jake!«

»Was ist los, Franny?«

Wortlos nahm Franny sie an der Hand, zog sie zurück in die Küche und die Treppe hoch.

Aus der Bibliothek kamen Stimmen.

»Sie nehmen so lange frei, wie Sie brauchen, Jake«, sagte Lord Greenwold energisch, »und Sie nehmen Lady Georgiana mit.«

»Maggie! Es ist etwas mit Maggie!«, schrie Charlotte. Sie stürmte in die Bibliothek und warf sich in Jakes Arme. »Es kann, es darf nicht sein! Stirbt sie, Jake? Sag mir bitte, dass sie nicht stirbt!«

Jake drückte sie an seine Brust und hielt sie fest, bis Lord Greenwold sich räusperte.

»Ihre Mutter ist eine feine Frau und hat diesem Haus große Dienste erwiesen«, erklärte er in beinahe feierlichem Ton. Er setzte sich auf einen Stuhl und rief Charlotte zu sich, um ihr besser in die Augen schauen zu können. Er nahm ihre Hände in eine seiner Hände und hob mit der anderen ihr Kinn an.

Sie war überrascht, wie weich seine Finger sich auf ihrer Haut anfühlten. Sein Griff festigte sich, als sie zurückschrak und versuchte, seinem Blick auszuweichen.

»Es ist jetzt hart für dich, meine Tochter«, sagte er mit betonter Besorgnis, »aber für Maggie ist es eine Erlösung. Früher nannten wir diese Krankheit das Seemannsfieber. Manchmal überträgt es sich auf die Frau eines Seemanns. Der Kranke kann nicht unterscheiden zwischen Schein und Wirklichkeit, und diese Spannung treibt ihn nach und nach in den Wahnsinn.«

»Du meinst die Sache mit dem Schiffbrüchigen?«, fragte Charlotte durch Tränen hindurch.

»Ja, mein Kind. Die einfachen Dorfleute sprachen immer wieder von seltsamen Erscheinungen in stürmischen Nächten. Maggie war anfällig, weil ihr Mann in einer stürmischen Nacht den Tod gefunden hat. Mrs Earling erzählte, dass sie in letzter Zeit oft schlafwandelte und sich selbst in Gefahr brachte.« Er seufzte, schüttelte nachdenklich den Kopf und erhob sich.

Für einen flüchtigen Moment kam es Charlotte seltsam vor, wie gut ihr Vater sich mit Maggies Krankheit auszukennen schien.

»Ich werde meine Kutsche für die Fahrt ins Dorf bereitstellen. Frances, sagen Sie Dickon, er soll Apfelwein, Kräuterumschläge und was ihm sonst in die Hände fällt für Maggie einpacken.«

»Jawohl, Mylord.«

»Was beabsichtigt der Herr mit dieser auffälligen Schau von Barmherzigkeit?«, grummelte Franny, als sie Dickon half, einen Wagen mit Decken, Kerzen und feinster Kost aus der Küche zu beladen.

»Sei nicht so misstrauisch, Franny. Die bevorstehende Vaterschaft bringt ihn in mitfühlende Laune, das ist alles. Er entdeckt eine schlummernde Liebe für seine vergessene Tochter.«

»Vernehme ich etwa einen spöttischen Unterton in deiner Stimme, Dickon?«

»Ich? Spöttisch? Lord Greenwolds Wohltaten können sich sehen lassen, im Ernst! Im Dorf hörst du nie ein schlechtes Wort über ihn. Hier, nimm diesen Korb Äpfel. Der kleine Eric von der Mühle konnte sich eine Schiefertafel von dem Taschengeld leisten, das er sich bei der Apfelernte verdient hatte. Hier, ich helfe dir hinauf, gib mir deine Hand. Ganz ruhig, Callum, du Bengel von einem Pferd, noch nicht lostraben!«

»Und da ist Mutter Gladstone, die jeden Tag warme Suppe von Harriet bekam, als sie krank war«, fuhr Dickon fort, als sie sich in Bewegung setzten, »und Eliza Deakin hinter dem Gasthaus, der Lord Greenwold nach der Überschwemmung höchstpersönlich Saatgut für ihren Garten brachte. Und die alte Maria, die die Pocken hatte, bekam Arzneimittel von Lord Greenwold.«

»Alles Kalkül, wenn du mich fragst«, meinte Franny.

»Na ja, wenn du am Verhungern bist, fragst du nicht, ob dein Wohltäter dich aus Kalkül oder aus Nächstenliebe vor dem Armenhaus rettet. Immerhin hat er Charlotte vor der Irrenanstalt bewahrt. Du hast ja selber gehört, wie der Pfarrer in der Sonntagsmesse betonte, dass es kaum eine Familie in Hipperclove gibt, die nicht von der Großzügigkeit der herrschaftlichen Familie profitiert hat. Da hat selbst die skeptische Franny nichts dagegenzuhalten, was?«

»Ich vermute, genau das ist es, was Lord Greenwold beabsichtigt.«

Charlotte ging auf Zehenspitzen ins Schlafzimmer und kniete sich am Bett neben Maggies stille Gestalt. Sie legte ihren Kopf auf das Laken neben Maggies Brust und hielt eine der schmalen, blassen Hände, die regungslos auf der Decke lag, an ihre Lippen.

Maggie atmete schwer. Immer wieder entwich ihrem Mund ein tiefes Seufzen.

Charlotte war zu betäubt, um zu weinen. Fünfzehn Jahre lang war Maggies Schürze ein Zufluchtsort vor den Widrigkeiten des Lebens gewesen, ihr Schaukelstuhl die Mitte von Charlottes Welt. Sie rang nach Kraft, um das Unfassbare zu begreifen. Irgendwann war es um ihre Selbstbeherrschung geschehen, und die Tränen flossen.

Sie presste ihr Ohr leicht an Maggies Körper und konnte ihren Herzschlag hören. Jede Regung des erschöpften Körpers wollte sie mit aller Macht festhalten. Auch den letzten Hauch Leben, das leiseste Röcheln der erschöpften Seele wollte sie wahrnehmen und neu erwecken.

Plötzlich zuckte Maggie zusammen, legte ihre Hand auf Charlottes Kopf und streichelte ihre Haare. »Bald bist du erwachsen und kannst deine Haare hochstecken wie eine Dame«, flüsterte sie, »so wie du immer wolltest.« Ihre Stimme war heiser, und sie rang zwischen den Worten nach Luft.

»Wenn du nicht da bist, will ich keine Hochsteckfrisur, Maggie«, schluchzte Charlotte. »Geh nicht weg. Bitte. Ich kann es nicht ertragen!«

»Irgendwann müssen wir alle gehen, mein Kind. Es ist so in Ordnung. Ich habe keine Kraft mehr, nach Antworten zu suchen. Die Welt ist mir zu böse geworden, Charlotte. Ich verkrafte kein Unglück mehr. Ich kann nicht mehr ohne Peter leben. Aber du, mein Kind, du hast noch Arbeit zu tun. Und du bist nicht allein.«

Jake stand in der Tür, nachdem er die Treppe leise hochgeschlichen war. Er kniete sich an Charlottes Seite neben das Bett.

»Jake, geh niemals aufs Meer, hörst du? Versprich es mir.«

»Ja, Mutter, das haben wir längst geklärt. Ich bin und bleibe Schmied und Stallmeister.«

»Pass auf Charlotte auf, ich habe immer so ein merkwürdiges Gefühl, ich weiß nicht, was …«

»Mutter, ich werde an deiner Stelle Augen und Ohren offenhalten.«

Schweigend lagen sie da – die Mutter, deren Lebenskräfte dahinschwanden, der Sohn, der die zierliche Form seiner Mutter in seinen Armen hielt, und das junge Mädchen, das zum ersten Mal in seinem kurzen Leben lernen musste, wie es sich anfühlt, einen geliebten Menschen zu verlieren.

»Wir begleiten dich bis zur Schwelle, Mutter«, flüsterte Jake ihr ins Ohr, »und warten an deiner Seite, bis der Meister ruft.« Seine Worte wurden stockend. »Zu ihm gehen – das musst du allein, da können wir nicht mehr mit. Noch nicht. Aber Mutter, die Freude, die in deinem Herzen emporsprudelt, wenn du deinen Herrn siehst, wird so groß sein, dass du keine Minute zurückblicken wirst. Dort wartet auch Vater. Und das ganze Leid wird in einem Augenblick gelöscht. Jede Träne wird abgewischt, Tod und Trauer werden nicht mehr sein. Wie oft hast du uns diese Worte vorgelesen!«

Während er redete, wurde Maggies Atem flach, sie schluckte und schnappte nach Luft. »Peter, warte doch, es ist bald so weit«, flüsterte sie mit raspelnder Stimme. In wirren Sätzen sprach sie weiter. Mal erschrak sie vor einem Gewitter, mal schimpfte sie mit Peter, dass er nicht heimgekommen sei, mal flehte sie Jake mit Tränen an, aufs Meer zu fahren und nach seinem Vater zu suchen, oder beschwor ihn, niemals ein Seemann zu werden, dann wieder schrie sie nach dem Säugling, den sie verloren hatte. Zwischendrin fiel der Name *Santa Dominica* und die dringliche Nachricht, dass es Menschen gebe, die auf dem Wasser trieben und gerettet werden müssten.

Plötzlich entspannten sich ihre Muskeln, sie drehte ihren Kopf zur Seite und wurde still.

Ein frisches Loch wurde in der Reihe der Gräber ausgehoben, in denen Kapitän Peter Fenton neben seiner kleinen Tochter lag. Maggie wurde auf der anderen Seite ihres Säuglings beigesetzt.

»Ich bin die Auferstehung und das Leben, spricht der Herr, wer an mich glaubt, wird leben, auch wenn er stirbt. Und jeder, der da lebt und an mich glaubt, wird nicht sterben in Ewigkeit.« Die Stimme des Pfarrers dröhnte träge vor sich hin.

Jake drückte Charlottes Hand, als könne er ihre Gedanken lesen.

»Wenigstens könnte er so *tun*, als ob es ihm wichtig wäre«, flüsterte sie ihm zu.

»Er kann nichts dafür, Charlotte, er macht solche Dinge fast jeden Tag.«

»Wer war der nette Mann, den du in der Kirche begrüßt hast?«

»Das war Onkel Theodor. Irgendwann nehme ich dich mit nach St. Ives, und du lernst ihn kennen.«

»Gott, du bringst Leben hervor und nimmst es wieder auf. Voll Vertrauen auf deine Liebe und Barmherzigkeit nehmen wir Abschied von unserer Schwester Margareta Sibyl Lavinia Fenton, geborene de Vrieux. Wir legen sie in deine Hände: Erde zu Erde, Asche zu Asche, Staub zu Staub. Wir tun dies in der Hoffnung, die uns in Jesus Christus gegeben ist.«

Es folgte der dumpfe Aufschlag von Erde auf Holz. Das war das Ende. Ein Leben war ausgelöscht. Einfach so. Für immer. Nie wieder würde Maggie aus dem kleinen Haus herausgestürzt kommen, um Charlotte in ihre Arme zu ziehen, nie wieder würden ihre Rufe durch die kleine Gasse hallen.

Die Wohnstube, in der Charlotte mit Jake zusammen neben Maggies aufgebahrter Leiche Wache gehalten hatte, war nichts weiter als eine trockene, entleerte Hülse. Der Besen in der Ecke, der Staub oben am Fensterglas, wo Maggie mit dem Lappen nie hingekommen war und herzhaft darüber gelacht hatte, das Knarren der Treppe – jedes lieb gewonnene Detail erinnerte an Blicke, Klänge und Worte, die nun für immer der Vergangenheit angehörten. Die Steinmauern, die abgenutzten Möbel, der Kamin, die Schlafräume: Irgendwann würde sie jemand anderes bewohnen, und das Heiligtum glücklicher Erinnerungen wäre durch fremde Stimmen, fremde Möbel entweiht.

Nachdem die anderen Trauernden sich vom Grab abgewandt hatten, blieb Charlotte stehen. Sie blickte auf den kleinen Grabstein zwischen

Maggies frisch ausgehobenem Grab und Peters größerem Grabstein: *Charlotte Minne Fenton, 12. September 1820 bis 17. September 1820.*

Sie war neidisch auf die andere kleine Charlotte, die nun für alle Ewigkeit zwischen zwei Eltern ruhen durfte, die ihr Kommen herbeigesehnt hatten, sie über alles geliebt hätten. Sie, die zweite Charlotte, hätte dort liegen sollen. Sie war der Eindringling, der nicht hineinpasste, der den Platz eines anderen eingenommen hatte.

Sie dachte an Peter, dessen Lebensfaden grausam abgeschnitten worden war, bevor er sein zweites Kind zu Gesicht bekommen hatte; an Maggie, die ihre neugeborene Tochter nur wenige Tage im Arm hatte halten dürfen, bevor sie ihr weggerissen wurde. Wie gerne hätte sie sich zu der anderen kleinen Charlotte gelegt, um ein Teil dieser Familie zu sein, und wenn es auch nur im gemeinsamen Tod wäre. Sie hätte alles getan, nur um dem gähnenden Vakuum zu entfliehen, das sich in ihrem Herzen aufgetan hatte, und um den Schmerz zu löschen, der sie wie eine Flutwelle überrollte.

Die darauffolgenden Tage vergingen wie in einem Nebel. Es war, als ob sich eine unsichtbare Mauer zwischen Charlotte und dem Rest der Welt aufgerichtet hätte. Jake schien distanziert, in sich gekehrt. Noch war Charlotte zu unerfahren in den zermürbenden Abläufen der Trauer, um zu begreifen, dass jeder seine eigene Art hat, zu leiden.

Eines Morgens, nicht lange nach Maggies Begräbnis, fand Jake Charlotte in der Küche, wo sie frische Blumen für die große Vase in der Eingangshalle schnitt. »Charlotte, du redest so wenig. Was ist mit dir?«

»Normalerweise rügst du mich, weil ich zu viel rede.«

»Aber wenn du gar nichts sagst, mache ich mir Sorgen.«

»In einer Welt ohne Maggie gibt es nichts mehr zu sagen.« Charlotte versetzte dem Stiel einer Gladiole einen deftigen Hieb.

Jake nahm ihr die Gartenschere aus der Hand und führte sie zu einem Stuhl. »Die Blumen sind übrigens nicht daran schuld. Die Welt ist anders geworden, aber sie kann wieder neu gestaltet werden. Du hast Franny, du hast Dickon«, und zögerlich fügte er hinzu: » … und du hast mich.«

Charlotte sprang von ihrem Sitz auf und stampfte mit dem Fuß.

»Wie kannst du so dumm sein, Jake! Von wegen, ich habe Franny, Dickon und dich! Weißt du nicht, dass Dickon Franny gestern *geküsst* hat? Ich habe es mit meinen eigenen Augen gesehen! Kaum liegt Maggie im Grab, *küssen* sie sich! Wie können sie nur?«

»Aber Charlotte, meinst du, Maggie würde wollen, dass wir alle für immer traurig sind?«

»*Du* hast gut reden, Jake! Ich habe gesehen, wie du auf der Brücke ganz lang mit Lisbeth geplaudert hast!«

»Meine Charlotte – so kratzbürstig? Mit Leuten reden werde ich wohl dürfen. Das heißt nicht, dass ich meine Mutter nicht mit jeder Faser meines Wesens vermisse. Aber soll ich deswegen aufhören, mit Menschen zu reden? Sollen Franny und Dickon deswegen aufhören, sich gernzuhaben?«

»Sie hat sich für jede Kleinigkeit interessiert, Jake! Sie wollte sogar wissen, was ich zum Frühstück gegessen hatte! Ich bin wütend, dass sie mich verlassen hat! Wie konnte sie nur?« Charlottes Worte machten Tränen Platz.

Jake zog sie auf ihren Stuhl zurück und legte seinen Arm um ihre bebenden Schultern. »Wenn wir keine Trauer haben wollen, müssen wir unser Herz in Eis packen, aufhören zu fühlen, zu lieben, aufhören zu weinen, aufhören, Mensch zu sein. Kein Leid mehr zu spüren, ist der schlimmste Tod, den es gibt, Charlotte: eine verdorrte Seele in einem lebendigen Körper. So ein Weg steht für dich und mich nicht zur Wahl.«

»Ach, hör auf mit diesen sinnlosen Sprüchen, Jake. Du verstehst mich einfach nicht. Alle haben einen Sinn im Leben, nur ich nicht. Rosalinde schreibt lange Briefe an ihren französischen Grafen, meine Eltern bekommen ein neues Kind. Für alle anderen geht das Leben weiter, nur für mich nicht.«

Jake wandte sich zu ihr hin, legte eine Hand unter ihr Kinn und hob ihr verweintes Gesicht hoch, damit sie ihm in die Augen schauen musste. »Hör mir zu, Charlotte. Der Schmerz bleibt nicht für immer, glaub mir. Nach und nach verwandelt er sich in Erinnerungen, die man wie einen Schatz im Herzen behält.«

Charlotte sprang auf, nahm die Gartenschere wieder in die Hand und fing erneut an, die Blumen zu schneiden. »Schön für dich, dass du dich mit Trauer so gut auskennst, dass du einen Vortrag darüber halten kannst.«

»Charlotte, du bist ungerecht. Meinst du, dass Trauer mit der Übung einfacher wird? Du vergisst, dass ich schon einmal einen geliebten Menschen betrauert habe.«

»Schön für dich, dass du so einen hattest«, bemerkte sie verbittert, »und jetzt lass mich in Ruhe.«

Als Jake seine müden Schritte am Ende des Tages zu der Leiter schleppte, die zu seinem Zimmer hinaufführte, fand er einen Blumenstrauß auf der untersten Stufe.

»Feldrosen und Fingerhut. Von der Wiese hinter dem Weiher.« Es war Charlottes Stimme.

»Charlotte! Du hast mich erschreckt! Was hast du um diese Zeit in meiner Werkstatt zu suchen?«

»Ich war nicht nett zu dir heute Morgen. Es tut mir leid.«

»In Ordnung, Kleine!« Erleichterung klang in Jakes Stimme durch.

»Und ich habe etwas zu erzählen, was dich erfreuen wird!« Charlotte setzte sich auf die Stufe und machte für Jake Platz.

»Los! Es muss etwas Spannendes sein, wenn du mich um eine Zeit aufsuchst, in der du schon lange schlafen solltest!«

»Jake, stell dir vor, bald werde ich nicht mehr zu dir kommen dürfen!«

»Und du klingst so fröhlich darüber?«

»Warte, bis du erfährst, warum! Mein Vater hat mich heute zu sich in die Bibliothek gerufen und mir gesagt, dass ich jetzt fünfzehn bin und eine Lady werden soll. Nicht nur halb, sondern ganz! Morgen darf ich mit ihm ausreiten – auf Tedwin! Ich bekomme ein neues Zimmer in der Nähe von Rosalinde. Meine Schwester ist nett zu mir, seit sie sich in ihren Grafen verliebt hat. Ich esse ab morgen wieder mit der Familie und bald darf Franny mit mir in der Kutsche nach St. Ives fahren, um feine Kleider zu kaufen. Ich kann kaum glauben, dass das wahr ist, Jake!«

Jake wollte antworten, aber die Worte blieben ihm in der Kehle stecken.

»Jake? Du freust dich nicht! Was ist mit dir?« Charlotte schüttelte seinen Arm. »Wart ab, bis du das Allerbeste hörst! Mrs Gibbs ist nicht mehr für meine Haare zuständig. Sie kümmert sich nur noch um Lady Agnes, bis das Kind da ist; das neue Dienstmädchen kümmert sich um Rosalinde, und Franny wird meine Haare richten und mich für festliche Anlässe schön machen. Das heißt, ich muss keine Zöpfe mehr tragen!«

»Das ist in der Tat eine gute Nachricht«, stimmte Jake zu.

Charlotte konnte seinen Gesichtsausdruck in der Dämmerung nicht ausmachen. »Franny will mir Locken drehen, die kunstvoll in die Stirn und um die Ohren fallen, und die restlichen Haare will sie mit Perlen und Bändern schmücken. Hinten werden sie in einem Knoten zusammengebunden. Vielleicht werde ich tatsächlich wie meine Großmutter auf den Gemälden aussehen.«

»Und du meinst, das macht dich glücklich?«

Charlotte stand auf, baute sich vor Jake auf und brach in wütende Tränen aus. »Du sollst dich in Grund und Boden schämen, Jake!«, schnaubte sie. »Ich komme zu dir, um mich zu entschuldigen und dir eine gute Nachricht zu bringen, und du reagierst nur mit Vorwürfen. Bist du etwa neidisch, dass ich in die feine Gesellschaft komme? Dass mein Vater mich mag? Ist es eine Sünde, feine Sachen anzuziehen?«

Jake zuckte unter ihren harten Worten zusammen. »Das sind keine Vorwürfe, Charlotte. Weder die feine Gesellschaft noch feine Sachen sind eine Sünde. Nur wenn man meint, dadurch glücklich zu werden.«

»Du musst dich endlich damit abfinden, dass ich kein kleines Mädchen mehr bin!« Sie wandte sich zum Gehen und bewegte sich zur Tür.

»Und du musst dich damit abfinden, dass ich trotzdem acht Jahre länger auf dieser Erde gelebt habe als du und einiges mehr weiß!«, rief ihr Jake nach.

Charlotte drückte die Türklinke des Stalls schon hinunter und war weg.

»... und dass ich meiner Mutter versprochen habe, auf dich aufzupassen«, fügte er mit gebeugtem Kopf hinzu. Er hob die Blumen vom Boden auf und stieg die Leiter hoch zu seinem Zimmer.

Während Jake mit gemischten Gefühlen beobachtete, wie die stahlgrauen Augen von Lord Greenwold Charlotte nachdenklich und berechnend in den Blick nahmen, entging es ihm, dass auch auf ihn selbst Augen gerichtet waren: blaue Augen in einem lachenden Gesicht, die immer wieder in seine Richtung schielten. Lisbeth, die hübsche Markthändlerin aus dem Dorf, die Gemüse nach Birch Hollow lieferte, erschien öfter als sonst an der Küchentür und ergriff häufiger als nötig jede Gelegenheit, mit Franny oder Dickon zu plaudern, in der Hoffnung, dass Jake vorbeigehen würde. Die kleinsten Zufallsbegegnungen zog sie in die Länge.

Kaum ein Junggeselle in Hipperclove konnte der Versuchung widerstehen, die blonden Ringellocken bewundernd anzustarren, die um ihre Schläfen fielen, oder die Grübchen zu beobachten, die um ihren Mund spielten, wenn sie redete. Es war Franny, die Jake schließlich darauf aufmerksam machte, dass Lisbeth öfter beiläufig fragte, wo er gerade sei, was er an diesem oder jenem Tag vorhabe und wo er sich aufhalte. Außerdem fand sie immer wieder neue Probleme bei ihrem Pferd, für deren Lösung sie Jakes Rat unbedingt brauchte.

In Jakes Leben hatte sich nach Maggies Tod ein gähnendes Vakuum aufgetan. Charlottes Abwendung traf ihn zusätzlich wie ein Messer ins Herz, das ohnehin von tiefem Schmerz erfüllt war.

Immer öfter malte er sich aus, wie tröstlich es wäre, die weiche, klare Haut um Lisbeths Grübchen mit Küssen zu bedecken, mit den Händen durch ihre Locken zu fahren und ihr musikalisches Lachen im Ohr zu haben. Nach jeder Begegnung mit ihr fiel es ihm schwerer, sich von den Gedanken an ihre Worte, ihren lächelnden Mund und ihre langen Wimpern loszureißen. Eingeflochten in seine Träume war das Bild seines Elternhauses, das jetzt leer stand und geradezu auf den Klang von fröhlichen Kinderstimmen wartete.

Die ersten Herbstblätter fielen, frischer Wein schäumte in den Fässern und die kahlen Rebstöcke wurden für den Winter beschnitten. Ganz Hipperclove fieberte der Geburt des neuen Kindes entgegen. Die Hoffnung auf neues Leben, die in der Luft hing, schien um sich zu greifen. Franny wartete immer öfter mit flatterndem Herzen auf Dickons Aufmerksamkeiten. Jakes Gespräche mit Lisbeth kreisten mittlerweile um andere Themen als nur um die Beschwerden ihres Pferdes. Das Gerücht verbreitete sich, dass Lord Greenwolds geisteskranke jüngere Tochter unter der Obhut ihres aufmerksamen Vaters auf bestem Weg sei, eine ordentliche junge Dame zu werden. Und dass sich eine lukrative Heiratspartie für Lady Rosalinde anbahne.

Eines Tages saß Rosalinde verträumt an ihrem Schreibtisch und kaute an ihrer Schreibfeder. »Kommst du, Georgiana?«

»Ich heiße nicht Georgiana.«

»Kommst du, Charlotte?«

»Sofort!«

Rosalinde bat ihre Schwester, neben ihr Platz zu nehmen. »Pass auf. Er hat Folgendes geschrieben:

›Et pourtant aimez-moi, tendre cœur!
Amante ou sœur, soyez la douceur éphémère
*D'un glorieux automne ou d'un soleil couchant.‹**

»*Automne* und *soleil* haben mit dem Wetter zu tun. Aber *aimez-moi* … Charlotte, ist es ein Liebesgedicht? Sag es mir ganz ehrlich, schone mich nicht – meinst du, er liebt mich?«

Charlotte lachte laut. »Aimez-moi, tendre cœur! Rosalinde, er ruft seine Leidenschaft für dich in die Welt hinein und will, dass sie erwidert wird! So viel Französisch kannst du doch!«

Rosalinde hielt den Brief an ihr Herz. Ihre Augen leuchteten. »Setz dich, Charlotte. Wir schreiben eine Antwort. So poetisch und amourös wie möglich, in bestem Französisch. Oder …« Sie hielt kurz inne. »Meinst du, es fällt ihm auf, dass sie nicht von mir ist?«

---

* Französisch für: Und dennoch liebe mich, zartes Herz! Ob als Liebhaberin oder Schwester, sei für mich die zerbrechliche Anmut eines herrlichen Herbstes oder eines Sonnenuntergangs!

»Sie ist aber von dir«, versicherte ihr Charlotte. »Du hast die Gedanken, ich gebe ihnen lediglich eine Form.«

Die Antwort gefiel Rosalinde.

»Es wird nur dann schwierig«, fuhr Charlotte nachdenklicher fort, »wenn er dich auf Französisch anspricht, in der Annahme, dass du seine Sprache inzwischen so gut verstehst, dass du sogar dichten kannst.«

»Dichten ist gut! Ich bekomme keinen einzigen Satz auf Französisch zusammen.«

»Französisches Essen, französische Kleider und Schuhe – das reicht leider nicht aus, um eine Französin zu sein, Rosalinde«, seufzte Charlotte.

»Na dann – nichts wie an die Arbeit, Schwester! Übrigens, du siehst ohne Zöpfe nicht schlecht aus, Charlotte«, wechselte Rosalinde das Thema.

Charlotte war sprachlos vor Glück. Noch nie war eine Aussage ihrer Schwester so nah an ein Kompliment herangekommen.

»Hilfst du mir, meine Hochzeit zu planen? Das heißt, falls er mir einen Heiratsantrag macht?« Rosalinde lehnte sich auf ihrem Stuhl zurück und verschränkte ihre Arme hinter ihrem Kopf.

Charlotte nickte energisch. Ihre Augen leuchteten.

»Mein Hochzeitskleid wird breite Hängeschultern und große Puffärmel haben und einen voluminösen Rock aus schwerem Samt, mit einer ganz engen Taille. Und Diamanten, wo man nur hinschaut. So kleidet man sich seit Neuestem am Hof.«

Zum ersten Mal hatte Charlotte ein Gefühl, nach dem sie sich seit ihrer Ankunft in Birch Hollow gesehnt hatte: das Gefühl, dazuzugehören.

Lady Agnes blühte förmlich auf. Vorbei waren die Tage, in denen sie ihre wachen Stunden klagend in ihrem Zimmer verbracht hatte oder nach London gereist war. Lord Greenwold blickte mit Genugtuung auf die Rundungen ihres Körpers. Ihr offenkundiges Wohlergehen deutete er als Zeichen dafür, dass sie einen gesunden Jungen unter dem

Herzen trug. Vorangegangene Schwangerschaften hatte sie hauptsächlich liegend verbracht. Diese Wartezeit war anders. Jeden Tag war sie im Haus oder im Park unterwegs, fragte nach der Gesundheit der Bediensteten, erteilte Anweisungen für eine Umgestaltung der Rosen- und Lavendelbeete, pflückte Blumen oder bestellte Kräuter für den Gemüsegarten. Oder sie sortierte die Jäckchen und Häubchen, die Mrs Gibbs gekauft hatte, und bestellte Möbel für ein Kinderzimmer, das gegenüber ihrem eigenen Zimmer eingerichtet wurde. Nie hatte Charlotte ihre Mutter so oft zu Gesicht bekommen. Mit einer Mischung aus Neugierde und Sehnsucht starrte sie heimlich auf den wachsenden Bauch und litt unter der anhaltenden Gleichgültigkeit, die Lady Agnes ihr entgegenbrachte. Manchmal konnte sie sich nicht vorstellen, jemals Teil ihrer Mutter gewesen zu sein, manchmal war sie wütend und neidisch auf das kleine Wesen, das offensichtlich mit solcher Vorfreude von seinen Eltern erwartet wurde.

Eines Nachmittags zog sich Lord Greenwold in seine Bibliothek zurück und setzte sich an seinen Schreibtisch. *Sehr geehrter Mr Linreed,* fing er an zu schreiben.

»Bevor Sie es aus einer anderen Quelle erfahren, möchte ich Sie hiermit in Kenntnis des bevorstehenden Ereignisses setzen, das mich heute zu diesem Brief veranlasst. Wider Erwarten und lange nachdem wir jede Hoffnung auf weiteren Nachwuchs aufgegeben hatten, ist meine werte Frau, Lady Agnes, in anderen Umständen, und ich bin guter Hoffnung, dass mein Wunsch nach einem Sohn in Erfüllung gehen wird. Sollte dieses glückliche Los uns treffen, ändern sich natürlich die Verhältnisse meines Nachlasses. Ich versichere Ihnen, dass diese überraschende Entwicklung Ihnen bezüglich unseres gemeinsam unterschriebenen Testaments in keiner Weise Nachteile bringen wird. Ihre Verehelichung mit meiner Tochter bleibt beschlossene Sache. Im Falle eines männlichen Erben ernenne ich Sie als Vermählten meiner Tochter zum Vormund des Kindes, da es erst in späteren Jahren in der Lage sein wird, meine Geschäfte in meinem Sinne weiterzuführen. Als Vormund stehen Ihnen großzügige Anteile an den Umsätzen des Anwesens zu, wie unten angeführt. Im Falle eines Mädchens oder des frühzeitigen Ablebens eines Jungen bleiben Sie mein Erbe. Ich hoffe, diese Regelungen zu Ihrer

Zufriedenheit getroffen zu haben. Ich habe die voraussichtliche Vermählung meiner älteren Tochter, wann auch immer diese stattfinden sollte, als eine gute Gelegenheit ins Visier genommen, Lady Georgiana in der Gesellschaft zu präsentieren. Es wäre für alle Betroffenen günstig und für mich als Vater ein Vergnügen, sie Ihnen zu diesem Anlass formell vorzustellen, in der festen Zuversicht, dass Sie nicht enttäuscht sein werden.

Hochachtungsvoll

Lord Winston Reginald Eduard Greenwold.«

10

Es wurde ein Junge.

Die Bevölkerung in und um Hipperclove feierte zur Begrüßung des Erben von Birch Hollow das prunkvollste Fest, das es seit Menschengedenken jemals an der Küste Cornwalls gegeben hatte. Nachdem die letzten Blätter an den Pappeln, Birken und Eichen auf dem Anwesen gefallen waren, wurden die nackten Äste, die sich in den grauen Himmel reckten, mit bunten Lampions behängt, die nach der Geburt von Eduard Montague Winston Greenwold wochenlang Abend für Abend leuchteten und Birch Hollow in eine Märchenwelt verwandelten. Fahnen, mit den Wappen des Hauses geschmückt, erinnerten an das Vermächtnis der Adelsfamilie und wehten in der Herbstbrise auf dem Dach des Herrenhauses.

Selbst der alte Turm wurde aus seiner düsteren Laune gelockt und mit Bannern bedeckt. Er wirkte unschuldig und freundlich, wie ein alter Greis, der sich überreden ließ, sich für eine kurze Zeit mit den anderen zu freuen, bevor er wieder in seinen finsteren Grübeleien versank. Zur Feier des großen Ereignisses überraschte Dickon Franny mit Ohrringen, die zu ihrer Perlenkette passten.

Lord Greenwold teilte Geschenke aus und stellte zwei neue Gärtner ein, um den Park zu erweitern. Er gab Gehaltserhöhungen für gut geleistete Dienste. Über Fehltritte schaute er großzügig hinweg. So wohlgesonnen hatte die Dienerschaft ihren Herrn selten erlebt. Der Himmel lachte auf Birch Hollow und seine Bewohner herab.

Der Lord ließ keine Gelegenheit aus, damit anzugeben, dass sein Sohn ihm wie aus dem Gesicht geschnitten sei. Lang und breit erzählte er jedem, der es hören wollte oder auch nicht, wie aufgeweckt der Kleine in die Gegend blicke, wie kräftig er schreie und wie stark seine kleinen Gliedmaßen seien. »Er wird ein prächtiger Kerl werden, Georgiana. Ich meine zu spüren, dass er eine gute Hand für Pferde hat, genau wie du. Du kannst ihm später das Reiten beibringen, du machst selber große Fortschritte!«

Vater und Tochter gingen durch den Park zum Haus, nachdem sie die Pferde gemustert hatten.

Charlotte hielt plötzlich an und wandte sich ihrem Vater zu. »Vater, würdest du mich bitte ›Charlotte‹ nennen?«

Ihr Vater stutzte und wusste nicht, was er antworten sollte.

»Das war Maggies Name für mich, Vater, alle anderen nennen mich so, und ich fühle mich wohler, wenn ich Charlotte heiße.«

»Dann schließen wir einen Kompromiss und nennen dich Lady Charlotte. Was hältst du davon?«

»Das klingt edel, Vater«, sagte Charlotte voller Freude. »Ich glaube, das würde Maggie gefallen! Es würde ihr auch gefallen, dass ich zu meinem Vater gefunden habe und so über ihren Verlust getröstet werde.«

»Weil du eine Lady bist, erkläre ich dir jetzt, was auf unserem Familienwappen steht«, wechselte er schnell das Thema. Er bot ihr den Arm, und sie gingen weiter auf das Haus zu, bis das Wappen der Familie Greenwold, über der Haustür in Stein gemeißelt, sichtbar wurde. Sie hielten an.

»Ein Schiffsanker, umgeben von einer Kette«, erklärte er. »Das erinnert uns an die wichtige Rolle, die das Meer in der Geschichte unserer Familie gespielt hat.«

»Aber das Meer ist von hier aus kaum zugänglich«, bemerkte Charlotte. »Erst bei Sedgeworth Cove. Wie konnte es so eine Rolle spielen?«

»Du bist ein aufgewecktes Kind!« Lord Greenwold blickte überrascht auf seine Tochter herunter und lachte verlegen. »Du hast den Hafen in St. Ives vergessen. Dort liefern wir jeden Herbst tonnenweise Äpfel ab, die in alle Windrichtungen verschifft werden, und von dem Ertrag leben wir, lebt die ganze Umgebung. Wir haben den ersten Zugriff auf die Waren, die von den Teeplantagen in Indien und von den Tabakplantagen in Amerika geliefert werden, wenn die Schiffe anlegen. Dadurch bekommen wir sie zu Sonderpreisen, von denen die Geschäfte in London nur träumen können.«

»Und die Worte *Fürchte Gott,* die man kaum lesen kann? Der Teil klingt ermahnend.«

Lord Greenwold zögerte und blickte hinunter auf seine Stiefel. »Die Worte *Fürchte Gott* sind eine Erinnerung an das Kloster, das früher auf diesem Boden stand. Jake will die Buchstaben zurechtmeißeln, aber ich möchte sie lieber durch ein Hufeisen ersetzen.«

»Wären die Mönche da nicht traurig?«

»Deine Unschuld und Arglosigkeit sind entzückend, Charlotte! Weißt du, ich bin ein Mensch, der nach vorne blickt, nicht nach hinten. Pferde, nicht Mönche und ihre Sprüche sind unsere Zukunft. Und übrigens, Graf Louis Bizet hat erste Anspielungen gemacht, dass seine Absichten mit deiner Schwester ernst sind. Zwei Jahre braucht er etwa, um seine neue Villa fertigzustellen, erzählte er mir bei seinem letzten Besuch. Bis dahin ist Rosalinde zwanzig, du stolze siebzehn Jahre. Wir können uns also in zwei Jahren auf eine prunkvolle Hochzeit freuen, die uns mit dem besten französischen Adel der Normandie verbindet. Wäre das nicht ein guter Zeitpunkt, dich in der Gesellschaft vorzustellen, meine liebe Charlotte?« Er tätschelte ihre Hand und ging strammen Schrittes auf den Eingang des Herrenhauses zu.

Charlotte blieb kurz stehen, blickte auf das Wappen über der Haustür und auf die Fahnen, die auf dem Dach wehten. Sie atmete tief ein. Ein Strahlen breitete sich über ihr ganzes Gesicht aus. Glücklich schlug sie die Hände zusammen und rannte hinter ihrem Vater her ins Haus.

Tedwins Hufe klapperten auf dem gefrorenen Boden, als Lord Greenwold an einem eiskalten Wintertag vom Textilmarkt in St. Ives zurück nach Birch Hollow ritt. Er hatte eine Ladung hochwertige indische Seide an einen Großhändler aus London verkauft, der Villen in Kensington ausstattete, und war pünktlicher als erwartet fertig gewesen. Seit der Geburt des jungen Lords zog es den Herrn von Birch Hollow schneller und öfter nach Hause. Sein Sohn hatte im Herbst seinen zweiten Geburtstag gefeiert. Lord Greenwold zeigte ein zwanghaftes Interesse an seiner Entwicklung und folgte mit Adleraugen jedem kleinsten Fortschritt.

Die schneidende Luft und die Aussicht auf einen warmen Stall schienen das Pferd zu beflügeln. Nebelschwaden schlichen im schwindenden Licht über die Wiesen und kündeten eine frühe Abenddämmerung an.

»Komm schon, Tedwin! Los!«, flüsterte Lord Greenwold seinem Pferd ins Ohr.

Die Straße streckte sich vor ihnen in einer geraden Linie, so weit das Auge sehen konnte. Tedwin fiel in Galopp. Der Reiter spannte seinen Körper an, presste seine Knie in die Flanken des Pferdes, beugte sich auf seinen Hals und starrte zwischen seinen Ohren konzentriert nach vorne. Die dampfenden Nüstern, der quietschende Sattel, das klappernde Zaumzeug, der beißende Geruch von Schweiß und das Keuchen des Pferdes – all das war wie ein Ausbruch von ungebändigtem Leben, purer Schaffenskraft, Männlichkeit in ihrer Blüte, mitten in einer schweigenden, erstarrten Winterlandschaft. Lord Greenwold fühlte sich wie in einem Rausch. Er klopfte dem Hengst auf den Hals: »Schneller, noch schneller, Tedwin!«

Im nächsten Moment schrie er: »Brr!« Er zog die Zügel scharf an. Tedwin wieherte vor Schmerz und schlitterte auf seinen Hinterhufen, schwenkte gleichzeitig nach links und stolperte beinahe in den Graben am Wegrand. Wie aus dem Nichts war ein Reiter plötzlich aus der entgegengesetzten Richtung erschienen. Er wäre mit Lord Greenwold zusammengeprallt, hätte dieser nicht so geistesgegenwärtig reagiert.

»Um Himmels willen! Haben Sie keine Augen im Kopf? Welcher Vollidiot reitet wie ein Wilder in diesem Halbdunkel …?« Es war die Stimme von Sir Forsythe-Drake.

»Du hier, Cousin? Was um alles in der Welt …?«

»Ich könnte genau das Gleiche fragen, alter Freund. Wir befinden uns, soweit ich weiß, auf einem öffentlichen Weg, oder nicht?«, erwiderte eine spöttische Stimme.

Lord Greenwold rang immer noch darum, im Sattel zu bleiben und Tedwin zu besänftigen, während der Baron weiterredete. »Hast du meine Gesellschaft denn nie vermisst? Ich hatte einen plötzlichen Drang, meine zukünftigen Ländereien zu besichtigen, Winston, und nach dem Rechten zu sehen, sozusagen.«

»Du sprichst mit einer Zuversicht, die dir in keiner Weise zusteht, Malcolm!«, rief Lord Greenwold.

»Eine Zuversicht, die nach wie vor berechtigt ist, Cousin! Unser letztes Gespräch ist zwar sieben Jahre her, aber ich für meinen Teil habe es nicht vergessen!«

»Aber du hast vergessen, dass ich inzwischen einen männlichen Erben habe!«

Als Antwort lachte Sir Forsythe-Drake hämisch, lang und laut. »Du – einen männlichen Erben? Willst du mich etwa glauben lassen, dass eine Frau wie Lady Agnes ihr Bett mit einem herzlosen Monster wie dir geteilt hat?« Er grinste boshaft. »Na, dann pass mal nur gut auf deinen kleinen Sohn auf, damit ihm nichts zustößt!«

Lord Greenwold ballte die Fäuste. »Sieh zu, dass du verschwindest, und lass dich nie wieder auf meinem Land blicken!«, brüllte er und zog Tedwin zur Seite, um das andere Pferd vorbeizulassen.

»Wir sehen uns wieder!«, rief sein Cousin über die Schulter zurück.

»Wir sehen uns ganz bestimmt nicht wieder!«, erwiderte Lord Greenwold wütend.

Kurze Zeit später sprang der Herr von Birch Hollow von seinem Pferd, drückte die Zügel in Jakes Hände und marschierte ins Haus. Er streifte seine Stiefel am Eingang ab, wischte sich den Schweiß vom Gesicht und zog seine Handschuhe aus. »Dickon, wo bleibst du?«, fuhr er seinen Diener an, als dieser in die Eingangshalle gerannt kam. »Bist du mein Hausdiener oder irgendein hergelaufener Landstreicher? Steh nicht da mit offenem Mund! Seit wann ist es Sitte, den Hausherrn warten zu lassen, wenn er durchgefroren nach Hause kommt?«

»Mylord, verzeihen Sie mir. Wir haben Sie nicht so früh erwartet.«

»Was geht hier vor? Seid ihr alle miteinander faul und träge geworden? Es muss wieder mehr Zucht her, scheint mir.«

Dickon half Lord Greenwold aus den Stiefeln, nahm ihm Mantel und Hut ab und begleitete ihn in die Bibliothek zu seinem Sessel. Er holte eine Decke und klopfte die Kissen auf dem Sofa aus. Das Ausklopfen der Kissen wirkte immer beruhigend auf Lord Greenwold. »Mylord, Ihre Pantoffeln. Ich hole Frances, damit sie frische Kohlen aufs Feuer legt. Ist Ihnen nicht gut, Sir? Ist etwas passiert?«

»Nein, nicht Frances. Kümmere du dich um das Feuer, Dickon.«

Lord Greenwold ließ sich in seinen Sessel fallen. Seine Hände zitterten, sein Kopf war rot, ihm war der Schreck der vergangenen Minuten anzusehen.

Dickon füllte Gin und Tonic in ein Glas. Er drückte Lord Greenwold das Getränk in die Hand und machte sich an die Aufgabe, die Glut im Kamin zu beleben.

»Lass das Feuer und hol sofort Mrs Gibbs«, fauchte Lord Greenwold. »Oder doch nicht, ich suche sie besser selber«, fügte er hastig hinzu. Er trank das Glas in einem Zug leer, lehnte seinen Kopf zurück und schloss für einen Augenblick die Augen. Danach erhob er sich auf wackeligen Beinen, hielt sich an der Sessellehne fest und bewegte sich unsicher zur Tür.

Dickon schüttelte den Kopf und stocherte nachdenklich in der Asche im Kamin. »Ich glaube, sie richtet die Schlafräume!«, rief er seinem Herrn hinterher.

»Da sind Sie ja, Mrs Gibbs!«

»So früh zu Hause, Mylord? Und gleich so stürmisch?« Ohne ihre Arbeit zu unterbrechen, blickte sie flüchtig von dem niedrigen Sitz hoch, auf dem sie gebügelte Hemden und Krawatten faltete und sorgfältig aufeinanderstapelte. Der Kleiderschrank stand offen.

»Ich kann zurückkehren, wann ich will. Mrs Gibbs, was geht in meinem Haus vor? Und was machen Sie in meinem Schlafzimmer?«

Mrs Gibbs blickte ihn überrascht an. »Wie jede Woche räume ich Ihre Wäsche in den Schrank. Alles ist wie immer, Mylord«, sagte sie besänftigend, »außer dass Sie früher als erwartet zurück sind. Haben Sie Grund zur Besorgnis?«

»Mein Sohn? Wie geht es ihm?«

»Gerade brachte ihn das neue Kindermädchen zu Bett, Mylord. Wir waren auf der Pferdekoppel, als die Sonne noch schien. Danach haben wir, gemäß Ihren Anweisungen, mit Buchstaben und Zahlen gespielt. Dann sind wir …«

»Hören Sie mit dem Kinderstubengeplapper auf, Mrs Gibbs«, unterbrach Lord Greenwold sie unwirsch. Er trat näher an sie heran. »Erzählen Sie mir, was hier los ist.«

»Sie wollten wissen, wie es Ihrem Sohn geht.«

Lord Greenwold bückte sich und blickte ihr direkt in die Augen. »Mrs Gibbs, ich bin Sir Forsythe-Drake begegnet, unweit von meinem Anwesen. Ich möchte wissen, warum.«

Mrs Gibbs hielt kurz den Atem an. Sie verriet aber weder Überraschung noch Empörung und zuckte mit den Achseln. »Tatsächlich? Ja und? Er kann Ihnen nichts anhaben, Sir. Ihr Reichtum ist unantastbar, und Sie haben einen Erben.« Ihre Stimme war tonlos und matt. »Sie sehen aus, als ob Sie ein Gespenst gesehen hätten und nicht bloß einen irrsinnigen Verwandten, der meint, einen Anspruch auf Ihr Vermögen zu haben.«

Lord Greenwold richtete sich wieder auf und ging zum Fenster. »Ich habe Angst, dass meinem Sohn etwas zustößt. Mein Cousin ist kein Irrsinniger. Er kalkuliert und wartet.«

»Adlige Herren aus der Großstadt können in der Regel gut schauspielern, Mylord.«

Lord Greenwold blickte zu ihr herunter, die Hände so fest ineinander verschränkt, dass die Knöchel weiß hervortraten. »Was ich gerade erlebt habe, war keine Schauspielerei, Mrs Gibbs. Rufen Sie alle Bediensteten in die Eingangshalle. Ich will wissen, ob jemand Sir Forsythe-Drake gesehen hat. Wir müssen Wachen aufstellen, alle sollen auf der Hut sein. Sollte mein Cousin sich jemals wieder in der Gegend zeigen, will ich sofort in Kenntnis gesetzt werden.«

»Das würde ich an Ihrer Stelle nicht tun, Mylord.« Ihr Ton blieb sachlich und emotionslos. In der Regel duldete Lord Greenwold keinen Widerspruch. Mrs Gibbs gehörte zu den wenigen Menschen, die sich das erlauben durften.

Sein Blick verfolgte die flinken Hände, die über seine Wäsche glitten.

Sie stand auf und legte einen Stapel Unterhemden auf ein Regal im Schrank. »Wenn Sie jetzt ein großes Aufheben machen, werden die Bediensteten erst recht neugierig«, erklärte sie. »Und wenn es ganz dumm läuft, wittern sie vielleicht einen Vorteil und verbünden sich womöglich mit Ihrem Cousin. Meine Augen sind offen, und ich denke, das sollte reichen. Sie wissen, mir entgeht nichts.«

»Es ist diese Umsicht, die ich an Ihnen so sehr schätze, Mrs Gibbs. Sie denken wirklich an alles.« Er stand inzwischen direkt hinter ihr.

Sie drehte sich um und zuckte zusammen. Es war dieser winzige Riss in ihrer kühlen Fassade, der sie verletzlich machte.

Er legte seine Hände auf ihre. »Mrs Gibbs, wenn ich Ihre Stimme höre, bezweifle ich manchmal, dass Sie eine Seele haben. Aber dann sehe ich, wie zärtlich Sie über meine Hemden streichen, und ich frage mich, wie es wäre, diese zärtlichen Hände auf meiner Haut zu spüren.« Seine Stimme wurde rau, tief und eindringlich. Sie stand da wie versteinert, und ihr Atem ging ganz flach. Seine Lippen berührten ihr Ohr. »Mrs Gibbs, Sie wissen, Lady Agnes und ich haben wenig miteinander zu tun. Passen Sie auf meinen Sohn auf. Ich verspreche Ihnen, wenn er sein volles Mannesalter unversehrt erreicht, dann steht Ihnen die Tür zu meinem Schlafzimmer jederzeit offen. Tag und Nacht.« Seine Hände glitten hoch zu ihren Schultern. Er streifte ihren Hals, führte seine Fingerspitzen an ihre Lippen, sein schwerer Atem berührte ihre Stirn. »Oder wie wäre es jetzt mit einem kleinen Vorgeschmack? Oh, Emily! Ich will dich wieder Emily nennen! Du kannst mir nichts vormachen. Dein Puls beschleunigt sich, dein Herz hämmert wie wild gegen deine Brust, deine Wangen leuchten rot. Du hast doch eine Seele!« Seine Stimme war jetzt nur noch ein Flüstern. Er verstärkte seinen Griff an ihren Schultern und presste ihren Körper an sich, während seine Lippen fieberhaft nach den ihren suchten.

Sie sträubte sich halbherzig, und er flüsterte unentwegt weiter.

»Ich erinnere mich noch an deine warmen, glatten Lippen, wie könnte ich sie jemals vergessen! Wie gerne würde ich diesen lodernden Brand wieder entfesseln, den du unter dieser sittsam verschlossenen Bluse so meisterhaft unterdrückst!«

»Mylord, bitte nicht!«, sagte sie mit bebender Stimme. »Noch nicht! Hören Sie auf!« Sie stieß ihn von sich und zupfte ihre zerknitterte Bluse zurecht. Mit einer fahrigen Handbewegung strich sie über ihre zerzausten Haare und schloss die Tür zum Schrank. Sie holte tief Luft. »Ihrem Sohn wird nichts zustoßen, Mylord.« Sie war zu ihrem üblichen emotionslosen Ton zurückgekehrt. »Darauf haben Sie mein Wort.« Sie drehte sich um und verließ den Raum.

Lord Greenwold blieb keuchend stehen. Schweißtropfen perlten auf seiner Stirn. Er warf einen Blick auf das Himmelbett, das alte Erinnerungen in ihm weckte – Erinnerungen an berauschte Nächte während seines Studiums in Oxford, an Trinkgelage bis in die Morgenstunden in seinem Studentenquartier. Emily Gibbs, damals Dienstmädchen des Colleges, hatte jede Gelegenheit genutzt, um sich in sein Zimmer zu schleichen, nachdem alle anderen betrunken davongetorkelt waren. Sie war bereitwillig gewesen, gierig und leidenschaftlich. Das Geld von Lady Agnes, der Körper von Emily – diese Rechnung war für Lord Greenwold nicht aufgegangen. Unerwartet hatte sich herausgestellt, dass Emily Gibbs zu stolz dafür war. Bisher.

Lady Agnes hielt sich in ihren Räumen auf. Sie war jedoch nicht im Schlafzimmer, als Mrs Gibbs zaghaft klopfte und ihren Kopf zur Tür hineinsteckte.

»Nebenan«, murmelte sie und fing an, die zerknitterten Laken auf dem Bett straffzuziehen und um die Matratze herum festzustecken. Ihre Finger glitten über den samtweichen Stoff des blauen Negligés, das auf der Bettdecke lag, und sie roch genüsslich an einem kleinen Fläschchen Parfüm, das offen auf der Kommode stand und nach Blumen duftete.

Sie hielt sich am Bettpfosten fest und versuchte, sich gegen die schwindelerregenden Erinnerungen zu sträuben, die sich in ihrer Fantasie mit dem Duft von Lavendel und dem sinnlichen Gefühl von samtweichen Stoffen vermischten. Die Begegnung mit Lord Greenwold hatte sie für einen Augenblick verwundbar gemacht. Sie hatte ihm einen flüchtigen Blick in ihre Seele gewährt, und die Schleuse war geöffnet. Er hatte sie ertappt. Jetzt wusste er, dass er sie immer noch schwach machen konnte und dass das Spiel zwischen ihnen nicht aus war – und er würde es gewinnen.

Sie ging mit unsicheren Schritten zum Fenster, zog den Vorhang leicht zur Seite und blickte auf ein weißes Panorama, das in bläulichsilbernem Glanz schimmerte. Hoch oben am Turm hing ein blasser

Halbmond. Fern vom Lichtradius des Monds funkelten Tausende von Sternen, die die dunkelblaue Kulisse des Nachthimmels mit ihrem dünnen Licht durchstachen. Gespenstische Konturen in Blaugrau verrieten den Standort der Birkenhaine, und erste dicke Schneeflocken fielen vom Himmel. Mrs Gibbs erschauderte, zog den Vorhang schnell zu und starrte abwesend auf das Blumenmuster des Stoffs.

»Nein, Winston, deinem Sohn wird nichts zustoßen«, sagte sie grimmig zu sich selber. »Und irgendwann wirst du feststellen, dass du das entscheidende Spiel, das Spiel aller Spiele, verloren hast. Du hast seinen und nicht deinen Erben aufgezogen. Und ich werde da sein, um dich zu trösten, wenn alle anderen dich verlassen haben. Das gefällt mir.« Sie lachte laut.

»Worüber amüsieren Sie sich, Mrs Gibbs?« Lady Agnes war unbemerkt in den Raum getreten.

»Was? Habe ich gelacht? Ihr Sohn hat unterhaltsame Kommentare über die Pferde gemacht, Mylady, ich musste noch mal schmunzeln.«

»Ist sonst alles in Ordnung? Ich habe nach Ihnen geklingelt, aber Frances hat mein Bad warm gemacht. Das passt mir gar nicht.« Lady Agnes setzte sich vor den Spiegel.

Mrs Gibbs rieb ihre nassen Haare mit dem Handtuch, das um ihren Kopf gewickelt war. »Es tut mir leid, Mylady. Lord Greenwold hielt mich auf. Sir Forsythe-Drake ist fahrlässig geworden. Lord Greenwold hat ihn auf dem Weg von St. Ives getroffen und war sehr aufgebracht, und ich musste ihn beruhigen.«

»Das haben Sie sicher mit Ihrem gewohnten Geschick gemacht, Mrs Gibbs.« Lady Agnes zog den Bademantel enger um ihre schmale Gestalt. »Wir dürfen nichts riskieren, und Malcolm darf nicht ein zweites Mal hierherkommen. Aber finden Sie nicht auch, dass ein Liebesrausch direkt im Nest des betrogenen Rivalen seinen besonderen Reiz hat? Keiner hat Sir Forsythe-Drake wahrgenommen. Ihre Idee, ihn als Handwerker des neuen Anbaus ins Haus zu lassen, war ausgezeichnet.«

»Lord Greenwold hat ihn aber sehr wohl erkannt, Mylady.«

»Und er hegt wirklich keinen Verdacht?«, fragte Lady Agnes.

»Keinen, Mylady. Ich schüre das Feuer noch einmal, es wird heute Nacht schneien.« Sie räumte zwei leere Sektgläser vom Nachttischchen und hob etwas vom Boden auf. »Sir Forsythe-Drake hat seine Krawatte vergessen, Mylady.«

»Jake! Ich habe gehört, dass du Lisbeth bald heiraten wirst! Warum erfahre ich das als Letzte?«

Dampfschwaden stiegen an der Stelle in die kalte Luft empor, wo Jake einen Haufen Pferdemist wendete. Als er Tedwins Hufe auf dem Pflasterstein und Charlottes Stimme hinter sich hörte, lehnte er die Mistgabel gegen die Wand des Pferdestalls, eilte heran und nahm Tedwins Zügel in die Hand. »Moment, ich ziehe saubere Handschuhe an, dann helfe ich dir beim Absteigen!«

»So vornehm bin ich nicht, dass ich nicht alleine vom Pferd absteigen kann, Jake«, gab Charlotte lachend zurück, während sie mit einem eleganten Sprung neben ihm auf dem Boden landete.

»Fein siehst du aus, Charlotte! Und du machst eine gute Figur im Damensattel!« Mit einem anerkennenden Blick musterte er ihr stilvoll tailliertes Reitkostüm aus feiner grüner Wolle. Auf einem Kopf voller kastanienbrauner Locken saß ein grüner Hut mit einer Feder, und große, dunkle Augen blickten hoch in sein Gesicht.

»Jetzt noch einmal, Jake. Warum erzählst du mir nichts mehr? Warum wusste ich nichts davon, dass es zwischen dir und Lisbeth so ernst geworden ist?«

»Weil du nicht fragst. Und weil du mit anderen Dingen beschäftigt bist.«

»Sind das Vorwürfe?«

»Nein, Feststellungen.«

»Warum sollte ich dich aufsuchen und nach dir fragen, wenn du mich nur rügst?«

»Ich rüge dich nicht, ich antworte nur auf deine Fragen. Und eben sagte ich dir, dass du eine hübsche Reiterin bist, und neulich, dass du eine elegante junge Dame geworden bist. Ist das eine Rüge?«

»Und ermahnt hast du mich zwischendrin, dass ich es mir abgewöhnen soll, meine Nase mit dem Handrücken abzuwischen, und dass ich die Stelle in der Bibel nie vergessen darf, dass die wahre Schönheit einer Frau mit einem sanften und stillen Geist zu tun hat.«

»Auch das ist keine Rüge, sondern Liebe und Fürsorge.«

»Ist das die Art, wie du Lisbeth liebst? Erzähl mir doch, wann du ihr einen Antrag machen willst.«

»Hier ist deine Reitpeitsche, Charlotte, ich bringe Tedwin in den Stall, und wir reden ein anderes Mal weiter, wenn du mich nicht so bedrängst.«

»Warum bist du so trotzig, Jake?«, entgegnete sie verärgert. »Bis wir dazu kommen, wieder zu reden, hast du sicher etwas Neues an mir auszusetzen und erzählst mir trotzdem nichts von Lisbeth!«

Er drückte ihren Arm, lächelte sie kurz an und führte das Pferd weg. Bevor er den Stall betrat, drehte er sich noch einmal um und blickte ihr nach, bis sie mit schwungvollem Gang durch die Eingangstür des großen Hauses verschwunden war. »So, mein lieber Tedwin. Jetzt ist keine Zeit mehr für düstere Grübeleien, ab heute blicken wir in die Zukunft und bereiten uns auf neue Aufgaben vor.« Er streichelte Tedwins Mähne, gab ihm eine Möhre und fing an, seinen Rücken mit kräftigen Handbewegungen zu bürsten.

Jake wachte am nächsten Morgen mit einem Kribbeln im Herzen auf. Er dachte an die Grübchen, die vor zwei Tagen um Lisbeths Mund getanzt hatten, als sie miteinander über die Zukunft gesprochen hatten. Er hatte Andeutungen gemacht, dass sie vielleicht bald umziehen würde. Hätte er einen Augenblick länger in ihrer Nähe verweilt, wäre er an Ort und Stelle auf die Knie gefallen und hätte um ihre Hand angehalten.

Es war der dritte Winter nach Maggies Tod, und das kleine Haus neben der Kirche in Hipperclove stand immer noch leer.

Heute war seine letzte Verabredung mit der Vergangenheit. Er wollte einen feierlichen Schlussstrich unter die Trauer um seine Mutter ziehen. Danach wollte er zu neuen Ufern aufbrechen, das Haus durch die Augen seiner zukünftigen Frau anschauen, Pläne schmieden, wie er sie in der vertrauten Umgebung seiner Kindheit zur glücklichsten Ehefrau der Welt machen würde.

Frischer Schnee lag auf dem Weg, als Jake sich nach Hipperclove aufmachte. Schneidende Kälte durchdrang die Luft. Der erste Atemzug tat weh, rüttelte ihn sofort wach. Er ging strammen Schrittes über die Brücke und pfiff fröhlich vor sich hin. Das gedämpfte Plätschern und Gurgeln der Moseley klang in seinen Ohren wie ein Liebesgeflüster. Der Weiher war gefroren, Raureif überzog das Schilf mit winzigen Mustern, die wie Spitzen aussahen. Die Landschaft hatte sich zu seinem Vergnügen in ein Märchen aus Weiß verwandelt.

Vor seinem inneren Auge sah er Lisbeth, umgeben von dieser Winteridylle, wie eine zauberhafte Schneeprinzessin. Er richtete sein Gesicht nach oben. Kleine Kristalle, leicht und zierlich wie Federn, jeder einzelne ein Meisterstück, einzigartig verziert, tänzelten träge vom Himmel und streiften seine Wangen. Mit einem wehmütigen Schmunzeln stellte er sich Charlottes Reaktion vor.

»Hör doch auf zu pfeifen, Jake«, hatte sie einmal mitten im Schnee gesagt. Und dann, andächtig und leise: »Findest du nicht, es ist, wie wenn man das Haus eines anderen betritt, wie wenn man einen großen Künstler bei der Arbeit überrascht. Wir dürfen nicht laut reden, das wäre aufdringlich. Höchstens flüstern. Oder einfach staunen.«

Jake hielt vor der Tür seines Elternhauses an. Wie in früheren Zeiten drehte sich der Schlüssel schwer in dem alten Schloss. Er erinnerte sich mit einem Stich im Herzen, dass Maggie ihn gebeten hatte, das Schloss zu wechseln, aber er war nie dazu gekommen. Ein muffiger Geruch begrüßte ihn, als er in den kleinen Eingangsflur trat. Zwischen den Steinmauern fühlte es sich kälter an als draußen.

Maggies Schirm hing an seinem gewohnten Platz am Haken neben der Tür, ihr Wintermantel an einem zweiten Haken. Er betrat die Wohnstube. Alles war genau so, wie Maggie es hinterlassen hatte. Abgesehen davon, dass eine Staubschicht dem Raum einen grauen Anstrich gab und dass sein Atem in der eiskalten Luft aufstieg.

Eine halb fertige Socke lag im Strickkorb. Der eiserne Wasserkessel stand an seinem Platz auf dem Rost im Kamin, die Kohleschaufel lag daneben. Alles war wie eingefroren, als wäre nur ein Zauberwort nötig, und das Leben würde sich an der Stelle fortsetzen, an der es auf grausame Weise abgebrochen war.

Er würde Maggies Stimme von oben hören: »Bist du es, mein Junge? Setz das Wasser auf, ich mache dir gleich Tee. Leg frische Kohlen auf das Feuer, es ist viel zu kalt.« Charlotte würde die Treppe herunterpoltern, sich neben Maggies Knie setzen und nach einer Geschichte verlangen.

Widersprüchliche Gefühle kämpften in ihm. Sein Herz griff sehnsüchtig nach den Erinnerungen, die ihn jetzt umgaben. Aber genau das hatte er nicht gewollt. Er wollte in die Zukunft blicken, das Haus in seiner Vorstellung verschönern, überlegen, wie er sein hart erspartes Geld in den Dienst seines Eheglücks stellen konnte. Aber hier spürte er nur Maggie.

Mit Beschämung fiel ihm auf, dass das Haus zu schäbig für Lisbeth war. Schleichend, unauffällig hatte der neue Reichtum, den Birch Hollow in die Gegend gebracht hatte, auch sein Herz umklammert. Erst jetzt fiel ihm auf, wie bescheiden seine Eltern gelebt hatten. Es wurde ihm warm ums Herz, wenn er an sie dachte. Aber Lisbeth? Könnte sie sich in dieser Wohnstube zu Hause fühlen?

Der Schaukelstuhl quietschte, als er mit seinem Stiefel leicht dagegen stieß. Seine Hand fuhr über den Schemel, auf dem Charlotte immer gesessen hatte. Der Stoff war abgenutzt und verblichen. Die Vorhänge am Fenster hinter dem Stuhl waren fast neu gewesen, als Maggie krank geworden war, aber sie waren zu lang und der untere Teil lag zerknittert auf dem Steinboden. Maggie hatte sie noch an die Höhe des Fensters anpassen wollen.

Franny wäre sicher bereit, sie abzuhängen und einen Streifen abzuschneiden. Er zog den Schaukelstuhl weg, um zu prüfen, wie viel Stoff überstand. Plötzlich fiel ihm etwas Weißes auf, das unter dem Vorhang hervorlugte. Er ging auf alle viere und zog es heraus. Es war ein Handschuh, steif und bröckelig, offensichtlich aus feinem weißen Leder, jetzt bräunlich und befleckt. Sandkörner lösten sich von ihm und fielen auf den Boden, als Jake ihn in die Hand nahm und sich aufrichtete, um ihn näher anzuschauen.

Ein Sonnenstrahl fiel auf einmal in die Wohnstube. Die zaghafte Wintersonne hatte die Reste des frühmorgendlichen Nebels verscheucht. Das frische Weiß der Landschaft glitzerte unter einem klaren blauen Himmel und warf sein Licht durch die staubige Fensterscheibe.

»Blutflecken«, murmelte Jake, als er den Handschuh umdrehte. »Vielleicht liegt der zweite auch dort unten.« Er kniete sich noch einmal hin und kramte unter den Falten des Vorhangs. Seine Hände stießen auf etwas Hartes, das an einer Kette festgemacht war. Er schwitzte trotz der Kälte. Er zog sich an der Lehne des Schaukelstuhls hoch und streckte seine Hand ins Licht, das durchs Fenster fiel. Sein Herz schlug ihm bis zum Hals, und beinahe wäre er nach hinten getaumelt. Auf seiner geöffneten Hand lag ein Schiffskompass, klein, zierlich, aus feinstem Silber geschmiedet. Er musste einem Gentleman, vielleicht einem Schiffskapitän gehört haben, genau wie der Handschuh. In winzig kleiner Schrift mit elegant geschwungenen Buchstaben, die man nur im direkten Licht der Sonne lesen konnte, waren zwei Worte in das Silber eingraviert: *Santa Dominica*.

11

»Es ist ja klar, woher diese Gegenstände kommen, Jake«, sagte Lord Greenwold. »Vergessen Sie nicht, Ihr Vater war Seefahrer. Seefahrer sammeln Andenken, sie begegnen auf ihren Reisen exotischen Menschen. Ihr Vater läuft der Mannschaft eines Schiffes namens *Santa Dominica* über den Weg, tut einem der Matrosen einen Gefallen und erhält zum Dank den Kompass. Ihre Mutter bekommt es mit. Der Name *Santa Dominica* bleibt in ihrem Bewusstsein verankert und taucht später in ihren Wahnvorstellungen wieder auf.«

Lord Greenwold war sich seiner Sache so gewiss, dass Jake sich kaum traute, das Gespräch in die Länge zu ziehen. Er fühlte sich wie ein ungezogener Schuljunge, der seinem ungeduldigen Lehrer wertvolle Zeit stiehlt. »Aber Mylord, ein Seefahrer verschenkt niemals seinen Kompass. Sein Kompass ist sein kostbarster Besitz. Und der blutige Handschuh?«

»Das ist Dreck, kein Blut, mein Junge. Sieht man auf den ersten Blick. Ich vermute, die zwei Dinge haben nichts miteinander zu tun. Oder vielleicht kam ein Landstreicher in jener Nacht ins Haus, der die Gegenstände gestohlen hatte. Er ließ sie liegen, als er die Männer vom Pfarrhaus kommen hörte und die Flucht ergriff. Aber selbst diese einfache Erklärung wollte Ihre Mutter nicht gewähren lassen. Etwas Besseres fällt mir dazu nicht ein. Sonst noch ein Problem?« Lord Greenwold griff nach seiner Reitpeitsche und deutete an, dass er es eilig hatte.

»Ich will Sie nicht belästigen, Mylord.« Jake rang darum, einen verständlichen Satz zu formulieren. Lord Greenwolds Erklärungen klangen so nachvollziehbar, dass sich jeder Widerspruch zu erübrigen schien. »Es gibt noch eine Sache.« Er zog einen in Leder gewickelten Gegenstand aus der Tasche und packte ihn sorgfältig aus. Es war ein Buch. Er öffnete es an der Stelle, wo ein Lesezeichen zwischen den Blättern lag. »Schauen Sie mal.«

Mit unsicherer Hand und in großen Buchstaben geschrieben standen hier die Worte: *Lieber Jake, das, was ich über den Seefahrer erzählt habe, ist wahr. Er war …* Danach konnte der Text nicht mehr entziffert werden. Das Datum war eine Woche vor Maggies Tod.

»Mylord, das ist das Tagebuch meiner Mutter. Sie schrieb diese Zeilen kurz vor ihrem Tod, bei klarem Verstand. Sie hat nie gelogen. Ich fürchte, es ist hier ein großes Unrecht geschehen.«

Lord Greenwold trat auf Jake zu und legte eine feste Hand auf seine Schulter. »Niemand behauptet, dass Ihre Mutter gelogen hat, mein Junge. Sie erzählte die Geschichte, so wie sie sie in ihrem Wahn wahrgenommen hatte. Stellen wir uns einmal vor, ein Schiff wäre tatsächlich auf die Felsen gelaufen und ein Seemann hätte überlebt. Wie wäre er in seinem Zustand nach Hipperclove gekommen? Er hätte nach Sedgeworth Cove schwimmen, dort an Land gehen und die gesamte Strecke nach Hipperclove zurücklegen müssen. Wir haben die ganze Küste abgesucht, alle verfügbaren Männer geschickt. Und all das nur, wie sich herausgestellt hat, um der fixen Idee einer kranken Frau nachzugehen. Es hat weit und breit keine Spur von einem Wrack gegeben.« Sein Ton hatte an Schärfe zugenommen.

Jake löste sich von Lord Greenwolds Griff, trat zurück und biss sich auf die Lippen, um nicht ausfällig zu werden. Er konnte vieles ertragen, aber nicht eine Beleidigung seiner Mutter.

»Wir beenden besser dieses leidige Thema, Jake. Ich behalte diese Dinge, um sie in aller Ruhe zu untersuchen, und Sie versprechen mir, dass Sie keine Gerüchte von umherirrenden Matrosen im Dorf kursieren lassen. Das Letzte, was wir brauchen, sind noch mehr Dorfbewohner, die meinen, in stürmischen Nächten Geister beherbergt zu haben.« Sein Ton war endgültig. Er drehte sich auf dem Absatz um und verließ die Bibliothek.

Jake ging langsam zu den Pferdeställen zurück. Seine Gedanken überschlugen sich.

Draußen war nichts mehr von der Magie eines Wintergedichts zu spüren, voll mit geflüsterten Hoffnungen auf bevorstehende Wonnen. Stattdessen herrschte eine hellwache Stille, eine gespenstisch lauernde

Kälte, auf der unerbittlichen Suche nach Beute, die sie verschlingen wollte. Das Schweigen wurde durch den krächzenden Schrei einer Krähe unterbrochen. Eine andere schrie zurück. Ein Wasserspeier aus Stein, auf dessen Kopf eine Haube aus Schnee saß und dessen Mund von Wind und Wetter zerfressen war, grinste ihn zahnlos von einer Mauer neben der Zufahrt an.

Er zog die Tür des Stalls hinter sich zu und setzte sich auf einen Heuballen. Das Mahlen der Pferde und das Stampfen ihrer Hufe hatten etwas Beruhigendes an sich. Er versuchte nachzudenken.

Bisher hatte er nie einen Anlass gehabt, an der Wahrhaftigkeit seines Herrn zu zweifeln. Sein Verstand stimmte Lord Greenwolds sachlichen, logischen Argumenten zu. Sein Herz dagegen schlug sich auf die Seite seiner Mutter. Die Möglichkeit, dass Maggie die ganze Zeit bei klarem Verstand gewesen war und keiner ihr die Geschichte von dem spurlos verschwundenen Besucher geglaubt hatte, füllte ihn mit Empörung.

Eines stand fest: Er musste die Wahrheit herausfinden. Er beschloss, niemandem sonst in Birch Hollow von seinem Fund zu erzählen. Sein Vorhaben, Lisbeth um ihre Hand zu bitten, musste verschoben werden. Es gab nur eine Person, die ihm jetzt weiterhelfen konnte. Er erhob sich, erschöpft, aber entschlossen, klopfte die Heureste von seiner Hose, streichelte Tedwins Schnauze und verließ den Stall.

Nur zu dumm, dass er Lord Greenwold den Kompass und den Handschuh überlassen hatte.

»Ich werde es Dickon beweisen«, sagte Franny zu sich, »Brotbacken erfordert mehr Muskelkraft als ein Ritt nach London und zurück. Bis Harriet wieder gesund ist und die Küche zurückerobert, kann ich es so gut wie sie!« Sie stand am Tisch, ihre Arme bis zu den Ellbogen mit Mehl und kleinen Teigklumpen bedeckt, ihr Gesicht rot und verschwitzt.

Sie blickte hoch, als die Tür mit einem Schwung aufging und Charlotte in die Küche platzte. »Du hier, Charlotte! Deine Besuche in der Küche sind selten geworden!«

»Außer wenn ich eine wichtige Nachricht habe!«, rief Charlotte mit leuchtenden Augen. »Dann ist meine liebe Franny die erste Adresse. Gibt es ein Glück, das so tief ist, dass man es nicht aushält? Willst du zuerst die gute Nachricht hören oder die *sehr* gute?«

»Wie du möchtest. Hauptsache schnell, sonst halte ich die Spannung nicht aus«, antwortete Franny.

Charlotte drehte eine Pirouette, stellte sich vor Franny hin und verkündete: »Es gibt bald eine Hochzeit. Graf Louis Bizet hat um Rosalindes Hand angehalten, und ich werde bei ihrer Hochzeit dabei sein und beim Abendball tanzen. Der Tanzmeister kommt schon morgen!« Charlotte warf die Arme um Frannys Hals, missachtete fröhlich deren Versuche, sich zu wehren, und drückte einen Kuss auf ihre Stirn.

»Charlotte, schau dich an – jetzt siehst du wie ein Mehlsack aus. Vergiss nicht, dass du Lady Charlotte bist!«

Charlotte klopfte das Mehl von ihrem Kleid. »Die nächste gute Nachricht ist, dass ich ein nagelneues Festgewand für die Hochzeit bekomme, maßgeschneidert, und dass du mich nach St. Ives begleiten sollst, um den Stoff auszusuchen. Ich möchte eine Hochsteckfrisur und Perlen in den Haaren. Ist das nicht fantastisch, Franny?« Sie setzte sich auf einen der Küchenstühle und zog einen zweiten Stuhl nah heran. »Und jetzt kommt das Beste. Setz dich hierhin und halt dich fest, Franny.«

Franny gehorchte und blickte sie gespannt an.

Charlotte beugte sich nach vorn, klammerte ihre Hände fest um Frannys Haube und zog ihren Kopf an ihr Gesicht. »Mein Vater will, dass ich jemand Besonderen kennenlerne, der mir sehr gefallen wird«, flüsterte sie in Frannys Ohr.

Franny machte große Augen. Jetzt war sie in der Tat interessiert. »Und wer ist dieser besondere Jemand, den du kennenlernen sollst?«

»Vater hat nichts weiter verraten, außer dass er – *er,* hörst du? – sich sehr darauf freut, mich zu treffen!« Sie zog ihre Knie hoch, stellte ihre Füße auf die Stuhlkante und schlang die Arme darum.

Franny schüttelte den Kopf. »Immer noch das kleine Kind unter den vornehmen Kleidern!«, tadelte sie und schnalzte mit der Zunge.

Charlotte richtete sich schnell auf und setzte ihre Füße wieder auf den Boden, während Franny sich erhob, zurück zum Tisch lief und den Teig weiter bearbeitete.

»Mein Vater ist so gütig zu mir, und jetzt will ich mich als Tochter würdig erweisen, Franny. Ich könnte platzen vor Glück. Wenn Maggie das alles erleben könnte! Das ist mein einziger Wermutstropfen. Dass sie nicht sehen kann, wie ich eine Lady werde.«

»Für frivole Eitelkeiten hätte sie nichts übriggehabt, mein Mädchen!«

»Jetzt redest du schon genauso wie Jake. Er schimpft immer gleich, wenn ich nur in die Richtung eines schönen Kleides schiele. Dabei hat er sich bestimmt nicht in Lisbeth verliebt, weil sie hässlich aussieht. Und die Perlen von Dickon hast du auch nicht gerade abgelehnt.«

Franny knetete nachdenklich weiter und sagte nichts.

»Es gehen so viele Träume auf einmal in Erfüllung, ich finde nicht genug Platz in meiner Seele, um so viel Glück unterzubringen, Franny!« Charlotte hüpfte vom Stuhl und rannte aus der Küche.

»Es war nicht einfach, Sie zu finden, Mrs Earling.«

»Hat dir keiner erzählt, dass ich von Hipperclove weggezogen bin?«

»Seit Mutters Tod hatte ich wenig Anlass, mich im Dorf aufzuhalten«, erklärte Jake, »das heißt, bis gestern.«

»Und was war gestern, mein Junge? Bediene dich bei den Sandwiches. Hier ist dein Tee.« Lydia Earling setzte sich eine kleine Brille auf die Nase und ließ sich in einen Sessel fallen, der bessere Tage gekannt hatte und aus einer anderen Sitzgarnitur stammte als das Sofa, auf dem Jake saß.

Ein trübes Nachmittagslicht drang durch das Fenster, und im Kamin knisterte ein munteres Feuer. Hier, in der alten Mühle in St. Ives, hatte er die Freundin seiner Mutter gefunden. Eine alte, steile Treppe hatte ihn von einem Seiteneingang zur kleinen Wohnung im ersten Stock geführt.

»Erzählen Sie zuerst, Mrs Earling. Warum leben Sie jetzt in St. Ives?«

Mrs Earling rührte ihren Tee um und blickte konzentriert auf den Silberlöffel, den sie in der Hand hielt. Sie holte tief Luft. »Ich bin nicht mehr die Jüngste, Jake, und meine Augen sind schwach. In Cornwall herumzuwandern, Säuglingen auf ihren Weg in die Welt zu helfen, Ammen für reiche Damen zu suchen, das ist etwas für stramme, junge Frauen. Nachdem deine liebe Mutter mich nicht mehr brauchte, habe ich meinen Koffer gepackt und meine Hütte geräumt. Ich bin dankbar, dass mein Bruder mir dieses Zimmer über seinem Laden überlassen hat. Als Gegenleistung helfe ich ihm bei der Arbeit und bin mit meinem Los zufrieden. Aber jetzt zu dir. Was führt dich hierher?«

Jakes Blick ruhte auf dem verschlissenen Damaststoff der Armlehne. »Irgendwo muss ich anfangen«, dachte er bei sich. Er grub in seiner Tasche und holte ein kleines Buch heraus.

Mrs Earling schob die Brille, die immer wieder auf ihre Nasenspitze herunterrutschte, wieder hoch, setzte ihre Teetasse auf den Beistelltisch neben ihrem Sessel und beugte sich nach vorne.

»Sie kennen das Tagebuch meiner Mutter, Mrs Earling. Dies werden wohl ihre letzten Worte gewesen sein: *Lieber Jake, das, was ich über den Seefahrer erzählt habe, ist wahr. Er war…* Weiter kam sie nicht. Ich suche jemanden, der mir hilft, den Satz zu vervollständigen.« Er merkte, wie Mrs Earlings Körper sich anspannte.

Sie richtete einen forschenden Blick auf ihn und hörte aufmerksam zu, als er von dem blutverschmierten Handschuh und dem Kompass erzählte und von seinem Unbehagen nach dem Gespräch mit Lord Greenwold.

»Zwei Gedanken machen mir Angst, Mrs Earling. Die Möglichkeit, dass meine Mutter trotz Fieber vollkommen bei Sinnen war, als sie von dem schrecklichen Erlebnis in jener Nacht berichtete und kein Gehör fand, auch bei mir nicht. Und – noch schlimmer – die Möglichkeit, dass es tatsächlich ein Schiffsunglück gegeben hat und Menschen den Tod gefunden haben. Was ist aus dem Mann geworden, dem dieser Handschuh gehörte?«

Es wurde still. Mrs Earling schaute an Jake vorbei in den karg möblierten Raum. Er konnte in der zunehmenden Dämmerung nicht ausmachen, wie seine Worte auf sie wirkten.

Sie erhob sich mit Mühe und zündete eine Kerze an. »Den nächtlichen Besucher gab es in der Tat«, sagte sie schließlich. Ein Anflug von

Schmerz zeichnete sich kurz in ihrem Gesicht ab. »Am Morgen nach dem Sturm eilte ich zu Maggies Haus, um zu schauen, ob sie die Nacht gut überstanden hatte. Sie erschien nicht an der Haustür, als ich klopfte. Ich machte mir Sorgen. Die Tür war nicht abgeschlossen, also trat ich einfach ein. Zu meinem Entsetzen sah ich rote Schleifspuren im Flur, die zu den verschmierten Resten einer Blutlache um den Schaukelstuhl herumführten. Ein anderer Stuhl war umgekippt, und Maggies Wolle und Bücher lagen verstreut auf dem Boden. Ich dachte, Maggie sei etwas zugestoßen; ich rannte ins Dorf. Auf der Straße traf ich Simon vom Pfarrhaus, der mir erzählte, Maggie liege krank im Pfarrhaus. Die Blutspuren kämen von einem betrunkenen Landstreicher, der in eine Schlägerei verwickelt gewesen sei, bevor Maggie ihn beherbergt habe, sagte er. Ahnungslos wie ich war, entfernte ich alle Spuren gründlich und richtete die Wohnung für Maggies Rückkehr her. Hinter den Schaukelstuhl schaute ich nicht. Erst später erfuhr ich von Maggie, dass ihr Besucher ein Seemann gewesen und dass ein Schiff untergegangen war. Seine Entführer hatten es so eilig, dass sie ihre Spuren in der Dunkelheit nicht gänzlich verwischt hatten. Leider machte ich es für sie.«

»Oder der Mann war in der Tat ein Landstreicher, der den Kompass und die Handschuhe gestohlen hatte …?«, warf Jake hoffnungsvoll ein. »Meine Mutter war schwer krank, Mrs Earling. Schiffsfieber, meint Lord Greenwold. Man kann dann nicht mehr zwischen Realität und Fantasie unterscheiden.«

»Was für ein Unsinn! Was weiß der Lord schon von Krankheiten, außer von solchen, die seinen Zwecken dienen?«

Jake erschrak über die Heftigkeit ihrer Worte.

»Verzeih mir, Jake. Wenn ich eine Sache in meiner Pflege kranker Menschen gelernt habe, dann das, dass meine Patienten im Delirium oft mehr Wahrheit erzählen, als wenn sie bei klarem Verstand sind.«

Jake wollte gerade seine Teetasse zum Mund führen, hielt jedoch in der Bewegung inne. »Aber es hat keinen Schiffsuntergang gegeben, Mrs Earling. Nichts wurde gefunden.«

»Woher weißt du das?«, entgegnete sie energisch.

»Die Männer vom Dorf sind gleich nach Sedgeworth Cove aufgebrochen und haben die Küste mit den Fischerbooten abgesucht.«

»Wer behauptet das? Woher weißt du das?«

»Ich … ich gehe davon aus, dass Lord Greenwold die Wahrheit sagt, Mrs Earling!«

Sie schwieg.

Jake nahm einen Schluck Tee und schloss die Hände fest um seine Tasse. »Sie behaupten also, es hat eine schreckliche Tragödie gegeben, meine Mutter stieß versehentlich darauf und aus irgendeinem Grund wollte Lord Greenwold nicht, dass es bekannt wird?«

»Der Lord ist, wie er selber ständig betont, auf rührende Weise um das Wohlergehen der Dorfbevölkerung besorgt und will jede Unruhe vermeiden.«

»Ihr Sarkasmus hilft nicht weiter, Ma'am.«

»Dann versuchen wir es ohne Sarkasmus«, fuhr Mrs Earling fort. »Es verschwinden immer wieder Schiffe an dieser Küste. Der Zugang ist zu schwer, um nach Überlebenden zu suchen. Ein Aufheben zu machen, lohnt sich nicht. Piraten räumen alles ab, was das Meer nicht verschlingt. Geh zum Hafen und frag dort, ob nicht irgendwann eine *Santa Dominica* in den Hafen eingelaufen ist.«

Jake stellte seine Tasse ab und legte den Kopf in die Hände. Wirre Gedanken jagten durch seinen Kopf. Plötzlich richtete er sich auf, schüttelte ungläubig den Kopf und sagte: »Das heißt, ich diene einem Betrüger, der Menschen lieber für nicht zurechnungsfähig erklärt, als die Wahrheit zu sagen und Unruhe in Kauf zu nehmen?«

»Darauf bist du nun selber gekommen.«

Jake erhob sich. Er ging einmal zum Fenster und zurück zum Sofa und rang nach Worten. »Wenn ein verletzter Seemann in einer stürmischen Nacht im Dorf auftaucht und nach Hilfe sucht, warum muss das verheimlicht werden?«

»Genau das war auch meine Frage. Ich suchte Lord Greenwold auf, war hartnäckig, wollte wissen, was mit dem Seemann passiert war.«

»Und seine Antwort?«

»Seine Antwort? Die erste Erklärung lautete immer, dass Maggie sich den Vorfall eingebildet hatte. Als ihm klar wurde, dass ich Blutspuren entdeckt hatte, gab er mir die gleiche Erklärung, die ich von Simon gehört hatte. Dass irgendein Betrunkener in Maggies Haus Zuflucht vor dem Sturm gesucht hatte. Und dass ich Ärger bekäme, wenn ich mich weiterhin mit der Geschichte beschäftigen würde. Nach Maggies Tod waren meine Tage als Hebamme gezählt. Auf einmal hieß es, ich sei zu alt, mein Urteilsvermögen sei gestört. Keine Familie wollte mehr meine Dienste in Anspruch nehmen.«

»Aber die Leute rannten Ihnen früher die Tür ein, so beliebt waren Sie. Hat niemand Sie in Schutz genommen?«

»Jake, seit Urzeiten haben alle Menschen in dieser gefallenen Welt eins gemeinsam: Sie sind bestechlich. Menschen, die sich nicht mit Geld kaufen lassen, sind eine seltene Spezies. Was meinst du, warum Lord Greenwold die Menschen in Hipperclove seit Jahren mit seidenen Gewändern, Wolldecken aus Mohair, Mahagonischränken, großzügigen Taschengeldern und guten Gehältern überschüttet? Weil er ein guter Mann ist? Hast du dich nie gefragt, warum du so gut verdienst? Wer sich mit Lord Greenwold anlegt, ist im Nu ruiniert. Der Lord weiß, dass Menschen, die es auf ein bequemes Leben abgesehen haben, weich wie Knete sind. Sobald jemand auch nur beginnt, Fragen zu stellen, auf die er aus irgendeinem Grund keine Antwort geben will, wird diese Person prompt aus dem Dunstkreis seiner wohlwollenden Zuwendung entfernt.«

»Deshalb sind Sie nach St. Ives gezogen?«

»Geflüchtet, Jake.«

»Sind Sie die Einzige, die jemals Fragen gestellt hat, Mrs Earling?«

»Eine der wenigen. Die Greenwoldherren haben immer die gleichen Spiele getrieben. Die verstorbene Lady Greenwold, die Mutter des gegenwärtigen Lords, muss sich deshalb mit dem damaligen Lord, ihrem Ehemann, gestritten haben. Es wird gemunkelt, dass der Brand, in dem sie starb, kein Unfall war. Und Lord Greenwold machte deine Mutter dadurch mundtot, dass er sie für krank erklärte.«

»Er ist also ein vollblütiger Mörder.«

Es war eine Weile still. Jake schaute aus dem Fenster. Ein eisiger Nieselregen funkelte im Licht der Straßenlaternen, die gerade angezündet worden waren.

Mrs Earling holte ein Tablett und stellte die leeren Tassen darauf, bevor sie antwortete. »Ein Mörder, der seine Spuren sorgfältig zu verwischen weiß, bis auf die Spuren, die ich in Maggies Flur fand. Es wurde aber keine Leiche gefunden, und es gibt keine Beweise.«

Jake drehte sich zu Mrs Earling um. »Mrs Earling, kann … kann es sein, dass auch meine Mutter ermordet wurde, zum Beispiel durch Gift? Lord Greenwold hat jeden Tag Essen geschickt.«

»Das glaube ich nicht. Immerhin haben auch wir davon gegessen, und uns ist nichts zugestoßen. Vermutlich war Lord Greenwolds Großzügigkeit eine Tarnung, ein Mittel, um Charlotte an sich zu binden.«

»Ich habe meiner Mutter versprochen, mich um Charlotte zu kümmern. Zum ersten Mal hat sie einen Vater, der ihr Zuwendung schenkt. Sie schwelgt in seiner Gunst.«

»In seiner Gunst zu schwelgen ist die eine Sache, die gefährlicher ist, als in seiner Missgunst zu stehen.«

Jake wurde ungeduldig. »Mrs Earling, Ihnen liegt doch auch an Charlottes Wohlergehen. Sagen Sie mir, was ich tun soll!«

»Du hast zwei Möglichkeiten, Jake. Entweder passt du dich Lord Greenwolds Welt an und missachtest sowohl die Fakten als auch deinen eigenen Instinkt und dein Gewissen.« Verbitterung klang in ihrer Stimme durch. »Oder du flüchtest aus der Gegend, so schnell du kannst, und verwischst deine Spuren. Und Charlotte nimmst du am besten mit.«

Jake starrte wie betäubt auf die Straßenlampen und sagte nichts.

»Wenn ein Mensch seine Dämonen lang genug mit sich herumschleppt, Jake, dann ergreifen sie irgendwann von ihm Besitz. Es laufen mehr Menschen in Hipperclove herum, die ihre Dämonen mit sich herumschleppen, als du denkst.«

»Sie meinen Menschen, die Unrecht nicht aufdecken, weil sie vor Lord Greenwold Angst haben. Mrs Earling, warum habe ich bisher nichts von all dem geahnt?«

»Weil menschliche Bosheit kluge Spiele treibt und ungeheuer kreativ ist. Mach dir keine Vorwürfe.«

Sie standen nebeneinander am Fenster und schauten zu, wie dicke weiße Flocken anstelle des Eisregens vom Himmel heruntertrieben und wie der Schnee sich auf dem Fensterbrett häufte.

»Es gibt noch eine dritte Möglichkeit, Jake.« Mrs Earlings Stimme wurde plötzlich weich. »Du gehst auf die Knie und bittest den lieben

Herrgott um Hilfe. Der Schnee kann die Dunkelheit nur eine gewisse Zeit mit dem Mantel der Unschuld bedecken. Irgendwann schmilzt die Hülle, und das wahre Bild offenbart sich. Die Frage ist nur: Auf Kosten wie vieler unschuldiger Menschen geschieht das?«

Jake legte seine Hand auf Mrs Earlings Arm. »Charlotte darf nicht eine davon sein, Mrs Earling. Meine Mutter hatte Angst um sie. Sie sprach von dunklen Mächten, die am Werk sind. Es ist aber schwierig, sich gegen etwas zu wehren, wovon man nicht weiß, was es ist.«

»Der Schneefall wird heftiger, Jake, du solltest dich auf den Weg machen, bevor es dunkel wird und Lord Greenwolds edler Hengst erfriert.«

»Lord Greenwold ist froh, wenn ich seine Pferde ausführe, Ma'am, bei welchem Wetter auch immer!«

Mrs Earling holte Jakes Mantel und half ihm hinein. »Unternimm zunächst einmal nichts, beobachte, bleib ruhig und nimm dich in Acht«, schlug sie vor. »Gib Lord Greenwold keinen Anlass, an deiner Loyalität zu zweifeln. Blutsbande zwischen Vätern und Töchtern sind stark, aber Charlotte hat Augen im Kopf. Dass das Kind an Maggies und nicht an Lady Agnes' Brust ernährt wurde, ist das Beste, was ihm im Leben passiert ist. Mein Beruf hat mich eines gelehrt: Es gibt Kinder, deren größtes Glück es ist, von ihren Eltern unerwünscht zu sein.«

Der Abschied war kurz und nüchtern. Jake versprach Mrs Earling, Lord Greenwold von ihrer Begegnung nichts zu sagen. Sie versprach ihm, jeden Tag für ihn zu beten.

Als Jake sich draußen auf Tedwins Rücken schwang, hatte sich das Schneetreiben zu einem Sturm entwickelt. »Hipperclove!«, flüsterte Jake ins Ohr des Pferdes. »Langsam, glatter Boden!«

Sobald er St. Ives hinter sich gelassen hatte, ritt Jake gegen einen starken Wind, der ihm schonungslos ins Gesicht blies. Er spürte, wie seine Lippen auch im Schutz seiner dicken Kapuze trocken und spröde wurden. Fliegende Eispartikel stachen ihm ins Gesicht und drangen durch die Nähte und Risse seiner Jacke. Vor einem Jahr wäre ein Ritt durch den Schneesturm der krönende Abschluss eines Ausflugs in die Stadt gewesen. Jetzt kämpfte er mit aller Macht gegen die lähmende Verzweiflung, die mit eisigen Fingern nach seiner Seele griff.

Sein Verstand suchte fieberhaft nach Argumenten, um die Aussagen von Mrs Earling zu entkräften. Doch je mehr er sich bemühte, desto mehr erinnerte er sich an Kleinigkeiten – zu ihrer Zeit ohne Bedeutung, aber jetzt auf erschreckende Weise einleuchtend. Die Männer, die die Küste angeblich nach Überlebenden eines Schiffswracks abgesucht hatten, waren allesamt Verbündete von Lord Greenwold. Maggie war nach dem Hilferuf des Seefahrers unter dem Vorwand ihrer Pflegebedürftigkeit im Pfarrhaus festgehalten worden.

Jake wusste nicht, wer ihr Haus in jener Nacht durchsucht hatte. Damals war er zu besorgt um seine Mutter gewesen, um sich ernsthaft nach dem Seefahrer zu erkundigen. Dann war da plötzlich die Güte von Lord Greenwold gewesen, die Zuwendung zu seiner Tochter, seine Sorge um Maggie. Alles nur ein Versteckspiel, um dunkle Geheimnisse zu verbergen?

Im Schutz der Häuser an der Hauptstraße von Hipperclove war der Wind ruhiger. Kein Mensch war auf der schneeverwehten Gasse zu sehen.

In der Nähe der Kirche stieg Jake vom Pferd ab und band Tedwin an den Torpfosten des Friedhofs. Er stapfte durch den dicken Schnee zu der Stelle, an der drei Kreuze nebeneinander aus drei sanften weißen Hügeln ragten.

Vor dem Haufen Erde, unter dem seine Mutter lag, sank er auf die Knie. »Mutter, was habe ich dir bloß angetan? Vergib mir! Bitte!«

Hemmungslos flossen die Tränen, während er versuchte, Düfte und Klänge aus seiner Kindheit heraufzubeschwören, die Stimmen seiner Eltern in seinem Gedächtnis noch einmal zu hören. Charlotte hatte ihn immer wieder gefragt, ob es möglich wäre, wie im Märchen durch intensives Wünschen in eine andere Welt hineingezaubert zu werden, wo nur die Menschen lebten, die man liebte und die diese Liebe erwiderten.

»Wie sehr wünschte ich, dass es möglich wäre, Charlotte!«, stöhnte er jetzt.

Er hätte in jenem Moment alles gegeben, um ein letztes Wort von seiner Mutter zu hören. Die Erinnerungen waren jedoch zu blass, um Trost zu spenden. »O Gott, wenn es dich gibt, dann hilf mir!«

In der Nacht träumte Jake. Er stand neben dem Turm und blickte auf die Landschaft um Birch Hollow. Am Birkenwald schlängelte sich ein schmaler Weg bergauf. Zwei Gestalten gingen langsam, mit dem Rücken zu ihm gekehrt, den Hang hoch. Eine davon hielt in ihrem Arm ein Bündel. Schneeflocken wirbelten durch die Luft.

»Mutter, Vater, wartet!«, wollte er schreien, aber seine Kehle war wie zugeschnürt. Er fing an zu rennen, immerzu schreiend, aber sie beachteten ihn nicht und gingen weiter.

Wie schnell er auch lief, die Entfernung zwischen ihnen blieb doch gleich. Wenn er sie nicht bald einholte, würde er sie aus den Augen verlieren. Plötzlich, als er gerade erschöpft auf den Boden sinken wollte, drehten sie sich um. Seine Mutter hielt einen Säugling im Arm. Die Haut seines Vaters war gebräunt, genau wie er es in Erinnerung hatte, sein struppiger Bart von der Sonne ausgebleicht.

Sie winkten ihm verzweifelt zu, dass er umkehren solle. Doch er konnte nicht hören, was sie sagten, der Wind war zu laut und trieb ihm die eisigen Schneeflocken ins Gesicht. Er wollte nur eins – mit ihnen gehen, wo sie hingingen. Plötzlich verstand er. »Charlotte! Zurück zu Charlotte!« Sein Vater zeigte energisch auf den Turm. Danach wurde vor seinen Augen alles schwarz, er hörte das Poltern von Erde auf einem hölzernen Sarg und wachte auf.

Er richtete sich kerzengerade im Bett auf, am ganzen Körper verschwitzt.

»Ach, nur das Fenster«, seufzte er erleichtert. Es war kein Aufschlag von Erde auf einem Sarg, es war das Fenster, das gegen den Holzrahmen schlug, nachdem sich der Griff im Wind gelöst hatte. Er musste tief geschlafen haben. Seine Zähne klapperten, und das Zimmer war eiskalt. Das Fenster stand vermutlich schon einige Stunden offen.

Der Sturm hatte sich ausgetobt. Eine brütende Stille hing über der Landschaft, als ob alle Uhren stehen geblieben wären und die Welt innehalten würde, um zu grübeln, wie es nun weitergehen solle. Jake zwang seine Beine, sich zu bewegen, und blieb eine Weile auf der Bettkante sitzen. Er versuchte, die Ereignisse des vergangenen Tages Revue passieren zu lassen. Ob es daran lag, dass selbst das hartnäckigste Weinen irgendwann ein Ende haben muss oder daran, dass er von seinen

Eltern geträumt hatte – es füllte auf jeden Fall eine seltsame Ruhe sein Herz.

»Wenn du nicht weißt, was du tun sollst«, hatte ihm sein Vater einmal gesagt, »dann tue die Dinge weiter, die immer richtig sind, mein Junge. So gerätst du nie auf Abwege.«

»Und was sind die Dinge, die immer richtig sind?«, hatte Jake gefragt.

»Nenn du sie mir, mein Junge.«

»Beten!«

»Guter Anfang! Und weiter?«

»Danken! Vertrauen! Staunen! Ehrlich sein, vergeben, Gutes tun!«

»Gut, kleiner Mann. Jetzt zählst du das alles auf, um mir mit deiner Frömmigkeit zu gefallen. Aber eines Tages wirst du selber erkennen, dass wir nicht in erster Linie auf dieser Erde sind, um glücklich zu sein, sondern um in den Fußstapfen unseres Meisters zu gehen und so zu werden wie er, auch wenn er uns auf steinigen Wegen durch die Finsternis führt.«

Mit der Stimme seines Vaters im Ohr zog Jake seine Arbeitshose über seine müden Beine und stolperte die Leiter hinunter, um ein Feuer im Kamin der Schmiede anzuzünden. Er kochte einen Tee, wärmte seine Hände an einer Schale Haferbrei und bat Gott um seine Hilfe für den bevorstehenden Tag.

12

Die klare Nachmittagssonne hatte den Schnee in ein Meer von Kristallen verwandelt.

Lady Charlotte Greenwold stand auf dem Hügel, auf dem die Möwen im Frühjahr ihre Nester bauten, und blickte auf die Bäume, die in den blauen Himmel hineingefroren zu sein schienen. Glitzernde Kränze von Eiszapfen hingen von den untersten Ästen. Der Wald war in Frost gehüllt und wirkte unsterblich, unveränderlich.

»Dieses Bild müsste man mit Worten malen«, sagte sie ehrfurchtsvoll.

Ihre Gedanken wanderten zu Jake. Früher hatten sie keine Gelegenheit ausgelassen, um den Zauber der wechselnden Jahreszeiten gemeinsam in Gedichten festzuhalten. Sie beschloss, ihn noch einmal aufzusuchen und sich für ihre trotzigen Worte bei der letzten Begegnung zu entschuldigen. Sie wollte ihn fragen, ob er ihr die leeren Möwennester zeigen würde. Bei der Gelegenheit würde sie ihm die Neuigkeiten über Rosalindes Hochzeit mitteilen.

Das mochte sie an Jake: Er war immer sofort bereit, zu vergeben, wenn etwas zwischen ihnen stand.

»*Ein Wintermärchen, nicht nur von oben beleuchtet, sondern auch von innen, von unten, mit einem kristallenen Licht, das lebendig, ja, sogar himmlisch ist.* Das schreibe ich nachher für ihn auf, das gefällt ihm bestimmt.«

»So eine talentierte Dichterin, mitten in einer Wildnis aus Eis?«, hörte sie eine Stimme direkt hinter sich.

Sie drehte sich ruckartig um und schlug die Hand vor den Mund.

»Verzeihen Sie, ich wollte Sie nicht erschrecken, Mylady.« Ein großer Mann, etwa Mitte zwanzig, stand vor ihr und betrachtete sie neugierig und mit lachenden Augen. Mit seinem fein geschnittenen Jagdrock und seinen Reitstiefeln, die bis zu den Knien reichten, sah er in Charlottes überraschten Augen aus wie einer der Ritter, die sie aus ihren Märchen kannte. Weiche blonde Locken lugten unter seinem Hut hervor, und zwei blaue freundliche Augen zwinkerten ihr zu. »Sehr erfreut, Ihre Bekanntschaft zu machen. Ich heiße Linreed und bin ein guter Bekannter von Lord Greenwold.« Er verneigte sich und küsste ihre Hand.

Sie lächelte verlegen. Nie in ihrem Leben hatte ein Gentleman sie so elegant begrüßt. Neben seiner vornehmen Erscheinung kam sie sich plötzlich plump vor. »Ich … ich bin Lady Charlotte, Lord Greenwolds Tochter. Sind wir uns schon einmal begegnet?«

»Ich denke schon. Aber ich wollte Sie nicht in Ihrem poetischen Wortschwall unterbrechen, Mylady. Fahren Sie bitte fort.«

Machte er sich über sie lustig oder meinte er seine Aufforderung ernst? Mit einem Schlag fiel ihr ein, woher sie ihn kannte. Der blonde Lockenschopf, die lachenden Augen, die rechte Hand lässig in der Hosentasche – er war der Gentleman, der in jener berüchtigten Nacht des Abendballs am Eingang von Birch Hollow mit ihrem Vater geplaudert hatte. Sie spürte, wie ihre Wangen rot wurden. »Oh, ich könnte vor Verlegenheit im Boden versinken, Sir. Wenn ich daran denke, in welcher Aufmachung Sie mich bei unserer letzten Begegnung erlebt haben!«

»Ah, Sie erinnern sich an mich, Mylady? Warum die Verlegenheit? Ich fand Sie ungemein reizend in Ihrem gelben Abendkleid, Mylady. Ich amüsierte mich köstlich, denn ich bin immer auf der Suche nach einem Grund zum Lachen. Und Sie waren einfach herrlich!«

»Aber mein Verhalten, Mr Linreed!«, erwiderte Charlotte energisch. »Ich schäme mich bis heute in Grund und Boden, wenn ich nur daran denke. Waren Sie nicht empört?«

»Im Gegenteil«, konterte er, »ein Mädchen mit Witz und Schlagfertigkeit – wer wünscht sich nicht solche Gesellschaft? Vor allem« – er musterte Charlotte von oben bis unten – »wenn sie sich in eine so anmutige, junge Dame verwandelt.«

»Und was machen Sie hier?«, versuchte sie rasch das Thema zu wechseln.

»Ich besuche Ihren Vater und lerne sein Anwesen kennen. Ich bin schwer beeindruckt. Sie sind von dieser wunderschönen Landschaft genauso angetan wie ich, Lady Charlotte, wenn ich es recht beurteile.«

»An so einem Tag finde ich gar keine Worte für diese Schönheit, Mr Linreed«, sagte sie, erleichtert, auf ein Thema gestoßen zu sein, mit dem keine unangenehmen Erinnerungen verbunden waren. »Es ist, als ob alles für immer in Eis eingefasst wäre. Man fragt sich, ob es jemals so etwas gab wie eine grüne Wiese, raschelnde Blätter, plätscherndes Wasser, Frösche, die ans Ufer springen. Oder ob alles nur ein Traum war. Verstehen Sie, wovon ich rede, Mr Linreed?« Die Aufmerksamkeit des jungen Herrn war weniger auf Charlottes Worte als auf Charlotte selbst gerichtet. Sie spürte die forschenden Augen und senkte schüchtern den Blick.

»Sie sind mit dieser Landschaft sehr vertraut. Sie lieben diese Wälder und Wiesen, Mylady.«

»Man muss sie lieben, Sir, finden Sie nicht? Wälder und Wiesen gibt es überall auf der Welt, aber keine anderen, die ›Birch Hollow‹ heißen und Heimat bedeuten. Diese haben eine Seele.«

Beide schwiegen einen Moment lang.

Unter Mr Linreeds ermunterndem Blick sprach Charlotte weiter. »Von dieser Stelle aus kann ich alles bewundern, was ich an Birch Hollow so liebe. Und wenn die Sonne das Schauspiel beleuchtet, ist es wie ein Gruß aus der Ewigkeit, in unserer Zeit eingefangen. Hier öffnet sich das Fenster, kurz, unverhofft – diese Augenblicke sind wie kleine Küsse aus dem Himmel.«

»Ich staune über eine solche poetische Ausdruckskraft bei jemand, der so jung ist.«

»Ach, die Worte ergeben sich von alleine, Mr Linreed. Eine staunende Seele findet immer welche. Das habe ich von meinem Freund Jake gelernt. Aber nun habe ich sehr viel von mir preisgegeben, und ich kenne Sie gar nicht. Erzählen Sie mir etwas von sich.« Charlotte war selbst überrascht, wie offenherzig sie diesem Fremden ihre innersten Geheimnisse anvertraut hatte.

»Sie haben in Ihrer Landschaftsidylle den alten Bau dort vergessen«, neckte er und wies mit dem Kopf zum Turm hinüber. Er räusperte sich und fuhr mit feierlicher Stimme fort: »Oben auf dem windverwehten Hügel ragt ein steinerner Turm in die Höhe. Wie der noch lebende Zeigefinger von irgendeinem längst verstorbenen Riesen, der schlummernd im Boden ruht, zieht er unseren Blick in den Himmel und weist auf die Wolken, mahnt uns zur Gottesfurcht und Sittsamkeit …«

Charlotte klatschte begeistert in die Hände. »Mr Linreed, Sie sind ein richtiger Dichter! Genau so ist der Turm – der lebendige, mahnende Finger eines toten Riesen. Er hat mich schon immer in seinen Bann gezogen!«

»Dann haben wir genug Gesprächsstoff für unsere nächste Begegnung!«

»Bleiben Sie zum Dinner, Sir?«

»In der Tat werden Sie mich nicht so schnell wieder los, Lady Charlotte. Ich habe das Vergnügen, für einige Tage der Gast Ihres Vaters zu sein.« Er deutete eine Verbeugung an.

Charlotte machte einen schüchternen Knicks und verabschiedete sich. Sie wusste nicht warum, aber sie vermutete, dass Jake Mr Linreeds Scherze über den Turm nicht gefallen würden.

Mr Linreed zog eine Zigarre aus seiner Tasche, zündete sie an und schlenderte nachdenklich zum Turm hinüber. Bei seiner ersten Begegnung mit Lady Georgiana beziehungsweise Lady Charlotte, wie sie genannt werden wollte, war er auf alles vorbereitet gewesen – nur nicht darauf, dass er sie faszinierend finden würde.

Die Auskünfte am Hafen waren knapp. Ja, ein Schiff namens *Santa Dominica* sei vor etwa zwei Jahren im Frühjahr im Hafen von St. Ives erwartet worden, erfuhr Jake. Mit einer Ladung Goldbarren aus den Minen in Südamerika. Es sei nie im Hafen eingelaufen und seitdem spurlos verschwunden. Die Angehörigen der Schiffsmannschaft hätten nie mehr etwas von ihren Leuten gehört. Jakes verzweifelte Hoffnung, dass ein Schiff mit diesem Namen nie in die Nähe von Cornwall gefahren war, zerschlug sich.

»Aber was soll's?«, seufzte der Hafenbeamte, dessen Aufgabe es war, alle eintreffenden Waren zu registrieren. Er trommelte ungeduldig mit den Fingern auf den Tisch. »Natürlich ist es schade. Aber es ist nicht das erste Schiff, das untergegangen ist, und es wird vermutlich auch nicht das letzte sein. Gerade diese Küste ist dafür berüchtigt. War das alles?«

»Aber ... Goldbarren? Wurde die Küste nicht gründlich durchsucht, hat man nicht Taucher ins Wasser gesandt? Ein riesiges Schiff mit einer großen Mannschaft und einer Ladung Goldbarren kann sich doch nicht in Luft auflösen.«

Der Beamte zuckte mit den Achseln. »Ich tippe auf Piraten. Sie können so etwas. Vielleicht haben sie von dem Gold Wind bekommen. Es gibt Stellen an der Küste, die riesige Schiffe einfach verschlingen, auf Nimmerwiedersehen. Da bleibt nicht einmal ein Silberlöffel übrig. Sonst noch Fragen?«

Jake zuckte innerlich zusammen, als er an die *Flying Gull* dachte, von der auch keine Spur zu finden gewesen war außer der Leiche seines Vaters. »Noch eine letzte. Wissen Sie, wie alt die *Santa Dominica* war?«

»Es war ein nagelneues Schiff, soweit ich weiß«, erwiderte der Beamte überrascht.

»Es ist also unwahrscheinlich, dass Requisiten vom Schiff, wie zum Beispiel ein Kompass oder Besteck oder Schiffsuniformen, in Umlauf waren? Sie könnten nicht vielleicht in die Hände eines Landstreichers oder Markthändlers geraten sein?«

Der Beamte schaute ihn stirnrunzelnd an. »Sie stellen vielleicht merkwürdige Fragen«, sagte er. »Natürlich nicht, wenn das Schiff neu war.« Er schob seine Brille hoch und beugte sich wieder über seine Zahlen und Ziffern.

Jake bedankte sich und trat nach draußen.

Der Schnee hatte angefangen zu schmelzen. Pfützen lagen auf dem Kopfsteinpflaster, Wasser triefte von den Hausdächern, und schwere Wolken kündigten Regen an. Jake ließ Tedwin langsam durch die Straßen von St. Ives schlendern. Er entschied sich gegen einen Besuch bei seinem Onkel, der sofort fragen würde, was mit ihm los sei. Noch war es zu früh, irgendjemanden ins Vertrauen zu ziehen.

Er hatte am gleichen Morgen Lord Greenwold gegenüber beiläufig bemerkt, der angebliche Schiffbrüchige sei wahrscheinlich ein Zigeuner gewesen, der sich nach dem Vorfall aus dem Staub gemacht habe, um nicht erwischt zu werden. Sein Herr blickte ihn bei dieser Bemerkung scharf an, wirkte aber erleichtert. Jake hatte auch nicht nach dem Handschuh und dem Kompass gefragt. Er wollte Lord Greenwold keinen Anlass zum Misstrauen geben.

Eine bekannte Stimme begrüßte ihn, als er die ersten Häuser von Hipperclove erreichte. »Jake, dass ich dich hier treffe! Wo treibst du dich in letzter Zeit herum?«

Jake sprang vom Pferd und griff Lisbeth überrascht an beiden Händen. Sie hatte einen Holzkarren voll mit Winterrüben hinter sich hergezogen und war stehen geblieben, als sie Jake entdeckt hatte.

»Ich hatte zu tun, Lisbeth, es tut mir leid«, sagte er und ergänzte auf ihren fragenden Blick hin: »Ich habe dich nicht vergessen, wirklich nicht. Ich … ich treffe einige Vorbereitungen, weil ich Pläne habe.« Auf einen spontanen Impuls hin und mit einem verlegenen Lächeln fügte er hinzu: »Hast du Zeit? Wenn es nicht gleich regnet, zeige ich dir das Haus, in das ich mit meiner zukünftigen Braut einziehen möchte.«

Lisbeth hakte sich bei ihm ein und zog mit ihrer freien Hand den Wagen. Sie gingen schweigsam in Richtung Kirche. Jake hielt Tedwins Zügel locker in der anderen Hand, das Pferd lief hinter ihnen her. Die Berührung einer warmen Hand auf seinem Arm war wohltuend, und eine verzweifelte Hoffnung stieg in ihm auf, dass alles doch gut werden würde, irgendwie, irgendwann.

»Du darfst dir gern Gedanken machen, wer die glückliche Frau sein könnte, die ein Haus mit mir zusammen bezieht!«, sagte er.

Sie blickte zu ihm hoch. Ihr Mund lächelte, doch ihre Augen blieben kühl. Sie schwieg.

»Lisbeth, warum bist du so ruhig?«

»Ich wundere mich nur, in welche Richtung du mich führst.«

»Dann stell dich auf eine Überraschung ein«, sagte Jake. Er drückte ihren Arm fester, während sie an der Kirche vorbeigingen und vor dem Haus seiner Mutter anhielten.

Seit dem Tag, an dem er den Handschuh und den Kompass gefunden hatte, war Jake nur noch einmal dort gewesen, um nach weiteren Spuren des verletzten Seefahrers zu suchen und um in der Wohnstube zu fegen und Staub zu wischen. Spuren hatte er keine gefunden, aber das

Haus war sauber und aufgeräumt, sodass er anfangen konnte, seinem Traum von einem gemeinsamen Leben mit Lisbeth nachzugehen.

Er wandte sich zu ihr um und nahm seinen ganzen Mut zusammen. »Lisbeth, ich muss nur noch einige Sachen aus meiner Vergangenheit klären. Dann will ich den sehnlichsten Wunsch erfüllen, der mich seit Monaten verfolgt. Du sollst wissen, dass die Aussicht, den Rest meines Lebens mit dir zu verbringen, mich zum glücklichsten Mann dieser Erde machen würde.« Er hielt inne. So oft hatte er diesen Moment in seinen Gedanken vorbereitet, geprobt, seine Worte sorgfältig ausgewählt. Jetzt klang seine Stimme in seinen eigenen Ohren wie die Stimme eines Fremden – fern, gezwungen, hohl. Er redete trotzdem weiter. »Dieses Haus ist voll mit Erinnerungen an eine Frau, die ich über alles geliebt habe und der ich alles verdanke, was ich habe und bin. Es wartet darauf, mit neuen Erinnerungen gefüllt zu werden – von einer neuen Frau, von meiner Ehefrau. Lisbeth, willst du mich heiraten?«

Lisbeth trat einen Schritt zurück und starrte mit großen Augen auf das Haus. »Jake«, stammelte sie verlegen, »ich weiß nicht, wie ich es sagen soll. Bis vor Kurzem war alles klar, ich konnte mir nicht vorstellen, mein Leben ohne dich zu verbringen.«

»Und jetzt?«, fragte Jake verwundert.

»Ich kann unmöglich in dieses Haus ziehen, glaub es mir!«

»Aber Lisbeth, ich werde es schön machen, ich verspreche es dir. Ich weiß, es ist altmodisch und schäbig, und du magst feine Sachen. Ich werde es streichen und ausbauen. Danach darfst du es so einrichten, wie du möchtest. Es ist dein Haus! Bis dahin habe ich genug Geld, um alle deine Wünsche zu erfüllen.« Er rüttelte sie sanft und küsste mit Besorgnis ihre von Tränen benetzte Wange. »Lisbeth, habe ich etwas Falsches gesagt?«

Sie befreite ihre Hände aus seinem Griff und trat einen Schritt zurück. »Nein, du verstehst mich nicht. Das ist es nicht, Jake. Im Dorf wird erzählt, dass es in dem Haus spukt, und … und noch schlimmere Sachen. Hast du nicht gehört, was über deine Mutter gesprochen wird?«

Ein eiskalter Schauder lief über Jakes Rücken. Einen Moment lang war er sprachlos. »Nein!«, rief er dann. »Lisbeth, wer erzählt hier was für Dinge? Sag mir alles!«

Sie zuckte mit den Schultern.

Jake griff wieder nach ihrem Arm. »Wer sagt, dass es in meinem Haus spukt? Erzähl es mir, bitte.« Dieses Mal war sein Ton dringend, energisch. Er hatte Tränen in den Augenwinkeln, die er aber trotzig zurückdrängte.

»Ich weiß nicht – alle, ich meine, neulich war es der Dienstbote vom Bürgermeister. Er ging mit ein paar Jungen vom Dorf hier vorbei, sie sahen mich und sagten: ›Sieh zu, dass du einen großen Bogen um das Haus machst – da kann zu jeder Zeit ein toter Schiffbrüchiger aus der Tür springen.‹ Dann lachten sie laut.«

Jake biss sich auf die Lippen und ballte die Hände zu Fäusten, um den Zorn zu unterdrücken, der in ihm aufstieg. »Und solche Sachen glaubst du, Lisbeth«, sagte er schließlich.

Sie seufzte. »Früher erzählte man sich, deine Mutter sei krank, aber jetzt wird gemunkelt, dass sie nicht ganz richtig im Kopf gewesen sei, und manche behaupten sogar …« Sie zögerte.

»Manche behaupten was, Lisbeth?«, presste er hervor.

»Dass sie mit Geistern geredet habe.«

Jake lehnte sich an die Mauer des Hauses und stützte seinen Kopf auf die Unterarme. Die Straße und die Häuser schienen sich zu drehen.

Lisbeth klammerte sich an seinen Arm. »Was ist, Jake, soll ich Hilfe holen?«

Jake stieß sie sanft von sich und nahm Tedwins Zügel in die Hand. »Ich bin nur etwas müde. Sei ehrlich und sag es mir gleich, wenn du nicht vorhast, den Sohn einer angeblich Irrsinnigen zu heiraten«, sagte er verbittert.

»Anständig wäre es gewesen, wenn du von Anfang an ehrlich über den Geisteszustand deiner Mutter gesprochen hättest. Ich habe gehört, dass diese Krankheiten vererbt werden können.« Sie drehte sich um und Jake hörte, wie ihr Holzwagen auf dem Kopfsteinpflaster davonrumpelte.

Es war ihm, als hätte er einen glimmenden Docht schützend in der Hand gehalten, in der Hoffnung, dass er ihn wieder entfachen könnte. Jetzt aber war er erloschen, und die Dunkelheit drohte ihn vollständig zu verschlingen.

»Er hat seine Zahlen gut gelernt«, lachte Charlotte. »Schau, Franny, er versucht, die Tischdecken zu zählen.«

Nach dem langen, stürmischen Winter verwandelten erste Sonnenstrahlen einen trüben Himmel in leuchtendes Azurblau. Zum ersten Mal hatte Franny die Wäsche draußen an der Leine aufgehängt.

»Helfen die Herrschaften mit der Wäsche oder treiben sie mit mir Spaß?«, rief Franny, als Charlotte sich hinter einem Laken versteckte und ihr kleiner Bruder, dem vor lauter Lachen die Tränen kamen, sie zu finden versuchte. »Oh, ich hatte vergessen, dass solche Aufgaben inzwischen unter Ihrer Würde sind, Lady Charlotte.«

»Und solche Frechheit ist unter deiner Würde, Franny. Du vergisst, dass meine und deine Stellung anders ist als früher.«

»Und trotzdem suchst du mich auf, weil du mir sicher etwas zu erzählen hast«, war Frannys trockener Kommentar.

»Der Lord braucht seinen Nachmittagsschlaf. Was hat er hier bei der Wäsche zu suchen, Georgiana?« Mrs Gibbs war an der Tür zum Garten erschienen. Sie nahm das Kind in ihre Arme und verschwand wieder, begleitet vom Geklapper ihrer Schlüssel.

»So, jetzt haben wir unsere Ruhe und du erzählst mir gefälligst, was du gestern den ganzen Tag mit Mr Linreed getrieben hast! Und blick nicht so verträumt, sonst reiche ich dir Schürzen zum Aufhängen, das bringt dich schnell auf den Boden zurück.«

Charlotte setzte sich auf die Bank neben der Küchentür. »Ach, da gibt es nichts zu erzählen, Franny. Er wollte mir seine neue Kutsche zeigen, und wir sind nach Newquay gefahren und wieder zurück, das ist alles.«

Franny schaute hinter dem Kopfkissenbezug hervor, den sie gerade auf die Leine gehängt hatte. »Ist es für eine junge Dame nicht unangemessen, nach so kurzer Bekanntschaft mit einem jungen Mann alleine unterwegs zu sein?«

»Mein Vater hat nichts dagegen. Es war sogar seine Idee! ›Unterhalten Sie die kleine Plaudertasche für mich und amüsiert euch schön‹, sagte er zum Abschied.«

»Das überrascht mich. Charlotte, du weißt, dass Mr Linreed ein Mann von Welt ist, einiges älter als du. Und dass du nicht die erste Frau bist, der er seine Kutsche vorgeführt hat.«

»Franny, kannst du ein Geheimnis für dich behalten?«

»Klar. Heraus damit.« Franny stellte den Korb mit den Wäscheklammern auf den Boden und setzte sich zu Charlotte auf die Bank.

»Gestern sagte er mir, als wir am Strand entlanggingen, dass er noch nie für eine Frau so gefühlt habe wie für mich. Ich würde ihn aus der Fassung bringen, er könne Tag und Nacht an nichts anderes denken als an mich.«

»Und er kennt dich … seit wie vielen Tagen? Zwei? Es gibt Männer, die sich einen Sport daraus machen, Tag und Nacht an eine Frau zu denken, bis sie dieser Frau überdrüssig sind, dann ist eine andere an der Reihe. Bevor du dein Herz an ihn verlierst, solltest du dich vergewissern, dass er nicht einer von jener Sorte ist, versprichst du mir das? Du hast Maggie versichert, du würdest Herzensangelegenheiten immer mit mir oder Jake besprechen.«

Charlotte zog einen Schmollmund. »Genau das mache ich gerade. Ich bespreche es mit dir.«

Franny verdrehte die Augen. »Du besprichst es nicht mit mir, du erzählst nur davon und willst meine Zustimmung.«

»Franny, es ist zu spät. Mein Herz habe ich schon längst an ihn verloren. Wenn er mich anblickt unter seinen langen Wimpern, mit diesen romantischen Augen, und wenn sein ganzes Gesicht voller Lachfalten ist und sein Schnurrbart wackelt, da schmelze ich einfach dahin, ehrlich. So einem Mann bin ich in meinem ganzen Leben noch nie begegnet. Und wenn mein Vater seine Zustimmung gibt, was will ich mehr?«

Franny seufzte und sagte nichts.

»Ich hatte Angst, Mr Linreed wäre zu gut für mich. Aber mein Vater schwärmt davon, wie würdig ich die Greenwold-Dynastie vertrete, er ist stolz auf mich. Wenn du wüsstest, wie lange ich gewartet habe, diese Worte aus seinem Mund zu hören, Franny! Nur, ich habe Angst, Jake davon zu erzählen.«

»Ich vermute, Jake hat Augen und Ohren und ist selber darauf gekommen.«

»Er freut sich bestimmt nicht. Jake ist stark, ernst, verlässlich. Aber er belehrt mich wie ein Schulmeister. Mr Linreed bringt mich zum Lachen. Bei Jake muss ich vor dem nächsten Vortrag Angst haben. Mr Linreed macht mir Komplimente. Jake will mich verbessern, Mr Linreed will mich bewundern. Mein Vater sagt, Jake sollte am besten Priester werden. Findest du das nicht lustig, Franny?«

»Nein. Jake fühlt sich dir gegenüber verpflichtet, Charlotte. Du solltest für seine Fürsorge dankbar sein.«

»Aber das bin ich, Franny! Mit Jake ist es wie mit meinem alten Stoffbären. Er gehört einfach dazu, er ist mir vertraut, und ich will ihn trotz seiner Eigenarten als Freund haben. Aber an Mr Linreed sehe ich, wie ein Gentleman zu sein hat. Dagegen wirkt Jake beinahe hölzern und ungehobelt.«

Franny sagte nichts. Sie stand auf, schüttelte Erde von ihrer Schürze und hängte einen letzten Kissenbezug an die Leine.

Charlotte sprach unentwegt weiter. »Zum Beispiel ist Jake feige, wenn es um den Turm geht. Er macht einen großen Bogen um ihn. Mr Linreed dagegen hat keine Angst. Er geht ganz unbefangen mit dem Turm um, marschiert einfach auf ihn zu, macht Witze über ihn und verspricht mir, dass er mir bald ein ganz spannendes Geheimnis offenbaren wird. Ich kann es kaum erwarten.«

»Und das alles soll für seinen Charakter sprechen und beweisen, dass er ein guter Mensch ist?«

»Was hast du immer mit dem Charakter, Franny? Er ist männlich, stark, mutig, unwiderstehlich.«

»Wunderbare Eigenschaften für einen Ehemann«, meinte Franny sarkastisch. »Ich muss jetzt Karotten für das Abendessen schälen, Charlotte.«

»Vater sagt, ich bin erwachsen geworden, und ich werde die Welt mit neuen Augen sehen. Ich werde lernen, Dinge infrage zu stellen, die ich bisher als selbstverständlich hingenommen habe.«

»Na ja, hoffentlich stellst du nicht die falschen Dinge infrage.«

Offensichtlich war es Zeit, das Thema zu wechseln. Charlotte folgte Franny in die Küche und setzte sich an den Tisch, an dem Franny anfing, Karotten zu schrubben. »Genug von mir, Franny. Erzähl du mir von dir und Dickon. Ich bin jetzt eine junge Frau, die von solchen Sachen etwas versteht.«

»Leider gibt es nichts Neues zu berichten, Charlotte! Alles läuft wie erwartet. Zuerst kam vor langer Zeit die cremefarbene Perlenkette, einige Monate später waren es die passenden Ohrringe, letzte Woche schenkte er mir das Armband dazu. Jetzt fehlt nur noch …«

»Der Ring!«, rief Charlotte begeistert und sprang vom Stuhl, um Franny in einer stürmischen Umarmung zu umklammern.

»Nur mit der Ruhe, Kind.«

»Wie kannst du so ruhig sein, Franny, wenn du dich bald verloben wirst!«

»Eine Verlobung ist eine äußerst nüchterne Angelegenheit, findest du nicht auch?«, fragte Franny mit einer hochgezogenen Augenbraue.

»Überhaupt nicht!«, wandte Charlotte ein. »Vielleicht macht Dickon seinen Heiratsantrag bei Rosalindes Hochzeit! Was ziehst du an? Sag bloß nicht, du hast dir noch keine Gedanken darüber gemacht!«

»Es ist noch eine Ewigkeit bis dahin.«

»Ich weiß nicht nur, was ich bei Rosalindes Hochzeit anziehen will, sondern auch bei meiner eigenen. Ist das nicht eine gute Planung?« Sie beugte sich mit leuchtenden Augen nach vorn. »Und du willst bestimmt wissen, was ich an Rosalindes großem Tag anziehen möchte, nicht wahr? Und tadelst mich nicht, dass ich eitel bin?«

»Du willst es offensichtlich erzählen, also bin ich ganz Ohr.«

Franny bearbeitete die Karotten, während Charlotte mit vielen Worten das tiefrote Kleid beschrieb, von dem sie immer geträumt hatte und das jetzt für sie maßgeschneidert werden sollte.

Lange nachdem Charlotte fortgehüpft und das Gemüse fertig gekocht war, saß Franny immer noch am Küchentisch, bis das Klappern von Mrs Gibbs' Schlüsseln sie daran erinnerte, dass Lady Agnes auf ihren Tee wartete. »Gott weiß, ich gönne dem Kind das Glück vom eigenen Heim und Herd«, seufzte sie. »Und mir selber auch.« Sie erhob sich von ihrem Stuhl und setzte den Wasserkessel auf den Herd.

»Willst du nicht hereinkommen?«, rief Jake, als er Charlotte am Stall vorbeigehen sah. »Ich sehe dich in letzter Zeit kaum.«

»Oh, du bist es, Jake!«

»Charlotte, tu nicht so, als ob du mich nicht bemerkt hättest. Was ist in letzter Zeit los mit dir? Du schaust mir nicht mehr in die Augen.«

Charlotte hielt an, blickte von einer Seite zur anderen und dann auf den Boden. »Du bist immer verärgert mit mir. Und außerdem habe ich zu tun. Ich soll Vater bei der Verwaltung von Birch Hollow unterstützen und muss viele neue Dinge lernen. Es geziemt sich für meinen Stand nicht, mich im Pferdestall aufzuhalten, meint er. Ich muss mich meinem Rang entsprechend verhalten. Ich soll auch nicht mehr so viel in der Küche bei Franny sitzen. Er sagt, ich benehme mich wie eine Frau vom Dorf, wenn ich mich zu viel bei den Bediensteten aufhalte.«

Jake verschlug es einen Moment lang die Sprache. »Aber du *bist* eine Frau vom Dorf, und was ist schon schlimm daran?«, wandte er ein. »Von mir hast du gelernt, dass wahre Adlige sich überall wohlfühlen. Das ist ihr Markenzeichen. Sie fühlen sich bei der Apfelernte mit den Dorfkindern genauso wohl wie bei einem Bankett mit dem König. Ich hatte gehofft, dass du so eine Lady wirst.« Sein Ton war nicht ungehalten oder ärgerlich, nur traurig.

»Du hast keine Ahnung von diesen Dingen, Jake. Habe ich nicht genug Zeit mit den Dorfkindern verbracht? Jetzt muss ich zum Ausgleich meinen Platz in der Gesellschaft finden, meint mein Vater.«

»Und was meinst du selber, Charlotte? Die Gesellschaft – meinst du damit Mr Linreed?«

Charlotte stemmte ihre Hände in die Hüften und blickte Jake zornig an. »Was um Himmels willen geht dich Mr Linreed an?«

Jake trat heraus in die Sonne, um Charlotte direkt in die Augen blicken zu können. »Solange du mich etwas angehst, geht Mr Linreed mich auch etwas an«, sagte er energisch. »Merkst du nicht, dass du fast jede freie Stunde mit einem Mann verbringst, den du kaum kennst? Was würde Maggie denken?«

Dieser letzte Satz brachte das Fass zum Überlaufen. »Komm mir nicht schon wieder mit Maggie!«, schimpfte Charlotte. »Du bringst sie immer dann ins Spiel, wenn dir etwas an mir nicht passt! Mein Vater hat mir inzwischen manches erklärt. Ich lerne eine andere Welt kennen. Ich bewege mich unter angesehenen, erfolgreichen, gebildeten Menschen, die es im Leben zu etwas gebracht haben.«

»Und wir haben es zu nichts gebracht, nur weil wir bescheiden waren? Nur weil meine Mutter einen Mann mehr liebte als das Geld? Erinnerst du dich nicht mehr an deine erste Zeit hier? An die Schläge, den Spott, die Ohrfeigen, dein Heimweh nach Maggie?«

»Das war damals, Jake. Und solche Dinge darfst du nie mehr sagen. Mein Vater würde aus der Haut fahren«, erwiderte Charlotte tadelnd.

»Das war damals? Und was ist jetzt, Charlotte?« Jake ergriff ihre Hände und spürte, wie ihre Arme steif wurden und sie ihn auf Abstand zu halten versuchte.

»Jake, ich liebe Mr Linreed, und mein Vater freut sich darüber. Was kann daran falsch sein, wenn ich glücklich bin? Ich habe das Gefühl, zum ersten Mal im Leben richtig zu lachen und Spaß zu haben. Und du kommst wieder mit der Rute, um mich zu strafen. Mr Linreed sagt …«

»Sag mal, Charlotte, bist du von allen guten Geistern verlassen? Kannst du bitte einmal etwas sagen, was von dir selber kommt und nicht von deinem Vater oder diesem Mr Linreed?«

»Übrigens, mein Vater macht sich immer noch Gedanken wegen des Schiffbrüchigen, den Maggie gesehen haben will. Er meint, nichts von dem, was sie gesagt hat, sei glaubwürdig. Anscheinend behauptet jetzt irgendein Dummkopf vom Dorf, Beweise gefunden zu haben, dass Maggies Geschichte doch stimmt. Mein Vater befürchtet, dass wieder eine Geistermanie ausbrechen könnte. Er will das mit aller Macht verhindern.«

Jakes Knie wurden weich. Mit einem Schlag wurde ihm klar, dass Charlotte tatsächlich in einer anderen Welt lebte, in einer Welt mit anderen Wahrnehmungen und einer anderen Geschichte. Lord Greenwold hatte Maggies Ruf ruiniert, um sich gegen die Entdeckung der Wahrheit abzusichern und so einen Skandal zu vermeiden. Er war offenbar sehr auf der Hut.

Jake sagte nichts. Der Ernst seiner Lage schockierte ihn. Jedes Wort könnte das endgültige Aus seiner Verbindung zu Charlotte bedeuten. Er presste die Lippen zusammen und schüttelte nur den Kopf.

Als Charlotte seine Betroffenheit sah, wurde ihre Miene plötzlich weich, und sie legte ihre Hand auf seinen Arm. Sie streckte sich hoch und strich mit einem Finger über Jakes Wange. »Komm, Jake. Lass uns Freunde bleiben. Ich will nicht, dass du auf mich böse bist. Aber jetzt muss ich gehen. Mr Linreed wartet auf mich und will mir etwas am Turm zeigen, das mich interessieren wird. Er kennt jeden Winkel und jeden Stein am Turm!«

Der letzte Satz saß wie ein Messerhieb. Wie im Traum zwang Jake seine Füße, ihn zurück in den Stall zu tragen. Er fühlte ein Stechen in seinem Kopf, sein Hals war wie zugeschnürt. Irgendwo in seinem Bewusstsein nahm er Tedwins Schnauben wahr. Das vertraute Geräusch war wie ein Geflüster aus einem fernen Planeten, auf dem die Welt noch in Ordnung war.

Er stolperte in den Stall, ließ sich auf den Holzschemel fallen, auf dem er saß, wenn er die Hufe des Pferdes auskratzte, und stützte seinen schweren Kopf in die Hände.

Weitere kleine Puzzlestücke trieben in seiner aufgewühlten Seele unwillkürlich aufeinander zu und ergaben ein Bild, vor dem ihm graute. Lisbeths Anspielungen über Maggie, Momente des Unbehagens, wenn Charlotte über ihren Vater sprach, Mrs Earlings klare Worte. Warum hatte er das instinktive Gefühl beharrlich ignoriert, dass Charlottes Annäherung an ihren Vater nicht der große Glücksfall war, für den alle sie hielten?

Aber selbst wenn er gewusst hätte, wie perfide Lord Greenwolds Pläne waren – was hätte er dagegen ausrichten können? Oder gegen das dichte Netz der Intrigen, das der Lord um ihn und die Erinnerung an seine Eltern gewoben hatte? Gegen die kalkulierte Rhetorik, mit der Lord Greenwold die Lebensgeschichte aller, die mit ihm zu tun hatten, so umschrieb, wie es ihm gefiel?

Auch wenn er den Handschuh und den Kompass behalten hätte, um Maggies Geschichte beweisen zu können, hätte Lord Greenwold eine passende Erklärung herbeigezaubert und Jake teuer für sein Aufbegehren bezahlen lassen. Gegen diese Niederträchtigkeit, mit der es dem Lord gelang, unbequeme Tatsachen rechtzeitig auszulöschen oder in den Dienst des eigenen Erfolgs zu stellen, war er machtlos.

Die Nachmittagssonne schien durch die Ritzen an der Decke des Stalls, als Jake die Leiter zu seinem Zimmer hochkletterte. Er öffnete eine Schublade in seinem Schreibtisch und nahm das Tagebuch seiner Mutter in die Hand. Er setzte sich an den Tisch und schlug die Seite auf, auf der ihre letzten Worte geschrieben waren: *Lieber Jake, das, was ich über den Seefahrer erzählt habe, ist wahr. Er war …*

Er holte eine Feder und ein Tintenfass und fing dort an zu schreiben, wo seine Mutter aufgehört hatte.

Er war … was, Mutter? Was wolltest du mir noch sagen, nachdem ich längst aufgehört hatte, mich für jenen Vorfall zu interessieren, der dich so sehr betrübte, dass er dich krank machte?

Er kaute an der Spitze seiner Schreibfeder.

Ich bin gescheitert, Mutter. In allem, was mir jemals wertvoll war.

Charlottes Vorwürfe drehten sich in seinem Kopf und schmerzten je länger, desto mehr.

Meine Versuche, Charlotte zu beschützen, haben sie in die Arme eines Mannes getrieben, der ihrer nicht würdig ist. Genau davor hattest du Angst. Während ich schreibe, geht sie mit ihm zum Turm. Der Vergleich mit Mr Linreed schmerzt so sehr. Der Mann, der alles ist, was ich nicht sein kann. Er bringt Charlotte zum Lachen, er schenkt ihr die Unbeschwertheit, die sie schmerzlich vermisst hat. Während ich nach meinem eigenen Glück greifen wollte, suchte sie nach ihrem. Ich kann es ihr nicht übel nehmen. Es wäre auch nicht verwerflich, gäbe es nicht diese nagende Gewissheit, dass Lord Greenwold es mit seiner Tochter nicht so gut meint, wie ich bisher gehofft hatte.

Es war eine Art Beichte. Wie schön es jetzt wäre, wenn er das Blatt in einen Umschlag stecken und auf die Post bringen könnte, wie er es in den Jahren seiner Abwesenheit von daheim getan hatte! Mit der Aussicht, einige Tage später Maggies Antwort zu bekommen. Er blätterte nachdenklich durch die Seiten des Tagebuchs. In vielen Aufschrieben ging es um Lappalien des Alltags. Charlottes erstes Lächeln, ihr erster Zahn. Charlottes erste Worte. Der Tag, an dem Charlotte ein Waisenheim für Schnecken gründete und einen Korb voll mit den armen Kreaturen ins Wohnzimmer brachte. Ein Ausbruch von Angst, nachdem Maggie Lord Greenwold auf dem Markt gesehen hatte. Ob er seine Tochter schon jetzt holen wollte?

An einigen Stellen im Buch waren Seiten ausgerissen, auf anderen gab es Bruchstücke von lesbarer Schrift zwischen Passagen, die durchgestrichen waren. Mittendrin entdeckte Jake den Satz: *Schmerz, der so ungeheuerlich ist, wird aufgeschrieben und dann verbrannt.*

Schade, dachte Jake. Aber vielleicht war es besser so.

Das Schlimmste ist das Schweigen Gottes. Ich erreiche ihn nicht. Ich hämmere an seine Tür, es macht keiner auf. Dass er Peter genommen hat, ist sein gutes Recht. Aber dass er sich selber aus dem Staub macht, das begreife ich nicht. Peter ist weg und hat meinen Gott mitgenommen. Oder Gott hat ihn mitgenommen. Auf wen von den beiden soll ich zornig sein?

Wie kann Gott mich schreien hören und ungerührt bleiben, als ob nichts wäre? Ist das der liebende Gott, an den wir geglaubt haben? Hat er sich in ein Monster verwandelt?

Ein paar Seiten später schrieb sie von einem Spaziergang nach Sedgeworth Cove. Jake wischte die Tränen weg, die ungehindert über sein Gesicht flossen, und las mit Aufmerksamkeit:

Hier haben sie seine Leiche gefunden. Auf jenen Felsen dort drüben.

Es folgten Gedankenfetzen. Ihre Freude auf das Kind, das sie unter dem Herzen trug.

Der Himmel ist sternenklar. Milliarden von winzigen Leuchten spicken die schwarz-samtene Himmelsweite, und der silbrige Lichtschein des Halbmonds schneidet eine Bahn mitten durch sie hindurch. Wie konnte ich behaupten, dass Gott fern ist? Dass er mit verschränkten Armen auf seinem Thron sitzt, während mein Herz blutet? Er hat schon etwas getan. Er hat diesen Himmel erschaffen und ihn mir gezeigt.

Einem plötzlichen Impuls folgend schlug Jake das Buch zu, wickelte es wieder in das Ledertuch und legte es in die Schublade, die er sorgfältig abschloss. In Windeseile war er draußen und ging mit schnellen Schritten Richtung Hipperclove. Er nahm die Straße, die am Dorf vorbei direkt nach Sedgeworth Cove führte.

Eine kühle Abendbrise wehte und roch frisch und salzig. Gelegentlich kam ihm eine Kutsche entgegen, die lachende Ausflügler vom Strand zurück in die Stadtvillen in St. Ives oder Newquay brachte. Der Strand war menschenleer, als er ihn erreichte. Das Meer lag still da und glänzte im Licht der untergehenden Sonne mit einem rötlichen Schimmer. Jake zog seine Schuhe aus und watete ins Wasser. Die sanften Wellen umspülten seine Knöchel.

»Hier lernst du das Meer von seiner sanften Seite kennen«, hatte sein Vater ihm einmal gesagt, als er ihn als Kind hierherbrachte. An Hippercloves Klippen gab es das Meer nur in einer anderen Laune: als tobende Kraft, die alles verschlang, was ihr in den Weg kam. Die Wellen donnerten schäumend an die Felsen, überschlugen sich und zogen sich grimmig in die Weite des Meeres zurück. Hier in Sedgeworth dagegen war das Meer zahm und mild.

Jake legte sich auf den Sand, stützte den Hinterkopf auf seine Arme und schaute in die Sterne, wo er den großen Bären und den Schützen ausmachen konnte. Der Wind streichelte sein Gesicht, und er schloss die Augen. In seiner müden Fantasie flossen all die Himmelskörper zusammen in einen einzigen Stern, der vor langer Zeit über einem kleinen Dorf mitten in einem unterdrückten Land stehen geblieben war. Es folgten Bilder von einer Futterkrippe, von einer weinenden Mutter, von Nägeln und zwei Holzbalken und von Wein, blutrot ausgeschüttet auf einem Tisch. Das Brüllen eines jungen Mannes, der blutig geschlagen wurde, vermischte sich in seinem Kopf mit den rauschenden Wellen und den Abendrufen der Möwen.

Nein, Gott hatte nicht tatenlos zugeschaut, als Leid, Trauer, Hass und Verrat jenseits von Eden erste blutige Spuren hinterließen. Er war mit seinen gefallenen Geschöpfen zusammen in die Dunkelheit eingetaucht. Er verstieß den gefallenen Menschen aus dem Paradies, zog aber mit in die Verbannung. Und seitdem in jede Dunkelheit, in der ein verzweifelter Mensch seinen Beistand suchte.

»Kein Wunder, dass du hier Frieden gefunden hast, Mutter«, sagte Jake.

Als er sich wieder erhob, schleuderte der Sonnenuntergang schon feurige Zungen auf die Wellen.

13

Mit klopfendem Herzen schlich Charlotte aus dem Nebeneingang der Bediensteten und blieb stehen. Verschiedene Stimmen rangen miteinander in ihrer Seele. Sie dachte an Jakes ständiges Unbehagen, wenn sie am Turm spielen wollte, an Maggies Angst vor der Ruine und an die Gerüchte, dass die Geister der Mönche dort lauerten und in stürmischen Nächten die Landschaft durchstreiften. Sie beschleunigte ihre Schritte, als sie an Mr Linreeds Versprechen dachte, ihr einige Geheimnisse über die Ruine zu verraten.

»Das wird ihr gefallen«, hatte ihr Vater mit einem Augenzwinkern gesagt, bevor er mit der Hand durch ihr Haar fuhr und sie auf den Kopf küsste. Die beiden Männer hatten sich dann von ihr verabschiedet und sich auf den Weg in die Stadt gemacht.

Endlich hatte die Uhr sechs geschlagen, fünfzehn Minuten bevor sie mit Mr Linreed verabredet war. Der Weg durch die Birken und über die Mauer, den sie seit ihrer Kindheit so gut kannte, kam ihr wie eine Ewigkeit vor. Schließlich ragte der Turm vor ihr empor, schmal und schwarz gegen das rote Abendlicht. Ein Bündel Sonnenstrahlen drang durch sein Fenster und erleuchtete die Wiese, auf der sich Charlotte schwitzend und außer Atem den Hügel hochkämpfte. Mr Linreed stand bereits oben und winkte sie zum Turm hin. Er verbeugte sich, als sie ihn erreichte, blickte sie mit lachenden Augen an, strich ihr eine Haarsträhne aus den Augen und küsste ihre Hand lang und innig. Das Gefühl seiner Lippen auf ihrer Hand, die Berührung seiner rauen Haut an ihren Fingern, der Duft seines Parfüms: Das Bewusstsein, von so einem Mann begehrt zu sein, überwältigte sie.

»Sind Sie bereit für die größte Überraschung Ihres Lebens, Lady Charlotte?«

Sie nickte eifrig und strahlte ihn an.

»Aber eines müssen Sie mir vorher versprechen.«

»Ich verspreche Ihnen alles, was Sie wollen, Mr Linreed.«

»Das, was ich Ihnen jetzt zeige, muss unser Geheimnis bleiben.«

»Ich sage es nur Jake, sonst niemandem.«

Mr Linreed runzelte missbilligend die Stirn. »Nicht einmal Jake, Lady Charlotte.«

»Aber er ist mein Freund, und ich möchte ihm so gerne erzählen, was ich erfahre.«

»Nein, Mylady. Ich fürchte, er würde es nicht verstehen.« Plötzlich grinste er. »Ihm überlassen wir die Möwennester, wir kümmern uns um Wichtigeres! Kinderspiele mit Vögeln gehören jetzt der Vergangenheit an, meine sehr erwachsene Lady!«

Charlotte versprach schließlich, auch Jake nichts zu verraten. Nebenbei fragte sie sich, woher Mr Linreed wusste, dass sie mit Jake immer zu den Möwenbrutstätten geklettert war. Auf einmal kamen ihr die Ausflüge zu den Möwen kindisch vor, und sie kicherte verlegen.

Mr Linreeds Gesichtszüge entspannten sich. Lachfalten breiteten sich wieder auf seinem Gesicht aus, und seine Stimme wurde weich. »So mag ich Sie, Mylady. Einsichtig und abenteuerlich!« Er streichelte über ihre Wange. Danach drehte er sich zum dicken Vorhang aus Efeu um, der die alte Mauer bedeckte, und zog mit kräftigen Handbewegungen einige Stränge davon zur Seite. Wolken von Staub wurden aufgewirbelt, und eine Fledermaus schoss über ihre Köpfe in die Luft.

Charlotte hustete und zog die Kapuze ihres Umhangs über ihren Kopf.

»Keine Angst. Schauen Sie, was wir hier haben, hinter diesen Efeuschichten.« Alte, raue Holzbalken, von eisernen Fassungen und Nieten zusammengehalten, wurden sichtbar. »Warten Sie hinter mir, ich brauche beide Hände«, sagte er außer Atem. Es gab ein Schürfen und Kratzen, während er einen rostigen Riegel zurückzog und einen alten Schlüssel mit Mühe im Schloss drehte.

Charlotte trat einen Schritt zurück, und ihr Herz begann schneller zu schlagen. Sie musste sich die Augen reiben. Eine Tür? Gab es eine Höhle oder einen Kellerraum unter dem Turm? Sie erinnerte sich mit einem Schauder an die Fußspuren, die sie mit Jake zusammen entdeckt hatte. Mr Linreed drückte die eiserne Klinke herunter und schob mit beiden

Händen und einer Schulter die schwere Tür nach innen. Charlotte trat hinter ihm in die dunkle Öffnung und stieß einen leisen Pfiff aus.

Der Luftstoß, der ihr entgegenschlug, war eiskalt, abgestanden, muffig. Sie zog ihren Umhang enger um ihre Schulter.

Mr Linreed zündete die Kerze in seiner Laterne an. Die kleine Flamme richtete in dieser Dunkelheit wenig aus. Es war eine Dunkelheit, die mehr als nur die Abwesenheit von Licht war. Sie war wie eine dicke Suppe, ein unterirdischer Nebel, stickig und undurchdringlich. Mr Linreed blickte nach hinten zu Charlotte und grinste sie an. »Na, aufgeregt?«, fragte er mit einem Hauch von Triumph in seiner Stimme. Ohne zu zögern, stürzte er sich in die dichte Finsternis.

Charlotte folgte ihm vorsichtig und versuchte, die beklemmende Angst zu verdrängen, die in ihr aufstieg. Den Gedanken, wie gern sie Jake jetzt bei sich hätte, schob sie schnell zur Seite. Mr Linreed griff nach ihrer Hand und zog sie hinter sich her. Der Weg führte leicht abwärts. Auf beiden Seiten des Gangs waren Kisten, Truhen und Fässer aufgestapelt.

»Eine unterirdische Vorratskammer!«, rief sie aus.

»Mehr als das – warten Sie ab«, erwiderte er.

Ihre Füße stolperten über den steinigen, unebenen Boden, und im schaurigen Schein der Kerze wurden auf beiden Seiten des Weges Felswände sichtbar, die sich zu einer Höhle öffneten. Wasser tröpfelte von oben herab und rann an dem schleimigen Stein herunter. Das Plätschern hallte in der gewaltigen Kaverne wider.

»Langsamer, Mr Linreed«, bat Charlotte atemlos, »wo führen Sie mich hin?«

»Nur Mut – vertrauen Sie mir, meine Liebe. Sie mögen es doch gruselig, oder?« Seine Stimme hallte, die Luft wurde kälter. Sie stießen auf eine schmale Treppe aus Stein, an der ein Geländer befestigt war.

Charlotte blieb stehen. Ihre Füße weigerten sich, weiterzugehen. Irgendetwas Unsichtbares in dieser Dunkelheit erfüllte sie mit Schrecken.

»Das Spannendste kommt erst«, trieb Mr Linreed sie an.

Trotz ihrer Benommenheit wollte Charlotte keine Schwäche zeigen. Ihre Neugierde, was unten im Tunnel auf sie warten würde, war stärker als ihre Angst.

»Hier unten hört es auf, keine Sorge«, flüsterte Mr Linreed.

Am Fuß der Treppe passierte es. Etwas Klebriges streifte Charlottes Gesicht, sie schrie auf und ließ Mr Linreeds Hand los. Ihre Knie gaben nach, sie stolperte auf dem steinigen Boden. Ihr Ellbogen stieß gegen etwas Hartes, und es folgte ein Klappern und Poltern. Sie kniff ihre Augen zu und schlug ihre Hand vor den Mund, um weitere Schreie zu ersticken. Als sie die Augen wieder aufschlug, blickte sie im Licht der Laterne in die klaffenden Augenhöhlen eines Schädels. Sie schrak zurück, tastete nach der untersten Stufe der Treppe und bedeckte ihre Augen mit der Hand.

»Nein, nein!«, schluchzte sie und klammerte sich an das Geländer. »Mr Linreed, wo haben Sie mich hingebracht? Ich muss hier raus! Sofort!«

Mr Linreed hatte die Laterne auf dem Boden abgesetzt. In ihrem Schein sah sie auf der anderen Seite der Steintreppe einen Berg von Skeletten und Knochen, die an den Tunnelwänden aufgehäuft waren. Sie befanden sich mitten in einem riesigen unterirdischen Friedhof. Sie schluckte, um ihrer Übelkeit Herr zu werden.

»Lady Charlotte, was ist mit Ihnen?«

»Bringen Sie mich nach draußen«, flehte sie ihn an und zitterte am ganzen Körper.

»Sofort, natürlich!« Er führte sie, halb stützend, halb tragend, die Treppe hinauf, an den Felswänden und den Kisten vorbei zurück zum Eingang.

»Es tut mir leid, Mr Linreed, ich wollte nicht feige sein«, entschuldigte sich Charlotte, als sie sich auf der Wiese vor dem Turm hingesetzt hatten. »Es war nur der Schock. Seit Jahren spiele ich ahnungslos auf dieser Wiese, und dann ist da so ein riesiger Friedhof direkt darunter. Die Gerüchte über die Mönche stimmen also doch! Es ist unglaublich!«

»Dann finden Sie es doch ein bisschen spannend, da bin ich aber froh«, antwortete Mr Linreed erleichtert.

»Und wie! Ich habe so viele Fragen, Mr Linreed. Woher wissen Sie von der Höhle unter dem Turm?«

»Von Ihrem Vater. Er benutzt den Eingangsbereich in heißen Sommermonaten als Weinkeller. Nur seine engsten Vertrauten dürfen davon wissen. Wenn die Dorfbewohner erfahren, dass die Knochen der alten Mönche tatsächlich dort unten begraben sind, werden sie verrückt. Aus diesem Grund müssen Sie es für sich behalten, Sie gehören jetzt auch zum engsten Kreis.«

Das Kompliment entging Charlotte nicht. »Ich wusste, dass es an Teilen der Küste Labyrinthe von unterirdischen Wegen gibt, aber dass ausgerechnet hier in Birch Hollow …?«

»Das haben die Mönche zu ihrer Zeit schon entdeckt und ihr Kloster vermutlich deswegen hier gebaut. Lady Charlotte, Sie zittern immer noch. Hat die Höhle Ihnen so einen Schrecken eingejagt? Bei mir löst sie nur Gänsehaut aus! Eines Tages wird es Ihnen auch so gehen, darauf wette ich. Kommen Sie her.« Er zog sie fest an sich, legte seine Arme um sie und streifte ihr Gesicht mit seinen Lippen. »Und das hier löst noch mehr Gänsehaut bei mir aus, Mylady. Schon das erste Mal, als wir uns begegnet sind, haben mich Ihre Unschuld und Ihre Natürlichkeit fasziniert. Sie besitzen eine unwiderstehliche Schönheit, die aus Ihrem Innern heraussprüht.«

Charlotte nahm seinen Kopf in ihre Hände, zeichnete mit den Fingern die Konturen seines Kinns nach und schaute hoch in seine Augen. Ihre Haare hingen lose auf ihre Schultern herab, nur ein paar Strähnen hielt die Spange noch fest, die zu Tagesbeginn einen Pferdeschwanz zusammengehalten hatte. Die Haube, die ihren Kopf vor dem kalten Wind schützen sollte, hing von ihren Schultern herunter. »Es wird erzählt, dass Sie schon viele Frauen hatten«, sagte sie mit forschendem Blick, »feine Frauen, elegante Frauen.«

»Aber nie so eine wie Sie, Mylady. Diese wilde Schönheit, diese Unverdorbenheit.«

»Ihr Atem fühlt sich so tröstlich an«, flüsterte sie.

»Von meinem Atem können Sie so viel haben, wie Sie möchten«, hauchte er ihr ins Ohr. »An Ort und Stelle, wenn Sie möchten.« Mit einem merkwürdigen Schimmer in den Augen näherten sich seine Lippen ihrem Mund.

»Nein, so nicht«, kicherte sie. »Erst der Ring, dann der Kuss. In diesem Punkt halte ich mich stur an Maggies Anweisungen und bleibe unschuldig!«

»Ach, Ihre Maggie, muss die sich ausgerechnet in diesem Moment einmischen?« Er küsste ihren Hals und streichelte ihre Wange mit seinen Fingern. Dann wurde seine Stimme leise, leidenschaftlich. »Lady Charlotte, es vergeht keine Nacht, in der ich nicht davon träume, Sie in meinen Armen zu halten. Was würden Sie sagen, wenn ich Sie bitten würde, mich zu heiraten?«

Sie lächelte. »Bitten Sie mich, dann finden Sie es heraus. Aber fragen Sie meinen Vater vorher.«

»Ihr Vater hat schon ›Ja gerne‹ gesagt.«

»Aber ich habe immer von einem richtig romantischen Heiratsantrag geträumt, Mr Linreed. Nicht hier, mit dem schauerlichen Turm hinter uns. Sondern mit Stil.«

»Mit Stil – wie könnte das aussehen?«

»Zum Beispiel bei Rosalindes Hochzeit nächste Woche. Ich habe immer davon geträumt, bei meinem Heiratsantrag ein dunkelrotes Kleid zu tragen und eine Blume im Haar zu haben. Und mein Verehrer geht auf die Knie und weiht mir sein Leben mit Haut und Haaren. Jake und Franny haben mich immer ausgelacht und das ein romantisches Hirngespinst genannt.«

»Nichts, was Sie sich wünschen, ist ein Hirngespinst, Mylady. Jake und Franny haben keine Ahnung, wie man Träume erfüllt. Das ist meine Spezialität. Gut, so soll es sein: Sie in Ihrem verführerischen Kleid, ich mit einem Ring, und dann verkünden wir der ganzen Welt unser Glück.« Er umschlang sie fester mit seinen Armen. »Haben Sie mir verziehen, dass ich Ihnen mit den Gräbern so einen Schrecken eingejagt habe?«

»Es gibt nichts zu verzeihen, Mr Linreed. Es war aufregend. Jetzt weiß ich etwas, was Jake nicht weiß. Er wäre schwer beeindruckt, und ich hoffe, ich darf es ihm eines Tages erzählen! Es hat sich gelohnt, Angst zu haben, nur um von Ihnen getröstet zu werden!«

»So etwas Hinreißendes hat noch nie eine Frau zu mir gesagt! Aber jetzt muss ich mich von Ihnen losreißen, denn ich habe leider eine Verabredung.« Er blickte ihr tief in die Augen, erhob sich und zog sie auf ihre Füße.

Hand in Hand gingen sie den Hang hinunter zum Haus.

»Lieber Gott, du hast über Bitten und Verstehen all meine Lebenswünsche erfüllt«, betete Charlotte, als sie abends neben ihrem Bett kniete. »Ich danke dir dafür. Und ich glaube, Maggie würde sich freuen. Sie hatte immer Angst, ich würde nie einen geeigneten Mann zum Heiraten finden. Aber schau mal einer an, was für ein feiner Mann mich in sein Herz geschlossen hat.« Ihre Gebete verwandelten sich in süße Fantasien, und sie fühlte sich wie die Prinzessin in einem Märchen.

Erst nach Mitternacht verließ Jake den Strand und machte sich auf in Richtung Hipperclove. Nur der gelegentliche Ruf einer Eule durchbrach die tiefe Stille, die über der Landschaft lag. Die Wiesen, Hecken und Bäume waren in den silbernen Schein des Mondes eingetaucht. In der Ferne rauschten die Wellen, die von hier aus nur bei Nacht zu hören waren, wenn das Gepolter der Fuhrwerke und das Rufen der Bauern verstummt waren.

Jake dachte an die Kraft, die seit Urzeiten, Tag und Nacht, ungeachtet der Turbulenzen der Weltgeschichte, gewaltige Wassermassen mit einem rhythmischen Ziehen und Stoßen über die Oberfläche des Planeten hin und her schob. Er hielt an, warf einen letzten Blick auf den Strand und klammerte sich an das Gefühl, den dünnen Faden zu einer unbeschwerten Kindheit wiederentdeckt zu haben.

»Zeig du auch mir einen Weg, wie damals meiner Mutter«, betete er, als er sich wieder in Bewegung setzte.

Da er noch nicht müde war, beschloss er, am Grab seiner Eltern zu halten, bevor er nach Birch Hollow zurückkehrte. Seit seinem Besuch bei Mrs Earling hatte er das Gefühl, dem Glück vergangener Zeiten hier am nächsten zu sein. Er schlich durch das Tor, nahm seinen Hut ab und stand mit gebeugtem Kopf vor den drei Hügeln. Was hatte seine Mutter in ihrem Tagebuch geschrieben?

Es ist besser, einen besonderen Menschen für kurze Zeit an meiner Seite gehabt zu haben und den Rest meines Lebens mit einem gebrochenen Herzen zu leben, als diesen Menschen nie gehabt zu haben.

Auf dem Weg von Sedgeworth Cove hatte er einen Strauß wilder Margeriten gepflückt. Er legte ein paar Blumen auf jedes Grab.

»Wir vier gegen den Rest der Welt«, flüsterte er.

Das Letzte, was er zu hören erwartet hatte, riss ihn aus seinen Gedanken: Schritte und ein lautes Kichern hinter dem Gebüsch, das den Friedhof von der Kirche trennte.

»Dachtest du wirklich, ich würde nicht kommen?«, erklang eine Frauenstimme.

»Nachdem wir uns nur zweimal gesehen haben, war ich mir nicht sicher«, antwortete ein Mann, der offensichtlich auf die Frau gewartet und Jakes leise Tritte im Friedhof nicht gehört hatte.

»Ich hatte Angst, dass so ein feiner Gentleman mich nicht eines Blickes würdigen würde!«

»Ein Mann, der von deiner Schönheit nicht an Ort und Stelle gefesselt ist, kann nicht normal sein. Seit meiner ersten Begegnung mit dir geht keine Nacht vorbei, ohne dass ich davon träume, dich in meinen Armen zu halten.«

»Und danach? Willst du mich ruinieren?«

»Über das Danach machen sich wahre Liebhaber keine Gedanken, meine Süße. Heute Nacht gehöre ich dir.«

»Dann machen wir aus dieser Nacht eine Ewigkeit. Und das Danach werfen wir in den Wind.«

Jake wollte nichts mehr hören. Er huschte mit angehaltener Luft und auf Zehenspitzen aus dem Friedhof und rannte nach Hause. Die Stimmen kannte er. Es waren die Stimmen von Lisbeth und Mr George Linreed.

Das wachsende Prestige der Familie Greenwold sollte mit Rosalindes Hochzeit gekrönt werden. Keine Kosten wurden gescheut, um Birch Hollow prunkvoll in Szene zu setzen. Wochenlang wurden verschiedene Sorten von feinstem Teig geknetet und zu auserlesenem Gebäck verarbeitet, Köstlichkeiten und Konfekt garniert, Fleisch gewürzt und zur Aufbewahrung in die Eiskammer gelegt.

Lady Agnes führte Regie. Sie erteilte Anweisungen zu Blumenarrangements und änderte sie wieder, weil ihr die Farben nicht gefielen. Sie warf das geplante Hochzeitsmenü mehrmals am Tag über den Haufen, schrieb immer wieder neue Gästelisten, je nachdem, welche Bekannten gerade in ihrer Gunst standen oder ihr plötzlich zuwider waren. Bei jeder Anprobe des Hochzeitskleides war sie dabei, überwachte jeden Knopf, der angenäht, jede Rüsche, die an die Taille, jede Schleife, die an den Saum angebracht wurde.

Ganz Hipperclove putzte sich fein heraus, alle waren eingeladen. Für den Hochzeitsabend war geröstetes Spanferkel im Park angesagt. Es gab Flöße auf dem See für die Kinder, Tänze um den Maibaum, Feuerwerke auf dem Turmhügel. Der Wein sollte ungehindert fließen, Bierfässer wurden aus dem Keller getragen, weitere standen bereit. Lord Greenwold beherrschte die Kunst, ein Fest zu veranstalten, das in die Geschichte eingehen würde.

Gäste von nah und fern sammelten sich in der Dorfkirche, auf dem Friedhof und auf der Straße vor der Kirche und warteten darauf, einen Blick auf die Braut und ihre Familie zu erhaschen. Die beiden Schwestern hätten nicht unterschiedlicher aussehen können. Rosalinde, eine schimmernde Wolke in Creme und Rosa, bedeckt mit goldenen Rüschen und Schleifen, wurde am Arm ihres Vaters feierlich in die Kirche geführt, wo Graf Louis Bizet am Altar wartete. Ein Raunen ging durch das Kirchenschiff.

Hinter Rosalinde ging Charlotte in einem schlichten dunkelroten Kleid und mit einer einzigen Nelke hinter ihrem Ohr. Jake, der hinten in der Kirche saß, dachte mit einem Stich im Herzen, wie sehr Charlotte ihrer Großmutter ähnelte. Während er sie anstarrte, schweifte ihr Blick zur Seite, aber nicht in Jakes Richtung, sondern dorthin, wo George Linreed unter den Ehrengästen saß. Ihre Augen trafen sich und Jake sah, wie sich ein Strahlen über Charlottes Gesicht breitete. Am liebsten hätte er sie an Ort und Stelle geschüttelt, sie wachgerüttelt und in aller Öffentlichkeit die Wahrheit über Mr Linreed hinausgebrüllt.

»Allmächtiger Gott, schon bei der Erschaffung des Menschen hast du die Lebensgemeinschaft von Mann und Frau gewollt. Blicke auf dieses

Brautpaar, das den Ehebund schließen will. Lass sie einander zugetan sein ihr Leben lang.«

Die Stimme des Priesters dröhnte weiter, während Jakes Augen immer wieder unwillkürlich zu Charlotte wanderten, deren Kopf er von seinem Sitz aus gerade noch sehen konnte. Ihre Haare waren in einem Knoten in ihrem Nacken zusammengebunden. Ungezähmte Locken hingen um ihre Ohren. Irgendeine ihrer Haarsträhnen fand immer einen Weg aus den Spangen und Haarklammern heraus. Jake mochte diese ungepflegte Schönheit.

»Ich frage Sie, Graf Louis Berthold Jacques Bizet: Sind Sie hierhergekommen, um nach reiflicher Überlegung und aus freiem Entschluss mit Ihrer Braut Lady Rosalinde Aurelia Martha Greenwold den Bund der Ehe zu schließen?«

Mit abwesendem Blick lauschte Jake der monotonen Stimme. Er fing an, Pläne zu schmieden. Dieses Mal würde er auf den richtigen Moment warten, um mit Charlotte zu reden. Er würde weiser und umsichtiger sein als bei der letzten hitzigen Begegnung. Von Frederick hatte er erfahren, dass Mr Linreeds Pferd für seine Abreise am folgenden Tag vorbereitet werden sollte. Ohne die unmittelbare Nähe ihres Verehrers würde Charlotte hoffentlich ein offenes Ohr für ein ernstes Gespräch haben.

Er hatte am Strand gebetet, dass Gott ihm einen Weg zeigen solle. Vielleicht war der Abstecher zum Friedhof mitten in der Nacht die Antwort auf diese Bitte. Jetzt hatte er den unwiderlegbaren Beweis, dass dieser Mann ein Schurke war. Charlotte würde ihm glauben müssen, wenn er sie warnte, die Finger von Mr Linreed zu lassen.

»Immerhin habe ich keine Verpflichtungen mehr gegenüber Lisbeth«, dachte er mit Verbitterung, während Rosalinde ihrem Grafen ewige Treue gelobte. »Wie sehr habe ich mich in ihr getäuscht! Und wie wenig werde ich sie bemitleiden, wenn dieser unehrenhafte Betrüger sie in Windeseile abschüttelt, sobald er seinen Spaß mit ihr hatte!«

»Heilige, o Herr, die Liebe dieser Brautleute und segne die Ringe, die sie als Gatten tragen werden, damit sie ihnen allezeit ein Pfand der Treue und ein Zeichen ihrer Liebe bleiben. Darum bitten wir durch Christus, unseren Herrn. Amen.«

Die Trauung war vorbei, und die Festlichkeiten hatten begonnen. Charlotte wich nicht von Mr Linreeds Seite. Einmal beobachtete Jake, wie Lisbeth Mr Linreed kokett zuzwinkerte, als sie vorbeiging, und wie er mit einer leichten Neigung des Kopfes antwortete.

Jake stand im Schatten des Birkenwaldes und schaute von dort aus den Volkstänzen auf dem Rasen zu.

Franny hatte sich zu ihm geschlichen und streckte ihre Hand aus. »Schau mal, Jake!«

An ihrem Ringfinger strahlte eine Perle, von einer nagelneuen Goldeinfassung eingerahmt, die in der Sonne glitzerte. Der Anblick verwandelte Jakes müden Gesichtsausdruck zu einem fröhlichen Lachen. »Und jetzt auch noch ein Ring! Liebe Franny, ich bin nicht überrascht, und ich gratuliere dir von Herzen! Die nächste Hochzeit lässt schon grüßen, das ist eine feine Sache. Gott weiß, Dickon hat für dich hart gearbeitet. Er hat Glück, dich gewonnen zu haben. Ich gönne euch eure Freude!«

»Ist es nicht angemessen, dass ein Mann sein Glück hart verdienen soll?«, gab Franny lachend zurück. »Aber das ist nicht der Grund, weswegen ich mit dir reden wollte«, fuhr sie fort. »Irgendwas ist doch mit dir. Du wirkst abwesend und zerstreut.«

»Du hast recht. Aber an so einem fröhlichen Tag muss dich mein Kummer nicht belasten, Franny.«

»Auf eins von drei Themen tippe ich. Lisbeth, Charlotte, deine Mutter.«

»Da diese Themen den ganzen Inhalt meines Lebens ausmachen, wird es wohl eins davon sein.«

Franny warf einen Blick nach hinten, drehte nervös an ihrem Ring und senkte ihre Stimme. »Jake, pass auf dich auf. Lord Greenwold setzt alles daran, den Ruf deiner Mutter bei den Dorfleuten zu zerstören. Wenn du dich wehrst, richtet er seinen Zorn auf dich, und er ist zu allem fähig, glaub mir. Wirklich zu allem.«

»Meinst du, die Gefahr ist mir nicht bewusst? Alle, die mit Lord Greenwold zu tun haben, wenden sich von mir ab, Franny. Wäre Charlotte nicht hier, wäre ich schon längst weg.«

»Nein, du darfst niemals weggehen!«, ereiferte sich Franny und griff nach seinem Arm. »Charlotte braucht dich. Jake, ich werde mit diesem

Mr Linreed einfach nicht warm. Sie hat nur noch Augen für ihn, und er hat ihr weisgemacht, dass seine Eskapaden mit Frauen ein Ding der Vergangenheit sind. Was können wir nur machen?«

»Nichts«, antwortete Jake. »Ich befürchte, es ist zu spät. Charlotte will nichts mehr von mir wissen. Es gibt Situationen, Franny, in denen man es immer falsch macht, egal, was man tut. Ihr nichts zu sagen, ist fahrlässig. Ihr etwas zu sagen, entfremdet sie nur.«

»Die Heirat ist beschlossene Sache, Jake. Vorhin sagte Charlotte mir: ›Er hat mich gefragt und ich habe Ja gesagt.‹ Sie war überglücklich.«

Jake schloss die Augen und antwortete nicht. Franny zu verraten, wie sehr ihre Bedenken berechtigt waren, würde nur weitere Probleme bringen.

»Und was ist mit Lisbeth?«, fragte Franny schüchtern.

Jake zuckte mit den Schultern und sagte nichts.

»Ich bin für dich da, wenn du mich brauchst.« Sie drückte mitleidsvoll seinen Arm und eilte davon. Lady Agnes hatte nach ihr gerufen.

14

Liebe Rosalinde,
die Lampions sind abgehängt, die Festtafel abgeräumt, und mein rotes Kleid ist im Schrank gelagert. Seitdem Du weg bist, ist die Stimmung in Birch Hollow trüb. Wer hätte damals gedacht, als ich Deinen Schirm in den Fluss warf, dass eine Zeit kommen würde, in der ich Dich vermisse?

So lange waren wir damit beschäftigt, Deinen besonderen Tag unvergesslich zu machen. Was haben wir davor bloß gemacht? Mrs Gibbs ist kratzbürstig und eingeschnappt, unsere Mutter irritiert, rastlos und umtriebig. Nie habe ich sie so …

»Und was hast du hier zu suchen, in Rosalindes Zimmer?«

Die Kälte der Stimme ließ Charlotte das Blut in den Adern gefrieren. Sie wandte sich um. Es war ihre Mutter. Ihre Schreibfeder flog auf den Boden und Tinte spritzte in alle Richtungen.

»Siehst du? Du ungeschicktes Ding! Überall, wo du bist, entsteht Unordnung. Du passt nicht in dieses Haus. Ich verbiete es dir, dich in diesem Zimmer aufzuhalten. Mrs Gibbs! Hier muss gereinigt werden! Der Teppich ist verdreckt!«

Charlotte hob ihre Feder vom Boden auf und deckte das Blatt zu, auf dem sie gerade geschrieben hatte. »Aber Mutter, Vater hat angeordnet, dass ich diesen Raum beziehe«, wehrte sie sich, »und Rosalinde hat sich darüber gefreut. Hier war unser kleines Frankreich, wir haben Französisch geübt und französische Sitten studiert.«

»Und unverschämt bist du auch noch, raus mit dir!«, zischte Lady Agnes. Ihre Stimme klang schrill, ein wildes Licht flackerte in ihren Augen. Ihre Haare waren wild und ungepflegt.

»Mutter, du bist krank, soll ich jemanden holen?«

»Ich, krank?«, schrie Lady Agnes, »du bist diejenige, die krank ist. Von Anfang an. Ein schwächlicher, wimmernder Säugling. Zu nichts nütze, nur im Weg. Und dann musste Greenwold, dieses Monstrum von einem Gatten, dich auch noch zurückholen, nachdem wir dich losgeworden waren.«

Charlotte griff nach ihrem Schreibzeug und flüchtete aus dem Raum. Das hektische Geklapper von Mrs Gibbs' Schlüssel hallte bereits im Gang.

»*Sie* schon wieder hier, Lady Georgiana? Deshalb hat Ihre Mutter einen ihrer Anfälle. Sie ist immer verstört, wenn sie in Ihrer Nähe war.«

Charlotte antwortete nicht. Sie rannte die Treppe hinunter, zum Haupteingang hinaus und in den Park.

Mrs Gibbs wandte sich Lady Agnes zu, die weinend in Rosalindes Sessel gesunken war.

»Tinte! Überall auf Rosalindes Teppich hat sie Tinte gespritzt, Mrs Gibbs! Dieses Kind wird mein Untergang sein, ich verabscheue es, ich ertrage es nicht länger!«

»Kommen Sie, Mylady. Die Tinte schrubbe ich weg. Wir gehen zurück in Ihre Räume. Wollen Sie Ihren Tee nicht früher als sonst einnehmen? Soll ich Ihnen einen Beruhigungstee zubereiten lassen?«

Während sie durch den Park zum Turmhügel ging, berührte Charlotte mit ihren Fingern einen kleinen Saphirring, den sie seit Rosalindes Hochzeit an ihrer linken Hand trug.

»Auch wenn meine Mutter mich noch so sehr hasst, auch wenn die ganze Welt gegen mich wäre, kann ich trotzdem mit aufrechtem Gang durchs Leben gehen, weil George Linreed mich liebt und mich heiraten will«, sagte sie zu sich selbst.

Sie blieb an der Stelle stehen, an der die geheime Tür verborgen war. Hier hatte George ihr zum ersten Mal seine Liebe erklärt. Sie lehnte sich an den Efeu, schloss die Augen und durchlebte jedes Wort, jede Berührung in ihrer Fantasie noch einmal.

Der Turm hatte für Charlotte seinen Schrecken verloren. Die Ruine erschien ihr jetzt wie eine alte Freundin. Und sie war zur Mitwisserin eines Geheimnisses geworden, das nur wenigen anvertraut war.

»Ich würde mich fast trauen, alleine hineinzugehen«, dachte sie und zog an einem Strang des Efeus. Sie sprang zur Seite, als eine Wolke von Staub und Dreck herunterfiel. So gerne hätte sie gewusst, wie weit die unterirdischen Gänge unter den Felsen reichten.

»Und weil ich meine Angst vor dem Turm verloren habe, machen mir auch meine Mutter und Mrs Gibbs keine Angst mehr!«

Am Abend saß sie wieder an dem Schreibtisch, der früher Rosalinde gehört hatte.

So sehr ich mich über Deinen edlen Grafen freue, finde ich es doch schade, dass Du gerade dann wegziehst, wenn ich Dich als Schwester entdecke. Aber so ist das Leben – natürlich konnte meine Zuneigung nicht mit den unwiderstehlichen Liebesschwüren eines sonnengebräunten Kavaliers aus dem Süden mithalten, der offensichtlich in Dich vernarrt ist, Du glücklichste aller Damen.

Aber stell Dir vor. »Die Götter haben Dich nicht vergessen«, ließ Dickon mich gestern scherzhaft wissen. Dann ergänzte er hinter vorgehaltener Hand: »Und die Mönche auch nicht«, denn das darf er nicht zu laut sagen, sonst regt sich Harriet auf, oder er bekommt von Franny eine Ohrfeige.

Und denk Dir, Rosalinde, als Ihr Frischvermählten euch auf den Weg machtet und wir noch weiterfeierten, hat George Linreed um meine Hand angehalten. Formell, mit Ring, mit Liebeserklärungen, die so ernsthaft, so leidenschaftlich waren, dass ich ganz weiche Knie bekam! Ich bin außer mir vor Freude! Ich könnte Bäume ausreißen, durch Hipperclove rennen und alle Menschen umarmen, denen ich begegne. Womit habe ich so viel Glück verdient?

Ich halte an der Hoffnung fest, dass sogar meine Mutter sich irgendwann freuen wird, zumal Vater will, dass wir nach der Heirat in Birch Hollow leben und ihm bei der Verwaltung des Anwesens helfen. Jake wird sich damit abfinden, davon bin ich überzeugt. Es ist für mich ein Wermutstropfen, dass er sich so kindisch verhält und mir mein Glück nicht zu gönnen scheint. Vater denkt, er hängt zu sehr an mir, weil seine Mutter meine Amme war.

Aber jetzt zu fröhlicheren Dingen.

Gerade erzählte mir Vater, dass Ihr bei uns überwintern wollt, nachdem Dein Gatte Dir alle Schätze der Normandie in ihrer Herbstpracht gezeigt hat!

Ich fühle mich geehrt, dass wir uns so bald wiedersehen und dass Ihr die windumwehte Küste Cornwalls dem milderen Winter im Süden vorzieht!

Das heißt, wir werden die Hochzeit so planen, dass Ihr dabei seid. Es gibt nichts, was mir größere Freude bereiten würde! Zur Feier Eures Besuches werden wir alles auf Französisch haben – das Festmenü, die Musik, die Blumen, vielleicht sogar das Kleid.

Und sobald Du hier bist, erzähle ich Dir noch ein Geheimnis, wenn der liebe Mr Linreed es mir erlaubt. Es hat mit dem Anwesen hier zu tun, und Du wirst es kaum glauben, wenn Du es hörst.

Deine glückliche, Dich herzlich umarmende
Charlotte.

»Lady Agnes ist heute unruhig, Mylord.«

»Wann ist Lady Agnes *nicht* unruhig, Mrs Gibbs? Müssen Sie wegen so einer Lappalie durch die Tür spähen?«

Mrs Gibbs kannte Lord Greenwolds Launen, auch wenn sie seinen Gesichtsausdruck hinter der Zeitung nicht erkennen konnte. Heute würde es wohl nicht wie in gewissen seltenen Momenten eine zärtliche Annäherung geben.

Sie betrat die Bibliothek. »Es ist keine Lappalie, Mylord. Ihre Frau ist seit der Hochzeit in Missstimmung und stört sich an Lady Georgiana.«

Lord Greenwold zog eine Hälfte der Zeitung zur Seite und blickte Mrs Gibbs scharf an. »Wie oft muss ich Ihnen sagen, dass sie seit geraumer Zeit mit Lady Charlotte anzusprechen ist!«

»Lady Agnes erlitt einen Zitteranfall«, fuhr Mrs Gibbs ungerührt fort, »und sie fing an zu schreien, als sie durch das Fenster sah, wie Mr Linreed Charlotte zum Abschied küsste. Seitdem tobt sie, wenn sie nur an Charlotte erinnert wird.«

»*Lady* Charlotte, Mrs Gibbs. Was geht es sie an, wen Lady Charlotte küsst? Sie hat sich jahrelang keinen Deut um das Kind gekümmert.«

»Es ist krankhaft, Mylord. Sie verdächtigt Lady Charlotte schon länger, Rosalindes Platz in der Familie einnehmen zu wollen, und jetzt meint sie, ihre Angst sei berechtigt, und sie wird hysterisch. Vor allem, seitdem Lady Charlotte in Rosalindes Zimmer eingezogen ist.«

Lord Greenwold wandte sich wieder der Zeitung zu. »Richten Sie ihr aus, sie soll sich zusammennehmen. Meine Tochter hat sich nützlich gemacht, und Birch Hollow braucht sie. Sie hat meinen schlauen Kopf geerbt.«

Mrs Gibbs zögerte.

»Und falls sie Angst hat, dass Lady Charlotte Eduards Platz einnehmen könnte, sagen Sie ihr, dass diese Befürchtung unbegründet ist. Eduard wird zu einem kompetenten Gutsherren heranwachsen, und Lady Charlotte wird ihm dabei helfen.«

Mrs Gibbs rührte sich nicht vom Fleck.

»Auf was warten Sie, Mrs Gibbs?«, fragte er in einem schärferen Ton.

»Die Sache ist ernst, Mylord. Lady Agnes besteht darauf, dass Ihre Tochter sofort weggeschickt wird. Wenn das nicht geschieht, will sie selber dafür sorgen, dass sie von hier verschwindet.«

Lord Greenwold lachte ungläubig, legte seine Zeitung ungeduldig zusammen und beugte sich in seinem Sessel vor. »Was heißt hier ›Ihre Tochter‹, Mrs Gibbs? Lady Charlotte ist ebenso Lady Agnes' Tochter. Hier ist ihr Platz. Und mit welchem Recht besteht meine Gattin auf so einer Maßnahme, bitte schön?«

»Das weiß ich nicht, Mylord. Aber sie scheint fest entschlossen und stößt wütende Drohungen aus. Man muss befürchten, dass der jungen Lady etwas zustoßen könnte.«

»Das ist lächerlich, Mrs Gibbs! Sorgen Sie dafür, dass Lady Agnes beruhigt wird. Zur Not wird der Apotheker schon ein passendes Mittelchen wissen.« Er nahm seine Zeitung wieder zur Hand, breitete sie vor seinem Gesicht aus und schlug die Beine übereinander. Offensichtlich war ihm nicht nach weiteren Diskussionen zumute.

Mrs Gibbs bewegte sich noch immer nicht von der Stelle und räusperte sich.

»Was haben Sie noch für ein Problem, Mrs Gibbs?«, kam Lord Greenwolds Stimme hinter der Zeitung hervor.

»Es ist ernster, als Sie meinen, Mylord. Ihre Frau spricht davon, sich mit Sir Forsythe-Drake in Verbindung zu setzen. Ihre Reden sind wirr und unverständlich. Aber ich befürchte … kann es sein, dass Ihre Gattin diesen Menschen näher kennt?« Ihr Ton war betont unschuldig und zögerlich. Sie war sich bewusst, dass sie sich einem Pulverfass näherte.

Lord Greenwold rührte sich nicht hinter der Zeitung. Mrs Gibbs fragte sich, ob ihre Worte überhaupt zu ihm durchgedrungen waren.

Trocken, emotionslos und sachlich war schließlich die Reaktion. »Dann tun Sie, was Sie tun müssen, Mrs Gibbs. Offensichtlich ist die Zeit gekommen.«

»Sie meinen …?«

»Du hast mich gehört, Emily.«

Einige Wochen waren vergangen, seitdem Charlotte sich von Mr Linreed verabschiedet hatte. Sie lebte jeden Tag auf den Augenblick zu, an dem Dickon die Post brachte. Wenn ein Brief von ihrem Verlobten dabei war, ging für sie die Sonne auf. Wenn nicht, blies sie den ganzen Tag Trübsal und zählte die Minuten bis zur nächsten Postlieferung.

Eines Tages, als sie unruhig im Eingangsflur hin und her ging und immer wieder zur Tür hinausblickte, wurde sie von Jake überrascht. »Charlotte, was machst du da?«

»Was geht dich das an, Jake? Hast du keine Arbeit draußen?«

»Redet man so mit einem alten Freund, Charlotte?«

»Mein Vater will, dass ich mich standesgemäß verhalte. Ich bin nicht nur eine Lady, sondern bald auch eine verheiratete Frau.«

»Und standesgemäß bedeutet, dass du mit Bediensteten arrogant umgehst?«

»Ein gewisser Abstand muss sein, damit man mich respektiert.«

»Und ich stehe also in der Gefahr, dich nicht zu respektieren?«

»Mein Vater meint, du würdest mir zu nahetreten und dir Freiheiten herausnehmen, die sich nicht für einen Bediensteten ziemen.«

»Und er hat dich nicht zufällig daran erinnert, dass meine Mutter dich aufgezogen hat und ich für dich wie ein Bruder war?«

Charlotte stampfte mit dem Fuß. »Immer diese alte Leier«, ereiferte sie sich. »Zum hundertsten Mal, Jake: Ich bin wirklich dankbar für alles, was ihr für mich getan habt, und ich werde immer dankbar sein. Aber jetzt gehe ich meinen eigenen Weg. Verstehst du das nicht?« Sie war gereizt und den Tränen nahe.

»Charlotte, nur ein Gespräch, bitte, dann lasse ich dich in Ruhe, für immer, wenn du möchtest. Ich verspreche es dir. Gehen wir an die frische Luft?«

Charlotte blickte noch einmal sehnsüchtig durch das Fenster in der Hoffnung, Dickon mit der Post im Anmarsch zu entdecken. Auch Franny, der Charlotte helfen wollte, einen neuen Stoff für die Vorhänge im Speisesaal zu wählen, war weit und breit nicht zu sehen. Nicht einmal ihr Vater war mit einer neuen Aufgabe zur Hand. Schleppenden Fußes folgte sie Jake zur Haustür hinaus.

Er führte sie in den Wald, in dem sie sich vor vielen Jahren zum ersten Mal begegnet waren. Jake setzte sich auf den alten Baumstamm, der immer noch quer über dem Boden in der Lichtung lag, bedeutete Charlotte, sich neben ihn zu setzen, und beugte sich nach vorne, die Hände ineinander verschränkt, den Kopf gesenkt.

Das Sonnenlicht fiel durch die Bäume und sprenkelte den Boden mit leuchtenden Flecken.

So oft hatten sie hier gesessen, gemeinsam Bücher gelesen, miteinander geplaudert. Das prächtige Herbstlaub kam ihm jetzt fahl vor, wie eine gespenstische Abenddämmerung am Ende eines schönen Traums. Nicht der leiseste Windhauch war zu spüren. War es nur Einbildung, oder war das bunte Naturschauspiel wirklich auf einmal nur noch eine blasse Parodie seiner früheren Schönheit? Eine Möwe, die im fernen Meereswind in der Luft kreiste, schrie, und eines ihrer Jungen antwortete.

Jake blickte abwesend auf die rote Weinranke, die an der Steinmauer schimmerte und durch die Bäume hindurch gerade noch sichtbar war. Von dieser Seite sah die Mauer grün aus. Das lag an den winzigen Mauerrauten, die darauf wuchsen. Aus den höchsten Ritzen steckten Glockenblumen ihre wiegenden purpurnen Blütenkelche.

»Die Jungen haben ihre Nester verlassen«, sagte Jake leise.

Charlottes Blick war starr geradeaus gerichtet. Jake seufzte tief und wandte sich ihr zu.

Sie wich seinem durchdringenden Blick aus und starrte auf den Boden.

»Charlotte, ich flehe dich an, deine Verbindung zu Mr Linreed noch einmal zu überdenken. Oder der Sache wenigstens mehr Zeit zu geben.«

Charlotte seufzte ungeduldig und machte Anstalten, sich zu erheben. Jake legte seine Hand sanft auf ihren Arm.

Sie blieb sitzen und drehte ihren Ring nervös mit den Fingern der anderen Hand. »Es ist zu spät, Jake. Unsere Heirat ist beschlossen. Ich weiß, du hast Maggie versprochen, auf mich aufzupassen. Und ich soll dich immer fragen, bevor ich wichtige Beschlüsse fasse.« Sie verdrehte die Augen, während sie die Worte wie auswendig gelernt herunterleierte. »Aber du hast deine Aufgabe erfüllt, Jake. Und Maggie würde sich freuen, dass ich einen Mann fürs Leben gefunden habe. Wird es dir nicht langweilig, dir Sorgen um mich zu machen? Ich bin bald achtzehn, Jake. Ich weiß, was ich tue. Was hast du bloß gegen Mr Linreed? Du kennst den Mann gar nicht.«

»Charlotte, ich bin davon überzeugt, dass Mr Linreed es nicht ernst mit dir meint. Du musst wissen, dass er sehr freizügig mit Frauen umgeht.«

»Das weiß ich, und das ist Vergangenheit«, erwiderte Charlotte empört. »Ich glaube, du bist nur eifersüchtig, weil du Lisbeth nicht gewinnen konntest, und jetzt gönnst du mir mein Glück nicht.«

Jake schüttelte den Kopf. »Charlotte, wie kannst du nur so etwas behaupten? Dein Glück war mein Anliegen seit dem Tag, an dem ich dich zum ersten Mal sah. Ich bin überzeugt, dass du dieses Glück bei Mr Linreed nicht finden wirst. Du bist zu gut für ihn, Charlotte.«

»Das mit den Frauen hat aufgehört, seitdem er mich kennt. Er hat nie für eine Frau so empfunden wie für mich. Außerdem ist es normal, dass ein gut aussehender junger Mann sich die Hörner abstößt, bevor er heiratet. Besonders, wenn es ein adliger Mann ist.«

Mit angewiderter Miene sprang Jake auf die Füße und baute sich vor Charlotte auf. »Dann lass die Finger von den sogenannten adligen Männern, um Gottes willen, Charlotte. Es ist *nicht* normal!«

»Siehst du? Du bist nur neidisch, weil ich jetzt in die höheren Kreise aufgestiegen bin.« Charlotte verzog spöttisch den Mund.

»Wo sich vornehme Herren mit jungen Frauen belustigen und sie wieder fallen lassen, wenn sie Langeweile haben, da sind keine höheren Kreise, Charlotte. Da gehörst du nicht hin. Du verdienst etwas Besseres.«

Charlotte warf ihm einen mitleidigen Blick zu. »Ach komm, Jake, kümmere dich nicht darum. Von diesen Dingen verstehst du nichts. Du bist doch vollkommen altmodisch.«

»Wenn altmodisch bedeutet, dass ein Mann mit dem Herzen einer jungen Dame sorgsam umgeht, dann bin ich gerne altmodisch. Dieser Mann macht dir weis, dass du seine große Liebe bist, und gleichzeitig sagt er anderen Frauen genau das Gleiche.«

Charlotte stand auf und blickte ihn mit feurigen Augen an. »Du gehst entschieden zu weit, Jake. Deine Worte entbehren jeder Grundlage, und ich glaube dir kein einziges davon. Es ist dreist und unverschämt von dir, so etwas zu behaupten«, schnaubte sie. »Mr Linreed liebt mich, und ich glaube ihm. Einmal im Leben habe ich die Chance, meinem Vater zu gefallen und glücklich zu werden, und du willst es verhindern. Was bist du nur für ein falscher Freund. Jetzt ist es genug!« Tränen schimmerten in ihren Augen.

Jake streckte die Hand nach ihr aus und versuchte, ihre Wange zu streicheln, wie er es immer gemacht hatte, wenn sie angefangen hatte zu weinen.

Aber dieses Mal zuckte sie bei seiner Berührung zurück. »Ist das dein Dank dafür, dass ich dich vor meinem Vater in Schutz nehme?«

»Ich habe dich nie gebeten, mich vor irgendjemandem in Schutz zu nehmen.«

»Wenn ich nicht gewesen wäre, hätte mein Vater dich längst weggeschickt!«

Jakes Kiefer verkrampfte sich. Er musterte ihr Gesicht mit fragendem Blick.

»Das ganze Dorf spricht davon, dass deine Mutter mit dem Teufel geredet hat. Mein Vater würde dich am liebsten loswerden. Aber du bleibst, weil ich will, dass du bleibst. Wenn ich Mr Linreed heirate, möchte ich, dass du in unseren persönlichen Diensten stehst, dass du unter anderem unsere Pferde und Kutschen verwaltest. Mein Vater hat zugestimmt und will morgen mit dir über deine neuen Aufgaben reden.«

Jake drängte die Widerworte zurück, die in ihm aufstiegen.

»Was, freust du dich nicht?«, schnappte Charlotte.

Er gab jeden Versuch auf, seine Worte vorsichtig zu wählen. »Was, ich soll Tag für Tag zuschauen, wie dieser aalglatte Verführer sein Unwesen treibt, seinem ausschweifenden Lebensstil frönt und einen Menschen zugrunde richtet, der mir kostbarer ist als mein eigenes Leben? Und dabei soll ich mich auch noch freuen? Nein, niemals, Charlotte.« Es war mehr ein Stöhnen als ein Reden. »Wie ist es zugegangen, dass dieser Mann dir das Hirn so vernebelt hat?«, fuhr er kopfschüttelnd fort, während Charlotte wutentbrannt nach Worten rang. »Du bist wie verhext. Du bist nicht mehr die Charlotte, die ich seit unserer ersten Begegnung mit jeder Faser meines Wesens geliebt habe. Wie kannst du über Nacht alles in den Wind schlagen, was dich ein Leben lang geformt und zu der wunderbaren Frau gemacht hat, die du bist? Wie kannst du die Menschen verachten, die ihr Leben für dich geben würden, um einem Nichtsnutz hinterherzulaufen, dem du nichts bedeutest?«

»Ich habe dir nichts mehr zu sagen, Mr Jake Fenton. Geh bitte, gleich. Verschwinde aus meinem Leben.« Ihre Stimme zitterte.

Jake zögerte, dann wandte er sich von ihr ab und ging davon. Er warf einen Blick zurück, als ob er noch etwas sagen wollte, aber sie kam ihm zuvor.

»Ich möchte nichts mehr hören«, rief sie. »Und sieh dich vor, Jake! Wenn mein Vater von diesem Gespräch erfährt …«

Jake beschleunigte seine Schritte. Mrs Earlings Warnungen kamen ihm in den Sinn wie auch Frannys Behauptung bei der Hochzeit, dass Lord Greenwold zu allem fähig wäre, wenn einer seiner Mitmenschen seine Pläne durchkreuzte. Offensichtlich war die Vermählung von Mr Linreed mit Charlotte ein zentraler Bestandteil dieser Pläne, aus welchem Grund auch immer.

Er fing an zu rennen. Bucheckern, Kastanienschalen und Eicheln knisterten unter seinen Füßen. Träge Wolken trieben über den blauen Himmel, als er den Schatten der Bäume hinter sich ließ und anhielt, um Luft zu holen und zu überlegen, was er als Nächstes tun sollte.

Es war unerträglich, zurück zum Haus zu gehen. Das Mahlen der Pferde, die Stille des Friedhofs, das Rauschen der Wellen und die salzige Luft der Sedgeworth-Bucht – Klänge, Düfte und Ausblicke, die ihm normalerweise Trost spendeten – würden in diesem Augenblick nur schmerzhafte Erinnerungen in seiner Seele aufwerfen.

Er überquerte die Brücke, bog nach links am Weiher vorbei und ließ das Dorf und den Fluss hinter sich. Vor ihm erstreckten sich die Wiesen, in der Ferne waren Erntearbeiter als winzige Punkte auf den Obstplantagen gerade noch zu sehen. Er musste fort, weg von den Begegnungen mit Menschen, weg von allen Erinnerungen an die Schicksalsschläge, die kein Ende nehmen wollten. Irgendwohin, wo er Fetzen von zerstreuten Gedanken und Reste von gebrochenen Träumen wieder einsammeln konnte.

Die frisch gewendete Erde der gepflügten Felder roch feucht und kühl. In der Ferne ging ein Bauer neben seinem Pferd, das einen Pflug zog. Scharen von Möwen und Krähen schwirrten hinter ihm her auf der Jagd nach den ersten Insekten, die in den Furchen der Pflugscharen an die Oberfläche geworfen wurden. Das Gras auf der Wiese raschelte, als ein plötzlicher Windstoß den Geruch von gärenden Äpfeln von den Obstbäumen herübertrug. Fallobst lag unter den kahlen Ästen. Meuten von Wespen und Fliegen torkelten halb betrunken auf der Fäulnis herum. Bald würde das wimmelnde Leben unter einer Schicht Eis erstarren.

Jake setzte sich auf einen Teppich aus weichem Moos im Schatten des Kastanienbaums, unter dem seine Mutter im Herbst immer Schmuck für ihren Küchentisch gesammelt hatte.

»Welche Geschichte erzählt der Herbst?«, hatte er Charlotte einmal gefragt. »Ist er der Lebensabend, der müde aufs Ende zustolpert, bevor er sich in den Boden legt? Oder der Vorbote des Frühlings, berstend vor verborgenen Schätzen, voll gespannter Hoffnung auf das bevorstehende Sprießen von Farbe und Leben?«

»Es ist ein Zwielicht, eine sanfte Dämmerung, aber ein Ende mit der Aussicht auf einen Neubeginn«, hatte sie geantwortet. »Das Samenkorn, das in den Boden gelegt wird, stirbt, aber nicht für immer. Es ist nicht die Endgültigkeit eines kalten Grabes, sondern die Heimkehr zum warmen Herd nach getaner Arbeit am Ende eines langen Tages. Der Herbst bedeutet: aufwachen und feststellen, dass der Sturm vorbei ist und die Tränen abgewischt sind. Eine zitternde Hand in die Dunkelheit ausstrecken und merken, dass sie in der warmen, großen Hand Gottes liegt.«

»Halte diesen Moment fest, Charlotte«, hatte Jake geantwortet. »Die Worte, die du gerade gesprochen hast, schreiben wir auf. Irgendwann werden wir sie brauchen.«

»Wann, wenn nicht jetzt?«, fragte er sich, als ein Schluchzer seine kräftige Gestalt erschütterte.

Liebe Eltern, schrieb Jake am Abend bei Kerzenlicht in das Tagebuch seiner Mutter.

> *Heute habe ich etwas begriffen. Es gibt einen Tod, der schlimmer ist als der leibliche Tod eines lieben Menschen. Es ist der Tod einer Freundschaft. Ein Tod, der Verrat mit sich bringt. Die Person ist äußerlich die gleiche. Durch jahrelange Gewohnheit freut man sich auf die leuchtenden Augen bei jeder Begegnung. Stattdessen läuft man gegen eine eiskalte Wand. Abweisende Blicke, eine kalte Schulter. Die Füße, die in besseren Zeiten fröhlich auf mich zugehüpft kamen, laufen weg, wenn ich erscheine. Als ich Euch in die Erde legte, verlor ich eine Liebe, die mir alles bedeutete, aber sie blieb eine Liebe. Ein unverdorbenes Vermächtnis wurde an den Schöpfer zurückgegeben. Aber bei meinem heutigen Verlust gibt es kein unverdorbenes Vermächtnis. Und ich habe alles selbst verschuldet. Ich habe Warnsignale nicht beachtet, nicht auf meine innere Stimme gehört. Ich muss feststellen, dass meine Zuneigung für Charlotte nicht erwidert wird. Die beste Chance, ihr zu helfen, ist genau das, wozu sie mich aufgefordert hat. Ich muss aus ihrem Leben verschwinden.*

Eine gepackte Tasche stand neben seinem Tisch. Ein Umschlag, an Lord Greenwold adressiert, lag neben der Kerze. Ein zweiter war an Frederick gerichtet, der für einige Tage fort war. Er würde seinen Platz zunächst einmal einnehmen müssen.

Jake warf einen letzten Blick auf das kleine Zimmer, das für viele glückliche Jahre sein Zuhause gewesen war, löschte die Kerze, hievte die Tasche auf seine Schulter und stieg die Leiter hinab. Eine letzte Aufgabe hatte er noch zu erledigen. Er schlich in Tedwins Stall und umklammerte lang und innig den Hals seines Lieblingspferdes.

»Jetzt ist es an dir, Tedwin. Pass auf sie auf, wenn du es irgendwie kannst«, flüsterte er in sein Ohr, bevor er ihm die Schnauze küsste und ein letztes Mal auf den Rücken klopfte. Er öffnete leise die Holztür der Scheune, blickte um sich und verschwand im Nebel der hereinbrechenden Nacht.

Charlotte blinzelte ihre zornigen Tränen weg. Das Rascheln von Jakes Schritten im Gestrüpp wurde immer leiser. Sie widerstand dem Impuls, ihm hinterherzulaufen und ihn an Ort und Stelle um Vergebung zu bitten, sein Gesicht mit Küssen zu bedecken, wie sie es als Kind getan hatte, wenn sie ihn angebrüllt hatte. Rastlos lief sie auf der Lichtung hin und her. Jakes Schultern waren breit genug, um eine Menge ihrer impulsiven Ausbrüche zu tragen, aber sie war sich bewusst, dass dieser Streit anders war als alle bisherigen Auseinandersetzungen zwischen ihr und Jake. Dieses Mal hatte sie eine Grenze überschritten.

»Ich kann mich für die Art, wie ich gesprochen habe, entschuldigen«, sagte sie sich schließlich und machte sich auf in die Richtung, in die Jake verschwunden war.

»Aber er war wüst und ungerecht. Und seine Behauptungen waren unverzeihlich«, hielt ihr eine innere Stimme entgegen.

»Und trotzdem«, widersprach sie sich selbst. »Maggie hat immer gesagt, man ist nur für den eigenen Anteil an einem Streit zuständig und soll sich entschuldigen, auch wenn man nicht alleine schuld war. Ich muss ihm auf jeden Fall zusichern, dass ich meinem Vater nichts sagen werde. Er hat sich bestimmt in sein Zimmer zurückgezogen.«

Sie schlich auf Zehenspitzen in die Scheune und klopfte nervös an Jakes Leiter. Als keine Antwort kam, suchte sie ihn bei den Pferden. Dort war er auch nicht. »Vielleicht ist er auf die Felder gegangen, um sich zu beruhigen. Ein langer Spaziergang, das beste Rezept gegen Wut«, zitierte sie schmunzelnd einen von Maggies häufigsten Sprüchen.

Sie beschloss, am Abend wiederzukommen. Bis dahin würde sich bei ihnen beiden der Zorn gelegt haben. Sie würde Mr Linreeds Liebesgedichte mitbringen, um Jake davon zu überzeugen, dass seine Ängste unberechtigt waren. Vielleicht könnte sie ihm ein paar Zeilen vorlesen. Jake mochte Poesie. Sie würde ihm mehr Zeit geben, um sich an den Gedanken zu gewöhnen, in Mr Linreeds Dienst zu stehen. Eines Tages würden er und Mr Linreed bestimmt Freunde werden.

»War kein Brief für mich dabei?«, fragte sie, als sie im Eingangsflur auf Dickon stieß.

»Das weiß ich nicht, Mylady. Die Post liegt wie immer auf dem Sideboard vor dem großen Spiegel.«

Mit pochendem Herzen durchsuchte sie die Umschläge. Keine Nachricht von Mr Linreed. Gestern war auch nichts gekommen. Irgendwie musste sie die Zeit füllen, bis sie sich mit Jake versöhnen konnte und bis morgen wieder Post kam.

»Charlotte, wo kommst du her? Du hast so ein rotes Gesicht, hast du dich angestrengt? Warst du draußen?« Es war ihr Vater, der gerade aus der Bibliothek trat.

Charlotte blickte in den Spiegel und war entsetzt, wie verschwitzt und verweint ihr Gesicht aussah. Ihre Haare waren aus ihrer Klammer herausgerutscht und fielen ihr lose und ungepflegt auf die Schultern. »Ich war nur ein wenig spazieren, Vater. Hat Mr Linreed sich gemeldet? Ich habe einen Brief erwartet.«

»Er ist gut in London angekommen und trifft sich mit Handwerkern, die hierher kommen werden, um den neuen Pavillon zu bauen. Rechtzeitig zu eurer Hochzeit! Er ist zu beschäftigt mit Hochzeitsvorbereitungen, um an seine Braut zu denken, was?« Seine Heiterkeit war ansteckend. Er zog sie mit sich in die Bibliothek und zeigte ihr Entwürfe für den Pavillon. »Du darfst dir über die Bepflanzung Gedanken machen. Wir dachten ja an ein französisches Ambiente mit Stiefmütterchen in verschiedenen Farben.«

Bald war Charlotte in Planungen vertieft. In ihrer Fantasie sah sie sich schon als bildhübsche Braut mit Mr Linreed vor dem romantischen

Pavillon stehen. »Ich werde meine Haare genau so tragen wie meine Großmutter auf dem Gemälde«, beschloss sie. Sie nahm sich vor, Jake zu fragen, ob sie noch einmal einen Blick auf das Bild werfen dürfte. Auf diesem Weg ließ sich vielleicht ein versöhnliches Gespräch einleiten. Doch bis Lord Greenwold sich zurückzog und Charlotte allein ließ, war es zu spät, um Jake aufzusuchen. Trotzdem eilte sie aus dem Haus, um sich zu vergewissern, dass er wenigstens da war. Sie ging hinter die Scheune und sah zu ihrer Erleichterung ein Licht oben in seinem Fenster. Morgen würde die Sonne wieder scheinen, sie würde ihm einen Blumenstrauß bringen und ihm sagen, wie sehr sie ihn schätzte. Auch wenn er böse Dinge gesagt hatte, war es doch aus aufrichtiger Sorge um sie geschehen, davon war sie überzeugt. Sie würde sich für ihre gehässigen Bemerkungen entschuldigen. Beruhigt ging sie ins Bett.

Weder am nächsten noch am übernächsten Tag traf sie Jake. Sein Platz an der Werkbank war leer. Als sie an die Leiter klopfte, kam keine Antwort. Vielleicht hatte er ein paar Tage freigenommen? Wenn er zu seinem Onkel Theodor fuhr, sagte er es ihr gewöhnlich vorher, aber nach den Worten, die zwischen ihnen gefallen waren, war es nicht verwunderlich, dass er sich nicht bei ihr abgemeldet hatte. Franny und Dickon wussten nichts von Jake. Frederick war erst in der Nacht vorher zurückgekehrt, und sie wollte ihn nicht stören, als er früh am Morgen mit den Pferden im Freien war. Am dritten Tag suchte sie ihren Vater auf.

»Ach, ich habe ganz vergessen, es dir zu sagen, verzeih mir«, sagte er. »Jake hat mich um Urlaub gebeten. Er muss etwas bei einer fernen Cousine in Birmingham besorgen und lässt ausrichten, dass er in ein paar Tagen wiederkommt, du sollst dir keine Sorgen machen. Er war schon immer ein rücksichtsvoller Junge, was?«

Charlotte atmete erleichtert auf. Vielleicht stand ihr Vater Jake doch nicht so feindlich gegenüber, wie sie angenommen hatte. Umso mehr Grund hatte sie, sobald wie möglich mit Jake zu reden. Warum hatten er und Maggie nie etwas von einer Cousine in Birmingham erzählt? Sie rannte hinaus, um sich auf den Inhalt eines Briefes zu stürzen, der von Mr Linreed gekommen war.

Mein Aufenthalt in London muss leider länger ausfallen als erwartet, meine liebe Charlotte. Aber je länger ich im Unglück lebe, von Dir getrennt zu sein, desto mehr freue ich mich auf den Tag, an dem wir Mann und Frau werden und diese Trennungen für immer ein Ende haben. Sei geduldig, mein Liebling. Und wann immer Du Sehnsucht nach mir verspürst, nimm Deinen Ring in die Hand und zähle die Küsse, die ich auf ihn gedrückt habe. Es fließt ein Feuer durch meine Adern, wenn ich nur daran denke, wie ich diese Küsse hemmungslos auf Deine samtweiche Haut drücken werde.

Ich werde schreiben, sooft ich kann, und verbleibe sehnsüchtig und träumend

Dein George.

Charlottes Gesicht überzog sich mit Röte, als sie diese Worte las. Zum ersten Mal hatte er sie »Charlotte« genannt und mit »George« unterzeichnet – der Brief klang so vertraut, tröstlich, innig. Sie hielt das Briefpapier an ihre Nase, um den Duft seines Parfüms einzuatmen, und steckte ihn in ihr Kleid, damit er so nahe wie möglich an ihrem Herzen bleiben würde.

15

Einige Tage waren seit Jakes Abreise vergangen. Im festen Glauben, dass er jederzeit wiederkommen müsste, legte Charlotte einen Blumenstrauß an den Fuß der Leiter, die zu seinem Zimmer hinaufführte. Es war immer ihr Ritual gewesen: Wenn er ihr aufbrausendes Verhalten nicht mehr ertragen konnte, lief er davon; sobald sie sich beruhigt hatte, legte sie als Zeichen der Reue Blumen an seine Leiter. So sollte es auch dieses Mal sein. Aber nachdem sie drei verwelkte Blumensträuße eingesammelt hatte, entschied sie sich, ihren Vater noch einmal anzusprechen. Sie wunderte sich, wie viel Mut es sie kostete. »Übrigens, wann kommt Jake zurück?«, erkundigte sie sich scheinbar beiläufig, als sie in der Bibliothek Modezeitschriften durchblätterte, während ihr Vater stirnrunzelnd über einigen Rechnungen brütete.

»Das weiß ich nicht, er hat sich nicht gemeldet«, gab er zur Antwort, ohne aufzublicken.

»Hast du eine Adresse, an die ich ihm einen Brief schicken kann?«

»Woher soll ich wissen, wo er sich aufhält? Das geht mich gar nichts an«, erwiderte er irritiert.

»Aber Vater, du hast gesagt, er sei bei seiner Cousine in Birmingham. Du musst doch wissen, wann er zurückkommt.«

Lord Greenwold legte seinen Stift auf den Schreibtisch und drehte sich zu Charlotte hin. »Nimm deinen Stuhl und setz dich hierher zu mir, mein Kind.«

Charlotte gehorchte. Ein Kloß bildete sich in ihrem Hals. Einige Augenblicke lang, die sich wie eine Ewigkeit anfühlten, schien er ihre Anwesenheit nicht wahrzunehmen. Spannte er sie absichtlich auf die Folter, oder suchte er nur nach Worten, um ihr etwas Schreckliches mitzuteilen?

Sie rutschte auf ihrem Stuhl hin und her. Er schien es nicht eilig zu haben. Er erhob sich und ging zum Fenster, wo er an einer Zigarre zog, die halb geraucht im Aschenbecher gelegen hatte. Danach setzte er sich wieder, lehnte sich zurück und blickte an die Decke. Charlottes Blick fiel auf die Narbe an seinem Hals. Noch nie waren ihr die blauen Blutäderchen, die jetzt herausstachen und einen purpurfarbenen Schein besaßen, dermaßen aufgefallen. Sie versuchte, ihre Augen stattdessen auf sein Gesicht zu richten, aber ihr Blick schweifte immer wieder nach unten.

»Liebe Charlotte, unser Haus hat sich in den vergangenen Jahren zu einem erfolgreichen Unternehmen entwickelt. Birch Hollow ist europaweit bekannt.«

Was in aller Welt hatte das mit Jake zu tun?

Er strich sich nachdenklich übers Kinn und blickte sie mit ungewohnt angespannter Miene an. Er roch nach Alkohol und abgestandenem Zigarrenrauch. »Dieser Erfolg, bei dessen Weiterentwicklung du an der Seite von George Linreed eine entscheidende Rolle spielen wirst, hat seinen Preis. Neidische Menschen schielen nach Möglichkeiten, Vorteil aus unserem Umsatz zu schlagen. Sie wollen ein Stück vom Kuchen, sozusagen.« Sein Ton war gönnerhaft, seine Miene hart.

»Und Jake?«, fragte Charlotte zögernd.

»Du erinnerst dich an meine Sorge, dass alte Gerüchte im Dorf kursieren und für Unruhe sorgen könnten. Weißt du, wer gerade im Begriff war, diese Gerüchte neu zu beleben, bevor ich ihm rechtzeitig Einhalt gebieten konnte?« Er hob eine Augenbraue.

»Aber Vater, Jake würde so etwas nie machen, das weiß ich. Er ist aufrichtig und ehrlich.«

»Jetzt musst du tapfer sein, mein Kind.« Er tätschelte ihre Hand. »Charlotte, Jake hat nicht den Anschein, ein boshafter Mensch zu sein. Aber ich mache mir seit Langem Sorgen, dass er uns Schaden zufügen könnte. Es schmerzt mich ungemein, dir dies offenbaren zu müssen. Aber Jake war es in der Tat, der die Seemannsgeschichte wieder in Umlauf bringen wollte. Ob vorsätzlich oder weil er tatsächlich daran glaubte, weiß ich nicht.«

»Aber Jake ist bodenständig und verlässlich, niemals würde er etwas sagen, was nicht wahr ist!«

»Und seine Mutter? Hast du nicht das Gleiche von ihr behauptet?

Inzwischen räumst du selber ein, dass sie sehr gefühlsbestimmt war, immer den Tränen nahe, anfällig für Fantasien.«

Charlotte hatte nichts, was sie dem entgegensetzen konnte. Ihr Gedächtnis war aber gut genug, um sich zu erinnern, dass es Lord Greenwold gewesen war, der ihr diese Aussage in den Mund gelegt hatte. Ihr Blick ruhte wieder auf der Narbe an seinem Hals, die direkt vor ihren Augen pochte. Ein Ekel überkam sie, gleichzeitig fühlte sie, wie ihr Puls sich beschleunigte. Ihr Herz hämmerte wie wild gegen ihre Brust und ihre Wangen leuchteten rot.

»Und wo hätte das alles hingeführt, Charlotte? Er hat dir deine Verlobung mit George übel genommen. Wahrscheinlich, weil er selber auf einen Aufstieg durch eine Heirat mit dir gehofft hatte. Wer weiß?« Seine Stimme war scharf und durchdringend.

»Du hast mir immer noch nicht gesagt, wo Jake ist«, flüsterte sie. Ihr war elend zumute.

»Das mit der Cousine habe ich nur gesagt, um dich zu beruhigen. Ich weiß ja, wie sehr du an ihm hängst. Ich habe ihn auch nicht gedrängt zu gehen, er hat sich von alleine dazu entschlossen. Er hat mir lediglich zwei Sätze geschrieben, mit denen er sich für die Freundlichkeit bedankte, die ich ihm entgegengebracht habe, und mir mitteilte, er würde sich woanders Arbeit suchen. Ich kann nicht sagen, dass ich traurig darüber wäre.«

Ihr Vater hatte sie also eiskalt angelogen. Und es schien ihm nichts auszumachen. Es gab keine Cousine in Birmingham. Charlotte hielt sich krampfhaft an der Lehne ihres Stuhls fest.

»Mehr habe ich zu Jakes Abschied nicht zu sagen, Charlotte, und jetzt habe ich zu tun. Ich bin heilfroh, dass du vom Einfluss dieser Fentons frei bist. Früher waren sie recht ordentliche Leute, aber irgendwann sind sie übergeschnappt. Denk nur an ihre völlig überzogene Frömmigkeit! Schade, aber so ist es.« Sein Gesicht verhärtete sich. In der Nähe des Fensters qualmte die Zigarre weiter. Die Bibliothek war stickig und verraucht. Er stand auf, ging mit ruhigen Schritten zur Anrichte, auf der eine Gin-Tonic-Flasche stand, und füllte sich ein Glas. »Schau mal hier – ein Brief von George für dich. Er kam heute mit der Post.«

Charlotte drängte es an die frische Luft. Sie nahm den Brief, steckte ihn in ihre Rocktasche und verließ schweigend den Raum.

Der Turm warf einen langen Schatten über das Gras bis zum Fuß des Hügels. Eine rote Sonne schwebte hinter den Gipfeln der Klippen, die schwarz gegen das Abendlicht in die Höhe emporragten. Als hätte eine Schere ein willkürliches Zickzackmuster aus dem rötlichen Abendhimmel ausgeschnitten.

Zwei Welten waren in Charlottes Seele mit Wucht aufeinandergeprallt, und sie taumelte von dem Schock, den ihr das Gespräch mit ihrem Vater versetzt hatte. Sie musste Jake unbedingt erreichen, aber sie wusste nicht, wie.

Sie setzte sich auf den Felsvorsprung, auf dem sie Jahr für Jahr zusammen die Möwen beobachtet hatten. Dieses Jahr nicht.

Weder Dickon noch Franny oder Frederick hatten Charlotte Auskunft über Jake geben können. Sie hatten sich ausweichend geäußert – vielleicht aus Angst, dass eine Verbindung zu Jake sie in Schwierigkeiten bringen könnte, wenn Charlotte ihrem Vater davon erzählte? Mrs Earling könnte etwas wissen. Immerhin war sie Maggies beste Freundin gewesen. Aber hatte Franny nicht gesagt, dass sie weggezogen war? Und was war mit Jakes Onkel Theodor? Sie hatte keine Ahnung, wo in St. Ives er wohnte. Und wenn sie Erkundigungen einzog, würde sie nur Aufmerksamkeit auf sich ziehen. Eines stand fest: Sie hatte Jake verloren.

Charlotte zerbröselte Überreste von Möweneierschalen und ließ sie durch ihre Finger gleiten. Alle Spuren, die ihre Gedanken verfolgten, endeten in einer Sackgasse. Sie hatte Jake befohlen, aus ihrem Leben zu verschwinden, und er hatte es getan. Rücksichtsvoll wie immer. Noch hatte sie die Hoffnung, dass er nur etwas Abstand brauchte und nach einiger Zeit wieder nach ihr fragen würde. Wenn nicht, müsste sie einen Weg finden, seinen Onkel Theodor aufzusuchen, ohne dass ihr Vater davon erfuhr. Keine dieser Überlegungen hielt jedoch die eiskalte Flut der Verzweiflung auf, die ihre Seele zu überwältigen drohte.

Sie ließ ihren Blick über das Panorama der Wälder und Wiesen von Birch Hollow schweifen. Wenn Jake hier wäre, würde er jetzt in den Himmel schauen und sagen: »So, Charlotte, jetzt ist es bald so weit. Die Schwalben werden sich in Scharen auf den Weg machen und gen Süden fliegen. Ich wette, sie sind morgen unterwegs.« Sie würden miteinander neue Begriffe suchen, um die Herbstfarben in Worte zu fassen. Sie würden den jungen Möwen Namen geben und zusammen lachen, bis ihnen die Tränen kämen. Charlotte würde ihn in der Scheune aufsuchen und ihn fragen: »Was willst du heute nach der Arbeit machen?« Er würde antworten: »Was soll ich wollen, Charlotte?«, und sie würde sagen: »Du willst mit mir lesen, und dann rennen wir hoch zu den Möwen.«

Sie setzte sich ins Gras und legte ihr Gesicht auf ihre angezogenen Knie. »Wie konnte ich jemals sagen, dass es langweilig mit dir war, Jake«, stöhnte sie. »Ich war so dumm! Wenn ich nur ruhig geblieben wäre, dir zugehört, dir eine geduldige Antwort gegeben hätte! Unser Streit hätte sich bald gelegt, du wärst bereit gewesen, in Georges Dienst zu treten und deine Vorurteile gegen ihn abzuschütteln.«

Der obere Rand der untergehenden Sonne sank hinter die Felswand, und es wurde kühl. Charlotte stützte die Hände auf das Gras und zwang sich, aufzustehen. Ohne Jake war die Welt anders. Als würde ihre Seele immer wieder seinen Namen ausrufen und sehnsüchtig auf das Echo warten, das nicht kam. Sie schleppte sich mit müden Füßen zurück zum Haus.

Erst als sie spät abends ins Bett ging, erinnerte sie sich an den Brief von George. Seine Nachricht war kurz. Er sehne sich danach, die warmen und weichen Kurven ihres Körpers neben sich im Bett zu haben. Den Rest würde er ihrer Fantasie überlassen. Charlotte wurde beim Lesen beinahe schlecht. Für ihre Fantasie gab es nur noch ein einziges Thema, das alles andere verdrängte: Wo war Jake?

Am nächsten Tag gab es eine Neuigkeit, die Charlottes Gedanken an Jake fürs Erste verdrängte: Lady Agnes war schwer erkrankt. Charlotte hatte ihre Mutter seit Rosalindes Hochzeit kaum gesehen. Es war inzwischen nicht mehr ungewöhnlich, dass sie sich tagelang wegen Unpässlichkeiten in ihrem Zimmer aufhielt. Als das Gerücht umging, dass

Lady Agnes kein Essen mehr zu sich nehme und kaum noch sprechen könne, horchten die Bewohner von Birch Hollow jedoch auf. Dass sie zu krank war, um sich zu beklagen, um sich Köstlichkeiten aus der Küche aufs Zimmer bringen zu lassen und Ansprüche zu stellen, das hatte es noch nie gegeben.

Früh am Nachmittag suchte Franny Charlotte in der Bibliothek auf. »Komm, Mylady, schnell. Deine Mutter ruft nach dir.«

»Sie will *mich* sehen? Warum bloß ...?«

»Keine Fragen, komm bitte, Charlotte!«

Charlotte sprang vom Stuhl auf und eilte Franny hinterher. Sie schreckte zurück, als sie die schlaffe Gestalt sah, die auf dem Bett lag. Lady Agnes war kaum wiederzuerkennen. Dunkle purpurne Ringe lagen unter Augen, die in dem schmalen, ausgezehrten Gesicht übergroß wirkten. Ihre Schminke lag maskenähnlich auf der faltigen, blassen Haut, ihre Lippen waren durchsichtig und blau angelaufen, und zwei hervorstehende Schulterblätter waren über dem Laken gerade noch sichtbar. Ihre manikürten Hände ruhten bewegungslos an beiden Seiten ihres Körpers auf der Matratze. Als sie hörte, wie die Tür sich öffnete, richtete sie den durchdringenden Blick ihrer blauen Augen auf Charlotte. »Setz dich hin«, flüsterte sie. »Georgiana ...« Weiter kam sie nicht, ein Hustenanfall erschütterte ihren ausgemergelten Körper, und es kam nur ein Röcheln aus ihrem Mund.

Charlotte nahm ihre Hand. »Nur ruhig, Mutter«, sagte sie. »Mutter, dir ist nicht gut. Soll ich nach Rosalinde senden, weiß sie, dass es dir schlecht geht?«

»Nein, Rosalinde brauche ich nicht. Nur dich. Ich habe dich immer gehasst, Georgiana.«

»Ich heiße Charlotte, Mutter.«

Ihre Mutter japste nach Luft. »Ich war nie eine Mutter für dich, und ich bereue es nicht.«

Charlotte schluckte und machte Anstalten, aufzustehen und den Raum leise zu verlassen. War sie hierher gerufen worden, nur um von ihrer sterbenden Mutter erneut zu hören, was sie seit dem Tag ihrer Geburt schmerzvoll zu spüren bekommen hatte?

»Nein, bleib!«, keuchte Lady Agnes. »Du musst wissen, warum. Ich will dir als deine Mutter einen einzigen Gefallen tun … bevor ich verscheide.« Sie nahm alle Kräfte zusammen, um mühsam weiterzureden. »Dein Vater und ich, wir liebten uns seit Monaten nicht mehr … Eines Abends war er betrunken. Er zwang mich … zum Beischlaf, er befahl mir, einen Jungen zu gebären. Er … bedrohte mich, er würde mich fort … schicken, ja, sogar umbringen … wenn ich versagte. Er demütigte mich … er tat mir weh, brutal weh. Ich nahm … eine Schere und stach ihn in den Hals … leider nicht tief genug. Überall war Blut. Dann schlug er mir die Schere … aus der Hand … er lachte mich aus, wankte … blutüberströmt aus dem Raum.« Sie schluckte.

Charlotte versuchte, ruhig zu bleiben. Ihr Magen verknotete sich, und ihr wurde übel.

»Du warst das Ergebnis … die Belohnung und seither die ständige … Erinnerung an diese Nacht.« Speichel, vermischt mit Blut, rann aus Lady Agnes' Mundwinkel.

Charlotte griff nach dem Waschlappen, der in einer Wasserschale auf dem Nachttischchen lag, und wischte ihr den Mund ab.

Die Stimme ihrer Mutter wurde hektisch, dünn, es war mehr ein Winseln und Raspeln als ein Reden. »Weißt du … die meisten sterbenden Menschen bedauern … dass sie zu ihren Mitmenschen nicht … gütiger, nicht liebevoller waren. Bei mir ist es nicht so. … Ich bedauere, dass ich nicht gemeiner … nicht hässlicher war.«

Charlotte schüttelte fassungslos den Kopf. »Aber Mutter, ich hätte dich geliebt, wenn du es gewollt hättest, ich hätte versucht, Vaters Grausamkeit wiedergutzumachen, ich hätte alles gegeben, um von dir geliebt zu werden, ich hätte dich getröstet.« Sie umklammerte die dünnen Finger ihrer Mutter und hielt sie an ihre von Tränen benetzte Wange.

»Ich wollte deine … Liebe nicht«, erwiderte Lady Agnes schwerfällig, »auch jetzt … nicht. Ich will nur meine Pflicht tun.« Sie stieß ihre Tochter von sich und versuchte, sich aufzurichten und auf ihre Arme zu stützen.

Charlotte sah das Weiße in ihren aufgerissenen Augen.

»Georgiana, dein Vater … ist ein niederträchtiger, gewissenloser Mensch. Sorge dafür, dass du … hier wegkommst, so schnell wie möglich. Wenn du diesen … Schurken Linreed … heiratest, passiert dir genau das Gleiche wie mir und deiner Großmutter. Ich schwöre … ich rede die Wahrheit. Dieses Haus … steht auf verfluchtem Land. Diese Felsen …« Sie zögerte und deutete schwach mit dem Kopf Richtung Meer. »Diese Felsen fressen Menschen … fressen die Seelen aller, die … in ihrem Schatten leben. Irgendwann kommen die Mönche und … rächen sich.«

In den erschöpften Augen flackerte eine Dringlichkeit, die Charlotte erschreckte.

Lady Agnes fuhr mit einer schwachen Hand über Charlottes Gesicht, blickte wild umher, erschauderte und sank zurück in ihre Kissen. »Jetzt will ich deinen … Vater«, sagte sie. Ihre Stimme war wieder matt und leblos, ihr Atem flach, ihre Augenlider fielen zu.

Charlotte drückte die Hand ihrer Mutter und verließ leise den Raum.

Mrs Gibbs stand im Gang. »Ich hole ihn, er ist draußen bei den Pferden«, sagte sie.

Sie musste Jake finden. Was hatte ihr Maggie immer geraten, wenn Charlotte nach einem Streit mit den Eltern oder ihrer Schwester zu ihr geflüchtet war? Sie sollte in aller Ruhe eine Vorgehensweise planen. Und nichts unternehmen, bis sie innerlich gefasst war. Und dann nur den ersten Schritt.

Charlotte wusste nicht, was erschreckender war: der Anblick ihrer Mutter, die dem Tode so nahe war, ohne dass irgendjemand bisher davon Notiz genommen hatte, oder Lady Agnes' Warnung, dass sie, Charlotte, an der Seite von Mr Linreed in den gleichen elenden Untergang schlittern würde. Noch stand sie zu sehr unter Schock, um das volle Ausmaß dessen zu begreifen, was ihre Mutter ihr offenbart hatte.

Sie setzte sich auf die unterste Sprosse der Leiter, die zu Jakes Zimmer führte, und umklammerte mit beiden Armen den Balken, der das Geländer stützte. Ein verwelkter Blumenstrauß lag neben ihr. Jakes Onkel Theodor aufzusuchen, blieb ihre einzige Hoffnung. Irgendjemand in St. Ives würde ihr sagen können, wo Theodor der Schmied wohnte.

Das unmittelbar bevorstehende Begräbnis in Birch Hollow würde die Menschen hier ein paar Tage lang völlig in Anspruch nehmen.

Lord Greenwold würde alles daransetzen, seine Frau mit großen öffentlichen Ehren zu verabschieden. Die Trauerfeierlichkeiten würden Charlotte vielleicht erlauben, sich davonzustehlen und auf einem der Pferde in die Stadt zu reiten. Ihr Herz wurde ruhiger, nachdem sie ihren Beschluss gefasst hatte. Sie hatte jetzt einen echten Grund, ihrem Vater zu misstrauen und gegen seine ausdrücklichen Wünsche zu handeln. Ausgerechnet ihre Mutter hatte vieles von dem untermauert, was Jake gesagt hatte.

Sie überlegte kurz, ob sie Franny ins Vertrauen ziehen sollte, da sie doch genau wie Jake immer skeptisch gegenüber Mr Linreed gewesen war. Sie entschied sich dagegen. Sie durfte Frannys Glück und Zukunft mit Dickon nicht aufs Spiel setzen, indem sie sie in ihr eigenes Schicksal verwickelte. Mit welcher Zuversicht Lord Greenwold selbst die skandalösesten Lügen als Wahrheit verkaufte und andere damit einschüchterte, hatte sie am eigenen Leib erlebt.

Noch vor kurzer Zeit hatte sie sich für die glücklichste Frau der Welt gehalten. Sie hatte einen Vater gehabt, der sie achtete, einen begehrenswerten Verehrer, der ihr Komplimente ins Ohr flüsterte und um den sie alle Mädchen im Dorf beneideten, eine Schwester, mit der sie eine wachsende Freundschaft verband. Und jetzt tat sich ein Abgrund nach dem anderen vor ihr auf. Ihr vermeintliches Glück, jeder Teil davon, war nur eine Scheinwelt gewesen, wie die Seifenblasen, die in der Luft tanzten, wenn Franny die Wäsche machte. Beim Zusammenprall mit der echten Welt waren sie alle geplatzt.

Sie blickte hoch zu Jakes Zimmer. Noch war genug Licht, um ohne Kerze nach oben zu klettern. Im Nu stand sie an seinem Tisch und betastete mit den Fingern jedes Objekt, das sein bescheidenes Zuhause ausgemacht hatte. Den Kerzenständer auf dem Nachttischchen. Die Türklinke am Kleiderschrank. Alles ordentlich, sauber, so wie Jake eben war. Und leer geräumt. Bis auf die Gemälde ihrer Großmutter, die, in Decken eingehüllt, an der Wand standen. Sie wandte ihre Augen schnell von ihnen ab.

Nichts deutete darauf hin, dass er vorhatte, zurückzukommen. Ihre schwache Hoffnung, dass er auch für sie ein Schreiben zurückgelassen hätte, erwies sich als nichtig.

Sie sank in Verzweiflung neben seinem Bett auf die Knie. Hier hatte er immer gebetet. Und wenn sie ungeduldig nach oben gerufen hatte, hatte er sie ermahnt, unten zu warten, bis er zu Ende gebetet hatte.

»Gott, wo bist du?«, entfuhr es ihren trockenen, erschöpften Lippen. Wie oft hatte Jake für sie gebetet, wenn er hier kniete? Stimmen aus der Vergangenheit, lange vergessen, lange von anderen Stimmen übertönt, die verlockender waren, purzelten durch ihr Gedächtnis. Maggies Aufforderung, das Gebet nie zu vergessen. Seit Monaten hatte sie nicht mehr gebetet.

Ihr Vater und George Linreed hatten sie einmal belächelt, als sie etwas aus der Bibel zitiert hatte. Sie hatten es Hirngespinste alter Weiber genannt, Trostpflaster für schwache Menschen, die mit dem Leben nicht zurechtkamen. Seitdem hatte sie nicht mehr darin gelesen. Maggie hatte sie vor ihrem Tod mehrmals seltsam angeschaut und sie angefleht, keine wichtigen Entscheidungen zu treffen, ohne sich vorher mit Jake zu beraten. Stattdessen hatte sie ihre Chance auf Glück gewittert, mit beiden Händen danach gegriffen und Jakes Ermahnungen spöttisch in den Wind geschlagen.

»Gott, vergib mir, bitte vergib mir. Es ist nicht Schicksal. Es ist meine eigene Schuld. Lass es nicht zu spät sein. Gib mir eine Chance, eine einzige Chance. Hilf mir, Jake zu finden. Bring ihn zurück …«

Aber wohin zurück? In ein Haus, über das George Linreed als Hausherr waltete? Der Gedanke an ihn und seine schmeichelhaften Komplimente versetzte ihr einen Stich. Sie hatte geglaubt, diesen Mann zu lieben, doch plötzlich sah sie ihn mit anderen Augen. Zum ersten Mal dämmerte ihr die Gewissheit, dass sie niemals die Frau von George Linreed sein würde. Sie gehörte zu einer anderen Welt, zu der Welt von Maggie und Jake. Diese Welt hatte sie selbst mit Füßen getreten und womöglich für immer verloren. Wie Schuppen fiel es ihr von den Augen, was für große Fehler sie begangen hatte.

Die Aussicht, zurück in das Haus zu gehen, in dem eine verbitterte, hasserfüllte Frau ihre letzten giftigen Bemerkungen ausspie, erfüllte Charlotte mit Angst. Sie fand in Jakes Werkstatt einen Eimer Wasser und wusch sich die Tränen vom Gesicht. Den Rest des Abends verbrachte sie in Tedwins Stall, wo sie sich auf Jakes Schemel setzte und ihren schweren Kopf an die warme Flanke des Pferdes schmiegte. Sie hoffte gegen alle Vernunft, dass Jake jede Minute seinen Kopf um die Holzwand strecken und sie mit seinen warmen blauen Augen freundlich anstrahlen würde und dass sie den fröhlichen Gruß wieder hören würde, den sie so schmerzhaft vermisste.

Noch ahnte sie nicht, dass die Wahrheit schrecklicher sein kann, als man meint, ertragen zu können.

Laute, zornige Stimmen drangen durch das halb offene Fenster der Bibliothek, als Charlotte spät am Abend mit hängenden Schultern zum großen Haus schlenderte und sich an der Außenwand entlangschlich, um das Haus unauffällig durch die Seitentür an der Küche zu betreten. Als sie ihren Namen hörte, blieb sie auf dem Rasen unter dem Fenster stehen.

»Und Sie wissen nicht, was für Lügen meine Frau Lady Charlotte in den Kopf gesetzt hat?« Es war Lord Greenwold, außer sich vor Zorn.

»Ich kam zu spät an die Tür, Mylord, um alles zu hören.« Die Stimme war die von Mrs Gibbs, matt und emotionslos wie immer.

»Und woher soll ich wissen, dass Lady Agnes mir die Wahrheit erzählt hat?«

»Sie hat die Wahrheit erzählt, Mylord.«

»Sie wollen mir sagen, dass meine Frau meinen schlimmsten Feind ohne mein Wissen in meinem Haus in London hat ein und aus gehen lassen? Und dass sie ihn hier auf meinem Anwesen beherbergt hat? Dass sie mit meinem Erzfeind Hurerei treibt, danach feststellt, dass sie von ihm schwanger ist und mich betrunken ins Bett zieht, um mir den Bastard als mein eigenes Kind unterjubeln zu können? Und am Ende offenbart sie mir den ganzen Skandal, kurz bevor sie stirbt. Und keiner hat mir etwas davon gesagt?! Ich … ich fasse es nicht! Ich kündige der ganzen Dienerschaft auf einen Schlag. Allen voran Ihnen, Mrs Gibbs. Es ist Ihnen wohl klar, dass Sie mich auf dreisteste Weise hintergangen haben. Ich finde keine Worte für meine Empörung! Es gibt genug Leute im Dorf, die alles geben würden, um bei mir arbeiten zu dürfen.«

»Beruhigen Sie sich, Mylord.« Mrs Gibbs' Stimme war leise, besänftigend. »Ihre Frau war diskret. Niemand hat es mitbekommen. Er kam einmal spät nachts hierher und blieb in ihrem Zimmer. Nicht einmal Frances weiß davon. Alle anderen Treffen fanden in London statt.« Ihre Worte wurden schnell und hektisch. In ihrer Erzählung verschwieg sie ihren eigenen Anteil an der Organisation dieser Treffen. Stattdessen wischte sie eine Träne von ihrem Auge weg. »Mich hat der Betrug von Lady Agnes zutiefst geschmerzt, Mylord. Sie kennen ihre Ruchlosigkeit. Sie hat mich zum Schweigen gezwungen, mir mit einer unehrenhaften Entlassung gedroht für den Fall, dass ich die Affäre verrate. Irgendeinen Scheingrund hätte sie gefunden. Ich habe sie gewähren lassen. Ich hatte keine andere Wahl. Wenn sie mich entlassen hätte, hätte ich Sie nicht mehr gesehen, Mylord. Das wäre für mich unerträglich gewesen. Mein einziger Trost war die Aussicht, dass Sir Forsythe-Drake letztlich den Kürzeren ziehen würde.«

Beide schwiegen einen Moment lang.

Lord Greenwolds Stimme wurde plötzlich sanft. »Arme Mrs Gibbs, so sehr haben Sie um meinetwillen leiden müssen!«

»Ich wusste, Mylord, dass Fehden, die sich über Jahre hinziehen, den süßesten Sieg hervorbringen. Ich wusste, dass Sie für den Ernstfall einen anderen Erben hatten, dass Sie nicht auf Eduard angewiesen waren.« Sie klang erleichtert.

Charlotte schrak zurück, als Lord Greenwolds Schatten hinter dem Vorhang erschien und der Stoff sich bewegte. Die Luft roch nach Zigarrenrauch. Sie drückte sich dichter an die Mauer neben dem Fenster und horchte weiter, zu gefesselt vom Inhalt des Gesprächs, um sich zu entfernen.

Mrs Gibbs' Stimme wurde wieder energisch. »Genießen wir gemeinsam die Aussicht, Ihrem Feind offenbaren zu dürfen, dass seine Pläne schon wieder durchkreuzt sind, gerade als er glaubte, die Katze im Sack zu haben, und vorhatte, sein Erbrecht wieder geltend zu machen und Ihnen gleichzeitig einen saftigen Skandal unter die Nase zu reiben.«

»Das heißt, mein zukünftiger Schwiegersohn, Mr Linreed, wird der Welt nun offiziell als mein Erbe vorgestellt.«

»So schnell wie möglich, Mylord. Ich habe ja nicht alles gehört, was

Lady Agnes zu Ihrer Tochter gesagt hat, aber ich fürchte, sie könnte Lady Charlotte verunsichert haben.«

»Gut. Es gibt also ein Begräbnis und gleich danach eine Hochzeit. Setzen Sie Mr Linreed in Kenntnis, dass er sich auf sein Amt als Thronfolger von Birch Hollow freuen kann.«

»Ich habe mir erlaubt, ihn bereits zu benachrichtigen, als es immer schlechter um Lady Agnes stand und ich befürchtete, dass sie die Wahrheit über Eduards Geburt offenbaren und Sir Forsythe-Drakes Unverschämtheit dadurch Flügel verleihen würde. Mr Linreed ist gestern in der Gegend eingetroffen, Mylord.«

»Sie sind eine echte Strategin, Mrs Gibbs. Immer denken Sie einen Schritt voraus. Das ist eine Frau nach meinem Herzen, die in jeder Situation erkennt, wie ein maximaler Gewinn daraus gezogen werden kann.«

Charlotte hatte genug gehört und stahl sich davon.

Sie war schon verschwunden, als Lord Greenwold auf Mrs Gibbs zutrat und ihr zuflüsterte: »Das Gift hat schnell gewirkt, Emily. Was hast du ihr verabreicht?«

»Eisenhut, Mylord. Es wird auch Akonit genannt, ein Hahnenfußgewächs. Von den Chinesen und Indern wird es gern für Auftragsmorde verwendet.«

»Mehr will ich nicht wissen, Emily. Die ganze Zeit hast du solche heiklen Geheimnisse gehütet und mir nichts davon verraten?«

»Alles zu Ihrem Wohle, Mylord.«

»Aber gut für dich und für mich, dass du jetzt, in diesem entscheidenden Moment, das Richtige getan hast. Und jetzt will ich dich belohnen, oder belohne ich mich selbst für diese gut verrichtete Arbeit? Du weißt ja, du hast es mit einem Mann zu tun, der sich zu Studentenzeiten, als er ein Zimmermädchen namens Emily hatte, nicht immer so gut im Griff hatte wie jetzt.«

»Gerade das liebte ich an diesem Mann, Mylord.«

Während Franny Lady Agnes' steife Gestalt mit einem Tuch zudeckte und als Einzige an ihrer Seite Wache hielt, schloss Lord Greenwold das halb offene Fenster, zog die Vorhänge zu und löschte die Kerze. Er nahm Mrs Gibbs in die Arme und zog sie zum Sofa. Er riss an den Knöpfen ihres schwarzen Kleides, drückte ihren Körper fest an seinen und presste seine Lippen leidenschaftlich auf ihren Mund.

Am nächsten Tag bedeckten tief hängende Wolken das Land und drohten mit Regen. Auch wenn nach Lady Agnes' Tod kaum eine Träne vergossen wurde, mussten die Formalitäten der Trauer durchgeführt, der Sarg in aller Feierlichkeit aufgebahrt und schwarze Kleider und Anzüge gelüftet und gepresst werden. Charlottes geplanter Ausritt nach St. Ives musste verschoben werden. Sie ließ sich nichts von ihrem inneren Aufruhr anmerken und erschien zum Frühstück mit ihrem Vater, als wäre nichts geschehen. Von Mr Linreed gab es keine Spur. Nur einen kurzen Gruß aus London mit den Worten:

Bis bald, meine Charlotte. Ich habe hier in London zu tun, keine Zeit für viele Worte. Bald steht der Termin fest. Schau deinen Ring an und denke an die Küsse. Dein George.

Es war eine glatte Lüge. Seit gestern Abend wusste sie, dass er bereits in Cornwall war.

Wenn Enttäuschung die Kraft ist, die eine Seele von einer lieb gewonnenen Illusion befreit und zurück auf den Boden der Realität schleudert, dann ist Zorn die Kraft, die dieser Seele wieder auf die Füße hilft. In Charlottes Innerem brodelte es. Kleinigkeiten, die ihr in der Blindheit ihrer Verliebtheit entgangen waren, erschienen ihr nun in einem neuen Licht. Die Heirat mit Mr Linreed war von vornherein geplant gewesen. Ihr Vater hatte sich durch seine bewusste Zuwendung einen Weg in ihre Seele gebahnt, sich dort eingenistet und ihr Leben nach und nach in Besitz genommen. Nicht etwa, weil ihm an ihrem Wohlergehen gelegen war, sondern weil er sich einen Nutzen davon versprochen hatte.

Dies galt umso mehr, als sich jetzt herausgestellt hatte, dass Eduard nicht sein Sohn, sondern von Sir Forsythe-Drake gezeugt worden war. Sie selbst war nichts als eine Spielfigur in den intriganten Machenschaften ihres Vaters. Mr Linreed hatte offenbar das Spiel betrieben, in dem er Meister war: Frauenherzen zu betören und zu brechen. Seine koketten Schmeicheleien, seine anrüchigen Komplimente, seine unangemessene Vertrautheit: Ihre Wangen glühten, als sie sich jetzt daran erinnerte. Wie unklug war es gewesen, so schnell so vertraut mit ihm zu werden! Jetzt meinte er, die Beute fest in seiner Hand zu haben, und seine Liebesbeteuerungen ließen schon nach.

Jake hätte so etwas nie gemacht. Und er hatte das Spiel von Mr Linreed durchschaut. Der Kontrast zwischen den beiden Männern hätte nicht größer sein können.

Die Wunde, die jedoch am meisten schmerzte, war Lady Agnes' Offenbarung über die Umstände ihrer Geburt. Dass dieser Bericht in jedem seiner grausigen Details stimmte, daran hatte Charlotte keinen Zweifel. Im Sumpf der Niederträchtigkeiten, der sich vor ihren Augen auftat, passte dieser Vorfall perfekt ins Bild. Sie empfand sogar Mitleid für ihre Mutter. Welche Seele war schon in der Lage, in so einem finsteren Gehege der Heimtücke bei Sinnen zu bleiben?

Sie hatte jetzt nicht die Zeit, über ihre eigene Torheit Tränen zu vergießen. Ein paar Stunden lang musste sie um ihr Leben schauspielern. »Ich weiß, deine Gedanken sind jetzt verständlicherweise bei anderen Dingen«, sagte sie mit gespieltem Mitleid zu ihrem Vater.

Lord Greenwold rührte abwesend in seinem Kaffee und blickte von seinem Teller auf.

»Aber trotzdem muss ich an die Hochzeit denken, Vater. Es gibt so viel zu planen. Rosalinde hat geschrieben, dass sie jetzt schon auf dem Weg nach England sind. Es steht also nichts mehr im Weg. Ist das in solchen Umständen verwerflich von mir?«

Sein Gesicht heiterte sich auf.

»Ich hätte Verständnis, und mein wertgeschätzter George sicher auch, wenn es dir lieber wäre, das Fest auf nächstes Jahr zu verschieben – bis du dich von diesem Verlust erholt hast.«

»Gott bewahre, mein Kind! Das wäre alles andere als im Sinn deiner lieben Mutter. Ich erlaube dir nicht, dein Glück aufgrund unserer Trauer zurückzustellen. Das Leben muss weitergehen, und ich weiß, ihr könnt es kaum erwarten, euren Bund fürs Leben zu schließen.«

»Ach, Vater, du bist so großzügig! Wir werden die Erinnerung an meine Mutter in unseren Festlichkeiten hochhalten, auch wenn wir ihre Anwesenheit schmerzlich vermissen werden! Vielleicht sollten wir sie in den Fürbitten erwähnen und eine Gedenkminute einlegen.«

»Darf ich fragen, meine liebe Charlotte: Wie war dein letztes Gespräch mit deiner Mutter? Mrs Gibbs erzählte, dass sie dich zu sich gerufen hat, um sich von dir zu verabschieden. Ich hoffe, sie hat keine wirren Sachen von sich gegeben?«

Sein scharfer Blick ruhte auf Charlotte, und sie bemühte sich, keinen Schimmer von Verunsicherung oder Zweifel zu zeigen. »Ich war dankbar, von meiner Mutter Abschied nehmen zu dürfen«, erwiderte sie schlicht und ruhig, »aber jetzt ist es wichtig, nach vorne zu blicken. Einen aufmerksamen Vater habe ich ja noch und einen Bräutigam, wie jede Frau ihn sich wünscht. Ich bin nicht verwaist. Heute Nachmittag werden Franny und ich die Broschüren mit den Hochzeitskleidern durchstöbern. Ich bin sicher, auch das wäre im Sinne meiner Mutter.« Sie sah ihn mit glücklicher Miene an, damit ihm nicht auffiel, dass sie nur in ihrem Essen herumgestochert hatte, ohne einen Bissen zum Mund zu führen.

16

Der Himmel hatte sich früh am Abend gelbgrau verfärbt, bevor sich die angedrohten Regenströme auf das Land ergossen. Ein heftiger Wind heulte über das Meer und zog dunkle Wolkenfetzen hinter sich her. Blitze zuckten über den Himmel, und die Wellen schleuderten sich mit ohrenbetäubendem Getöse gegen die Felsen, sodass man es bis zum Haus hören konnte. Die Fensterläden klapperten, die Türen schlugen auf und zu, Dachziegel lösten sich und krachten auf den kiesigen Boden. Dickon und Frederick rannten hin und her, um sich zu vergewissern, dass alles befestigt war, was befestigt werden konnte.

Charlotte wälzte sich in ihrem Bett herum und kam nicht zur Ruhe. Ihr Körper verlangte nach Schlaf, ihre Seele war hellwach. Bei jedem Knarren der Bretter im Fußboden, bei jedem Schlagen eines Fensters, bei jedem Heulen einer Windböe schreckte sie auf. Schließlich warf sie ihre Bettdecken von sich, zündete eine Kerze an und stolperte aus dem Schlafzimmer.

Ihre Füße führten sie unwillkürlich die Treppe hoch zum dritten Stock, wo sie als Kind ihr Zimmer bei den Bediensteten gehabt hatte. Von ihrem alten Hochsitz unter der Fensterklappe wollte sie den Sturm betrachten.

Nichts in dem Zimmer hatte sich verändert, außer dass die kargen Möbel verstaubt waren und jemand das Bett mit einem Tuch zugedeckt hatte. Wie in alter Zeit setzte sie ihre Kerze auf den Nachttisch neben dem Bett, zog den Stuhl unter das Fenster, schob die Holzklappe hoch und machte sie fest. Inzwischen war sie zu groß, um aufs Dach zu klettern, also balancierte sie auf dem Stuhl und stützte ihre Arme auf die Kante der Fensteröffnung. Von hier aus konnte sie den peitschenden Regen beobachten.

Sie erinnerte sich an den Abend vor einigen Jahren, als sie vom Fest ausgeschlossen worden war und sich zum ersten Mal in ihrem Leben von der Welt verlassen gefühlt hatte. Jetzt war sie wirklich verlassen. Maggie lag auf dem Friedhof, Franny konnte sie sich nicht mehr anvertrauen, Jake war irgendwo weit weg.

Der Sturm war inzwischen zu einem Orkan angeschwollen. Die Pappeln, Birken und Eichen schwankten, der Wind jaulte und tobte, schleuderte Blätter und Zweige durch die Luft, schlug hysterisch um sich, als wollte er in der kurzen Zeit, die ihm vergönnt war, so viel Schaden wie möglich anrichten.

Plötzlich sah Charlotte Lichter. Zunächst dachte sie, ihre Fantasie würde ihr einen Streich spielen. Sie rieb sich die Augen und blickte noch einmal hin. Es war nicht ihre Fantasie. Die Lichter bewegten sich und drängten sich auf eine Stelle zu. Es wurden immer mehr. Im Dunkeln konnte sie nicht erkennen, wie groß die Entfernung war, die zwischen ihr und ihnen lag, aber unwillkürlich dachte sie an den Turm. Als Kind hatte sie von dieser Stelle aus schon einmal in einer stürmischen Nacht Lichter gesehen. Damals hatte sie gedacht, es seien die Mönche, die nachts aus ihren Gräbern stiegen und ihr altes Kloster durchwandern wollten.

Ohne viel zu überlegen, kehrte sie in ihr Zimmer zurück, griff nach den ersten Kleidern, die ihr in die Hände fielen, und zog sie über ihr Nachthemd. Danach warf sie sich einen Regenmantel über die Schultern und zog sich die Kapuze über den Kopf. Sie stellte ihre Kerze in eine Laterne und rannte die Treppe hinunter zur Küche. Ihr Herz hämmerte in der Brust, als sie durch die Küchentür schlüpfte und den Park durchquerte.

Der Sturm tobte mit unverminderter Gewalt, so als ob ein unsichtbares Ungeheuer die Küste heimsuchte und alles verschlingen wollte, was sich ihm in den Weg stellte. Im kränklichen Licht des Halbmondes, an dem die Wolken rastlos vorüberhuschten, sah Charlotte, wie die Äste der Eschen und Birken hin und her gebeutelt wurden. Wie die jammervollen Schreie von Sterbenden auf einem Schlachtfeld klang in ihren Ohren das Stöhnen, Ächzen und Knirschen der gequälten Bäume.

Sie rang darum, ihr Gleichgewicht zu halten. Mal schlug der Wind von hinten, mal lief sie gegen ihn und wurde beinahe zu Boden geworfen. Sie erreichte die alte Gartenmauer, kämpfte sich über die Brombeerranken und wilden Rosen und hielt an. Ihr Kleid war tropfnass, an ihren Stiefeln klebte Schlamm. Sie warf die Kapuze nach hinten, um besser sehen zu können. Die geheime Tür zum Turm stand offen, und ein Lichtschimmer drang daraus hervor. Weit und breit war kein Mensch zu sehen. Gebückt, manchmal beinahe auf allen vieren erklomm sie den Hügel.

Als sie den Turm erreichte, drückte sie ihren Körper fest an den Efeu neben der Tür, um Luft zu holen. Sie wagte einen vorsichtigen Blick in die Öffnung. Ihre Augen gewöhnten sich schnell an das Halbdunkel, und sie konnte den steilen Weg sehen, auf dem Mr Linreed sie vor einigen Wochen geführt hatte. Die plötzliche Ruhe vor dem Sturmgeheul draußen war eine Erleichterung.

Der dunkle Gang schien sie nach unten zu locken. Sie bewegte sich langsam und unsicher vorwärts und hielt ihre Laterne mit zitternder Hand vor ihren Körper. Es roch muffig, und die Felswände waren feuchter und dunkler, als sie es in Erinnerung hatte. Sie wappnete sich innerlich für den Anblick der Knochen. Immerhin wusste sie dieses Mal, was sie erwartete. Bald müsste die Steintreppe kommen. Sie fand ihren Weg bis zu der Stelle, an der sie das letzte Mal gestolpert war. Ein Schauder überlief sie, als sie die Knochen und Schädel an der Felswand sah, und sie setzte sich auf die unterste Stufe, um sich einen Moment auszuruhen.

Wassertropfen fielen von oben herab und landeten mit einem Widerhall auf dem felsigen Boden. Das schwache Licht, das sie vom Hügel aus gesehen hatte, drang von weiter unten aus der unterirdischen Höhle. »Dreh dich schnell um und geh zurück!«, mahnte eine innere Stimme. Eine unsichtbare Macht zwang sie jedoch wieder auf die Füße und weiter den Gang hinunter.

Sie nahm ihre Laterne in die Hand, wartete, bis ihre Finger aufgehört hatten zu zittern, und tastete sich behutsam vor. Als sie plötzlich Männerstimmen hörte, die von weiter unten kamen, schnappte sie vor Schreck nach Luft, löschte die Kerze und zog sich in die Schatten der Felsen neben dem Weg zurück. Nicht nur Stimmen, sondern auch ein Klappern und Poltern wurde immer lauter, bis eine Gruppe schattiger Gestalten, deren Gesichter unter ihren Kapuzen nicht zu erkennen waren, an Charlotte vorbeistolperte. Einige trugen schwere Kisten, andere schleppten Säcke hinter sich her.

Es dämmerte Charlotte, dass sie unversehens in ein ungeheuerliches, schreckliches Abenteuer hineingetaumelt war und dass es kein Zurück mehr gab. Der Turm verbarg offensichtlich nicht nur eine riesige unterirdische Höhle, die einen Friedhof beherbergte, sondern ein Labyrinth von dunklen Gängen, die nach unten führten. Die Stimmen verklangen, als die Männer nach oben verschwanden.

Charlotte wartete, bis sie sicher war, dass niemand mehr von unten nachrückte. Ein paar Minuten lang, die ihr wie eine Ewigkeit vorkamen, tastete sie sich langsam, aber ungehindert nach vorne. Das Licht, das von unten kam, war nun hell genug, um ohne Laternenlicht zu gehen. Stellenweise breitete sich ein seltsamer, widerwärtiger Geruch aus, den sie nicht kannte. Sie hörte wieder Stimmen, laut rufend, aber weit weg, wie auch das Heulen des Windes, das immer menschlicher klang, wie das untröstliche Klagen einer Mutter nach einem verlorenen Kind. Plötzlich lief es ihr eiskalt über den Rücken. Es waren wirklich Menschenstimmen, die heulten.

Auf einmal geschahen verschiedene Dinge gleichzeitig. Sie stieß mit ihrem Fuß an etwas Weiches, Schweres, das vor ihr auf dem Weg lag, strauchelte und stützte sich mit einer Hand ab. Als sie sich wieder erhob, waren ihre Finger feucht und klebrig. Schritte näherten sich, und die Höhle wurde hell. Dieses Mal erkannte sie das Gesicht. Es war Simon, der Diener vom Pfarrhaus, der den Pfad mit zwei schweren Säcken auf dem Rücken keuchend nach oben eilte. Er hatte Charlotte ebenfalls gesehen.

»Sie müssen keine Sorge haben, Mylady. Die hier sind alle mausetot und tun Ihnen nichts. Wir tragen die Leichen vom Wrack nachher runter in Höhle Zwei, damit es keinen Gestank gibt. Die Passagiere und Bootsmänner haben wir schon hierher geschleppt, wie Sie sehen, und unten wird geladen. Bis Tagesanbruch sind wir fertig.«

Fassungslos blickte sie um sich und versuchte, das Bild zu deuten, das ihr der Schein von Simons Laterne bot. Leichen, wohin sie nur schaute. Auf beiden Seiten des steinigen Weges. Die klebrige Flüssigkeit an ihren Händen war Blut. Simon ging offensichtlich davon aus, dass sie wusste, was hier geschah. Sie griff nach Simons Arm. »Wer sind sie, Simon? Piraten? Räuber?«

»Ich weiß nicht, woher dieses Schiff kam, Mylady. Fragen Sie unten.«

Ihr Magen krampfte sich zusammen, und sie hätte sich am liebsten übergeben. Sie widerstand dem Drang, der Szene des Grauens so schnell wie möglich zu entfliehen. Alle Kraft schien aus ihren Beinen gewichen zu sein. Sie zwang sich, in die Richtung weiterzugehen, aus der Simon gekommen war.

Der Gang wurde auf einmal schmal und die Decke niedriger. Klebrige Blutspuren beschmierten den Weg. Eine kühle, salzige Luft wehte ihr entgegen, das Klatschen der Wellen, vermischt mit dem Schreien und Heulen von Menschen, wurde lauter. Nach einer scharfen Kurve stand sie auf einmal in der breiten Öffnung einer Kaverne, die ein riesiges Gewölbe über ihrem Kopf bildete.

Vor ihr lag ein Strand, mit Fackeln beleuchtet. Menschen rannten fieberhaft hin und her und riefen einander Anweisungen zu, die Charlotte nicht verstehen konnte. Nicht weiter als einen Steinwurf entfernt ragte der gewaltige Rumpf eines Schiffs in Schieflage in die Höhe und zeichnete sich schwarz und bedrohlich wie ein Koloss vor dem bleichen Licht des Mondes ab. Ein Gewirr von zertrümmerten Mastteilen hing schlaff über dem Deck und Reste von Segeltüchern flatterten wild umher. An der Seite des Wracks hingen Seile herab, an denen Kisten, Truhen und allerlei Fracht befestigt waren und heruntergelassen wurden.

Ein Huhn rannte gackernd auf Charlotte zu und verschwand hinter ihr in der Höhle. Nicht weit von ihr entfernt lag ein Pferd in einer Blutlache. Es wand sich und schrie im qualvollen Todeskampf. Der Lärm war ohrenbetäubend. Das Krachen und Knarren des Wracks, das im Wind hin und her schwankte, wurde nur vom donnernden Tosen der Wellen übertönt.

Ein groß gewachsener Mann, dessen Rücken ihr zugewandt war, schien Regie zu führen. Er brüllte laut und gestikulierte energisch mit seinem gezogenen Messer. In der anderen Hand hielt er eine Pistole.

Charlotte zwickte sich in den Arm, um sich zu vergewissern, dass dies kein Albtraum war. Sie vergaß für einen Moment, dass sie Hilfe holen sollte, falls sich Lebende unter den Leichen im Geheimgang befanden, und versteckte sich hinter einem Felsvorsprung in dem Versuch, ihre Gedanken zu ordnen.

Der unterirdische Weg hatte sie durch die Felsen zur anderen Seite der Klippen geführt, direkt in die Bucht, die als unzugänglich galt. Und sie war mitten in das Chaos eines Schiffsunglücks hineinspaziert, während eine Plünderung in vollem Gange war. Die Gerüchte waren also wahr: von Piraten und erbitterten Schwertkämpfen um Wracks herum, vom Mord an unschuldigen Passagieren und Bootsleuten, von umherirrenden Seeleuten, die von Sinnen waren und nicht mehr wussten, was ihnen widerfahren war.

Ein Schrei riss sie aus ihren Gedanken.

»Da ist jemand!« Ein Wächter hatte einen fremden Schatten auf dem sandigen Boden im Eingang der Höhle gesichtet und Alarm geschlagen.

Der hochgewachsene Mann mit dem Messer drehte sich blitzschnell um, und sie blickte direkt in die wütenden Augen ihres Vaters. »Verdammt noch mal! Was machst *du* hier …?«

Einen Augenblick lang war sie unfähig, sich zu rühren oder einen Ton hervorzubringen, und starrte wie benommen auf die blutverschmierte Klinge von Lord Greenwolds Messer, während er sich mit großen Schritten auf sie zubewegte. Ein Lichtblitz erhellte den Strand, gefolgt von einem gewaltigen Donnerschlag. Verschwommene Bilder flossen vor ihren Augen ineinander: Mr Linreed mit einer Pistole in seiner Hand, Mrs Gibbs, die einen leblosen Körper an den Strand schleppte, der Schriftführer vom Rathaus, der Markthändler, der sonst Kartoffeln verkaufte, der Pferdewirt des Bürgermeisters und dazu zahllose weitere Gestalten und Gesichter, die sie nicht kannte. Sie drehte sich um, ließ ihre Laterne fallen und rannte um ihr Leben.

»Schnell, hinter ihr her! Holt sie zurück!«

Dickon platzte in die Küche. »Gott sei Dank, du bist hier, Franny. Das Wasser steigt und steigt, der Weiher ist über seine Ufer getreten. Zwei

Birken sind umgestürzt, und es ist gefährlich draußen. Sollen wir nicht Lord Greenwold alarmieren?«

»Er ist entweder längst ins Bett oder schon hinausgegangen, Dickon. Letzteres, vermute ich. Bei diesem Lärm kann niemand schlafen. Ich wollte alles hier unten abdichten und habe Säcke vor die Tür gestapelt. Im Küchengarten sammelt sich das Wasser schon wie in einer Badewanne. Warte, ich komme mit.« Sie wischte ihre Hände an einem Handtuch ab, zog ihre Schürze aus und hängte sie an einen Haken.

Dickon hatte nach seinem Mantel gegriffen, der neben der Tür hing. »Frederick schaut draußen nach dem Rechten und sorgt dafür, dass bei den Pferden keine Panik ausbricht.«

»Er soll nur aufpassen. Du bleibst aber bitte im Haus, Dickon. Wir gehen durch die Räume und schauen, dass alle Fenster fest geschlossen sind und keine Glut in den Kaminen brennt. Ich schaue auch nach Harriet, sie hat immer solche Angst, wenn es stürmt. Siehst du nach Lord Greenwold? Ob Charlotte aufgewacht ist? So ein Gewitter habe ich noch nie erlebt!«

»Alles klar. Wir treffen uns dann in der Eingangshalle, Franny. Pass auf dich auf!«

Als Dickon sich einige Zeit später dort einfand, rannte Franny panikerfüllt auf ihn zu. »Dickon, schau nur! Was sollen wir tun?«

Rinnsale von Regenwasser liefen unter der eichenen Haustür hindurch und breiteten sich auf den glatt polierten Marmorfliesen aus.

»Franny, es gibt keine Spur von Mrs Gibbs oder Lord Greenwold. Ihre Betten sind unberührt.«

»Und Charlotte, wo ist Charlotte?«

»Ihr Zimmer ist auch leer, Franny. Sie muss aufgestanden sein und sich wieder angezogen haben, die Laken sind zerknittert.«

Franny schlug sich beide Hände vors Gesicht. »Oh, mein Gott!«

Es hämmerte an der Tür. Dickon zog einen schweren Türflügel nach innen, und Frederick platzte herein, triefend nass und außer Atem. »Wir müssen uns nach oben retten, schnell! Es gibt eine Überschwemmung. Der Park füllt sich, die Keller laufen voll.«

»Aber was ist mit Charlotte, Mrs Gibbs und Lord Greenwold?«

»Wenn sie nicht hier sind, haben sie wahrscheinlich Unterschlupf im

Dorf gefunden – draußen ist kein Durchkommen mehr!«, antwortete Frederick.

Alle drei drehten sich auf dem Absatz um und rannten die Treppe hinauf. Wasserstrudel umspülten schon die elegant gewölbten Beine des Tisches, der vor dem Spiegel stand.

Charlotte zerrte ihre Schuhe von den Füßen und warf sie in den Sand, sprang zurück in den Gang und rannte, kletterte, stolperte über die Steine und Felsbrocken, die sie auf dem Weg nach unten vorsichtig umrundet hatte. Sie schrie vor Schreck auf, als sie über etwas Weiches und Warmes fiel. Eine der Leichen. Sie erlaubte sich nicht, nach rechts oder links zu blicken.

Das Gebrüll ihres Vaters hinter ihr wurde immer lauter, das flackernde Licht der heranrückenden Lampen immer heller. Sie meinte, auch Mr Linreed unter den vielen Stimmen zu hören, die ihr befahlen, anzuhalten. Es erschien ihr, als wäre ihr eine Meute gieriger Hunde mit gebleckten Zähnen auf den Fersen, jede Minute bereit, zuzupacken.

Bergauf war der Gang durch die Katakomben ein qualvoller Hindernislauf. Ihre Füße waren wund, bluteten und fanden keinen Halt auf dem dunklen und steinigen Weg. Sie zog sich auf allen vieren vorwärts und hatte das Gefühl, kaum voranzukommen; ihre Lungen waren dem Bersten nah. Schließlich schleppte sie sich die Steintreppe hoch, rannte auf die Tür zu, warf einen flüchtigen Blick nach hinten und stürzte sich aus der Öffnung auf den Hügel. Bis Lord Greenwold und seine Männer die Tür erreichten, kauerte sie zitternd auf der anderen Seite der Steinmauer neben dem Wald.

»George, du nimmst ein paar Männer mit und übernimmst die Jagd von hier, sie kann nicht weit gekommen sein. Schnapp sie dir. Wir dürfen keine Zeit verlieren. Der Rest kommt wieder mit hinunter. Die Arbeit muss fertig sein, bis der Sturm vorbei ist.«

Das gekenterte Schiff lag auf seiner Seite, als die Männer zu ihrer wilden Geschäftigkeit in der Bucht zurückkehrten. Mit einem gewaltigen Stöhnen und Krachen brach es langsam auseinander, wie ein Monster in seinem letzten Todeskampf.

Während Lord Greenwold und seine Männer sich beeilten, die Kisten, Koffer und Truhen zu erbeuten, die aus dem Bauch des Schiffes ausgespien wurden, fiel es ihnen nicht auf, dass sich eine der Gestalten, die leblos am Strand gelegen hatten, entfernt hatte. In der Aufregung der Verfolgungsjagd auf Charlotte hatte ein Mann leise den Kopf gehoben, um sich geschaut und war heimlich davongekrochen, direkt in die tosenden Wellen hinein. Es folgte ein Kampf auf Leben und Tod gegen die Fluten, die seinen Körper immer wieder gegen die spitzen Felsen schleuderten, ein Japsen nach Luft, jedes Mal, wenn er sich mit dem nackten Willen zum Überleben wieder zur Wasseroberfläche hochstrampelte.

Als die Plünderer bis zum Morgengrauen fast alle Spuren der gekenterten Königin des Meeres und des Massenmordes an seiner Besatzung und seinen Passagieren entfernt hatten, lag ein Schiffbrüchiger erschöpft auf dem flachen Strand von Sedgeworth Cove und wartete auf seine Rettung.

Der Birkenwald hatte sich in ein Meer aus Schlamm verwandelt, in dem der durchtränkte Boden die Regengüsse nicht mehr aufsaugen konnte. Die Moseley überschwemmte ihre Ufer und trieb alle Fluten, die sie nicht mehr halten konnte, in den Wald und in den Park von Birch Hollow. Charlotte nahm ihren ganzen Mut zusammen, richtete ihre tropfnassen Schultern auf und blickte vorsichtig über die Mauer.

Noch suchten ihre Verfolger auf dem Turmhügel nach ihr. Sie stand auf und sprang in den Wald hinein. Der Boden war überflutet. Ihre Röcke schlangen sich um ihre Beine, durchnässt und schwer, als sie durch den Schlamm watete. Ihre Füße waren wie taub, sie hatte in der Kälte jedes Gefühl für sie verloren. Sie strauchelte über Äste, durch Laub, über einen Baum, der über dem Weg lag.

Endlich erreichte sie den offenen Rasen des Parks. Wo sie nur hinschaute, strömte Wasser – aus dem Fluss, aus dem Weiher, auf den Wegen, durch das Gras. Sie sah Lichter und hörte aufgeregte Stimmen hinter sich im Wald. Ob Mr Linreed sie entdeckt hatte? Er schien fest entschlossen, seine unerbittliche Jagd weiterzuführen, bis er seine abtrünnige Braut eingeholt hatte. Sie spürte, wie ihr nach und nach die Sinne schwanden, sie konnte nur an eines denken: rennen, wohin auch immer.

Der Stall! Sie kniff ihre geschwollenen Augen zusammen, als sie sich mit ihren letzten Kräften zur Tür der Scheune schleppte. Ihre Finger waren wie Blei und bluteten, als sie versuchte, den Griff zu heben. Gott sei Dank, die Tür öffnete sich. »Man darf sie nie abschließen bei Sturm«, hatte Jake immer gesagt. »Pferde müssen fliehen können.« Sie zog die Tür hinter sich zu, lehnte sich an den Türrahmen und sank zitternd und am ganzen Körper frierend zu Boden.

Ein sanftes Stoßen und Schnauben brachte sie wieder zu Bewusstsein.

»Tedwin!«, schluchzte sie. Der vertraute Geruch von Heu und Pferdeäpfeln und der warme Dampf aus seinen Nüstern weckten ihre allerletzten Kraftreserven. Sie zog sich an seinem Bein hoch. War es Einbildung oder beugte er sich leicht nieder, um ihr den Aufstieg auf seinen Rücken zu erleichtern?

»Tedwin, fort von hier, egal wohin, so schnell du kannst! Flieh!« Sie legte ihren Kopf an seine Mähne, umschlang seinen Hals mit den Armen und drückte ihre Knie in seine Flanken. Aus der Tür heraus, über den Park: Er flog wie der Wind.

Dann hörte sie plötzlich einen Schrei: »Zurück, du!«, und ein Schuss knallte durch die Luft.

»Schneller, Tedwin, schneller!« Mit jedem Muskel ihres Körpers klammerte sie sich an das Pferd. Schweiß mischte sich mit dem Regen, der ihren Rücken durchnässte. Das Klopfen von Tedwins Hufen hämmerte durch ihren ganzen Körper, mal hart und kantig auf der Straße, mal gedämpft auf Gras, mal platschend durch Pfützen, Schlamm und Wasserströme, als ob es das einzige Empfinden wäre, das sie jemals gekannt hatte. Als ob ihre ganze Welt von Anfang an nur aus dem Geruch von Pferdeschweiß und dem Keuchen, Schnaufen und Dampfen eines flüchtenden Hengstes bestanden hätte.

Irgendwann blieb Tedwin stehen.

Es wurde ihr schwarz vor Augen. Sie verlor das Gleichgewicht, die Kräfte wichen ihr aus Armen und Beinen, und sie glitt vom Pferd.

»Warte, Harry, da liegt jemand!«

»Wo? Das ist nur ein Haufen Lumpen, du Trottel, vom Meer ans Land gespült. Komm, Angus, wir schauen, ob der Sturm noch was Besseres als Lumpen an den Strand geschwemmt hat.«

»Ich schaue nur kurz, komme gleich!« Angus eilte über den Sand zu der Stelle, an der etwas, das in der Tat wie ein durchnässter Kleidersack aussah, regungslos auf dem Sand lag. »Um Gottes willen! In den Klamotten ist ein Mensch drin!«

Die zwei Landstreicher, im frühen Morgengrauen auf Beutezug am verlassenen Strand, bückten sich über die leblose Gestalt und drehten sie mit ihren Füßen vorsichtig um, sodass sie auf dem Rücken lag.

»Gott helfe uns, er atmet. Verwundet. Tragen wir ihn zur Fischerhütte, Angus, schnell!«

Eine verdutzte Fischerfrau rieb sich die Augen und versuchte, die träge Asche in ihrem Kamin zu einem Feuer zu beleben, während zwei fremde Männer sich freizügig an allem bedienten, was sie brauchten, um die Wohnstube in ein Lazarett zu verwandeln. Sie zogen dem erschöpften Mann die nassen Kleider aus, wickelten ihn in eine Decke, rieben seine Arme und Beine warm, verbanden seine Schnittwunden und gossen ihm Branntwein in den Hals.

Langsam kam er zu sich. Die Verletzungen schienen oberflächlich zu sein, aber er war verwirrt und erschöpft. »Piraten«, stotterte er schließlich und zeigte Richtung Meer. »Das Schiff … auf Felsen gelaufen, meine Frau …« Ein Hustenanfall hinderte ihn daran, weiterzusprechen.

Die zwei Landstreicher blickten sich mit großen Augen an.

»Ich glaub, wir haben ihm zu viel Branntwein in den Hals gekippt«, sagte Harry.

»Es geht uns überhaupt nichts an, was mit dem Mann los ist, oder? Lassen wir ihn hier und machen wir uns lieber davon, bevor wir entdeckt werden.«

»Nein, wir holen einen Offizier, und der schaut, ob es stimmt, was der Mann sagt«, schlug Harry vor.

Angus stieß Harry in die Seite. »Wir versuchen, seit die Welt erschaffen wurde, den Offizieren aus dem Weg zu gehen. Jetzt willst du ihnen in die Arme laufen. Manche könnten denken, dass wir die Piraten sind.«

»Nee, wir sind Diebe, das ist was anderes. Und der Offizier hier weiß nicht, dass wir in Newquay das Silberbesteck geklaut und wieder verkauft haben.«

»Das stimmt.« Angus nickte ihm zu. »Also ich guck mal, ob in diesem Kaff hier ein Offizier zu finden ist. Vielleicht kriegen wir eine Belohnung.«

»Schnell, bitte«, stöhnte der Schiffbrüchige, »es gibt Leute, die sterben. Wahrscheinlich ist es zu spät. Meine Frau …« Er stöhnte.

»Das ist ein Fremder. Hörst du den Akzent?«, bemerkte Angus.

»Hör auf zu quatschen und geh schon!«, fauchte Harry in barschem Ton.

Angus eilte aus der Hütte.

Eine Stunde später taumelte Offizier Jethro Bingham, alleiniger Ordnungshüter der Küstensiedlung Sedgeworth, schlaftrunken und gähnend in die Hütte. »Eine Krise? Gibt es hier eine Krise? So früh am Morgen?«

»Da ist ein Ausländer. Vom Meer angespült, wahrscheinlich hatte er zu viel Branntwein. Er meint, es seien Piraten draußen«, erklärte Harry.

Ein Verbrechen kam in dieser schläfrigen Küstensiedlung so selten vor, dass Jethro Bingham nicht recht wusste, was er tun sollte.

Der Schiffbrüchige war inzwischen hellwach und erzählte und gestikulierte wild in der Verzweiflung eines Ertrinkenden, der zuschauen muss, wie seine vermeintlichen Retter langsam und gemächlich aus einem Tiefschlaf erwachen. Es dauerte eine Weile, bis er Offizier Bingham, der mit wichtigtuerischer Geschäftigkeit zuerst nach einer Schreibfeder fragte und dann jedes Wort auf ein Blatt Papier schrieb, vom Ernst der Lage überzeugen konnte. »Verdammt noch mal, hören Sie auf zu schreiben und *tun* Sie was!«, brauste der verletzte Mann schließlich auf.

Die Aussicht, Piraten bei einer Plünderung auf frischer Tat zu ertappen, reizte den Offizier immer mehr. Auch ohne Piraten war das Gerücht eines Schiffsunglücks in nächster Nähe dramatisch genug, um neugierige Schaulustige an den Strand zu locken, auf der Suche nach Andenken und angespülten Überbleibseln. Bevor eine blasse Sonne über den Horizont kroch und ein müdes Licht auf die vom Sturm gebeutelte Landschaft warf, war Offizier Bingham bereits mit einer Schar Männer in einem Fischerboot hinausgefahren.

Der Schiffbrüchige hatte sich gegen die Behauptung, er sei zu verletzt für eine gefährliche Bootsfahrt, gewehrt und hatte darauf bestanden, mitzufahren: »Meine Frau, ich muss sie finden!«

Ein grauer, milchiger Nebel hing über dem Meer. Die Männer mussten gegen einen rauen Wind rudern, der immer noch kräftig blies. Weiter vom Ufer entfernt hatte sich der Orkan noch nicht ganz ausgetobt.

»Sie haben Glück, dass diese Wellen Sie nicht auf die Felsen aufgespießt haben, Sir«, brüllte der Offizier ins Ohr des Schiffbrüchigen. »Wie haben Sie das bloß geschafft?« Er unterdrückte den wachsenden Zweifel an dessen Geschichte und hoffte inbrünstig, dass er sich nicht aufgrund der Aussage eines Irrsinnigen auf ein gefährliches Unterfangen eingelassen hatte.

»Das war schon immer eine verfluchte Bucht, Sir«, rief einer der Männer. »Diese Felsen fressen Menschen lebendig! Wir sollten die Aktion lieber abbrechen!«

»Wenn wir an diesem Felsvorsprung nicht vorbeikommen, kehren wir um und sind rechtzeitig zum Frühstück zu Hause«, antwortete der Offizier. »Auf der Rückfahrt haben wir den Wind im Rücken!«

Es gab ein letztes Keuchen, Stöhnen und Ziehen von durchschwitzten Körpern, einen angestrengten Versuch, das Boot, das wie ein Korken auf dem Wasser tanzte, von den Felsen fernzuhalten, gegen die der Wind es schleudern wollte.

Auf einmal lag der Fels, der sie von der Bucht trennte, hinter ihnen und die Männer blickten, von Gischt und Meerwasser völlig durchnässt, auf ein Trümmerfeld. Die Reste eines Schiffsrumpfes torkelten zwischen den Felsen, um sie herum trieben Bretter, Stühle, Kisten, Kleider und der Kadaver eines Pferdes auf dem unruhigen Wasser. Selbst den hartgesottenen Fischern und Küstenbewohnern, die mit den heimtückischen Launen von Wind und Wetter eng vertraut waren, blieben vor Entsetzen Mund und Augen offen stehen. Eine hochgewachsene Gestalt am Ufer hatte ihr Boot gesichtet und winkte wild mit den Armen.

»Einen schönen beziehungsweise nicht so schönen guten Morgen, Mylord«, rief Offizier Bingham.

Der Mann am Strand war Lord Greenwold. Er half der Rettungsmannschaft, ihr Boot auf den Strand zu ziehen, und streckte Jethro Bingham die Hand hin. »Schlimme Tragödie, Bingham. Aber Sie können gleich wieder gehen. Meine Dienstboten haben heute früh das Krachen gehört, und wir konnten mit der Hilfe von Seilen über die Felsen gelangen. Eine gefährliche Sache. Ich habe fast einen Mann dabei verloren. Wir wollten auf alle Fälle schauen, ob jemand das Unglück überlebt hat. Zu spät. Leider ist das hier alles, was wir vorgefunden haben. Es gibt wohl keine Überlebenden. Ich bin fassungslos. Eine schreckliche Sache.« Er schüttelte den Kopf.

»Kein Zeichen von Piraten?«, erkundigte sich Bingham.

»Piraten – nein!«, antwortete Lord Greenwold. »Wenn Piraten am Werk sind, gibt es immer Leichen am Strand. Messerstiche und Kugelreste und so weiter. Hier sind wohl alle landauswärts getrieben, der Wind hat die ganze Nacht in Richtung des offenen Meers gepeitscht. Der Sturm war an dieser Stelle sehr heftig. Gerade jetzt steigt der Wasserpegel um Birch Hollow herum immer noch an, der Blitz hat ins Dach eingeschlagen, viele Bäume sind zerstört. Wir sind schwer gebeutelt. Und jetzt das noch.« Er deutete mit seiner Hand auf das Wrack. Seine Stimme war ruhig und gefasst, mit einem gut einstudierten Hauch von Ratlosigkeit.

»Dann stören wir Sie nicht weiter, Mylord, es hat Sie wirklich schlimm erwischt«, sagte Jethro Bingham mitleidsvoll, »und Sie haben viel zu tun.« Er drehte sich zu dem Fremden hin, der sich bis dahin im

Hintergrund gehalten hatte, und legte die Hand auf seine Schulter. »Es tut mir leid, Freund«, sagte er. »Sie sind wohl der Einzige, der überlebt hat. Kommen Sie mit.«

Zu seiner Überraschung stieß der Fremde die tröstende Hand von sich, warf seine Kapuze nach hinten, trat energisch durch die Traube von Männern am Strand und stellte sich vor Lord Greenwold. »Und wo ist meine Frau, Mylord?« Seine Stimme war laut und erregt, er zischte die Worte zwischen den Zähnen hervor.

Lord Greenwold starrte ihn fassungslos an und wurde bleich. Vor ihm stand sein Schwiegersohn, Graf Louis Bizet.

»Kennen Sie diesen Mann, Mylord?«, fragte Offizier Bingham.

Lord Greenwold schluckte. »Nein, ich habe ihn noch nie gesehen«, stellte er schließlich fest. »Der Mann ist von Sinnen, das sieht man auf den ersten Blick. Die Meeresluft ist ihm in den Kopf gestiegen.«

»Wir werden gleich sehen, wem die Meeresluft in den Kopf gestiegen ist«, antwortete der Graf. »Herr Offizier, kommen Sie mit.« Er marschierte geradewegs auf den Felsvorsprung zu, der die Öffnung zu den unterirdischen Gängen verdeckte.

»Nein, da dürfen Sie nicht hin!«, brüllte Lord Greenwold und versuchte, den Grafen festzuhalten. »Das gehört zu meinem Anwesen. Das ist privates Land.«

»Aber die Frau, die ich geheiratet habe, gehört zu mir, und ich suche sie«, erwiderte der aufgebrachte Graf. »*Tonnere de Brest!* Zum Donnerwetter noch mal, Lord Greenwold, ich bin Ihr Schwiegersohn! Glauben Sie, dass Sie damit durchkommen?«

»Ihr Schwiegersohn?«, sagte der Offizier verwirrt und sah von einem zum anderen. »Lassen Sie ihn, Mylord«, befahl er dann. »Sie haben nichts zu befürchten. Der Mann ist außer sich vor Trauer und Schock, lassen wir ihn nach seiner Frau suchen, wenn es ihm hilft. Danach können wir alles in Ruhe klären.«

Der Graf war zum Eingang der Höhle geeilt. Jethro Bingham und seine Männer folgten ihm. Eine Welle von abgestandener Luft und dem Gestank von Blut, Schweiß und menschlichen Exkrementen schlug ihnen ins Gesicht, als sie die Höhle betraten. In einem Nebengang ließ sie der Anblick unzähliger Leichen erschaudern.

Der Graf machte sich im blassen Morgenlicht auf die Suche. Fieberhaft und furchtlos deckte er jedes Gesicht ab, zog leblose Körper, die aufeinandergestapelt waren, auseinander, schaute in offene Augen, die leer und leblos an die Decke starrten, während seine Begleiter ihre Hände vor Entsetzen vor ihre Gesichter hielten und versuchten, die ekelhafte Luft nicht einzuatmen.

Auf einmal schrie er auf und stürzte sich auf die reglose Gestalt einer jungen Frau. Ihre blonden Haare waren mit Blut verschmiert, ihre seidenen Kleider durchnässt und mit Sand und Algen beschmutzt. Er fing an, laut zu schluchzen, und bedeckte ihr lebloses Gesicht mit Küssen.

Irgendwann blickte er hoch in die gebannten, schockierten Gesichter seiner Begleiter. »Ich bin Zeuge! Ich sah Lord Greenwold mit einem Messer in der Hand. Ich sah seine Henker und Piraten mit Pistolen, die jeden niederstreckten, der sich wehrte oder versuchte zu fliehen. Wusste er, dass er seine eigene Tochter ermordete? Ergreifen Sie diesen Mörder, Herr Offizier!« Seine Stimme war rau, heiser, leidenschaftlich.

Der Offizier drehte sich um. »Es tut mir leid, Mylord, ich muss Sie bitten, mitzukommen und einige Fragen zu beantworten. Sie haben sicher eine gute Erklärung.«

Er bekam keine Antwort. Lord Greenwold war verschwunden.

17

Als Charlotte wieder zu sich kam, fiel ihr Blick als Erstes auf ein verschwommenes Gesicht, das über sie gebeugt war. Sie spannte ihren Körper an und zog die Bettdecke, unter der sie lag, bis zum Kinn hoch. Das Licht von einem Fenster über ihrem Bett blendete sie, und sie schloss die Augen. »Wo ist Tedwin?«, wisperte sie. »Da war ein Knall.«

»Psst, nur ruhig, es ist alles in Ordnung. Tedwin ist draußen im Hof.« Es war eine ruhige, väterliche Stimme.

Charlotte versuchte, ihre Augen wieder zu öffnen. »Wo bin ich?«

»Du bist bei mir, Charlotte, du kennst mich wahrscheinlich nicht mehr, aber ich kenne dich. Ich bin Theodor, der Onkel von Jake.«

Charlotte hob ihren Kopf und wollte sich aufrichten, sank aber mit einem Stöhnen in die weichen Kopfkissen zurück. Erinnerungen an ihre Flucht aus Birch Hollow überfluteten sie mit einem Schlag. Der Gang unter den Felsen, der Anblick der Toten, der gewaltige Rumpf des Schiffes, der in die Höhe ragte, die Jagd durch die unterirdischen Gänge, der Gestank der Leichen. »Da waren Tote …«

»Ganz ruhig. Später gibt es Zeit zum Erzählen. Hier ist etwas zu trinken. Du musst viel trinken.«

Der Arm, der unter ihre Schulter glitt und ihr half, den schweren Kopf zu heben und ihn gegen das weiche Kopfkissen zu stützen, war stark, aber sanft und weckte Erinnerungen in ihr. Er war Peter Fentons Bruder. Jakes Onkel. Sie suchte umsonst in den von Arbeit und Mühe gezeichneten Gesichtszügen des alten Mannes nach Ähnlichkeiten mit Jake. Trotzdem erinnerte jede Bewegung, jede Geste an ihn. Nicht nur seine Stimme, sondern auch seine Berührung, die freundlichen blaugrauen Augen, die unter den weißen, licht gewordenen Locken hervorblickten.

Schmerz quälte ihre Seele, der Schmerz ihres Verrates an der Pflegemutter, der sie alles verdankte. Als hilfloses Baby hatte Maggie sie in ihr

Heim und Herz aufgenommen, doch sie hatte sich entschieden, lieber auf die Schmeicheleien eigennütziger Betrüger zu hören als auf die Weisheit der Menschen, die sie liebten. Tränen flossen über ihr Gesicht. »Sie waren alle hinter mir her, und Menschen sind gestorben, und mein Vater mittendrin, wo sind sie alle?« Sie drückte seine Hand und hielt sie fest.

»Hier bist du in Sicherheit, mein Kind, keiner deiner Feinde weiß, dass du hier bist. Schlaf jetzt, und später haben wir alle Zeit der Welt, um über alles zu reden, was dir auf dem Herzen liegt.«

»Und Jake? Ist er in Sicherheit?«

»Er ist weggezogen, und es geht ihm gut. Jetzt kannst du wieder schlafen.«

Charlotte schlug ihre Augen zu. Sie murmelte etwas über Rosalinde, wälzte sich ein paarmal hin und her und wurde still.

Theodor wartete, bis sie gleichmäßig atmete, und verließ das kleine Schlafzimmer, in dem sie untergebracht war.

Während sich der schlimmste Orkan, den die Bevölkerung Cornwalls seit Jahrhunderten erlebt hatte, auf dem offenen Meer austobte, waren die Einwohner von St. Ives damit beschäftigt, die Schäden seines Wütens an Haus und Hof aufzuräumen. Alles, was nicht niet- und nagelfest gewesen war, lag irgendwo auf einer Wiese oder in einer Gasse. Bäume waren umgefallen, Dächer undicht geworden, Tiere waren in Panik ausgebrochen, Keller und Scheunen überflutet. Allmählich sickerten Gerüchte von einer Katastrophe großen Ausmaßes in Birch Hollow nach St. Ives durch. Es hieß, die Mönche wären aus den Gräbern ausgebrochen und hätten ein Massaker angerichtet. Die ganze Familie Greenwold sei umgebracht worden.

Währenddessen schwebte Charlotte in einem Dämmerzustand zwischen Wachen und Bewusstlosigkeit. Ihre Stirn und ihre Wangen waren glühend rot, ein quälender Durst brannte in ihrem Mund und kratzte in ihrem Hals, sie schrie immer wieder nach Wasser. Theodor war stets an ihrem Bett, tupfte ihre feurige Haut mit kühlem Wasser ab, hielt Eisstücke an ihre vom Fieber ausgezehrten Lippen, nahm sie in die Arme und schaukelte sie hin und her, wenn sie weinte.

Es dauerte nicht lange, bis er sich aus Charlottes wirren Äußerungen die ganze Geschichte ihrer erschütternden Entdeckungen zusammenreimen konnte, angefangen mit Eduards unehelicher Zeugung und dem qualvollen Tod von Lady Agnes bis hin zum Massengrab unter dem Turm. Zwischendrin rief sie immer wieder nach Maggie und Jake.

Wenige Tage nach ihrer Ankunft hielt Theodor ihren Zustand für kräftig genug, um sie in der Obhut von Mrs Earling zu lassen und nach Hipperclove zu reiten. Maggies Freundin war kurz nach dem Unglück vor seiner Tür erschienen, um nach Charlottes Verbleib zu fragen. Seitdem kam sie jeden Tag vorbei, um nach ihr zu schauen.

Eine dunkle Wolke hing über dem Dorf, und die Straßen waren ruhig, obgleich es Markttag war. Türen und Fenster waren verriegelt. Nur eine Handvoll Verkäufer priesen ihre Waren halbherzig an den Marktständen an.

»Hey Sie, Junge – Sie sind doch im Dienst in Birch Hollow!«

Dickon drehte sich überrascht um. Er runzelte die Stirn und versuchte, sich zu erinnern, woher er den Mann kannte, der jetzt grüßend den Hut hob.

»Wir sind uns beim Begräbnis meiner Schwägerin Maggie begegnet«, klärte ihn Theodor auf.

Dickon nahm seinen Hut ab und verbeugte sich. »Jetzt erinnere ich mich! Schön, Sie wiederzusehen, Sir, aber ich muss mich beeilen, ich habe zu tun!«

»Warten Sie«, wandte Theodor ein. »Darf ich Ihnen ein paar Fragen über die Geschehnisse in Birch Hollow stellen?«

»Auf keinen Fall!« Dickon winkte ab und machte Anstalten, weiterzugehen. »Ich will diesen verfluchten Namen nie wieder in meinem Leben hören. Ich hole gleich meine restlichen Sachen und verlasse den Ort so schnell wie möglich. Birch Hollow hat mir nur Unglück gebracht!«

»In diesem Fall können Sie mir erst recht ein paar Auskünfte geben«, stieß Theodor hervor, außer Atem in seinem Bemühen, mit Dickons schnellem Gang Schritt zu halten. »Sie könnten Charlotte vielleicht helfen.«

Als er Charlottes Namen hörte, hielt Dickon abrupt an. Er drehte sich zu Theodor um und packte ihn an beiden Armen. »Was wissen Sie von Charlotte? Sagen Sie es gleich, Sir. Franny – ihre Freundin – ist außer sich vor Kummer.«

»Dann suchen wir uns eine Ecke, wo wir in Ruhe reden können und Sie mir die Auskunft geben, die ich brauche. Sollen wir gleich zum Herrenhaus gehen?«

»Nein, Mr Fenton. Ich wohne nicht mehr dort. Wir kehren im Gasthaus ein. Dort sind wir wenigstens vor diesem furchtbaren Wind geschützt.«

Theodor wartete geduldig, bis das knisternde Feuer und ein Glas Bier ihre Wirkung zeigten und Dickon zum Reden bereit war.

»Wo ist Charlotte, Sir? Sagen Sie es mir bitte.«

»Sie ist in Sicherheit, das soll erst einmal genügen, Dickon. Und jetzt erzählen Sie, was hier los ist.«

»Lord Greenwold hat mich beauftragt, meinen Wagen am Tor bereitzuhalten für Vorräte, die in sein Lagerhaus hier im Dorf gebracht werden sollten. Das war, als der Sturm sich schon ankündigte. Einige Männer, die ich nicht kannte, brachten Truhen und Säcke. Ich fand es merkwürdig, dass ich ausgerechnet bei so einem Wetter Ladungen von Schmuck, Silberbesteck und Edelholz transportieren sollte. Er sagte, sie wären im Dorf vor einem möglichen Wasserschaden besser geschützt. Während ich von Hipperclove zurückfuhr, schlug der Orkan mit Macht ein. Ich brachte Pferd und Wagen in Sicherheit und rannte ins Haus, um nach Franny und den anderen zu schauen. Frederick kümmerte sich um die Pferde.« Er hielt inne, trommelte nachdenklich mit seinen Fingern auf den Tisch und nahm einen Schluck Bier.

»Und dann?«

»Der Keller und die Küche waren schon vollgelaufen. Franny, Frederick, Harriet und ich retteten uns nach oben. Wir sahen aus dem Fenster, wie fremde Leute durch den Park rannten. Irgendwann schlug ein Blitz ein. Eins der Pferde galoppierte los, Schüsse fielen. Von Lord Greenwold und Mrs Gibbs gab es keine Spur. Auch Charlotte war weg.

Wir riegelten das Haus ab und warteten. Was hätten wir sonst tun können?« Sichtlich bewegt senkte er seine Stimme. »Kennen Sie das Gefühl, Sir? Man geht an einem Abend schlafen, fröhlich und sorglos, und wenig später wacht man auf und findet sein ganzes Leben – alles, wofür man gearbeitet und sich jahrelang abgemüht hat – in Trümmern liegen.«

Theodor nickte, sagte nichts, ermutigte Dickon aber mit seinem fragenden Blick, weiterzuerzählen.

»Das Wasser stieg und stieg, der Weiher hatte sich über den ganzen Park ausgebreitet. Wir hofften, dass Lord Greenwold, Mrs Gibbs und Charlotte im Dorf Unterschlupf gefunden hätten. Wir warteten auf das Tageslicht.«

»Und was habt ihr bei Tageslicht gesehen?«

»Der Park war verwüstet, die Wassermassen flossen ab. Ein Blitz hatte in den Turm eingeschlagen, und der obere Teil war hinuntergestürzt. Der Orkan hatte alles, was ihm im Weg lag, kurz und klein geschlagen. Bäume aus dem Birkenwald lagen neben der Scheune, Teile vom Dach waren zusammengestürzt. Wir wussten nicht, wo wir zuerst anfangen sollten. Und dann, spät am Nachmittag, fanden wir sie.« Er erschauderte. Der Schreck stand ihm noch ins Gesicht geschrieben. »Wir fanden die Leichen von Lord Greenwold und Mrs Gibbs. Der Fluss hatte sie ans Ufer gespült, kurz vor den Klippen. Wir vermuteten, dass auch Charlotte von den Fluten erfasst worden war, fanden sie aber nirgends. Aber jetzt erzählen Sie endlich, Sir. Wo ist Charlotte?«

Theodor legte eine Hand mitleidsvoll auf Dickons Arm. »Erzählen Sie zu Ende, Dickon. Das Schlimmste kommt noch, stimmt's?«

Dickon bedeckte sein Gesicht mit den Händen und verbarg es einen Augenblick lang vor den suchenden Augen des älteren Mannes. »Wir sind alle Teil eines ungeheuren Verbrechens gewesen, Sir. Seit Jahren. Und ich Idiot, der ich bin – wie habe ich mich über die Piratengerüchte lustig gemacht, immer wieder. Und über die Flüche der Mönche. Wie habe ich Harriet belächelt! Und da saß sie auf dem Boden, wippte vor und zurück und stöhnte: ›Die Mönche, die Mönche, jetzt rächen sie sich. Jetzt fordern sie ihren Tribut.‹ Und das haben sie, Sir! Wir selber sind die Piraten gewesen, Sir! Ohne es zu wissen! Und das ist noch nicht alles!« Er schluckte schwer, und Tränen traten in seine Augen. »Zufällig waren Lady Rosalinde und ihr Mann auf dem Schiff! Die junge Lady ist … sie ist tot, und der Graf ist mit knapper Not mit dem Leben davongekommen.« Er hielt einen Moment inne, um sich zu sammeln. Mit müder Stimme fuhr er fort: »Deshalb ist die Sache aufgeflogen. Wir vermuten, dass Lord Greenwold sich selber in die Fluten gestürzt hat, wie der Mönch damals. Und Mrs Gibbs wohl auch. Sie muss auch unten am Schiff gewesen sein, anscheinend hat sie die ganze Zeit Bescheid gewusst und mitgemacht. Wir können es alle nicht fassen. Dieser Ort ist verflucht, sag ich Ihnen.« Seine Schultern bebten, und er konnte nicht weiterreden.

Nach einer Minute Schweigen beugte er sich nach vorn über den Tisch. »Da waren Gräber, Sir«, stammelte er, »genau wie in der Sage der Mönche. Unter dem Turm ist eine unterirdische Treppe, die zur Bucht führt. Und viele Gänge. Aber es waren nicht Mönche, die dort lagen. Es waren Schiffbrüchige, Hunderte davon. Die frischen Leichen stapelten sie nach jeder Plünderung in einer tief liegenden Nebenkammer auf, damit der Gestank nicht nach draußen dringen konnte. Später wurden die Skelette im Hauptdurchgang deponiert. Offenbar sollte man sie für Überreste der Mönche halten, und so sollten Eindringlinge sofort abgeschreckt werden.« Er schüttelte den Kopf, als könne er selbst nicht glauben, was er da erzählte. »Viele Menschen aus dem Dorf waren beteiligt. Jetzt wissen wir, dass sie hoch auf den Klippen Lichter aufstellten, die ähnlich wie der Hafen von St. Ives aussahen. Die Schiffskapitäne waren froh, dass ihre Reise zu Ende war, und so wurden sie auf die Felsen gelockt und dann ausgeplündert, wenn die Schiffe untergingen. Die Gestrandeten wurden umgebracht, ihre Leichen in die Höhle geschleppt. Die Waren trug man die geheime Treppe hoch und ganz Cornwall ist von dem Ertrag reich geworden.«

»Da haben wir wohl die Antwort auf das Rätsel, warum die *Flying Gull* auf Grund gelaufen ist«, sagte Theodor grimmig. Er wandte sich Dickon wieder zu. »Haben Sie wirklich nichts davon gewusst, mein Junge? Nie den leisesten Verdacht gehabt?«

»Franny und ich hatten unsere Hochzeit geplant, Sir. Sie hat meinen Verlobungsring weggeworfen und will mich nicht mehr sehen. Sie wirft mir vor, ich hätte Blut an den Händen, mich am Tod anderer bereichert, so jemanden will sie nicht. Sie wunderte sich die ganze Zeit schon, dass ich ihr teure Geschenke machen konnte, und verdächtigt mich jetzt, von Lord Greenwolds Geschäften gewusst zu haben. Ich hätte fragen sollen, woher das Zeug kommt. Es war ja schon irgendwie seltsam. Aber ich hatte nicht den Mut, Sir. Ich wollte es nicht wissen. Lord Greenwold hatte man zu gehorchen, nicht zu widersprechen. Jedem, der unbequeme Fragen stellte, passierte etwas Schlimmes oder er wurde als geisteskrank verunglimpft. Und jetzt glaubt Franny mir nicht, dass ich unschuldig bin.«

Er war still, während Theodor versuchte, die Tragweite der Katastrophe zu begreifen und die Neuigkeit zu verarbeiten, dass der Tod seines eigenen Bruders und dessen Frau mit großer Gewissheit Teil dieser Machenschaften war. Er stellte Fragen zur Lage im Dorf. Viele seien verschwunden, sagte Dickon, der Bürgermeister sei nicht aufzufinden, der Priester sei zu Verwandten gefahren, und keiner wolle irgendetwas mit dem Verbrechen zu tun gehabt haben. Zwei Männer seien in den unterirdischen Gängen festgenommen worden, die ihre Mittäterschaft gestanden und ausgesagt hätten. Offizier Bingham und seine Männer seien wieder abgezogen.

»Dann gibt es Arbeit zu tun. Charlotte ist bei mir zu Hause, sie hat hohes Fieber, und sie hat einen tiefen Schock erlitten, aber ich bin guten Mutes, dass sie wieder gesund wird.«

»Und wie ist sie zu Ihnen gekommen?«

»Sie ist auf Tedwin geflohen und das treue Pferd wusste, wohin es laufen sollte. Es kennt den Weg zu meinem Haus. Charlotte braucht Hilfe, sie braucht Freunde um sie herum. Wo ist Franny, Dickon?«

»Sie ist bei Harriets Tante, die am Marktplatz wohnt. Ich gehe gleich hin und erzähle ihr, dass Charlotte am Leben ist!«

Er sprang von seinem Stuhl hoch, aber Theodor zog ihn wieder herunter. »Das mache ich, Dickon. Sie haben Arbeit zu tun.«

»Ich? Meine einzige Arbeit ist, hier wegzukommen, Sir. Eine riesige Armee von Priestern mit Fässern voller Weihwasser würde nicht reichen, um die Flüche loszuwerden, die hier herumschwirren. Legen Sie bei meiner Franny ein gutes Wort für mich ein, Sir, bitte!«

Als Antwort erhob sich Theodor und nahm seinen Hut in die Hand. »Ich werde nichts dergleichen tun, Dickon. Sie dürfen kurze Zeit Ihre Wunden lecken, wenn Ihnen das hilft, aber danach geht es an die Arbeit. Hier brauchen wir keinen Hokuspokus mit Weihwasser, hier brauchen wir ein paar Männer, die wirklich Männer sind. Ein Massengrab muss geräumt werden und man muss die Toten würdig begraben. Sturmschäden sind zu beseitigen. Bis morgen um diese Zeit sammeln Sie alle tatkräftigen Männer und Frauen, die Sie nur auffinden können, und wir treffen uns hier.«

»Aber Sir, es haben sich alle verkrochen, die noch da sind.«

»Dann holen Sie sie um Gottes willen heraus, Dickon! Gibt es denn hier im Dorf nur Feiglinge und Milchgesichter?« Theodor stand schon an der Tür. Er hielt noch einmal kurz an, steckte seinen Kopf wieder in den Raum und rief: »Wenn Sie Ihre Franny zurückgewinnen wollen, dann zeigen Sie, dass Sie ein Mann sind, auf den sie stolz sein kann. Hören Sie auf, herumzuwinseln und Ihre Unschuld zu beteuern. Wer Blut an den Händen hat, ob bewusst oder unbewusst, der schaut gefälligst, dass es entfernt wird.« Und weg war er.

Eines Morgens wachte Charlotte aus einem langen, tiefen Schlaf auf und spürte, wie die Schwere von ihrem Kopf gewichen war. Die Sonne schien durch einen Spalt zwischen den Vorhängen in ihr Zimmer herein. Sie stützte sich auf einen Ellbogen. Eine vertraute Stimme drang an ihr Ohr.

»Endlich wach, Lady Greenwold! Es wurde auch höchste Zeit. Das hat wirklich lang gedauert.« Es war Franny. Sie setzte sich auf die Bettkante, hielt einen Becher warme Milch an Charlottes Mund und bestand darauf, dass sie sie trank.

»Wie lange bin ich schon hier, Franny?«

»Das klingt wie die Frage einer Kranken auf dem Weg zur Genesung!«, erwiderte Franny fröhlich, während sie den Becher auf dem Nachttischchen neben dem Bett abstellte und die Vorhänge zurückzog. »Was meinst du, wie lang du schon hier bist?«

Charlotte drehte ihren Kopf auf dem Kopfkissen und starrte aus dem Fenster. »Kahle Äste, grauer Himmel und ein Feuer im Kamin. Es ist Winter«, sagte sie. Sie unterbrach sich und schlug mit der Hand gegen ihren Kopf, als ob sie dadurch hoffte, verlorene Gedankengänge in Bewegung zu bringen. »Das heißt, ich bin eine Ewigkeit hier – es war erst Spätsommer. Jetzt wäre meine Hochzeit gewesen, nicht wahr? Weiß Rosalinde, dass ich hier bin? Schreibst du ihr bitte, dass sie trotzdem kommen soll? Sie wollte zur Hochzeit kommen, aber die findet nicht mehr statt.«

»Ruhig, Mylady. Eins nach dem anderen. Zuerst musst du gesund werden. Deine Stirn ist kühler, das Fieber hat nachgelassen, Gott sei Dank.«

Mit jedem Tag ging es Charlotte besser. Bald konnte sie für kurze Zeit aufstehen, die Treppe hinuntergehen und in Theodors Sessel neben dem Kamin in der Küche sitzen, die gleichzeitig als Wohnraum diente.

Theodor und Franny berieten sich lange darüber, wann der richtige Zeitpunkt sei, Charlotte zu offenbaren, dass sie keine Familie mehr hatte.

Franny graute es vor dem Gespräch, und sie hatte Angst, dass die Nachricht bei Charlotte in ihrem schwachen Zustand ein neues Fieber auslösen würde.

»Sobald sie körperlich bei Kräften ist, muss sie alles erfahren«, drängte Theodor. »Je länger wir es hinausschieben, desto tiefer wird ihre Verbitterung, dass wir ihr Wichtiges vorenthalten haben.«

Die Sorge stellte sich als unbegründet heraus.

Am nächsten Tag setzte sich Charlotte in ihrem Bett auf, stellte den Suppenteller, den sie gerade geleert hatte, auf das Tablett zurück und sagte: »Jetzt, Franny. Ich bin stark genug. Ich will alles wissen. Frei heraus. Du darfst dich nicht herumdrücken, nichts beschönigen, was nicht schön ist. Die ganze Wahrheit. Ich warte.« Sie schloss die Augen und legte ihren Kopf auf die hochgezogenen Knie, die sie mit den Armen umklammerte. Sie blickte kurz hoch. »Fang mit meinem Vater an, bitte.«

Franny holte tief Luft und erzählte. Zunächst zögerlich, danach immer flüssiger. Vom Tod des Lords, vermutlich ein Freitod, nachdem sein Verbrechen aufgeflogen war. Von Mrs Gibbs, deren Leiche am Ufer entdeckt worden war. Vom Begräbnis, das gleich darauf stattgefunden hatte; der Lord lag in der Gruft der Familie Greenwold, die unter der Kirche in Hipperclove war, Mrs Gibbs auf dem Friedhof. Sie berichtete weiter, George Linreed sei gleich nach der Überschwemmung verschwunden und seitdem nicht mehr aufgetaucht. Den Namen des Schiffbrüchigen, der nach Sedgeworth geflüchtet war und Alarm geschlagen hatte, verriet Franny nicht.

Die Nachricht von Lord Greenwolds Tod trug Charlotte mit Fassung. Sie empfand nichts als Empörung: über das Doppelleben, das er geführt hatte, über die Gräueltaten, die hinter der Fassade des Erfolgs verborgen waren, über ihre eigene Verwicklung darin. »Das heißt, Birch Hollow gehört jetzt Sir Forsythe-Drake.«

»Was bringt dich auf den Gedanken?«, fragte Franny neugierig.

Charlotte erzählte ihr von dem Gespräch zwischen Lord Greenwold und Mrs Gibbs, dem sie gelauscht hatte, von Forsythe-Drakes Anspruch auf Birch Hollow, weil er der nächste männliche Verwandte war.

»Willst du mir sagen, dass Eduard nicht Lord Greenwolds Sohn ist, und dass deine Heirat mit Mr Linreed von vornherein geplant war, damit Sir Forsythe-Drake keinen Zugang zur Erbschaft bekommt?«

»Mein Vater wollte nicht irgendeinen Nachfolger, Franny, sondern einen, der in das Geheimnis des Turms eingeweiht war.« Sie erzählte von ihrem Ausflug mit Mr Linreed durch die Höhlen unter dem Turm. »Ich weiß gar nicht, warum er mir das alles gezeigt hat. Vielleicht wollte er mich damit beeindrucken, dass er den Turm so gut kannte? Aber wenn ich nur daran denke, wie leichtfertig ich da mitgegangen bin! Wie schnell und gedankenlos ich ihm mein Vertrauen geschenkt habe! Und die Schädel und Knochen – Franny, es waren nicht die Mönche, es waren Schiffbrüchige, wer weiß aus wie vielen Wracks. Sie alle haben gelogen mit diesen dummen Mönchsgeschichten. Es war alles frei erfunden als Tarnung für die schreckliche Wahrheit. Mein Vater *wollte*, dass die Leute Angst vor Mönchen und Geistern haben!«

»Dann hat es tatsächlich eine *Santa Dominica* gegeben«, sagte Franny nachdenklich. Ihre schwierigste Aufgabe stand noch bevor. Wie sollte sie Charlotte beibringen, dass Rosalinde nicht mehr lebte?

»Ja, Franny. Maggie hat die ganze Zeit recht gehabt. Wahrscheinlich sind die Knochen ihres Seefahrers auch irgendwo dort unten. Er wurde ganz schnell weggeschafft, weil er das Ganze verraten hätte. Ich glaube, ich ertrage es nicht, Franny.« Charlotte stützte den gebeugten Kopf mit ihren Händen.

Franny strich ihr übers Haar. »Wir reden morgen weiter«, schlug sie sanft vor. Die Nachricht über Rosalinde würde warten müssen.

»Ich habe nur noch eine Frage, die mir unter den Nägeln brennt, Franny.«

»Die wäre?«

»Habt ihr Rosalinde in Kenntnis gesetzt über alles, was passiert ist? Sie hatte doch eine Reise hierher geplant. Sie wollte uns nach ihren Flitterwochen gleich besuchen, zu meiner Hochzeit kommen und danach hier überwintern. Sie müsste fast schon unterwegs gewesen sein.«

Franny setzte das Tablett, das sie wegtragen wollte, mit einem Schlag auf den Tisch und brach in Tränen aus. Offensichtlich war es ihr nicht vergönnt, die schlechte Nachricht weiter hinauszuschieben.

»Franny, was ist denn?«

»Charlotte, erinnerst du dich daran, wie Harriet immer wieder sagte: ›Der Turm da frisst und frisst – alles, was ihm gefüttert wird‹?«

Charlotte nickte.

»Er hat wirklich alles gefressen. Charlotte – Rosalinde und Graf Bizet waren in dem Schiff, das auf die Felsen gelockt wurde. Rosalinde ist …«

»Tot?«, fragte Charlotte ungläubig.

18

Als Theodor spät am Abend hochkam, um nach Charlottes Wohlbefinden zu sehen, traf er auf Franny, die das Zimmer gerade verließ.

Sie wischte eine letzte Träne ungeduldig mit dem Handrücken weg, als sie sah, dass sie nicht alleine war. »Sie schläft, Sir. Ich denke, alles wird gut. Sie weiß alles und trägt es mit Fassung. Ich schaue noch einmal im Laufe der Nacht hinein.«

»Sie sind eine tapfere Frau, Franny. Kann ich Ihnen irgendwie helfen?«

»Wer bin ich schon, Sir? Sie haben mir bereits geholfen. Mehr als ich es Ihnen jemals vergelten kann. Charlotte ist das einzig Wertvolle, das mir im Leben geblieben ist. Sie haben ihr das Leben gerettet. Dafür werde ich Ihnen in alle Ewigkeit dankbar sein. Gute Nacht, Sir.« Sie wandte ihr Gesicht von ihm weg und machte Anstalten, das kleine Zimmer zu betreten, das ihr als Schlafzimmer diente.

Theodor blieb hartnäckig. »Und was kann ich für *Sie* tun? Sie haben viel gelitten. Aber Sie wollen sich nichts anmerken lassen.«

Bevor Franny antworten konnte, führte er sie die Treppe hinunter in die Küche und dort zum Sessel neben dem Kamin. Die Asche rauchte ein wenig, und der Raum war noch warm. Er zog einen Stuhl heran, zündete die Pfeife an, die er an ruhigen Abenden rauchte, und wartete, bis sie ihre Fassung wiedergefunden hatte.

»Viele sind gestorben, und aus irgendeinem Grund sind Charlotte und ich verschont geblieben, Sir. Ich bin ein praktisch denkender Mensch. Tränen müssen geweint werden, aber das Leben muss weitergehen. Nur, wohin soll ich? Birch Hollow gehört Sir Forsythe-Drake. Ich will dieses verfluchte Haus ohnehin nie wiedersehen. Es hat Unglück über alle gebracht, die damit zu tun hatten. Es macht aus guten Menschen böse Menschen. Charlotte ist eine Vollwaise, wir haben beide alles verloren. Sie ist die Tochter eines skrupellosen Verbrechers, der auch Ihrer Familie, Sir, großen Schaden zugefügt hat. Ihnen können wir nicht länger zur Last fallen. Sie sind gütig, Mr Fenton, aber Sie haben gar keine Verpflichtung uns gegenüber.«

Theodor lehnte sich auf seinem Stuhl nach vorn und suchte den Blickkontakt zu Franny, während er seine Pfeife mit frischem Tabak stopfte. Seine Worte waren voller tiefer Gefühle. »Sie haben unrecht, Franny. Ich habe sehr wohl eine Verpflichtung. Sie vergessen, dass Maggie meine Schwägerin war. Sie vergessen, dass auch ich alles verloren habe, was mir im Leben lieb war. Eine Ehefrau, die während ihrer Niederkunft vor meinen Augen verblutete, das Kind, auf das wir uns gefreut hatten. Aber der liebe Gott hat uns nicht vergessen. Mir wurde Jake geschenkt, Maggie wurde Charlotte geschenkt. Und jedes Kind von Maggie ist auch mein Kind. Sie bleiben hier, Franny, bis wir gemeinsam an die Zukunft denken können. Sie führen meinen Haushalt und sorgen für Charlotte, und wir bündeln alle Kräfte, die wir besitzen, um ein Licht in dieser schrecklichen Finsternis anzuzünden. Wir trinken den Kelch des Leides, den der Herr uns reicht, tapfer bis zum letzten Tropfen und vertrauen ihm, dass das Weinen eine Nacht andauert, aber dass irgendwann der Morgen anbricht.« Seine Stimme klang fast feierlich.

»Ich kann mir nicht vorstellen, dass das Weinen jemals aufhört, Sir. Manchmal wünschte ich mir, ich wäre auch in den Fluten untergegangen.«

»Der liebe Gott alleine entscheidet, wann unsere Kerze ausgelöscht wird, Franny. Bis dahin gibt es Menschen, die Ihre und meine Hilfe noch brauchen.« Er rang kurz mit sich, ob er sie nach Dickon fragen sollte, entschied sich aber dagegen.

Franny starrte abwesend auf die Glut des sterbenden Feuers. »Bleibt Schmerz für immer unerträglich, Sir?«

»Nein. Er bleibt, aber irgendwann hört er auf, dich innerlich zu zerreißen. Man lernt, mit ihm zu leben. Irgendwann kannst du einschlafen, ohne Angst vor dem Aufwachen zu haben. Du bist nicht mehr verärgert über die Vögel, die singen, als ob nichts geschehen sei, über die Menschen, die ihren Alltagsgeschäften nachgehen, als ob es ihnen gleichgültig wäre, dass dein Herz gebrochen ist. Das Leid überfällt dich nicht mehr plötzlich, es ist Teil von dir geworden. Es ist wie bei den Holzpuzzles, die wir mit den Kindern machen. Auch wenn ein Stück verloren gegangen ist, ist das Bild immer noch erkennbar, sogar schön – aber es wird immer auffallen, dass das Stück fehlt.« Er zog eine Weile nachdenklich an seiner Pfeife, bevor er die Stille wieder brach. »Tja, liebe Franny. Schmerz ist der Preis, den wir für die Liebe bezahlen. Aber Sie sind müde. Ich pflege immer das Vaterunser zu beten, bevor ich mich schlafen lege. Es erinnert mich daran, dass mein Leben nur ein winziger Teil eines größeren Bildes ist. Das verhilft mir zu Gehorsam und Demut, und ich schließe den Tag mit dem Gedanken, dass es nicht um mich, sondern um unseren Herrn geht. Manchmal muss ich mich mehrmals an einem Tag daran erinnern. Beten wir zusammen?«

Franny nickte, beugte ihren Kopf und lauschte, während Theodor andächtig und mit fester Stimme die altehrwürdigen Worte sprach. »Denn dein ist das Reich und die Kraft und die Herrlichkeit«, schloss er das Gebet, »in Ewigkeit. Amen.«

»Ich glaube, ich bin wieder tapfer«, flüsterte sie. Sie erhob sich und wünschte ihrem Gastgeber eine gute Nacht.

Theodor blieb noch sitzen, lange nachdem die letzten Rauchfähnchen im Kamin verschwunden waren. »In einer Sache hat sie unrecht«, sagte er zu sich. »Nicht alle Menschen werden böse, die mit Birch Hollow zu tun gehabt haben. Manch ein Licht leuchtet umso heller, wenn die Nacht anbricht. Nicht viele, aber genug, um im Schein dieser Lichter einen Weg zu sehen.«

Er dachte daran, mit welchem Eifer Dickon noch am Tag ihrer Begegnung im Gasthaus alle Kräfte mobilisiert hatte, die er nur finden konnte, um die Sturmschäden zu beseitigen. Jethro Bingham hatte eine Mannschaft von Fischerleuten und Bauern aus Sedgeworth gebracht, der Priester von Sedgeworth hatte sich in Hipperclove eingefunden, die Kirche geöffnet und denen Trost und Beistand gewährt, die mit dem Schiffsunglück und den Offenbarungen über Birch Hollow nicht zurechtkamen. Selbst Graf Bizet hatte sich der Truppe angeschlossen mit der knappen Erklärung: »Meine Rosalinde hat mich für kurze Zeit so glücklich gemacht, und ich verdanke ihr so viel, sie würde es so wollen.«

Inzwischen waren alle, die das Dorf nicht verlassen hatten, auf den Beinen. Es wurde um die Wette gearbeitet. Umgefallene Bäume wurden zu Brennholz zersägt, Dächer repariert, überflutete Häuser geräumt und geschrubbt, Straßen gefegt, Tierkadaver weggeschafft. Bei alledem war die wichtigste Arbeit aber noch nicht verrichtet worden.

Gerade an diesem Morgen hatte sich eine große Gruppe nach Birch Hollow aufgemacht. Dickon hatte es sich zur Aufgabe gesetzt, alle verloren gegangenen Schiffe der vergangenen Jahre, die sich um die Zeit ihres Verschwindens in diesen Gewässern befunden hatten, aufzulisten und den Friedhof unter dem Turm nach letzten Spuren ihrer Besatzungen zu durchsuchen.

»Wir machen reinen Tisch, Sir, koste es, was es wolle«, hatte er zu Theodor gesagt. »Wir informieren alle Verwandten, wir errichten Denkmäler, und ein Teil aller zukünftigen Erträge unserer Felder geht ab jetzt an die Verbliebenen. Wir ziehen dies schnell durch, bevor Sir Forsythe-Drake den ganzen Besitz von Birch Hollow an sich reißt.«

Theodor erhob sich müde von seinem Stuhl und ging in sein Schlafzimmer. An der Tür hielt er kurz an und schmunzelte. »Von Dickons Wohltaten soll Franny lieber von anderen erfahren«, murmelte er. »Sie wird nicht schlecht staunen, was aus ihrem Dickon geworden ist.«

»Erstens, jeden Tag eine Portion frische Luft. Es ist schwierig, am Leben gänzlich zu verzagen, wenn man Vogelgesang hört.«

»Du klingst wie Maggie, Franny! Und weiter?«

Zum ersten Mal im neuen Jahr war es warm genug, um bei offener Tür zu frühstücken. Franny und Charlotte hörten das Gebläse des Balges in der Schmiede und dazwischen Theodors fröhliches Pfeifen.

Plötzlich erschien sein Kopf an der Tür. »Noch eine halbe Stunde, dann fahre ich die Damen nach Hipperclove!«

»Wir sind gleich fertig, Sir.« Franny drehte sich wieder zu Charlotte. »Zweitens, man nimmt sich für jeden Tag etwas vor. Irgendetwas, was einen vor Selbstmitleid bewahrt. Denn Selbstmitleid hilft nicht weiter.«

»Bravo, Franny. Und drittens?«

»Man stellt sich die geliebten Menschen vor, um die man trauert, und fragt sich, was würden sie jetzt wollen?«

»Und was würden sie wollen?«

»Maggie würde dir sagen: ›Jetzt bist du lang genug gelegen, du packst dich warm ein und wir gehen hinaus, schauen uns ein paar Bäume an und erinnern uns daran, wer sie geschaffen hat.‹ Und ich schlage vor, dass wir danach einen Blumenstrauß für Rosalinde in die Gruft legen, dann machst du deinen üblichen Abstecher zu Maggies Grab und besuchst schließlich Harriet, die halb verrückt ist vor Sorge um dich. Zeig ihr, dass die Mönche dich nicht aufgefressen haben, mir will sie es nicht glauben. Nach alledem haben wir ein ordentliches Stück Arbeit geleistet, behaupte ich.«

»Und was machst du in dieser Zeit?«

»Ich gehe nach Birch Hollow und fange an, unsere Sachen zu packen. Mr Fenton meint, Sir Forsythe-Drake wird erst dann auftauchen, wenn der Rummel vorbei ist. Er hat Eduard zu sich geholt und als seinen rechtmäßigen Sohn anerkannt. Aber irgendwann holt ihn sein Ehrgeiz ein, und er wird seine Erbschaft beanspruchen. Bis dahin haben wir Zeit.«

»Ich möchte meine Sachen nicht mehr, Franny. Sie wurden mit Blutgeld gekauft. Und das Haus möchte ich nie wiedersehen.«

»Ich packe nur das Nötigste zusammen. Blutgeld hin oder her, ich für meinen Teil habe für meinen Lohn ordentlich geschuftet. Du übrigens auch. Und danach werden Birch Hollow und seine Scheusale für immer aus unserem Leben verbannt. Am Ende heulen wir eine Runde und bedauern unsere tiefe Schmach, und dann trinken wir Tee und überlegen uns, wie wir uns in dieser Welt noch nützlich machen können.«

Frannys Worte entlockten Charlottes traurigem Gesicht ein müdes Lächeln. »Typisch Franny. Selbst wenn die Welt untergehen würde, würdest du Tee kochen.«

»Na ja, weit entfernt von unserem persönlichen Weltuntergang sind wir nicht.«

»Franny, was ist mit Dickon los? Oder vielmehr nicht los? Warum trägst du keinen Ring mehr? Ich war so mit mir beschäftigt, dass ich vergessen habe, nach dir zu fragen.«

»Ich möchte so wenig von Dickon wissen wie du von Birch Hollow. Reden wir ein anderes Mal darüber. Mr Fenton will losfahren. Komm.«

Die beiden Frauen setzten sich zu Theodor auf den Wagensitz.

Charlotte hielt ihr Gesicht in die Frühlingssonne und atmete die frische, kühle Luft mit Freuden ein. »Jetzt erst wird mir klar, wie sehr ich das alles vermisst habe! Aber Franny, was werden die Leute in Hipperclove sagen, wenn sie mich sehen? Ich bin die Tochter eines Mörders.«

»Schon wieder falsch. Du bist die tapfere Frau, die es gewagt hat, in die Höhle des Löwen hineinzuspazieren und nach Antworten zu suchen. Durch deine Flucht hast du dem einzigen lebenden Zeugen unverhofft die Möglichkeit gegeben, sich in Sicherheit zu bringen, anstatt ermordet zu werden.«

»Das habe ich getan?«

»Ja, denkst du, Graf Bizet hätte flüchten können, wenn dein Vater und Mr Linreed nicht damit beschäftigt gewesen wären, dir auf den Fersen zu bleiben? Nach deiner Flucht brach das Chaos aus. Graf Bizet hatte sich tot gestellt, sah nun seine Chance und rettete sich. Du bist eine Heldin, Charlotte.«

Der Frühling, der in seiner ganzen Pracht erstrahlte, ließ nichts mehr von dem Unglück ahnen, das Hipperclove heimgesucht hatte. Die Kirschbäume, die die Straße zum Dorf säumten, entfalteten ihr tiefrosa Blütenpanorama, als wollte jedes kleine Blütenblatt so viele warme Sonnenstrahlen wie möglich aufsaugen.

Charlotte bat Theodor, anzuhalten, und brach einen Zweig von einem Kirschbaum und einen weiß bedeckten Apfelbaumzweig ab. Wenige Minuten später stand sie mit Franny an der Familiengruft der Greenwolds. Franny blieb am Eingang stehen, während Charlotte die Blüten auf eine Steinplatte legte, in die noch kein Name eingemeißelt war.

»Gerade als wir gute Freundinnen werden wollten, bist du mir weggerissen worden«, flüsterte sie. »Ich werde dich nie vergessen, Rosalinde.« Sie blickte in die andere Richtung, als sie an den Gräbern ihrer Eltern vorbeiging, und eilte mit Franny zurück in die warme Morgensonne.

»Eine Station noch, bevor wir nach Hause fahren«, beschloss Charlotte. Sie nahm Franny mit zur Brücke, die nach Birch Hollow führte.

»Warte hier auf mich.« Sie hielt an der höchsten Stelle der gewölbten Brücke an, holte etwas Kleines aus ihrer Tasche und schleuderte es mit aller Macht ins Wasser. »So, damit ist der gemeine Lügner für immer aus meinem Leben verbannt.«

»Und das, was du weggeworfen hast, war …?«

»Der Verlobungsring.«

»So etwas Wertvolles hast du weggeschmissen? Guter Gott, Charlotte! Du hättest mit dem Wert dieses Rings eine Armenspeisung durchführen können!«

»Dieser Ring ist genau dort, wo er hingehört! Mr Linreed hat ihn mir geschenkt, und ich kann damit machen, was ich will, findest du nicht auch?«

Ob es das Frühlingserwachen nach einem langen Winter war oder das Bewusstsein, dass ihre neue Umgebung bei Theodor auch sein Zuhause gewesen war: Charlottes Gedanken wanderten immer wieder zu Jake. Das Zimmer, in dem sie schlief, war sein Zimmer gewesen. Sie nahm ihre Mahlzeiten an dem Tisch ein, an dem er gegessen, gelesen, gelernt, gebetet hatte.

Wo sie auch hinschaute, an was sie auch dachte – die Erinnerung an Jake lauerte an jeder Ecke, hing in der Luft, fand ihren Weg in jeden Gedankengang hinein. Sie lernte den Mann immer besser kennen, der ihn erzogen hatte. Hier eine Geste, dort eine Redewendung, da ein Blick: Vieles an Theodor erinnerte sie an Jake.

Eine unterschwellige Hoffnung, dass Jake auftauchen würde, um seinen Onkel zu besuchen oder gar um sie wiederzusehen, unterdrückte sie. In ihren von Fieber geplagten Träumen war er immer wieder wie aus dem Nichts erschienen. Mal stand er im Eingang der Scheune von Birch Hollow mit einer Mistgabel in der Hand, mal starrte er zum Turm hinauf, mal saß er auf dem Baumstamm im Birkenwald und las ein Buch. Jedes Mal, wenn sie ihn sah, rannte sie laut rufend auf ihn zu, aber sobald sie die Stelle erreichte, an der sie ihn gesichtet hatte, lagen dort nur Schädel mit tief liegenden Augenhöhlen oder der Brustkorb eines Skeletts mit vorstehenden Rippen oder eine tote Möwe. Oder sie fand sich plötzlich unter dem Turm wieder und wachte schreiend auf.

Seit Frannys Ankunft hatte sie Theodor nur gelegentlich zu Gesicht bekommen. Während sie krank gewesen war, hatten Franny und Mrs Earling sich bei ihrer Pflege abgewechselt. Wenn Theodor nicht in der Schmiede arbeitete, ritt er nach Hipperclove, um bei den Aufräumarbeiten zu helfen. Oft kam er erst spät nach Hause. Umsonst suchte sie nach Zeichen, dass Jake und sein Onkel Kontakt miteinander hatten. Theodor erwähnte ihn nie, es lagen auch keine Umschläge oder Briefe herum.

Eines Tages nahm sie ihren ganzen Mut zusammen. Theodor war von der Schmiede gekommen, hatte seine Stiefel ausgezogen und den Tee dankbar in Empfang genommen, den Charlotte ihm angeboten hatte.

»Hast wieder etwas Farbe auf den Wangen, Kind.« Er blickte anerkennend in ihr Gesicht, stellte seine Teetasse auf den Tisch und fing an, Kohle in den Kamin zu schaufeln. »Selten habe ich mich so sehr über einen Tee gefreut. Bald bist du gesund.«

»Onkel Theodor, du hast gesagt, dass Jake weggezogen ist. Ist er für immer weg?«

»Sieht so aus.« Er hob den Kopf und warf ihr einen flüchtigen Blick zu. »Er ist nach Schottland gereist«, fuhr er fort. »Der Gutsherr im Bergland nördlich von Edinburgh, bei dem er früher schon gearbeitet hatte, suchte einen Verwalter, und Jake hat sich dort eingearbeitet. Er versteht sich mit seinem neuen Herrn prächtig und hofft darauf, nach einiger Zeit einen eigenen Bauernhof erwerben zu können.«

Charlotte schluckte und hoffte, dass es Theodor nicht auffallen würde, wie sie gegen die Tränen ankämpfte. Sie versuchte, seinen Blick zu meiden.

»Ein Neuanfang war genau das, was er brauchte«, fügte er hinzu, bevor er sich setzte, seine Pfeife anzündete, sein Gesicht hinter der Zeitung verbarg und sich in die Lektüre der Tagesereignisse vergrub.

»Damit will er sagen, dass er weiß, was zwischen uns passiert ist, und dass es mir recht geschieht, dass Jake nicht mehr hier ist. Ich kann es ihm nicht übel nehmen, erst recht nicht nach all dem, was seither ans

Licht gekommen ist«, dachte Charlotte. Sie war davon überzeugt, dass ihr Gastgeber alles wusste: von ihrem Verrat an Maggie, von ihrer leichtsinnigen Liebschaft mit George Linreed, von der arroganten Art, wie sie Jake abgewiesen hatte. Sie fing an, sich ernsthafte Sorgen um ihre Zukunft zu machen. Hier konnte sie nicht bleiben. Nicht bei dem Mann, dessen Bruder und Schwägerin noch am Leben wären, hätte es die Familie Greenwold nicht gegeben, und dessen Neffen sie so gnadenlos zurückgewiesen hatte. Jake hatte bestimmt nur Abscheu für sie übrig. Wie konnte sie hoffen, dass er nur einen Gedanken an sie verschwendete?

Als sie sich abends in ihr Zimmer zurückzog, wartete Charlotte, bis Franny die Küche gefegt hatte und nur noch eine schwache Glut im Kamin lag. Sie betrat den Raum mit einem Stapel Briefe in der Hand und warf sie, einen nach dem anderen, auf das sterbende Feuer. Es waren Briefe an Jake, voller Reue und Sehnsucht. Sie hatte sie in einsamen Stunden heimlich geschrieben für den Fall, dass sie den Mut aufbringen würde, sie abzuschicken. Und in der Hoffnung, dass Jake ihre Beteuerungen als Einladung sehen würde, wieder zurückzukehren. Doch nach Theodors deutlichen Worten erschien ihr dies nun völlig sinnlos.

»Das war es, Jake. Du willst offensichtlich nichts mehr mit mir zu tun haben, und ich kann es dir nicht übel nehmen. Ich werde dich nie wiedersehen«, sagte sie mit tränenerstickter Stimme.

Eines Tages suchte Charlotte Theodor in der Schmiede auf. »Es ist im Winter angenehmer, ein Schmied zu sein, als bei warmem Wetter, stimmt's?« fragte sie.

Er legte zur Antwort den Hammer hin, mit dem er eine Metalltürklinke bearbeitet hatte, und wischte seine Hände mit einem Lappen ab.

»Das weiß ich von Jake. Im Sommer hat er nur so geschwitzt. ›Sonne draußen, Sonne drinnen‹, hat er immer gesagt. Und im Winter war die Schmiede der gemütlichste Raum auf dem ganzen Anwesen.«

»Wolltest du über Jake reden?«, fragte Theodor.

»Nein, nein, tut mir leid«, stammelte Charlotte. »Ich wollte dich fragen, was du davon hältst, wenn ich mich um eine Stelle als Gouvernante bewerbe. Ich bin jetzt wieder bei Kräften, und ich brauche Arbeit.«

»Gebe ich dir nicht genug Arbeit?«

Das Funkeln in seinen Augen erinnerte sie an Jake. »Nein, Onkel, ich fühle mich hier wohl, ehrlich. Du bist die einzige Familie, die ich noch habe. Mich wirst du nicht mehr los – keine Sorge! Du hast mir das Leben in mehr als einer Hinsicht gerettet, und ich werde dir immer dankbar sein. Immerhin bin ich die Tochter des Mannes, der die *Flying Gull* auf die Felsen gelockt und zerstört hat. Ich möchte alles wiedergutmachen und Geld verdienen. Ich möchte Menschen, die durch die Bosheit meiner Familie Schaden genommen haben, Gutes tun. Ich möchte den Rest meines Lebens, ob lang oder kurz, dafür einsetzen.«

»Gut, in dem Fall lasse ich dich mit einer Bedingung los: dass du nur in einem Umkreis nach Arbeit suchst, in dem Tedwin dich an einem Nachmittag hierherbringen und wieder nach Hause tragen kann.«

»Ich bespreche alles vorher mit dir, Onkel, ganz bestimmt! Und jetzt störe ich dich nicht mehr bei der Arbeit, wie ich es früher immer bei Ja …« Sie fing sich rechtzeitig, warf ihm einen Luftkuss zu und sagte: »Und noch etwas, Onkel Theodor. Ich denke, du weißt, dass ich meinen Fehltritt mit George Linreed zutiefst bereue. Ich bin dafür bestraft worden. Aber die Art, wie ich Maggies Gedächtnis verraten und Jake enttäuscht habe, werde ich, fürchte ich, nie wiedergutmachen können.«

Theodor trat zu ihr, hob ihr Kinn mit einem Finger, blickte ihr in die Augen und sagte: »Sag niemals nie. Du willst das Richtige tun, und unser Herrgott wird dir dabei helfen.« Seine Augen waren feucht, als er sich wieder seiner Arbeit zuwandte.

»Es ist der Raum eines Gentlemans. Da gehst besser du hinein«, drängte Franny.

»Ich? Niemals! Dickon will es auch nicht tun«, antwortete Frederick. »Wir sind zu allem bereit, Franny, aber Lord Greenwolds Sachen noch einmal anfassen – nein danke! Lass doch ein paar Leute vom Dorf alles ausräumen. Dann ist die Bibliothek im Nu leer, glaub' mir!«

Franny seufzte. »Na, ihr seid vielleicht Feiglinge. Gut, dann trag wenigstens Lady Charlottes Truhe zum Wagen. Sie steht im Eingang. Ich schaue, ob noch Wertsachen in den Schubladen sind, die wir lieber selber verteilen sollten, den Rest lassen wir.«

In der Bibliothek zeugten überall Spuren von einem eiligen Aufbruch. Eine halb gerauchte Zigarre lag auf dem Rand des Aschenbechers, zwei gebrauchte Gläser und eine geöffnete Whiskyflasche standen daneben. Eine Decke hing lässig über der Lehne des Sofas, Mrs Gibbs' Schlüsselbund und Halstuch befanden sich auf dem Tisch daneben. Der Teppich war von der Überschwemmung noch feucht, der ganze Raum roch muffig, und Schimmel setzte an den Wänden an.

»Dickon, bist du noch da? Die unterste Schublade im Schrank kann ich nicht öffnen, das Schloss ist verrostet, und der Schlüssel dreht sich nicht. Die Schublade ist beschriftet mit ›Zigarrenhalter‹.«

Im Nu stand Dickon bei ihr, in der Hand eine Kerze, die ihr Licht in die dunklen Winkel des Schranks warf. »Ich diene Lord Greenwold seit so vielen Jahren und habe nicht einmal gewusst, dass es da drin Schubladen gibt!«, staunte er.

»Wieder ein Beweis dafür, wie wichtig es ist, Augen im Schädel zu haben – und zwar solche, die funktionieren«, mahnte Franny, während sie sich erhob und ihren Rock zurechtzupfte. »Knie dich hier hin, es gibt nur für einen Platz.«

Dickon bewegte sich nicht von der Stelle.

»Komm schon, Dickon, was ist?«

»Du hast mit mir gesprochen, Franny! Zum ersten Mal, seitdem du mir den Ring vor die Füße geschmissen und mir gesagt hast, dass du nie mehr etwas mit mir zu tun haben willst!«

»Dickon! Jetzt ist nicht die Zeit für Gefühlsduselei. Mach, dass du diese Schublade aufbekommst.«

Mit einem kräftigen Rütteln, Knarren und Schütteln drehte Dickon den Schlüssel im Schlüsselloch, zog die Schublade heraus und kramte darin.

»Hier ist etwas! Da sind nicht nur Zigarrenhalter!«, rief er und hielt eine Ledertasche hoch.

Franny nahm sie ihm aus der Hand. Sie blies eine Schicht Staub weg.

Das Leder war spröde und abgegriffen. Das Wappen der Familie Greenwold, auf der Vorderseite eingeprägt, war gerade noch zu erkennen.

»Schnell! Mach sie auf, Franny!«

»Es ist sicher etwas Privates von Lord Greenwold, das geht uns nichts an!«

»Natürlich geht es uns etwas an! Wir verwalten verantwortungsbewusst den Nachlass der Familie, der wir jahrelang treu gedient haben!«

»Wenn du es so sagst …« Franny öffnete vorsichtig den kleinen Verschluss aus Gold. Sie zog ein steifes, vergilbtes Blatt Papier heraus und fing an zu lesen. »Oh mein Gott!«, rief sie aus und schlug sich die Hand auf den Mund.

19

Charlotte setzte sich an den Küchentisch und überflog eine Zeitung, auf der Suche nach Anzeigen für Gouvernanten, Kindermädchen und Haushälterinnen. Auf einem Papierbogen notierte sie alle Namen, die infrage kamen, auf einem anderen Blatt die, die in die engere Wahl kamen. Zum ersten Mal kam ihr der unbehagliche Gedanke, dass der Skandal von Birch Hollow Schlagzeilen gemacht haben könnte. Würde irgendjemand die Tochter eines verbrecherischen Lords als Familienhilfe anstellen wollen?

Lord und Lady Thistlereed-Millshire suchen eine Gouvernante für zwei Töchter. Die Dame soll Fertigkeiten in Französisch, Italienisch und Deutsch besitzen, muss den Töchtern sowohl Malen und Singen beibringen als auch die Kunst des Vorlesens, der Körperhaltung und der Kräuterkunde. Ein freundliches, aufgeschlossenes Temperament wird von der Bewerberin erwartet.

»Du lieber Himmel«, sagte Charlotte zu sich selbst, »lassen wir das lieber, obwohl Thistlereed Manor nicht weit weg ist. Sie werden ihre gebildete Dame woanders suchen müssen.«

Graf Richard van Dachmann und Lady Dachmann brauchen Hilfe mit ihrem sechsjährigen Sohn. Die Anwärterin für diese Aufgabe muss einen starken Charakter und stabile Nerven haben und mit turbulenten kindlichen Ausbrüchen umgehen können, ohne dem Kind seelische Schäden zuzufügen.

»Einzelkind«, sagte Charlotte, »nichts für mich.«

Als sie gerade dabei war, Graf Richard van Dachmann und seine Lady von ihrer Liste zu streichen, platzte Franny in den Raum. »Schon fertig für heute?«, wollte Charlotte wissen.

»Und wie!«, rief Franny.

»Sitzt du bequem, Charlotte? Hast du einen Stuhl, an dem du dich festhalten kannst? Ich habe zwei welterschütternde Neuigkeiten. Welche willst du zuerst hören?«

»Allzu erschütternd können sie nicht sein, so wie du von Ohr zu Ohr grinst!«, sagte Charlotte lachend.

Franny setzte sich auf den Stuhl gegenüber und legte die Ledertasche, die Dickon in der Bibliothek entdeckt hatte, vor sich hin.

»Raus damit, Franny!«

»Meine erste Nachricht ist, dass Dickon ein ordentlicher, anständiger Mann geworden ist.«

»So ein Trara, nur um mir etwas zu sagen, was ich vorher schon gewusst habe? Sag bloß nicht, dass ihr heiraten wollt!«

»Na ja, nachdem ich entdeckt hatte, dass meine cremefarbene Perlensammlung aus den Laderäumen der *Flying Gull* oder aus einem ähnlichen Schiff kam, habe ich ihn gehasst.«

»Aber das war nicht seine Schuld. Wir haben doch alle von der Beute der Schiffe gelebt!«

»Das ist jetzt nicht mehr wichtig. Du müsstest sehen, wie schön Birch Hollow aussieht, nachdem er und seine Männer aufgeräumt haben. Der Park glänzt wie zu guten alten Zeiten. Und die Höhlen unter dem Turm sind geräumt. Ohne sein hässliches Auge sieht sogar der Turm freundlich aus.«

Ein Schatten fiel über Charlottes Gesicht. »Ich will lieber nichts davon wissen. Was war die zweite Neuigkeit?«

»Sie ist noch spannender und findet sich auf einem einfachen Papierbogen in dieser Ledertasche. Jetzt musst du dich aber festhalten.« Mit einem Funkeln in ihren aufgeregten Augen zog Franny das Papier heraus. »Charlotte, du bist die rechtmäßige, alleinige Erbin von Birch Hollow! Sir Forsythe-Drake hat gar kein Anrecht auf das Anwesen, hat es noch nie gehabt!«

Charlotte schüttelte ungläubig den Kopf. »Du treibst Scherze mit mir, Franny.«

»Nein, ich heiße doch nicht Dickon. Du bist Lady Greenwold von Birch Hollow, Glückwunsch, Mylady!«

»Aber wie … wer … das kann doch nicht sein!« Mit zitternder Hand faltete Charlotte das Blatt auf. Es war ein Testament. Unterschrieben von ihrem Großvater, mit den Wappen von Birch Hollow versiegelt. Sie las die handgeschriebenen Worte vor.

Hiermit verordne ich, Lord William Jacob Carothers Greenwold von Birch Hollow, dass die Erbfolge meines Anwesens in Zukunft, wenn kein männlicher Erbe vorhanden ist, auch über die weibliche Linie geführt werden soll. Damit bestimme ich für alle zukünftigen Generationen der Dynastie Greenwold, dass mein Vermögen und Vermächtnis innerhalb der unmittelbaren Familie bleibt.

Unterschrieben in der Anwesenheit der Anwälte Hinton & Osswold.
Lord William Carothers Greenwold
St. Ives, Cornwall, Dezember 17 …

»Wo hast du das gefunden?«, fragte sie fassungslos.

»Es war in der Bibliothek. Erinnerst du dich an den schmalen Schrank? Er hat innen drin lauter Schubladen. Das Testament war in der untersten. Offensichtlich wusste dein Vater nichts davon. Oder er hielt es für verloren. Es gab ja vor vielen Jahren einen Brand, in dem wichtige Dokumente Opfer der Flammen wurden. Dieses offensichtlich nicht. Dein Großvater wollte sichergehen, dass kein Fremder in der Familie Einfluss bekommt, und brachte die Anwälte dazu, eine Sonderregelung für seine Familie festzulegen.«

»Das heißt … aber wenn ich das nicht *will,* Franny?«

»Wir fragen Mr Fenton, was er meint«, beschloss Franny. »Es eilt nicht, Mylady. Ich muss mich wieder an die Arbeit machen. Dickon wartet mit dem Wagen.« Sie machte einen scherzhaften Knicks und küsste Charlotte auf den Kopf. »Leben Sie wohl und bis später, Lady Charlotte Greenwold von Birch Hollow.«

Charlotte und Theodor unterhielten sich bis tief in die Nacht. Franny hatte sich bei der Anwaltskanzlei *Hinton & Osswold* in der Stadtmitte von St. Ives vergewissert, dass das Testament echt war, und war mit dieser Nachricht zurückgekehrt.

»Die meisten Menschen würden alles geben, um eines Tages als Erbe eines Vermögens aufzuwachen«, sagte Charlotte, nachdem sie Theodor das Testament gezeigt und alles erzählt hatte, was sie von Franny erfahren hatte. »Aber für mich fühlt es sich wie ein Fluch an. Ich habe eine Abscheu gegen alles, was mit diesem Stück Land zu tun hat, Onkel Theodor. Was soll ich nur tun?«

Theodor zog lang und nachdenklich an seiner Pfeife. »Welche Möglichkeiten siehst du denn?«, fragte er.

»Ich suche weiter nach einer Anstellung. Und lasse Birch Hollow verwildern. Vielleicht wird sich nach ein oder zwei Generationen wieder jemand für das Land interessieren, um Schafe dort grasen zu lassen oder neue Obstbäume zu pflanzen.«

Theodor hatte noch keine Lampe angezündet. Im trüben Licht der Abenddämmerung und im Qualm des Rauchs von seiner Pfeife konnte sie seine Gesichtszüge nicht deuten.

»Oder ich überlasse es Hipperclove«, fügte sie zynisch hinzu, »als Schadensersatz für alle Einnahmen, die durch das Ende der Plünderungen entfallen.«

»Und bringt das irgendjemandem etwas?«, fragte Theodor.

»Muss es jemandem etwas bringen?«

»Das kannst nur du entscheiden, Charlotte.«

»Du willst mir nicht etwa sagen, dass ich die Erbschaft antreten soll?«, wandte Charlotte ein.

»Ich sage dir nichts, mein Kind«, winkte Theodor ab, die Pfeife noch im Mund.

»Ich weiß, was du jetzt sagen wirst. Ich soll beten. Zumindest würde Maggie das jetzt sagen. Aber Onkel, ich kann nicht beten, wenn ich so aufgewühlt bin.«

»Vielleicht ist es gar nicht nötig. Hör mir gut zu, Charlotte. Alle reden von diesem verfluchten Stück Land und wollen nichts damit zu tun haben. Keiner fragt, ob es nicht möglich ist, Flüche zu verscheuchen.«

»Ist das möglich?«, fragte Charlotte mit großen Augen.

»Nehmen wir an, es wäre möglich. Wie würde es gehen?«

»Maggie würde sagen, dass ein noch so kleines Licht reicht, um Schatten in die Flucht zu schlagen.«

Theodor nahm seine Pfeife aus dem Mund und hielt sie in einer Hand. »Stellen wir uns vor, jemand käme auf die Idee, in Birch Hollow ein Licht anzuzünden, wie würde das praktisch aussehen? Was würdest du so einem Menschen raten?« Er klopfte mit seiner Pfeife auf die Lehne seines Sessels, während er redete. Seine Stimme klang beiläufig und zwanglos, als ob es um die Bestellung neuer Werkzeuge aus London ginge und nicht um das Schicksal eines historischen Anwesens und die Zukunft seiner Erbin. Er steckte seine Pfeife wieder in den Mund.

Charlotte stand auf und ging mit verschränkten Armen vor dem Kamin hin und her. »Dass er alle Dorfbewohner an der Bearbeitung und am Bewirtschaften der Obstwiesen teilhaben lässt und vor allem am Gewinn. Die Pferdezucht wird weiterbetrieben, aber nicht, um die Gutsherren reich zu machen, sondern damit alle in der Region etwas davon haben. Weil die Meeresluft so gesund ist, wird Birch Hollow für kranke und arme Menschen geöffnet, die Ruhe, gutes Essen und eine gesunde Umgebung brauchen, um wieder zu Kräften zu kommen. Bei Ausflügen nach Sedgeworth können sie den Strand und das Meerwasser genießen. Die Tür zum Turm wird verriegelt. Vielleicht reißen wir den Turm ab und schütten die Höhlen zu.«

»Oder«, warf Theodor ein, nachdem er seine Pfeife wieder aus dem Mund genommen hatte, »wir lassen sie so, wie sie sind, als Rettungs- und Fluchtweg für Menschen, die in Seenot sind.«

»Gute Idee«, pflichtete ihm Charlotte überrascht bei. »Und der Name wird geändert, um diese Wende zu feiern und festzumachen. Das Anwesen wird nicht mehr *Birch Hollow,* sondern *Birch Heights* heißen. Und die Worte ›Fürchte Gott‹ werden am Wappen über dem Eingang neu gemeißelt. Das wollte Jake … ich meine, das war seit Langem überfällig.«

»Und wann fangen wir an?«

Charlotte stemmte ihre Hände in die Hüften und lachte. »Du wolltest mir die ganze Zeit sagen, dass ich mein Erbe antreten soll, stimmt's?«

»Nein, du bist selbst darauf gekommen«, sagte er trocken. »Flüche sind noch nie dadurch vertrieben worden, dass man vor ihnen wegrennt. Sie werden durch Segen vertrieben. Dickon, Frederick und dein Schwager, Graf Bizet, sind schon dabei. Sogar Harriet ist bereit, zurück nach Birch Hollow – ich meine, Birch Heights – zu ziehen. Sie warten alle nur auf die neue Herrin. Dort, wo Engel am Werk sind, müssen Dämonen fliehen. Ich aber für meinen Teil brauche jetzt meinen Schlaf. Morgen machen wir uns an die Arbeit.«

»Ich bleibe noch eine Weile hier unten. Ich werde sowieso nicht schlafen können. Und eine Sache noch.« Sie ging mit schnellen Schritten auf ihn zu, warf ihre Arme um seinen Hals und küsste seine Wange. »Danke für alles, Onkel Theodor!«

»Weißt du was?«, sagte Theodor sichtlich bewegt. »Die entscheidende Frage ist nicht: Welcher Weg dient am besten unserem Glück und unserer Bequemlichkeit? Sondern: Welcher Weg ist der richtige?« Er presste den Tabak in seiner Pfeife, bis sie aufhörte zu rauchen. »Und gerade darin finden wir unser Glück. Gute Nacht, Charlotte.« Er drückte ihre Hand und verließ den Raum.

An einem sonnigen Frühlingsmorgen wenige Tage später kniete die neue Herrin von Birch Hollow an den Gräbern von Peter, Maggie und Charlotte Fenton.

»Ich habe es nicht verdient, lieber Gott, aber du hast mir mein Leben wiedergeschenkt. Ich stelle es dir zur Verfügung und bitte dich um deine Führung. Ich werde die Folgen meiner Fehltritte tapfer ertragen, und ich werde dafür sorgen, dass alle, die durch die Schreckenstaten der Familie Greenwold Schaden genommen haben, ab jetzt durch die neue Lady Greenwold gesegnet werden. Es geht nicht mehr um mich, lieber Gott. Es geht um dich und deinen Willen. Amen. Und das verdanke ich auch dir, liebe Maggie«, fügte sie hinzu. Sie legte einen Strauß Osterglocken neben das Kreuz.

»Soll ich mitkommen?«, hatte Theodor beim Frühstück gefragt, ohne von seiner Zeitung aufzublicken.

»Es gibt Dinge im Leben, die man allein machen muss«, war ihre Antwort gewesen. »Ich reite auf Tedwin und bin abends wieder da. Heute ist der Tag, an dem ich dem alten Birch Hollow ein letztes Mal ins Gesicht schaue, und ab heute Abend heißt es Birch Heights!«

Sogar Tedwin schienen die Hufe schwerer zu werden, als er nach dem Besuch auf dem Friedhof mit Lady Charlotte im Sattel die Brücke überquerte.

»Brr, Tedwin!«, rief sie und warf einen ersten Blick auf das alte Herrenhaus. Sie biss die Zähne zusammen und klopfte den Hals des Pferdes. »Ich werde es überwinden«, sagte sie zu sich und ritt durch den Birkenwald Richtung Scheune. Groß war die Freude bei den Angestellten, die das Haus wieder bewohnten, als Charlottes Ankunft bekannt wurde.

»Wenn wir es gewusst hätten, hätten wir der neuen Herrin von Birch Hollow ein würdiges Willkommensfest bereitet, Mylady!«, rief Dickon mit Begeisterung.

»Ich bin gekommen, um mit Hand anzulegen, Dickon, nicht um gefeiert zu werden. Ich habe gehört, dass es hier Arbeit gibt!« Im Kreis der vertrauten Gesichter, die bei ihrem Anblick zu strahlen begannen, löste sich die Schwere, die sich auf ihre Seele gelegt hatte.

»Und wo möchte die Herrin ihre Schlafgemächer haben?«, fragte Franny.

»Das ist das Letzte, worüber sie sich Gedanken gemacht hat, liebe Franny. Irgendwo in der Nähe ihrer neuen Kammerzofe. Das bist du!«

»Kannst du zwei Kammerzofen brauchen? Eine weibliche und eine männliche?« Sie hielt Charlotte ihre Hand hin, deren Ringfinger mit einem schlichten goldenen Band geschmückt war.

Charlotte schaute sie ungläubig an. »Wann ist es so weit?«

»Wir feiern unsere Hochzeit an dem Tag, an dem du hier wieder einziehst, und wir hoffen, das wird bald sein!«

»O Franny, ich gratuliere dir von Herzen. Was für ein perfekter Anfang für unser neues Leben!«

Den ganzen Tag lang wurde gearbeitet. Zimmer wurden gereinigt und gelüftet, Möbel umgestellt, Beschlüsse gefasst, alles ausgeräumt, was schmerzhafte Erinnerungen weckte, Platz für neue Erinnerungen geschaffen. Immer wieder hatte Charlotte Bilder von Jake vor ihrem inneren Auge, aber sie unterdrückte sie mit Entschlossenheit.

»Das ist jetzt ein neues Birch Hollow, ohne alles, was früher dazugehört hat. Ich werde mich daran gewöhnen. Es geht nicht mehr um mich, es geht um die anderen, und ich werde sie glücklich machen«, ermahnte sie sich selber immer wieder.

Franny hatte die beiden Gemälde von Charlottes Großmutter an ihren alten Platz in der Eingangshalle gehängt. Harriet hatte ihre Arbeit in der Küche wieder aufgenommen, Frederick war bei den Pferden und im Park. Der neue Name, *Birch Heights*, stieß auf Zustimmung und Freude.

»Wir werden den Park erweitern«, teilte Charlotte ihren Bediensteten mit, als sie am Mittag ein kurzes Mahl zu sich nahmen. Der alte Garten an der Steinmauer sollte neu angelegt und der Hang zum Turm hin mit Sträuchern und Blumen bepflanzt werden. Gegen Abend beschloss sie, vor ihrem Rückweg nach St. Ives einen Spaziergang zu dem Teil des Parks zu machen, der in ihrem Gedächtnis am engsten mit Jake verbunden war.

Dunkle Wolken verdeckten die Frühlingssonne, als sie das Haus verließ und über den Rasen zum Birkenwald ging. Sie legte denselben Weg zurück, auf dem sie in der Nacht ihrer Flucht gestolpert war. Die schroffen Felsen jenseits des Turms ragten in den trüben Himmel. Der Blitz hatte den Turm verändert. Seine Spitze fehlte, das Fenster war weg, und Trümmer lagen um die von Efeu behangenen Mauern herum. Er wirkte trostlos und schaurig, aber harmlos. Entmachtet.

Eine schlammige Fußspur durch das Gras zeugte von der grausigen Arbeit, die eine Gruppe von Männern unter Dickons Leitung verrichtet hatte. Sie hatten die Gänge unter dem Turm von einem Massengrab in eine Felsenhöhle zurückverwandelt.

Charlotte zog ihre Kapuze über den Kopf, kletterte über die Mauer und setzte ihren Weg fort, den Hang hinauf, am Turm vorbei und zu den Felsvorsprüngen, auf denen die Möwen ihre Nester bauten. Dort drehte sie sich um. Die Landschaft, auf die sie von oben hinunterblickte, schien im Nebel zu schwimmen.

Plötzlich hörte sie Schritte hinter sich. Sie drehte sich erschrocken um. Ihre Kinnlade fiel herunter, und ihr Herz begann wild zu klopfen. »Jake, was … wie …?«

Die rötliche Abendsonne warf plötzlich einen Strahl durch die Wolken über den fernen Klippen. Charlotte beschattete mit einer zitternden Hand ihre Augen. Spielte ihre Fantasie nach der langen Krankheit Streiche mit ihrem Verstand?

»Ich wollte schauen, ob die Möwen ihre Nester schon bauen, Mylady. Ich habe Ihr Anwesen unbefugt betreten, fürchte ich.« Er stand vor ihr. Hochgewachsen, seine Haare flachsblond in der Sonne, seine Augen glänzend und warm und ein wenig feucht, als wäre er den Tränen nahe.

Für einen Moment schauten sie sich verlegen an.

»Du … du bist jetzt in Schottland. Gefällt es dir dort?«, durchbrach Charlotte schließlich die Stille. »Dumme Frage«, dachte sie.

»Es lässt sich dort gut aushalten, Mylady«, antwortete Jake. Seine Stimme war sanft, aber nüchtern.

Umsonst lauschte sie nach irgendwelchen Signalen, dass er das Gleiche fühlte wie sie. Sie schluckte kurz und senkte den Blick. »Das freut mich für dich«, sagte sie mit einer Stimme, die alles andere als erfreut klang.

»Aber das heißt nicht, dass ich dort bleiben will«, fügte er hinzu.

Charlottes Herz setzte einen Schlag aus. Jake nahm ihre Hand in die seine, zog sie zu sich und verflocht seine Finger sanft mit ihren.

»Was willst du denn tun?«, flüsterte Charlotte.

»Was soll ich wollen, Mylady?«

»Das kannst nur du entscheiden.«

»Ich wollte fragen, ob die gnädige Frau einen Stallmeister wünscht.«

»Sie wünscht … alles Mögliche.« Ihre Tränen flossen. Sie lehnte ihren Kopf an seine Schulter und spürte, wie seine Arme sie fest an seine Brust zogen. »Kannst du mir jemals verzeihen?«, stammelte sie mit heiserer Stimme.

Als Antwort drückte er sie noch fester an sich und strich ihr mit der Hand übers Haar, bis sie aufgehört hatte zu schluchzen.

»Warum bist du gekommen, Jake?«

»Ich wäre viel früher gekommen, wenn ich gewusst hätte, dass du mich bei dir haben wolltest.«

»Das wollte ich schon an dem Tag, an dem du gegangen bist. Ich suchte überall nach dir. Ich wusste sofort, dass ich den größten Fehler meines Lebens gemacht hatte.«

»Und wahrscheinlich nicht den letzten.« Er lachte, während er sie sanft von sich schob, um ihr in die Augen zu blicken.

»Gerade deshalb musst du bei mir bleiben, Jake. Ich mache nicht so viele Dummheiten, wenn du da bist. Darf ich mich wieder in deine Arme schmiegen? Nur kurz?«

»Auch lang, wenn du möchtest. Du darfst machen, was du willst, Mylady. Du bist jetzt die Herrin von Birch Hollow.«

»Aber erst möchte ich wissen, wie es kommt, dass du wieder hier bist.«

»Mein kleines Mädchen ist neugierig wie immer«, witzelte Jake. »Mein Onkel hat mich herbestellt«, erzählte er schließlich. »Er hörte dich immer wieder meinen Namen rufen, als du krank warst. Ich hätte am liebsten sofort meine Tasche gepackt und wäre nach Cornwall gereist. Aber deine damalige Aufforderung an mich, aus deinem Leben zu verschwinden, brannte noch zu stark in meiner Seele, Charlotte. Ich wartete auf ein deutliches Signal.« Er schob sie sanft von sich, um ihr in die Augen blicken zu können, bevor er weitererzählte. »Und dann fand Onkel Theodor in seinem Kamin Überreste von Briefen, die du verbrennen wolltest, anstatt sie mir zu schicken. Gott sei Dank waren sie nicht ganz verbrannt. Es war noch genug zu entziffern, um mir Hoffnung zu geben, dass meine Charlotte mich vermisste. Obwohl ich sie jahrelang belehrt, getadelt und ermahnt hatte, bis sie mich nicht mehr ertragen konnte.«

»Aber in allem hattest du recht, Jake, so recht. Wenn ich dich nur ernst genommen hätte …«

Er legte zwei Finger auf ihre Lippen. »›Wenn ich nur …‹ bringt nichts, Charlotte. Irgendwann wäre ich ohnehin gekommen. Irgendjemand muss hier nach dem Rechten sehen und dafür sorgen, dass die neue Lady Greenwold ihr Amt ordentlich ausführt.«

»Ich dachte, du würdest mich niemals wiedersehen wollen. Jake, mein Vater hat deinen Vater umgebracht. Ich bin die Tochter eines Mörders.«

»Lord Greenwold hat mir meinen Vater weggenommen, das stimmt, aber dafür hat er mir dich geschenkt.«

»Und wenn die neue Lady Greenwold keinen Stallmeister, sondern einen Lord an ihrer Seite braucht, der nach dem Rechten sieht?«

»Dann hätte ich einen guten Vorschlag«, flüsterte er ihr ins Ohr. Er zog ihren Kopf an seine Schulter und küsste sie auf den Scheitel.

Sie standen Seite an Seite und schauten zu, wie sich der Nebel im Tal auflöste und die Sonne feurig und warm durch den verhangenen Himmel brach. Aus den langsam weichenden Nebelschwaden ragten die Schornsteine von Birch Heights hervor, und hohe, weiße, brodelnde Wolkenberge, feurig rot an den Rändern, türmten sich in den Himmel auf. Die Sonne verzauberte den sinkenden Tag mit einem purpurroten Farbenspiel, dann rutschte der brennende Sonnenball hinter den Felswänden ins Meer.

»Gehen wir hinunter und erzählen den anderen, dass es eine zweite Hochzeit gibt?«, fragte Jake.

Langsam und ohne ein Wort zu sagen, gingen sie Hand in Hand den Hang hinunter.

Nachwort

Manches in dieser Geschichte ist fiktiv, manches beruht auf historischen Tatsachen. Es gab eine Zeit in der Geschichte Cornwalls, in der der Schmuggel beinahe als ordentlicher, salonfähiger Beruf galt. Die Zollgebühren für Waren aus dem Ausland waren Anfang des 19. Jahrhunderts unbezahlbar hoch, ein Zustand, der Tür und Tor für illegale Machenschaften öffnete. So wurde Schmuggeln zu einem blühenden Geschäft. Die felsige Südküste Englands mit ihren Höhlenlabyrinthen, unterirdischen Gängen und versteckten Buchten bot sich als idealer Umschlagsplatz an für zollfreie Waren aus den Kolonien – Tabak, Tee, Branntwein, Rum, Seide und sogar Salz –, die auf dem schwarzen Markt Millionenumsätze erbrachten. Unter Umständen bereicherten sich die Einwohner mehrerer Dörfer an den illegalen Geschäften der Schmuggler, und nicht selten waren selbst Autoritätspersonen wie Priester und Bürgermeister darin verwickelt.

Birch Hollow, das Dorf *Hipperclove* und *Sedgeworth* sind rein fiktive Ortschaften. Aber Intrigen und dunkle Praktiken seitens adliger Machthaber waren vor dem Hintergrund der Schmugglerkultur Cornwalls gang und gäbe, wie auch der Aberglaube der ländlichen Bevölkerung und das Geschick, mit dem die kriminellen Machenschaften über Generationen hinweg geheim gehalten wurden. Der Gewinn, der aus Schmugglergeschäften ungestraft zu holen war, ermöglichte Gesetzlosigkeit in allen Bereichen des Lebens – die Schmuggler waren die ungekrönten Herren.

Auch andere Autoren haben das dunkle Kapitel der Geschichte von Cornwall aufgegriffen; eines der berühmtesten Beispiele ist vielleicht das Abenteuer von Enid Blytons fünf jungen Helden, *Fünf Freunde auf Schmugglerjagd.* Es sorgt dafür, dass dem Thema für Generationen von Kindern ein Hauch von Romantik und Grusel verliehen wird.

Dass geldgierige Schmuggler auch nicht vor Mord und Totschlag

Halt machten, um Luxuswaren zollfrei ins Land zu bringen, ist kein Geheimnis. Weitere britische Romanklassiker machen Andeutungen auf die Praxis des *Shipwrecking:* Voll beladene Schiffe wurden bei Sturm durch falsche Lichter an die felsige Küste gelockt, ausgeplündert und Passagiere und Besatzung ermordet. Richard Blackmores *Lorna Doone*, Jane Austens *Mansfield Park* und Daphne De Mauriers *Jamaica Inn* nehmen alle Bezug auf diese Vorgänge, obwohl es für dieses Ausmaß an Grausamkeit, das weit über das Schmugglergeschäft hinausging, wenig konkrete Beweise gibt.

So entfaltet sich die Geschichte von Lady Charlotte Greenwold in einer Zeit, in der ein ruchloser Adliger wie Lord Winston Greenwold jede Möglichkeit hatte, sein gesamtes Umfeld in den Dienst seines Erfolgs zu stellen und jeden aufkeimenden Widerstand sofort zu ersticken. Gegen einen erfolgreichen Schmuggler vorzugehen, konnte kostspielig sein. Ihn in seinen Geschäften zu unterstützen, konnte dagegen viele Vorteile mit sich bringen.

Nicola Vollkommer
Reutlingen, im Oktober 2014

Nicola Vollkommer

Unter dem Flammenbaum
Wo meine Seele ihr Nest hatte

Paperback, 13,5 x 20,5 cm, 272 S.
Nr. 395.515, ISBN 978-3-7751-5515-1

Eine Kindheit im Herzen Afrikas. Nicola Vollkommer erzählt von ihrer Familie, die zwischen die Fronten eines Bürgerkrieges geriet. Und von ihrem Vater, der durch seinen Einsatz vielen das Leben rettete. Ein Buch, das die Farben und Klänge Afrikas lebendig werden lässt.

Nicola Vollkommer

Wie ich lernte, das Chaos mit Gottes Augen zu sehen
Andachten für Mütter

Gebunden, 13,5 x 21 cm, 168 S.
Nr. 226.575, ISBN 978-3-417-26575-0

Speziell für Mütter: Andachten von Nicola Vollkommer, die weiß, wovon sie spricht! Wie gelingt es, die Kinder mit Gottes Augen zu sehen? Im Alltag so zu handeln, wie Jesus es tun würde? Hilfreiche Impulse für Mütter mit Kindern aller Altersstufen.

Bitte fragen Sie in Ihrer Buchhandlung nach diesen Titeln!
Oder schreiben Sie an: SCM Hänssler, D-71087 Holzgerlingen;
E-Mail: info@scm-haenssler.de; Internet: www.scm-haenssler.de